Zu diesem Buch

«Schriftsteller stören auf lustvolle Weise», bemerkte Heinar Kipphardt 1977 in einem Gespräch. Sein Leben war ein nachdrücklicher Versuch, diese Maxime in die Tat umzusetzen. Im vorliegenden Band entsteht aus einer Fülle bisher unbekannter Selbstzeugnisse ein Bild vom Denken und Arbeiten des Nonkonformisten Kipphardt. Die Briefe, Essays, Reden, Arbeitsnotate, Projektentwürfe und Werkfragmente spiegeln die Entwicklung des Autors vom Meister des sog. dokumentarischen Dramas zu einem die eigene Person immer stärker einbeziehenden und in Frage stellenden Künstler. Das vorliegende Buch, das an den gleichzeitig erscheinenden Band «Schreibt die Wahrheit. Essays, Briefe, Entwürfe 1949–1964» (rororo Nr. 12571) anschließt, dokumentiert die Zeit von Kipphardts Welterfolg «In der Sache J. Robert Oppenheimer» (1964) bis zu seinem Tod 1982.

Heinar Kipphardt, geboren am 8. März 1922 in Heidersdorf (Schlesien), gestorben am 18. November 1982 in München, Dr. med. mit der Fachrichtung Psychiatrie, übersiedelte 1949 von Krefeld nach Ost-Berlin, wurde Arzt an der Charité und später Chefdramaturg am Deutschen Theater. Seit 1961 lebte er in der Nähe von München. 1970/71 war er Chefdramaturg der Münchner Kammerspiele. Sein Stück «In der Sache J. Robert Oppenheimer» (rororo Nr. 12111) gehört zu den Klassikern des modernen Theaters. Auch sein letztes Stück «Bruder Eichmann» (rororo Nr. 5716) erregte Aufsehen. Weitere Stücke sind in den Bänden «Shakespeare dringend gesucht» (rororo Nr. 12193) und «Joel Brand» (rororo Nr. 12194) zusammengefaßt. Überdies verfaßte er Erzählungen (ein Sammelband unter dem Titel «Der Mann des Tages» erschien als rororo Nr. 4803), Gedichte («Angelsbrucker Notizen», rororo Nr. 5605), «Traumprotokolle» (rororo Nr. 5818), Fernsehspiele und den Roman «März» (rororo Nr. 5877).

Kipphardts gesammelte literarische Arbeiten erscheinen in einer Werkausgabe im Rowohlt Taschenbuch Verlag.

Heinar Kipphardt

Ruckediguh, Blut ist im Schuh

Essays, Briefe, Entwürfe
Band 2:
1964–1982

Rowohlt

Gesammelte Werke in Einzelausgaben

Herausgegeben von Uwe Naumann
Unter Mitarbeit von Pia Kipphardt

Originalausgabe
Veröffentlicht im Rowohlt Taschenbuch Verlag GmbH,
Reinbek bei Hamburg, Oktober 1989

Umschlaggestaltung Klaus Detjen
Gesetzt aus der Garamond (Linotron 202)
Gesamtherstellung Clausen & Bosse, Leck
Printed in Germany
1280-ISBN 3 499 12572 2

Inhalt

15.
Ästhetik und Widerstand

Das Härtl-Projekt

Mit seinem Stück «In der Sache J. Robert Oppenheimer», 1964 uraufgeführt, war Heinar Kipphardt der Durchbruch zu weltweiter Anerkennung und Wirkung gelungen. Er wurde zu einem gefragten Autor, erhielt zahlreiche literarische Auszeichnungen, und auch sein nächstes Stück «Joel Brand» hatte internationalen Erfolg.

Ihn selbst beschäftigte schon seit Anfang der sechziger Jahre ein Romanprojekt unter dem Arbeitstitel «Die Tugend der Kannibalen». Darin wollte er die Lebensgeschichte eines deutschen Kommunisten und Widerstandskämpfers, der nach dem Zweiten Weltkrieg im Alkohol endet, verknüpfen mit einer literarischen Analyse des Systems der faschistischen Konzentrationslager. An Peter Hacks, den in der DDR lebenden Freund, schrieb Kipphardt am 9. April 1964, er wolle herausfinden, «ob sich Onkel Joe von hier aus behandeln läßt». Mit «Onkel Joe» war unverkennbar Josef Stalin gemeint.

Doch das Projekt blieb ein Fragment. Bei dem Versuch, die Geschichte der revolutionären Linken kritisch zu beschreiben auf dem Hintergrund der Epoche des Faschismus, wie es ein Jahrzehnt später Peter Weiss in seiner «Ästhetik des Widerstands» gelang, ist Heinar Kipphardt Mitte der sechziger Jahre gescheitert.

Im Nachlaß befindet sich das nachfolgende Exposé eines Fernsehfilms, den Kipphardt 1964 nach seinem Romanstoff schreiben wollte, dazu Vorarbeiten für die geplante Szenenfolge. Die Analysen des Ali Härtl, so Kipphardt im zitierten Brief an Hacks, fänden «in der Nervenklinik statt, wo Härtl mit der Hilfe eines Psychiaters oder mehrerer sein Leben herausschafft zum Zwecke der Gesundung von seiner Trunksucht und sonstiger Insuffizienz».

Lebensläufe

Ein Exposé

Alfred Härtl, Häftling im Konzentrationslager S., arbeitet im Jahre 1944 in einem Spezialbetrieb des Lagers, dem Unternehmen D, das von dem Hauptsturmführer Max Halske geleitet wird. Das Unternehmen D stellt ausländische Geldnoten, Pässe aller Art und Dokumente aller Art für die Geheimdienstarbeit her. Es beschäftigt hochspezialisierte Häftlinge, aus allen Konzentrationslagern ausgesucht, und ist ein moderner Musterbetrieb. Die Belegschaft setzt sich aus Berufsverbrechern, politischen und jüdischen Häftlingen zusammen.

Das Unternehmen ist auf die Initiative von Max Halske hin gegründet worden. Es erfreut sich der Förderung einer Strömung im Wirtschaftshauptamt der SS, wird aber von dem KZ-Kommandanten Arnold Kluetefisch und einer anderen Strömung im Sicherheitshauptamt bekämpft.

Einer der Häftlinge ist Alfred Härtl, ein Kommunist, Mitte dreißig, seine Biographie in Stichworten: In kleinbürgerlichen Verhältnissen aufgewachsen, Vater Anzeigenakquisiteur, gelernter Lithograph, hat um 1930 herum einen spektakulären Erfolg mit dem Theaterstück «Die Tugend der Kannibalen», schließt sich in der Zeit der großen Weltwirtschaftskrise der Kommunistischen Partei an, macht Lieder, Gedichte, Agitpropspiele, Arbeit in der kommunistischen Parteipresse, ein genialisches enfant terrible. Reise nach Rußland, begeistertes Buch, das aber auch kritische Züge enthält. «Die Zukunft begann im Oktober». 1933 emigrierte er nach Frankreich, arbeitet für die kommunistische Auslandspresse, Verbindungen zu Münzenberg, geht von Frankreich nach Spanien als Kriegskorrespondent in das sogenannte Thälmann-Bataillon. Texter und Sänger einiger Spanienlieder, Verbindungen zu einigen Leuten, die später in der Sowjet-Union den Säuberungen zum Opfer fallen. Wird nach Beendigung des spanischen Bürgerkrieges in einem französischen

Camp mit anderen Spanienkämpfern interniert, entweicht beim Einmarsch der deutschen Truppen nach Südfrankreich, wird dort von der französischen Polizei der Gestapo ausgeliefert, als die Deutschen auch Südfrankreich besetzen. Kommt in ein KZ, arbeitet als gelernter Lithograph in der Postabteilung des Konzentrationslagers S. Es ist seine Aufgabe, gefälschte Post an die Angehörigen von vergasten Juden herzustellen. Diese Spezialabteilung wird später von Halske in das Unternehmen D übernommen.

Im Unternehmen D erfreuen sich die Häftlinge einer Reihe von Privilegien. Härtl liegt auf einer Stube mit einem der Gebrüder Sass, einem berühmten, nicht überführten Bankräuber, und einem Kommunisten, einem eisenharten Mann der Apparatarbeit, der die illegale Widerstandsgruppe des Konzentrationslagers anleitet und im Lager gleichzeitig die Funktion eines Kapos hat. Härtl erfreut sich der besonderen Protektion von Max Halske, der die damalige skandalumwitterte Aufführung «Die Tugend der Kannibalen» mit Feuerwehrtuten und weißen Mäusen zu stören hatte. Das war der Beginn der Karriere von Halske, einem intelligenten Jungen aus dem Berliner Lumpenproletariat, Kronzeuge in einem berühmten Fememord-Prozeß.

Halske bedient sich Härtls und einiger Berufsverbrecher, um gefälschte ausländische Valuta mittels eines Bankeinbruchs in echte Valuta umzutauschen. Diese Unternehmung bricht ihm das Genick, und er wird mit Härtl, dem Bankräuber Sass und dem kommunistischen Kapo in eine Strafeinheit der Waffen-SS geschickt. Bei dieser Entscheidung stehen die Häftlinge vor der Alternative, liquidiert zu werden oder sich zu dieser Strafeinheit freiwillig zu melden. Diese Einheit, Dirlewanger oder etwas ähnliches, wird im Warschauer Aufstand im Sommer 1944 gegen die Aufständischen in Warschau eingesetzt. Die Rote Armee, auf der anderen Weichselseite stehend, wartet aus politischen Erwägungen die Liquidierung des Warschauer Aufstandes durch die deutschen Truppen ab. Sie begründet das mit militärischen Notwendigkeiten, tatsächlich ist aber dieser Aufstand in seiner Führung von der weiß-polnischen Emigrantengruppe in England inspiriert, und Stalin ist nicht daran interessiert, diese Gruppe für die Zeit nach dem Krieg politisch aufzuwerten. Diese Zusammenhänge sind den kommunistischen Häftlingen, in Warschau die dreckigste Arbeit machend, nicht bekannt.

Max Halske, der über ein beträchtliches Auslandskonto verfügt, macht Härtl den Vorschlag, mit ihm zu desertieren, und zwar über die Schweiz nach Spanien. Dazu ist erforderlich, daß sie bei einem besonders gefährlichen Sonderkommando vermißt werden und als tot gelten. Dieses Sonderkommando geht im Kampfgebiet eines ehemaligen Judenlagers vor sich. Die beiden verbergen sich dort für einige Tage in einer Latrine. Als polnische Aufständische auftauchen, ertränkt Härtl Max Halske in dieser Latrine und desertiert zu den Aufständischen.

Bei den Aufständischen bekommt er eine Darstellung ihrer unhaltbaren Lage, ihrer Kapitulationsbereitschaft, und er beschließt, erneut durch deutsches Gebiet zu gehen, um die russischen Linien zu erreichen und die Rote Armee zum Eingreifen in den Warschauer Aufstand zu bewegen.

Er erreicht die russischen Linien vollständig erschöpft. Russische Soldaten verstehen ihn nicht, wollen ihn als SS-Mann abschießen. Ein Politkommissar rettet ihn. Als er Härtls Vergangenheit erfährt, behandelt er ihn wie einen Freund und bringt ihn zum Stab.

2. Teil

Härtl wird von einem Geheimdienstoffizier verhört, der ganz sachlich alle Nachrichten bekommen will, die der sowjetischen Kriegsführung nützlich sein können. Härtl versucht immer wieder, ein Gespräch mit verantwortlichen Leuten zu erreichen, die er von der Notwendigkeit überzeugen kann, in den Warschauer Aufstand einzugreifen. Er wird vertröstet. Seine Identität müsse erst einmal festgestellt werden, wen er kenne. Er beruft sich auf deutsche Genossen, die im National-Komitee Freies Deutschland arbeiten.

Nach einigen Tagen wird ihm ein führendes Mitglied der deutschen K.P. avisiert, das er kennt. Härtl erwartet, daß sich damit alles wendet. Der Mann vernimmt ihn jedoch über die Tatsache, daß er, Härtl, sich zur SS gemeldet habe, gegen die Rote Armee kämpfe etc. Härtl fragt ihn nach Bekannten, er bekommt nur sehr vage Auskünfte. Der Mann kann sich an eine Freundin Härtls, eine deutsche Schauspielerin, die in die S.U. emigrierte, nicht erinnern. Der Mann befragt ihn über Leute, die zu Münzenberg in Verbindung gestanden haben. (Münzenberg wurde um 1939 als Abweichler ausgeschlossen und möglicherweise liquidiert.) Er rät ihm ab, sich in die taktischen und strategischen Fragen, die mit dem Warschauer Aufstand zusammenhängen, einzulassen. Härtl besteht darauf. Weiteres Warten. Danach Begegnung mit einem höheren russischen Militär. Es findet ein militärisches Fachgespräch statt. Härtl verlangt ein Gespräch mit einem Politbüro-Mitglied, das ihm nicht gewährt wird. Er will mit Einheiten der Roten Armee über Deutschland abgesetzt werden. KZ-Befreiungen. Sein Romantizismus hat im Getriebe der arbeitenden Militär- und Parteiapparate etwas Donquichotehaftes. Der General macht ihm klar, daß über seine Verwendung die deutsche Parteiführung zu beschließen habe.

Härtl kommt als Kriegsgefangener in ein Lager in Mittelrußland. Das Kriegsgefangenenlager wird von deutschen Offizieren geleitet, die in sogenannten Antifa-Lagern ausgebildet wurden. Es gibt wenig zu essen, wie in dem ganzen Land zu Ende der Kriegszeit. Die Russen überlassen den deutschen Kriegsgefangenen die interne Verwaltung. Da große Not ist, wird viel geschoben. So wird Winterkleidung für die Gefangenen auf dem schwarzen Markt verschoben, ein Geschäft, in das sich deutsche Soldaten und die russische Bewachung teilen. Ein deutscher Offizier stellt Schlägertrupps zusammen, die im Lager eine Selbstjustiz gegen Diebe und Schieber durchführen. Die mutmaßlich Schuldigen werden in der Waschküche zusammengeschlagen. Härtl versucht beim sowjetischen Lagerkommandanten, Maßnahmen gegen diese Selbstjustiz zu erreichen, als ein junger Kriegsgefangener an den Mißhandlungen gestorben ist. Er fordert, daß die Schuldigen bestraft werden, daß Russen die Schiebungen unterbinden. Er weiß nicht, daß der Lagerkommandant selber in die Schiebungen verwickelt ist. Am nächsten Tag wird auch Härtl zusammengeschlagen und anschließend in ein Straflager verschickt.

In der Bibliothek des Straflagers entdeckt er eines Tages sein Buch in einer russischen Auflage, es ist um beträchtliche Passagen gekürzt. Als der Kommandant erfährt, daß Härtl der Verfasser des Buches ist, gibt es ein großes Verbrüderungsgelage, und der Kommandant verspricht ihm im Trunk, für seine Entlassung zu sorgen. Tatsächlich bekommt er wenige Tage darauf Papiere, und er macht sich auf den Weg nach Moskau.

Der Krieg ist fast zu Ende. Er sucht in Moskau einen Freund auf, einen deutschen Schriftsteller, der mit ihm in Spanien war. Er gibt eine deutschsprachige literarische Zeitschrift heraus, macht Agitation und Propaganda in den deutschsprachigen Sendungen und an der Front. Er fragt ihn, was Härtl machen wolle. Er will ein großes Buch schreiben, ein autobiographisches, Spanien, KZ, Warschau, das Kriegsende in Rußland. Ob er glaube, daß man schon darüber schreiben könne, über Spanien zum Beispiel, die Hintergründe, die historisch nicht klar seien, ob er nicht sein altes Buch neu herausgeben wolle, es seien da einige Partien umzuschreiben. Was? Die historische Darstellung der Revolution, Trotzkis Rolle als Kriegskommissar, man könne das alles nicht schreiben, ohne die spätere Entwicklung zu berücksichtigen. Wer der Schriftsteller sei, den er schildere, dieser B.? Das sei Babel gewesen. Aber Babel geht nicht. Warum? Babel war Trotzkist. War? Ja. Man müsse die ganze Entwicklung historisch sehen. Ob man nicht einen großen Spanien-Abend veranstalten könne, Lieder, Gedichte, Lesungen der Leute, die dort waren? Das gehe nicht, nein. Nicht jetzt. Härtl erkundigt sich nach einigen Leuten, die er von Spanien her kennt, niemand weiß etwas Genaues, niemand spricht darüber. Härtl begegnet seiner alten Freundin, der Schauspielerin, sie hat in der wolgadeutschen Republik Theater gemacht, ist mit den Wolga-Deutschen umgesiedelt worden, hat ein Lager-Theater geleitet. Er lebt mit ihr in einer kleinen Wohnung in Moskau, er übernimmt den Parteiauftrag, ein Archiv über die Beziehung der russischen Demokraten zur deutschen Klassik einzurichten.

In einem kleinen Freundeskreis hört Härtl die Nachricht vom Kriegsende, Stalins Toast auf die kleinen «Schräubchen», die den Krieg gewonnen haben. Ein amerikanischer Genosse entwirft ein Zukunftsbild und begründet, warum man alle Widrigkeiten, allen Schlamm, den die Revolution mitgespült habe, vergessen müsse. Auch ein Kind käme blutig zur Welt, eine Rübe sei bedreckt, wenn sie ans Licht gezogen werde.

Ein paar Jahre später wird Härtl von der Geheimpolizei nach seinen Verbindungen zu diesem amerikanischen Genossen gefragt. Härtls Verhaftung im Zusammenhang mit der Tito-Reinigung. Der amerikanische Genosse ist für die Geheimpolizei zu einer Art Schlüssel-Agent geworden.

3. Teil

Härtl wird im Jahre 1953, nach Stalins Tod, aus einem Arbeitslager entlassen, plötzlich und ohne Angabe von Gründen. Er fährt nach Moskau. Seine Wohnung ist von fremden Leuten bewohnt. Von seiner Frau erfährt er behördlicherseits nur, daß sie vor Jahren nach Deutschland ausgereist ist. Seine Freunde sind aus der Emigration ebenfalls nach Deutschland zurückgekehrt, größtenteils in einflußreiche Positionen.

Härtl ist ein ziemlich ausgelaugter Mann, der wenig spricht und viel trinkt. Er ersucht um seine Ausreise in die DDR, die ihm erteilt wird. Im Zug von Frankfurt/Oder nach Berlin malt ihm ein Funktionär der Nationalen Front, der zu einem Kongreß fährt, einem Parteikongreß, ein begeistertes Bild der Errungenschaften. Als der Mann hört, daß Härtl aus Moskau kommt, entwirft er ein Kolossalgemälde der Sowjet-Union. Als er hört, daß Härtl aus einem Lager kommt, ist er peinlich berührt und begibt sich in den Speisewagen.

In Ostberlin sind die Hotels infolge des Partei-Kongresses überfüllt. Härtl versucht, mit seinen Freunden in Verbindung zu kommen, er trifft niemanden an. Der eine ist auf einer Auslandsreise, andere für die Zeit des Kongresses unerreichbar, die Vorzimmer stellen ihm Termine in Aussicht. Um was es gehe. Ein Pförtner im Parteihaus, der wie Härtl im KZ S. war, gibt ihm die Adressen und privaten Telefonnummern einiger Funktionäre. Härtl trifft nur einen an, den Mann, mit dem er in S. auf einer Stube gelegen hat. Er erklärt ihm unumwunden, daß Härtl erst sein Verhältnis zur Partei geklärt haben müsse, ehe er etwas für ihn tun könne. Eine Parteikommission überprüft Härtl. Er erfährt, daß er in der Zwischenzeit aus der Partei ausgeschlossen wurde, daß seine Frau in Westberlin sei, daß sie ein antikommunistisches Buch geschrieben habe. Wir erfahren das Schicksal Härtls aus dieser Vernehmung. Das Parteiverfahren werde anhängig gemacht, aber es werde natürlich eine Zeit dauern, bis man alles geklärt habe. Man macht ihm den Vorschlag, das Buch seiner Frau durch eine Gegendarstellung zu widerlegen. Es stellt sich heraus, daß es niemand kennt. Was er, Härtl, jetzt tun wolle. Das wisse er nicht, er wolle arbeiten, das Buch schreiben, das er zehn Jahre mit sich herum trage. Da sei der Schriftsteller-Verband zuständig. Der vergebe Stipendien, Aufträge. Ein junger Mann im Schriftsteller-Verband, ein pfiffiger, schnoddriger

Junge, erklärt Härtl, was mit diesen Aufträgen los sei, daß er ihn aufs Land oder in ein Stahlkombinat schicken könne, welche Art von Reportagen gebraucht würden, und daß das für ihn, Härtl, Blödsinn sei, er solle sich direkt an X. wenden, der eine Art von Kulturpapst sei, ob er X. kenne. X. sei doch im Ausland, habe man ihm, Härtl, gesagt, er kenne ihn von Spanien und Moskau, er sei mit ihm befreundet gewesen. Der junge Mann macht die Verbindung zu X., der Härtl sofort abholen läßt.

Härtl berichtet ihm seine Odyssee, die ihn sehr amüsiert. X. ist ein Typus des großen Realisten geworden, der sich mit einem Anflug von Zynismus über die Klippen hilft. Er bietet Härtl Geld an, sein Haus an einem der Seen um Berlin, wo er einfach arbeiten könne, solange er wolle. X. gibt Härtl Erklärungen für die Widersprüche und Miesigkeiten, in denen sich das Land befinde. Er interessiert sich für die Veränderungen im sowjetischen Parteiapparat. Er begründet, warum es gegenwärtig in diesem Lande nur den Weg der äußersten Parteidisziplin gebe, obwohl er die Kulturpolitik engstirnig, die Ergebnisse geschmacklos findet. Vielleicht sei es so, daß 20 Jahre lang keine großen Bücher geschrieben werden könnten, gut, dann sei das ihr Tribut an die Revolution. Er verteidigt die Politik Stalins als strategische und taktische Notwendigkeit, in der Phase der Diktatur des Proletariats. Zum Abend kommen alte Freunde, sie hören alte Platten der Spanienlieder, die Härtl geschrieben hat. Es wird viel getrunken.

Am nächsten Tage trifft Härtl die Frau, mit der er viele Jahre gelebt hat, in Westberlin. Sie ist der Ansicht, daß es seine Pflicht wäre, die verratene Revolution zu beschreiben. Was sie mache? Wovon sie lebe? Eine Illustriertenserie über ihr Buch. Es kommen alte Freunde, abgefallene Kommunisten, sie hören alte Platten, revolutionäre Lieder. Es wird viel getrunken. Härtl nimmt das Angebot von X. an, er fährt in dessen Landhaus, um dort zu arbeiten. Das Leben der Privilegierten, in das sich Härtl nicht einfinden kann. X. besucht ihn mit seinem alten Freunde aus dem KZ. Sie berichten ihm im Auftrage der Partei, daß er rehabilitiert werden könne, wenn er eine Gegenerklärung zu dem Buche seiner ehemaligen Frau abgebe. Sie argumentieren, warum es für die Partei notwendig ist. Als Härtl die Erklärung verweigert, wird er von der Partei zur Kulturarbeit an die Basis geschickt. Härtl kommt als Kulturfunktionär in das Uran-Gebiet von Aue mit seiner Goldgräberatmosphäre. Er schreibt einen Bericht über die Mißstände an das Politbüro. Er wird nach Berlin bestellt. Dort erreicht ihn die Nachricht von der Geheimrede Chruschtschows auf dem 20. Parteitag. Er ruft X. an. Er erfährt von dessen Frau, daß sich X. nach dem Bekanntwerden der Rede betrunken und am nächsten Tage erschossen habe.

Härtl besucht die Frau. Er findet dort den alten Genossen, der mit ihm im KZ war. Er ist außer sich, er bestürmt Härtl, daß er nun unbedingt die Wahrheit schreiben müsse, schonungslos, jeder. Geh zum Teufel, sagt Härtl.

Das Leben des Alfred Härtl

Scenenfolge:
Kommentarebene. Alfred Härtl ist in eine psychiatrische Klinik eingeliefert. Er leidet an einer spastischen Schluckstörung, die keine Nahrungsaufnahme erlaubt. Sie hat sich eingestellt, seit er nach einem Autounfall nur leicht verletzt aus dem zertrümmerten Wagen geborgen wurde. Er war volltrunken in einen Fluß gefahren. Es besteht der Verdacht, daß es sich um einen Suicid gehandelt hat. Durchbruch einer Straßensicherung. Der Psychiater, Typus Thiele (Vogel etwa), macht eine Analyse von Härtl. Anamnese zuerst, Sperrung von Härtls Seite. Er nimmt keine Nahrung zu sich, wird künstlich ernährt. Das Ziel der Behandlung ist, ihm den Alkohol zu entziehen, die Trunksucht zu heilen also, und die Schluckspasmen neurotischer Art zu beseitigen.

Zuerst Anamnese. Vielleicht ein, zwei Momentbilder aus der Kinderzeit. Kälberblut, Blutrand. Stumm zu Erzählung Härtls. Erbrechen. Farbe auf Stein. In Warschau wieder gesehen. Die sich tomatenfarben erbrachen. Erniedrigung, geflickte Hose, Fahrrad, Mädchen. Feinere Jungs, die ihn zum Absteigen bringen. Die geflickte lange Hose, die erste. Das Pissen ins Weihwasserbecken. Das Essen der Hostien in der Sakristei. Das Stehlen von Geld aus dem Klingelbeutel.

Vater nimmt im Ort die Anzeigen für eine Provinzzeitung an, nennt sich Lokalreporter, aber es erscheint nie ein Artikel. Wirbt Anzeigen. Intelligenter, empfindsamer Mann, der sich nie durchsetzen konnte. Hat er getrunken? Zuerst nicht, gewöhnlich. Später ja. Erinnerung, der betrunkene Vater im Schnee. Gedicht: Der tote Vater im Schnee. Die Uhr aus der Tasche gestohlen. Mutter bringt die Familie durch. Vertretung, Wäscheversand. Härtl berichtet alle diese Dinge skeptisch, ironisch, mißtraut der Psychologie als einer minderen Wissenschaft, die ihren Gegenstand immer mehr verliert.

Von einem Freund, 13jährig, der für einen Fünfziger einer Maus den Kopf abbiß. Reaktion Härtls, Schlucken. Das Lächerliche schneller Schlüsse.

Verhältnis zur Partei. Härtl ist erst 1932 der Partei beigetreten, galt immer als kommunistischer Schriftsteller. Gründe.

Härtl glaubt nicht, daß dort, in der Kindheit, Motive liegen, daß das der Grund sei. Was dann? Mein Leben. Ich mag nicht mehr. Keine Lust mehr. Aus. Ich kann nicht mehr schreiben. Ich weiß nicht, was ich irgendwem noch mitteilen soll. Es ist zwecklos. Ich weiß nichts. Der Psychiater ist ein Freund der Literatur, insofern sie psychopathologische Krankheitsbilder beschreibt. Hat Aufzeichnungen Härtls gelesen. Situationen, in denen das Erbrechen, der Stupor, die Apathie erscheint. Gewaltsamkeiten. Unruhe. Niemand, der zu Hause sei, Gefängnis, Lager, Emigration, Schutthalden, Wartesäle, Eisenbahn, Hotels, Grenzübergänge, Polizeikommissariate. Leute die ihre Absichten nie durchführen, Handlungen die abbrechen, Figuren die verschwinden. Das sei seit 25 Jahren sein Leben.

Erzählt seine Geschichte seit 1933. Paris. Münzenberg. Kein Geld. Lebte mit einer Schauspielerin zusammen, in einem winzigen Zimmer einer Pension, die er nicht zahlen konnte. Bemüht sich vergeblich um eine Aufführung DIE TUGEND DER KANNIBALEN. Papiere, Arbeitserlaubnis, die monatlich erneuert werden muß. Wird so eine Art Sekretär von Münzenberg. Entschluß zur Parteiarbeit. «Ich lege ab meinen Namen, ich heiße Genosse.» (Becher)

Spanien, Solidarität, Zeit der Illusionen. Ende Gurs, Verhaftung in Südfrankreich. Die Schauspielerin ist mit in Spanien gewesen, hat vor Soldaten gesungen, Zeitungsarbeit, Krankenpflege.

In der Biografie keine Chronologie, Scenenfetzen.

Erster Scenenkomplex KZ. Schilderung Halskes. Härtl hat das einmal aufgeschrieben, um was es ging, Gruppen. Es habe an einem Abend angefangen, Halske habe ihm davon erzählt, so vielleicht,

Rede Halskes von Härtl im Bericht unterbrochen, in die nächste Scene hetzend, Schilderung der Leute, der Vertreter der Firma Schott, Schilderung des Kommandanten Kluetefisch. Abendessen. Ein Faß Bockbier wird angeschlagen. Kluetefisch geht früh nach Hause. Er hat Kopfschmerzen.

Schilderung der Kämpfe in der oberen SS-Führung. SS-eigene Industrie, Häftlingsarbeiter, oder Rüstungsbetriebe bei KZ mit industrieeigenen Lagern.

Wir merkten es daran, daß die Transporte nicht abgefertigt wurden. Es hieß, daß Kluetefisch in Berlin sei. Die Postabteilung soll bei Bauvorhaben eingesetzt werden. Scharführer Schramm, der sich widersetzt. Schilderung der Abfertigung eines Transportes.

Eines Tages wird die Postabteilung getestet. Intelligenz-Prüfung. Scene Härtl-Halske. Halske erfährt, wer Härtl ist. Er hat damals die Aufführung des Stückes gesprengt. Härtl singt ihm einen Song vor. Er kommt in den neuen Musterbetrieb. Vertrauensverhältnis. Einzelne Vorstellung der Häftlinge vor Socker und Halske wie in einem Personalbüro beim Chef.

(Scene Abendessen, Bericht Härtls, Scene Einstellung)

Schilderung der Arbeit des Musterbetriebes, die Gebrüder Sass, Vergünstigungen, Pfundnoten, Pässe, Dokumente.

(Scene Halske-Härtl. Reflektion über die zukünftige Entwicklung. Halske weiß, daß ihn Kluetefisch reinlegen will.)

Schilderung Härtls über den Banknotenumtausch. Scene Begegnung Kluetefisch-Halske. K: «Es ist nun so, Max, daß zwei gute Leute unserer Abwehr in Kairo verhaftet worden sind, weil sie mit euern falschen Pfundnoten aufgefallen sind.» – H: «Es ist nun andererseits so, Arnold, daß die mit falschen Pfundnoten nicht hochgehen konnten, weil sie echte hatten. Was mich interessieren tät, ist, woher die Engländer da gewußt haben, daß die Leute mit den echten Pfundnoten eigentlich falsche haben müßten, Arnold.» Kluetefisch wird von dem Referatsleiter des Sicherheitshauptamtes mit nach Berlin genommen. (Evtl. nur Kluetefisch-Halske.) 14 Tage später ist Kluetefisch abgelöst, eine Woche danach Halske.

Härtl-Material

Bruch zwischen Avantgardismus und Realismus oder Bruch zwischen Wahrheit und Lüge in der Emigration. ([Johannes R.] Becher)

Das große A, die Angst mit mir im Zimmer...

Literarischer Verfall oder Trennung von der Partei.

Wer einem Stern folgt, kehrt nicht um. (Leonardo, von Härtl ironisch zu verwenden)

Angst in die Leere, in die selbstmordnahe, haltlose Einsamkeit des Anfangs zurück zu fallen.

Die Aufrichtigkeit, die in den Mühlen des Stalinismus zermahlen wird.

Gedicht des Fadejew-Becher-Typs:

«Dort wirst du, Stalin, stehn, in voller Blüte
Der Apfelbäume an dem Bodensee.
Und durch den Schwarzwald wandert seine Güte
Und winkt zu sich heran ein scheues Reh.» (Becher)

Kontrast zur erfahrenen Verhaftung seiner Geliebten.

Flucht ins Pathos vor der Misere der Wirklichkeit.

Der Dichter als Funktionär, der auf dem Gebiet der Propaganda mit literarischen Mitteln arbeitet.

Transparent: Stalin, der beste Freund der Kriegsgefangenen.

Kaderflecke.

Leb wohl, mein Freund. Kein Wort. Kein Händegeben.
Runzle nicht die Brauen, mach dich hart.
Keine neuen Tode kennt dies Leben,
doch es lebt auch nicht auf neue Art. (Jessenin)

Ich sterbe, weil ich nicht mehr mag, es ist sinnlos. (Härtl)

Lies Marx, gedruckt auf nüchternem Papier. (Jessenin)

Und zwitschern mit Wachtelgebärden-
der Schädel der Welt / muß heut
mit dem Schlagring gespalten werden. (Majakowski)

Besser noch ein Tod im Alkohol als vor Langeweile. (Majakowski)

Abschiedsbrief [Majakowskis:]

Niemand trifft die Schuld an meinem Tode, und bitte macht kein Aufhebens davon. Der Tote liebte das nicht.

Typoskripte im Nachlaß Kipphardts, Angelsbruck. – Teile von «Die Tugend der Kannibalen» veröffentlichte Kipphardt in Heft 4/1966 der Zeitschrift «Kürbiskern». Später verwendete er Teile des Materials für seine 1977 publizierte Erzählung «Der Deserteur». Im Nachlaß gibt es außerdem ein 28 Szenen umfassendes Fernsehspielfragment unter dem Titel «Die Biographie des Alfred Härtl alias Ben Heart»; etliche Passagen daraus sind mit dem «Deserteur» identisch.

16.
Über Erwin Piscator (II)

Erwin Piscator war für Heinar Kipphardt der – neben Brecht – maßgebliche Erneuerer des deutschen Theaters im 20. Jahrhundert. Seit Mitte der fünfziger Jahre standen Kipphardt und Piscator in Verbindung. Im Oktober 1964 endlich realisierte sich Kipphardts langgehegter Wunsch, Piscator als Regisseur für eines seiner Stücke zu gewinnen: die Uraufführung von «In der Sache J. Robert Oppenheimer» an der West-Berliner Freien Volksbühne wurde von Piscator inszeniert.

Der Regisseur, 1962 zum Intendanten der Freien Volksbühne berufen, trug maßgeblich zur Durchsetzung der politisch brisanten Stücke des sog. Dokumentarischen Dramas bei. Außer beim «Oppenheimer» führte Piscator auch Regie bei den Uraufführungen von Rolf Hochhuths «Der Stellvertreter» (Februar 1963) und Peter Weiss' «Die Ermittlung» (Oktober 1965), alle drei in dem von ihm geleiteten Theater in West-Berlin.

Piscators Wunsch, das 75jährige Bestehen der Volksbühne im Herbst 1965 mit der Uraufführung von Kipphardts neuem Stück «Joel Brand» zu begehen, scheiterte jedoch an Terminproblemen. Das Drama wurde statt dessen an den Münchner Kammerspielen zum erstenmal aufgeführt. Piscator schrieb am 8. März 1966 an Kipphardt: «Aber ich möchte doch gleich mein Interesse anmelden an allem, was Du schreibst oder geschrieben hast, und hiermit wieder die Verbindung aufnehmen.» Noch im selben Brief berichtet er von einer Erkrankung und seiner bevorstehenden Abreise nach Starnberg, um sich einer Kur zu unterziehen. Dort, am 30. März 1966, starb der große alte Mann des Politischen Theaters. Heinar Kipphardt hielt in der Freien Volksbühne eine Gedenkrede: «Für Erwin Piscator».

Für Erwin Piscator

Wo auf dem Theater heute versucht wird, die Wirklichkeit unserer Welt in ihrer Veränderung zu beschreiben, den Ursachen für ihre beunruhigende Unzulänglichkeit nachgegangen wird, um sie einsehbar zu machen und Korrekturen zu begünstigen, ihr Gesicht sogar denunziert wird, da finden sich Stränge, die aus der Arbeit des revolutionären politischen Theaters von Erwin Piscator kommen, aus diesem großen Baugelände eines Pioniers, das unfertig blieb, unvollständig, vorläufig. Denn das war ja nicht der Entwurf für einen Mann und wenige Jahre, sondern der Entwurf für ein Theater, unserem Zeitalter angemessen, dem wissenschaftlichen. Erwin Piscator hat ihn vorgelegt. Er hat verdeutlicht, was das Theater als politische Institution in einer faktischen Demokratie sein könnte. Von Berlin aus hat er dem Theater klargemacht, daß es sich reformieren müsse an Haupt und Gliedern, wenn es die eigene Zeit dokumentieren wolle, wenn es auf sie einzuwirken wünsche. Sein Theater eines durchaus neuen Typs zielte auf die Wiedergabe der ganzen Wirklichkeit zum Zwecke ihrer Änderung, daß sie zum Menschen passender werde und angenehmer, daß die materielle Befreiung des Menschen installiert werde als eine der Voraussetzungen der geistigen Freiheit und des Glücks.

Man kann nicht behaupten, daß dieses Theater schon da wäre. Wo es sich aber regt auf die verschiedenste Weise, wo es Welt in den Griff nimmt, zu Einsichten verführt und zur menschlichen Lust, die Verhältnisse zu ändern, da kommen die Fußspuren aus dem Baugelände der experimentellen Arbeit Erwin Piscators.

Niemand bestreitet, daß Erwin Piscator dem Theater eine große Anzahl neuer Mittel zugeführt hat, Wiederentdeckungen, Erfindungen, Neuerungen des Bühnenapparates, des Lichtes, des Bühnenbaus, der Bauweise der Stücke und der Inszenierungstechnik. Der Szenentitel, die Projektion von Fotos, Fotomontagen, Sachinformationen, das Spielgerüst, die Etagenbühne auf der Drehscheibe, die Globusbühne, der lichttransparente Bühnenboden, die laufenden Bänder und die Einführung des Films in die Bühnenhandlung, das alles und ein Dutzend andere Neuerungen werden Erwin Piscator zugeschrieben und als verdienstvoll akzeptiert. Selten aber wird dabei begriffen, daß er alle diese Mittel nur erfand, um das Theater zu befähigen, die Wirklichkeit exakter, vollständiger und wahrhaftiger abzubilden, um dem Drama den Rang des unwiderleglichen Dokuments zu geben.

Wenn Erwin Piscator zum Beispiel Rasputin mit Hilfe des Films in das historische Geschehen des Ersten Weltkrieges und die beginnende russische Revolution stellte, dann wollte er über die subjektive Bühnenhandlung hinaus die objektiven bewegenden Kräfte darstellen, die in dem Stück nicht vorkamen, die Weltpolitik, die Weltwirtschaft, die Kämpfe der Klassen: denn erst durch sie bekam die Szene die von ihm erstrebte Authentizität, die Objektivierung im Historischen. Er entriß dem Stück mehr Welt, als es enthielt. Er wollte das Wie und das Warum zeigen, das Subjektive und das Objektive, die Bewegung und die Bewegungsgesetze. Das Weltgericht ist die Weltgeschichte. Und der Mensch ist zugleich ihr Objekt und das Subjekt, das sie erzeugt.

Das Mittel Film interessierte Erwin Piscator, insofern es auf seine Tauglichkeit untersucht wurde, kunstfähige Mitteilungen zu machen, die bekannte Mittel des Theaters nicht oder nicht genug leisten konnten. Wenn er in seinem «Schwejk» die beiden gegeneinander laufenden Bänder mit den Projektionsgassen verwandte, so interessierte ihn nicht das sensationell neue Mittel, beliebig verwendbar, sondern die Entdeckung, daß diese Bühne «die ununterbrochene Bewegung des Krieges wiederzugeben imstande war», den rastlosen Ablauf des Geschehens, den er für die Organisation eben dieses epischen Stoffes auf der Bühne brauchte. Der zusätzliche Gewinn bestand darin, daß die Mechanik der Bewegung komisch wirkte, Lachen herausforderte. Die Hašeksche Betrachtungsweise, seine Art zu reflektieren, gab er mit dem Mittel des Trickfilms wieder, gezeichnet von George Grosz, der den Stoff näherrückte, schärfer und kälter belichtet. Das entsprach der Forderung Erwin Piscators, das Bühnenwerk in die Vorstellungswelt der eigenen Zeit zu rücken. Seine Erfindungen waren auf Zwecke gerichtet. Sie dienten der Erforschung der Möglichkeiten eines neuen

Theaters. Und sie hatten den Rang, den die Wissenschaft dem Experiment gibt.

Sein radikaler Umbau des Bühnenapparates, seine riskanten Eingriffe in die Bauweise der Stücke, sein unbescheidener Griff nach allen Künsten und Wissensbereichen, um sie der Szene nutzbar zu machen, zielten auf ein Theater, das nach seinen Worten «bis ins Letzte wirklich, bis zur Rücksichtslosigkeit wahr» sein sollte. In seinem Buche «Das Politische Theater» steht ein merkwürdiger Hinweis, daß nämlich die ganze Art seiner Regie vielleicht nur entstanden sei aus einem Manko an dramatischer Produktion und daß alle seine Mittel der Steigerung des Szenischen ins Historische dienen sollten, weil es von der Dramatik selbst nicht geleistet würde.

Ich weiß nicht, ob das stimmt, aber ich denke, es ist wahr, daß seine Theaterarbeit, die den Erfordernissen der Zeit entsprach, eine neue Art von Stücken provoziert und begünstigt hat, deren offene Bauart und kühlere Schreibweise vollständigere Abbildungen erstreben.

Als Erwin Piscator 1928, fünfunddreißig Jahre alt, das Theater am Nollendorfplatz schließen mußte, weil er 16000 Mark Steuerschuld nicht bezahlen konnte, und daraufhin den Satz formulierte «Ich trage meine Pleiten wie andere ihre Orden», enthielt seine Arbeit bereits die Spurenelemente des modernen Welttheaters, dessen wirkliche Fragen, dessen gelöste und ungelöste Probleme. Von dort kamen inzwischen Schauspieler neuer Art, mit einer harten, direkten, unpsychologischen Spielweise, die das Natürliche auf eine kontrollierte Art reproduzieren. Von dort kamen Bühnenbauer, die das dekorative Bühnenbild durch den konstruktiven Bühnenbau ersetzen und durch den dramaturgischen Raum. Von dort kamen Regisseure, die die Wände demontieren, die das Theater einst vom Leben getrennt hatten, und kam schließlich eine Arbeitsform der Kooperation aller Künste, ja die kooperativste Kunstart überhaupt, dem Theater angemessen.

Gedenkrede für Erwin Piscator, gehalten bei einer Feier in der Freien Volksbühne Berlin am 17. April 1966. Hier abgedruckt in einer von Kipphardt überarbeiteten Fassung, die 1971 in dem Katalog «Erwin Piscator 1893–1966» der West-Berliner Akademie der Künste veröffentlicht wurde.

Die Regiearbeit Erwin Piscators und Bertolt Brecht

Ich finde es eigentlich falsch, Piscator und Brecht auseinanderdividieren zu wollen. Viel wichtiger ist ihr gemeinsamer Ansatzpunkt. Der gemeinsame Ansatzpunkt war, das Theater zu begreifen als eine historisch gewordene Versammlung von Mitteln, die man einsetzen kann, um Lust an Veränderungen zu machen. Beide haben gesagt, das ist ein Irrtum, Theater anzunehmen als ein ewig Gleichbleibendes, sondern die Mittel, die wir entwickeln, entwickeln wir aus den Wünschen, die von uns beiden für notwendig gehaltene revolutionäre Umwerfung der Gesellschaft zu erzielen. Piscator hat ausdrücklich mehrfach gesagt in dieser frühen Zeit, in seinem Buch «Das Politische Theater» findet sich das auch, daß ihn nie interessiert habe, Kunst zu machen, und ihn hätte auch nie interessiert, mit dem Theater Geschäfte zu machen.

Sprechen wir jetzt einmal von der Kunstaufhebung. Kunstmachende – das ist ja ein merkwürdiger Beruf. Ich weiß nicht, wie es Ihnen geht, Peter Weiss oder anderen hier Anwesenden, wir machen eigentlich etwas, ohne zu wissen, was das, was das Wort ausdrückt, eigentlich ist. Ich habe in meinem ganzen Leben nie herausgefunden, was die Leute denn unter Kunst verstehen wollen. Ich habe das auch noch nie von jemandem erklärt gefunden, was das eigentlich ist. Wir sagen aber, wir machen Kunst. Nun ist doch bei uns allen in den letzten Jahren bis zur Versagung auf diesem Gebiete ein Mißtrauen in die Möglichkeit der Kunst gewachsen. Ich weiß nicht, wie es Ihnen geht. Bei mir jedenfalls – also stark. Und so kann ich Piscator sehr nachfühlen, daß er gegen den Wust, gegen das Unbestimmbare des Kunstbegriffs, dem sowas Ewiges anhaftet, vorschlug, diesen Begriff mal ein bißchen aus dem Verkehr zu ziehen. Er konnte so wenig wie wir vermeiden, daß schließlich etwas wie ein dokumentiertes Kunstprodukt entsteht, auch wenn man keine Kunst zu machen wünscht. Im Nachhinein ist das merkwürdigerweise Kunst. Diesen Anti-Affekt, Kunst betreffend, hatte Brecht in ebenso starkem Maße.

Jetzt komme ich auf die Unterscheidung. Piscator hat in vielen Gesprächen, die wir über Brecht hatten, ganz unüberhörbar große Vorwürfe erhoben. Er verstand ihn als einen riesenhaften Theatererneuerer und als einen großen Mitgenossen und Mitkämpfer, aber sein Vorwurf ging in folgende Richtung. Er sagte, wenn Sie es genau anschauen, hat eigentlich der Brecht gemacht, was wir alle vermeiden wollten, nämlich zu einer bestimmten Zeit hat er aus dem Wunsche, das Theater zu einem Instrument zu machen, Weltveränderung anzuregen, hat er den Weltveränderungswunsch in Kunst verwandelt. Das heißt, Piscator kritisierte die Phase bei Brecht, als Brecht von der technischen Höhe des Lehrstückes zum Parabeltypus und zum Historientypus ging, der ihn immer sehr angezogen hatte. Ich würde sagen, tatsächlich, wenn Sie einige Stücke des späten Brecht ansehen, so gibt es bei ihm eine gewisse Annäherung an das auf dem Theater Konsumierbare, was aus seiner Lage in der Emigration zu erklären ist; ohne Theaterapparat, nur Stücke schreibend für ein Theater, das er nicht beherrscht, und für einen Produktionsapparat, den er nicht beherrscht. Da hat er sich entschlossen – das beschreibt er auch selbst –, die technische Höhe der Lehrstücke, kulminierend in «Johanna der Schlachthöfe» oder auch im «Fatzer»-Fragment, zu verlassen und hat zunehmend den Parabeltypus und den Historientypus bevorzugt.

Nehmen Sie meinetwegen ein spätes Stück von Brecht wie das Tui-Stück, «Turandot oder Der Kongreß der Weißwäscher» – ich war bei der Uraufführung in Zürich, und bei dieser Uraufführung saß das ganze Auditorium voller Tuis. Das waren alles die Silberzungen des Systems, und jeder konnte der parabelhaften Kritik an den Tuis ungeheuer mit Genuß und mit Vergnügen beipflichten, und niemand fühlte sich betroffen. Also, was Piscator bemängelte, war, daß die spätere Produktion von Brecht – oder wenigstens einige Stücke – an Roheit und an Direktheit, an Unterbruch verloren. Brecht beschreibt ausdrücklich, daß er dieses Element bei Piscator zum erstenmal verwendet fand: die Unterbrechung, die das Stück ausweitet, und Brecht hat den Kommentar an diese Stelle gesetzt – und es scheint mir, wenn Sie die Kommentar-Stellen beim Brecht nehmen, er hat seine ungeheure Fähigkeit, große, schöne Lieder zu machen, zum genußvollsten Punkt einer Aufführung gemacht. Also der Wunsch, eingreifendes, erweiterndes Denken zu erzielen, ist in Gefahr, wie eine Auster geschlürft zu werden. Das ist ein Punkt, den, glaube ich, Piscator zu Recht kritisiert.

Nichtsdestoweniger meine ich, daß Brecht in vieler Hinsicht, was die dramatische Technik angeht, weitergegangen ist als Piscator.

Piscator hat die Ausweitung des Stückes gefordert mit technischen Mitteln, mit Kommentaren, mit Zutaten, Ergänzung, Erweiterungen, die anhalten, hat aber dann nie darauf verzichtet, die Welt darzustellen als eine Welt von Gut und Böse. Da ist also dieses moralische Moment drin, von dem Günther Rühle vorher sprach. Ich war sehr verwirrt, muß ich sagen, als ich auf einer «Oppenheimer»-Probe zu Piscator kam und Piscator mit dem Darsteller des Edward Teller arbeitete und ihm klarmachte, was für ein verlogener Mensch dieser Herr Teller ist. Und ich sagte, «Piscator, Sie haben nicht recht, Teller hat eine andere Position, hat eine andere Entwicklung genommen, hat eine andere Historie, aber von ihm aus ist das subjektiv von ungeheurer Ehrlichkeit, sogar von einer schamlosen Ehrlichkeit, subjektiv sind Teller wie Oppenheimer von sich als gute Menschen überzeugt, und Teller ist weder ein Lügner noch moralisch zu betrachten, sondern der Fortgang der Handlung zeigt, daß sein Argument und seine Emotion vielleicht folgenschwer fürchterlich sind; aber behandeln muß man diese Figur – man muß sie eher aufbauen.» Also das war Piscators Anliegen im Ansatz nicht, sondern er wollte gern den Helden und den Gegenspieler und wollte damit eine bestimmte leidenschaftliche Emotionalisierung erzielen, während Brecht halt die Widersprüche der Wirklichkeit – viel kühler von sich weggestellt – einsehbar macht für den Zuschauer. Was Brecht mit dem ganzen Verfremdungs-Komplex gemeint hat, war doch nichts anderes als: das gewöhnlich Furchtbare durch Fremdmachen besonders und behaltbar zu machen. In diesem Punkt ist Brecht dramentechnisch viel weiter gegangen als Piscator. Bei Piscator ist wahrscheinlich die direkte Emotionalisierung, das Leidenschaftlichmachen eines Publikums in einer aufgewühlten Zeit, die ist sicherlich besser damit zu erzielen, aber ich glaube, die Aufregung ist vorbei, und gedanklich trägt man mehr nach Hause beim alten Bertolt Brecht.

Eine weitere Übereinstimmung zwischen beiden: beide haben früh begriffen, daß Konkretisierung, also Episierung, im wesentlichen Historisierung ist. Das heißt, man muß einen Vorgang, um ihn episch zu machen, in einer bestimmten historischen Situation genau beschreiben über das Wie hinaus, man muß möglichst ein Warum zeigen, also zu Kausalitäten vorstoßen. Das wollten beide, und sie hatten aus dieser Bestrebung beide früh eigentlich das Bedürfnis, das Faktische mit einzubringen. Piscator sprach – wenn ich nicht irre – vom Theater, das so etwas wie eine Zeitung wäre. Also man sprach von Theaterformen, die eigentlich füllbar wären von Tag zu Tag. Und auch beim Brecht gab es solche Bedürfnisse in starkem Maße.

Jetzt will ich ein paar Worte sagen zu diesem sehr mißverstandenen Begriff vom dokumentarischen Theater. Viele Leute tun so, als wäre das eine unwürdige Beschäftigung mit Faktischem, die, nur mit der Schere so zusammengeschnitten, dann ein merkwürdiges Produkt ergäbe, das doch aber keine Kunst mehr sei. In Wirklichkeit liegt etwas ganz anderes vor. Das deutsche Drama war lange Zeit befangen in dieser weinerlichen Haltung so eines Perversen-Christus, der zwar mitgegangen war und viel angerichtet hatte, aber dann war so Schreckliches passiert, und niemand konnte sich erklären wie, und so nahm man eine weinerlich-moralisierende Haltung ein, am deutlichsten und frühesten ausgeprägt bei Wolfgang Borchert. Diese Weinerlichkeit hatte das Theater nicht recht verloren. Und dann kamen ein paar Leute und fingen an, an große Stoffe zu kommen, fanden die Welt eigentlich verrammelt von Vorurteilen und Schlagworten. Dann liegt es nahe zu sagen, man muß eine untersuchende Phase vorschalten. Das heißt, man entschloß sich, eine Zeit in einem Stoff sauer zu arbeiten, ehe man an das eigentliche Schreiben eines Stückes ging. Das Arbeiten mit faktischen Materialien ist das sicherlich unglaublich viel mühsamere Verfahren. Es ist ein Irrtum zu glauben, daß man die Materialien – jedenfalls für die Bühne – nur zusammenschneiden und montieren könne. Sondern in der späteren Phase tritt natürlich ein Autor ein, sichtet die Fakten, sortiert die Fakten; mit der Tendenz, die faktische Grundlage nur zu ändern, wenn der Sinn der historischen Begebenheit größer und deutlicher zum Vorschein kommt, und die Änderungen dann auszuweisen. Der Autor ist ja nicht enthoben, eine eigene szenische Grammatik zu haben.

Zum Beispiel – ich spreche jetzt mal praktisch von mir bei der Arbeit am «Oppenheimer» – also Faktisches Wort für Wort oder in der Abfolge gibt es im Stück überhaupt nicht. Es wird Sie vielleicht etwas erstaunen: für mich hat «Oppenheimer» außerordentlich starke autobiographische Momente, ich habe das durchaus mit einer Identifikations- oder Annäherungsmöglichkeit geschrieben, und nicht nur der Oppenheimer-Figur gegenüber. Zweitens: ich habe die Oppenheimer-Figur, schon da sie auch Autobiographisches in sich hat, als eine sehr kritische Figur beschrieben, was die Bühne flugs und radikal vergessen hat, mit Ausnahme vielleicht der Aufführung im Berliner Ensemble. Ich will sagen, die Verwendung von Dokumenten ist natürlich an die Persönlichkeit, an die Erfahrungen, an die Betrachtungsweisen, an die Arbeitsweisen eines Autors so gebunden wie in jedem anderen Stoff auch.

Nehmen Sie meinetwegen drei Leute, die hier heute mehrfach genannt sind, den Weiss oder den Hochhuth oder mich, und man könnte noch eine Reihe von anderen anführen. Rolf Hochhuths Umgang mit dem Dokumentarischen ist denkbar auf eine ganz emotionale Weise mit Held, Gegen-Held, mit nur moralischer Betrachtungsweise der Welt, mit großen Tabuverletzungen – die richtige Wahl eines Stoffes ist ja eine gewaltige Kraft für einen Autor –, mit einem riesenhaften Instinkt für einen Stoff, für Tabuverletzung, die er aber dann schreibt, als würde die Welt von den psychischen Trieben bestimmt, was meine Überzeugung nicht ist. Ich halte Triebe für etwas Abhängiges, halte die Psychologie für eine Wissenschaft mit aussterbendem Gegenstand; wenn sich andere Wissenschaften entwickeln, braucht man die Psychologie nicht mehr.

Zu Peter Weiss wiederum: wir sind sicherlich in Punkten näher; in vielen, soweit ich es betrachten kann, auch sehr unterschiedlich. – Ich hatte das Gefühl, eine stark untersuchende Haltung wäre in unserer politischen oder gesellschaftlichen Situation eine richtige Haltung. Das heißt, den Zuschauer sehr ernst nehmen, ihn in eine Untersuchung mit einführen, ihn als einen Partner, der entscheidungsfähig ist, zu behandeln, ruhig mit ihm zu argumentieren. Das heißt nicht, keine Stellung zu haben, aber ihm die Chance zur Stellung auch jeweils zu geben. – Weiss hat, soweit ich sehe, stärker das Moment in einigen Stücken der zornigen Agitation. Er faßt die Leute viel mehr beim Kragen, als ich das tue. Und so könnte man eine Reihe von verschiedenen Leuten anführen, denn natürlich im Umgang mit Faktischem kommen ganz unterschiedliche Elemente heraus.

Aber ich muß sagen, wir alle werden nicht bestreiten, daß unsere Bemühungen schlecht denkbar wären ohne die riesenhaften Anstöße und Untersuchungen und das Probieren von Piscator, und wir alle, glaube ich, müssen zur Kenntnis nehmen das Scheitern von Piscator, nämlich das Scheitern an einem nicht-mobilisierbaren, nicht-existenten proletarischen Zuschauer, die nicht funktionierende Korrespondenz zwischen revolutionärem Subjekt, Proletariat, und der Abbildung auf dem Theater. Das ist ihm also nicht gelungen, und es wird uns – wir sind in einer viel schlechteren Lage. Zur Piscator-Zeit war der große Gegenentwurf, der mit der Oktoberrevolution der Sowjetunion eingesetzt hatte, eine hoffnungsvolle, starke Realität. Wir alle haben andere Phasen der Bonapartisierung der Revolution erlebt, wir haben auch ein weiteres Ausweiten der Revolution erlebt; im Ganzen gibt es, glaube ich, einen viel besseren Weltzustand, wir erleben ein neues Entstehen von sehr analytischen Schulen von Marxismus – es ist auf marxistischem Gebiet selten so viel gearbeitet worden wie jetzt. Wir sehen die unterschiedlichsten Modelle. Aber was uns allen fehlt, und worunter ich jedenfalls sehr leide: wir können nicht verweisen auf ein schon funktioniert habendes System einer befreiten sozialistischen Gesellschaft in einer Industriegesellschaft. Auf so ein Beispiel können wir nicht hinweisen. Wir sind abgeschnittener von dem revolutionären Subjekt, als Piscator das – jedenfalls in der Zeit am Nollendorfplatz – war. Die Frage, die sich nicht uns stellt, sondern der Gesellschaft: werden die großen kapitalistischen Metropolen einen Impuls bekommen zur Veränderung ihrer Gesellschaft, oder kommt es zu einer neuen Klassenkampfsituation, der großen Konfrontation reicher kapitalistischer Metropolen und Dritter Welt; warten wir auf den Guerillero, oder findet unsere Gesellschaft die Kraft, wenigstens Ansätze von Selbstverwirklichung, von Volkssouveränität herzustellen?

Beitrag Kipphardts zur Erwin-Piscator-Konferenz der Akademie der Künste in West-Berlin, 7. bis 10. Oktober 1971. An der Konferenz nahmen u. a. auch Peter Weiss, Günther Rühle, Hans Ulrich Schmückle und Walter Schmieding teil. Gedruckt nach einer (vom Herausgeber stilistisch leicht redigierten) Abschrift des Tonband-Mitschnitts der Konferenz.

17.
Pil und Pal als Domestiken
Clownspiele

Bei der Erwin-Piscator-Konferenz 1971 in Berlin äußerte Kipphardt, er halte Samuel Becketts Stücke für die reinste Ausprägung eines neuen religiösen Theaters. «Beckett begreift wie wir alle die fürchterlichen, ausweglosen, sinnlosen Bedrückungen und Reduzierungen des Menschen.» Aber Beckett beschreibe sie als etwas Ewiges, Unaufhebbares. «Und das scheint er mir mit christlicher Ideologie gemeinsam zu haben. Er beschreibt Entfremdung, Reduzierung, Verunmenschlichung nicht als einen historischen Vorgang, sondern als einen ewigen.»

Wie ein Gegenentwurf zu Becketts Theater liest sich Kipphardts Fragment einer Serie von Clownspielen, die er 1966 schrieb. (Die Anspielungen gehen bis in Details; auch in «Warten auf Godot» werden von den Protagonisten auf der Bühne Radieschen verzehrt...) Die Endzeit-Stimmung Becketts, die ständig variierte Situation des Wartens wird bei Kipphardt vom Kopf auf die Füße gestellt: die Domestiken Pil und Pal warten auf etwas sehr Reales, nämlich auf das Ableben ihres Herrn. Ihr bloßes Warten auf bessere Zeiten erscheint als eine sehr konkrete Sinnlosigkeit, als Unsinn des Sich-Abfindens mit den gegebenen Verhältnissen.

Zugleich nimmt Kipphardt in den Clownspielen eine Idee auf, die er schon Anfang 1960 in einem Notatheft festgehalten hatte: «Der Mensch, der zu den anderen Menschen das Verhältnis des Verkäufers zum Kunden hat, ist eine interessante und bezeichnende Figur», schrieb er damals, kurz nach seiner Rückkehr in den kapitalistischen Westen. In den Clownspielen zeigt er Pil und Pal, wie sie ihren «Kunden», den Herrn, in ritualisiert-komischer, fast automatenhafter Weise bedienen. Kipphardts Szenen sind als symbolische Abbilder bürgerlichen Lebens konzipiert.

Ein kahler, weißer Raum. Ein Bett, ein hoher weißer Stuhl, wie er von den Schiedsrichtern beim Tennis benutzt wird. Zwei weiße Trittleitern. Eine Garderobenleiste, an der Hüte, Kostüme und Requisiten hängen. Zwei Tonbandapparate. In der Hinterwand, hoch oben, ein mit Brettern vernageltes Fenster, weiß gestrichen. In dem weißen Bett liegt die Mumie eines alten, glatzköpfigen, brauenlosen, bartlosen Mannes in weißem Schlafanzug, die Hände parallel auf der weißen Bettdecke, regungslos. Die roten Augen, einziger Farbfleck, sind geschlossen.

Der im Halblicht liegende Raum wird zunehmend heller, liegt nach etwa zehn Sekunden in sehr hellem, kaltem, weißem, schattenlosem Licht. Durch die türlosen Eingänge, rechts und links vorn, kommen gleichzeitig die Domestiken, Pil, erster Clown, und Pal, zweiter Clown.

Pil ist sehr klein, schnelle, wieselhafte Bewegungen. Weißgeschminktes Gesicht, große rote Ohren, feuerrotes struppiges Haar, feuerroter struppiger Bart, feuerrote struppige Augenbrauen. Seine Domestikenkleidung besteht aus einer weiten, schwarzen Clownshose an roten Hosenträgern, einer weiten schwarzen Dienerjacke, gestreiftem Arbeiterhemd mit schmutzigem Papierkragen und einer Blechkrawatte, auf die ein rotes, großes Karomuster gemalt ist. Weiße Socken, löcherige, zertragene Tennisschuhe.

Pal ist sehr dick, die langsamen, würdigen Bewegungen eines Elefanten. Rotgeschminktes Gesicht, große rote Hände, große weiße Ohren. Trauriger, schwarzer Walroßbart, lange traurige Augenbrauen. Er trägt eine schwarz-weiß gestreifte Dienerjacke, sein Papierkragen hat die Form des sogenannten Vatermörders, die Krawatte ist durch ein ausgefranstes Plastron ersetzt.

Beide gehen geräuschlos. Sie tragen goldene Tabletts mit den Requisiten für das Lever. Sie begrüßen sich durch Handzeichen, lächlen sich zu, gehen zu den Tonbandapparaten rechts und links des Bettes.

PAL Morgen, Pil.

PIL Morgen, Pal.

PAL Ich glaube, daß er heute sterben wird.

PIL Oder morgen. Spätestens.

PAL Heute oder morgen oder übermorgen.

PIL Dann sind wir die Erben. Universal. Mit unserem Plus- und Minuskonto. Seit vierzig Jahren.

Sie lachen erwartungsvoll.

PAL Der Lurch.

PIL Der Knulch.

PAL Der Schauerbock. – Womit wird er geweckt?

PIL Ich nehme Meeresrauschen.

PAL Dann nehme ich Möwenschrei.

Sie setzen die Apparate in Gang, treten von beiden Seiten an das Kopfende des Bettes und erwarten das Erwachen ihres Herrn. Der Herr schlägt die Augen auf, ohne sich zu rühren.

HERR – Was – ist – das – da?

PIL Meeresbrandung der Biskaya im Winter 1922, die Sie in Ihrem Tagebuch beschrieben.

PAL Möwenschrei im Sturm auf Schiermonnikoog, Westfriesland, von Ihrer vorletzten Frau Monika aufgenommen, an deren Geruch Sie sich niemals gewöhnen konnten.

HERR Ich habe nicht geschlafen. Ich bin wach. Unfug.

Pil und Pal stellen die Tonbandgeräte ab, erst die Brandung, dann die Möwenschreie.

HERR Es sind Gerüche hier hereingedrungen – in der Morgenstunde.

Der Herr hebt flüchtig erst die rechte, dann die linke Hand und läßt sie auf die Bettdecke zurücksinken. Pil und Pal eilen herbei, Pal eilt langsam. Der Herr schnuppert, bläst die Luft angewidert aus.

HERR Ihr riecht.

Pil und Pal ziehen Zerstäuber aus ihren Taschen und blasen Desodorierungsmittel in alle Winkel des Raumes, auch unter das Bett und die Bettdecke, in ihre Hosen und Jacken schließlich.

HERR Ich werde euch die Gerüche von euren Gutschriften abziehen. Drei Punkte minus, Pil, drei Punkte minus, Pal.

Er macht zweimal drei Striche in ein Kontobuch. Pil versucht, in das Buch zu schauen.

HERR Vier Punkte minus, Pil.

Er macht einen weiteren Strich in Pils Minuskonto.

HERR Liebst du mich, Pil?

PIL Seit vierzig Jahren.

HERR Und Pal?

PAL Ich warte – daß Sie verrecken.

HERR Du bist kein Schmeichler, Pal. Wir stehen auf. Musik.

Er hebt die Hand zum Zeichen, daß er sich zu erheben wünscht. Pil und Pal eilen, die Tonbandgeräte einzuschalten.

PAL Vivaldi, gespielt aus Anlaß der Gründung der Hypothekenbank.

PIL Die Glocken des Doms zu Regensburg. Als Sie katholisch wurden.

Da der Herr zu den ersten Takten mit dem Kopfe nickt, machen sie sich mit großer Geschwindigkeit und ziemlich rücksichtslos an dessen Morgentoilette. Sie reißen ihm die Bettdecke herunter, kneten die Arm- und Beinmuskulatur durch, reiben ihm Gesicht und Achselhöhlen mit einem Wasser ab, richten ihn auf, schminken ihn, kleben ihm ein kurzgescheiteltes Toupet auf die Glatze, kleben ihm einen englischen Schnurrbart und starke Augenbrauen an, pudern die rötlichen Lider, legen Rouge auf die Wangen, stutzen die Haare aus Ohren und Nasenlöchern, schneiden Finger- und Zehennägel, ziehen ihm ein Vorhemd an mit 10 cm hohem Stehkragen, Plastron mit Diamantnadel, legen ihm Ringe an, stellen ihn auf die Füße, legen ihm einen schwarzen Seidenmantel an, in dessen Knopfloch sie eine Orchidee stecken, ziehen ihm goldene Pantoffeln an, halten ihn von beiden Seiten, um ihn fünf Kniebeugen machen zu lassen, helfen ihm, um mit jedem Arm fünfmal eine Hantel hochheben zu lassen, geben ihm einen elfenbeinernen Stock in die Hand, rollen einen roten Seidenläufer aus und geleiten ihn zu dem Tennisstuhl, den Pil in die Mitte des Raumes geschoben hat. Pal geht hinter ihm, um bei einem etwaigen Straucheln einzugreifen. Der Gang des Herrn ist äußerst langsam und geziert, eine gewaltige Leistung, die dessen ganze Konzentration erfordert. Sie betten ihn von den Trittleitern rechts und links in den Tennisstuhl, der auch an ein Kinderstühlchen erinnert, das man vorne schließt, damit das Kind nicht herausfallen kann. Sobald er sitzt, schalten Pil und Pal die Apparate aus und ser-

vieren das Frühstück auf goldenen Tabletts. Auf einem zwei Radieschen, auf dem anderen ein Glas Wasser und drei Tabletten. Er ißt die Radieschen zeremoniell mit Messer und Gabel und stößt Laute des Behagens aus. Pil gibt unterdessen den Tagesbericht aus einem Logbuch.

PIL Es ist Freitag, der 18. Februar 1966. Die Temperatur bei Sonnenaufgang betrug Grad Celsius 4,68, der Luftdruck 740, sinkend, die relative Luftfeuchtigkeit gemessen nach Saussure 14,2 Prozent. Schon 1966, schon Februar.

HERR Ich könnte noch ein Radieschen, glaube ich.

PAL Nein.

HERR Es war wundervoll. Ich könnte noch ein halbes, ohne Salz, sagen wir?

PAL Sie haben keinen Magensaft dazu.

HERR Ich fühle mich heute besser. Ich fühle mich wundervoll.

Er nimmt die Tabletten eine nach der anderen. Er spült jede einzeln mit einem Schluck Wasser hinunter und nimmt nach jedem Schluck den Kopf mit einem langen Blick zur Decke zurück, wie das bei trinkenden Hühnern zu beobachten ist. Er verschluckt sich bei der letzten Tablette. Er hat einen Erstickungsanfall. Pil und Pal gehen zu ihren Tonbandapparaten und beobachten ihn von dort. Sie lassen eine sehr fremde, monotone Liturgie, die Stimme eines tibetanischen Mönches im Falsett, erklingen, so daß die Erstickungsgeräusche nicht länger zu hören sind. Als der Herr zu sich kommt, steht Schweiß auf seiner Stirn. Pil und Pal trocknen ihn mit Tüchern.

HERR Ich habe mich verstellt. Ihr seid erschrocken, was?

Er lacht und verschluckt sich wieder.

PIL Wir kennen Ihre Späße.

Sie lachen. Der Herr kommt japsend zu sich.

HERR Es ist zu trocken. Es muß die Luftfeuchtigkeit korrigiert werden!

Pil und Pal spannen Tücher, die sie aus Kupferbecken mit Wasser besprengen. Der Herr trinkt aus seinem Wasserglas.

HERR Wasser. Ah. Wasser.

PAL Sie haben genug getrunken.

Er nimmt ihm das Glas weg.

HERR Wer hat gesagt, daß ich heute diesen tibetanischen Idioten hören will?

PAL Es ist der Gesang des jungen Mönches, den Sie bei Ihrem Besuch der tibetanischen Bergklöster adoptierten, da er den reinen Geist verkörperte.

HERR Blödsinn. Er war schwachsinnig. Er hat mich um 50000 Mark geprellt und meine Haushälterin geschwängert.

PAL Sie haben ihn in unseren Programmen nie beanstandet.

HERR Ich beanstande ihn jetzt. Ich habe euch engagiert, damit ihr mich unterhaltet, und nicht, damit ihr mich mit euren alten Hüten langweilt.

Pal stellt den Apparat ab.

HERR Die Stille. Ah, die Stille.

Pil und Pal sitzen rechts und links von ihm auf ihren Trittleitern. Pal schneidet sich die Fingernägel. Pil legt eine Patience. Pause.

HERR Was machst du, Pal?

PAL Ich schneide mir die Nägel.

HERR Pil?

PIL Ich denke nach, wie ich Sie unterhalte.

HERR Wie ist das Wetter?

PAL Trist. Schneematsch, Schneeregen.

HERR Was schlägst du vor?

PIL Ich dachte Nummer 8, Stierkampf in Cordoba. Beschreibung der Kampfesweise des berühmten Juan Diego, den ihre letzte Frau verehrte.

HERR Er war impotent, dein berühmter Diego, Was sonst?

PAL Dann für den Anfang Nummer 21, die Demonstration der Liebesbräuche Kama Kalpa im nördlichen Indien, zu selten gehörten Tempeltänzen.

Pal setzt das Bandgerät in Gang und deutet sparsam den vorgesehenen Tempeltanz an. Pil rhythmisiert mit einem Handinstrument.

PAL Die Erotik liegt in der Bewegung der Hände sowie der Hüften gelegentlich. Die soundso ist.

Pil beschreibt den Typ und den dazugehörigen männlichen Typ. Streit über großen und kleinen Penis.

HERR Es ist mir nicht danach.

PAL Bitte, Sie sind der Kunde.

Er stellt den Apparat beleidigt ab und kehrt zur Nagelpflege zurück.

HERR Die Stille. Ah, die Stille. – Alle Genüsse sind einfach. Alles Einfache ist kostenlos. Ich möchte etwas Einfaches genießen.

PAL Ich könnte Ihnen ein Spanferkel essen, auf mexikanische Weise zubereitet.

PIL Oder Fasanenpastete. Die Sie in der Toscana aßen, mit frischen Kastanien. Als Sie den Reisanbau in Norditalien finanzierten.

HERR Ich möchte lieber spazierengehen. Frühling, sagen wir, morgens, eine Wiese entlang, einen Fluß –

PAL Wir sind erst gestern spazierengegangen. Sie haben den Spaziergang abgebrochen, Sie haben sich gelangweilt.

HERR Weil ihr nicht gut wart, Routine, ohne wirkliches Erleben. Gehen im Gras, barfuß. Ich möchte einen einfachen Frühjahrsspaziergang machen.

PIL Mit Musik?

HERR Ohne. Mit euren ländlichen Originalgeräuschen.

Gelegentliche Vogelstimmen, verschieden entferntes Muhen von Kühen, das Rattern eines Traktors, später das Plätschern eines Flusses, das Bellen eines wütenden Hundes etc. Die Geräusche werden von den Clowns erzeugt.

PIL Zusammen oder einzeln? Wollen Sie zusammen gehen oder einzeln?

HERR Allein.

PAL Also, Nummer zwei. Einzeln.

PIL Also.

Sie wählen an dem Gerätebrett die Requisiten aus, probieren Hüte, Stöcke, Wanderrucksäcke. Pal verschwindet durch den Eingang rechts, Pil setzt das Gerät in Gang und geht durch den linken Eingang ab, durch Gebärden andeutend, daß der Spaziergang noch nicht begonnen habe. Pal kommt von rechts und geht unbewegten Gesichts langsam quer über die Bühne. Vom Band eine jubilierende Vogelstimme, die Pal erst ganz am Ende des Ganges mißmutig mit dem Blick sucht. Pause.

Pil kommt von links mit großen senfgelben Schuhen, auf dem Kopf eine Kreissäge. Er geht mit kleinen, schnellen Schritten, nahezu hüpfend, quer durch die Bühne. Mit dem dünnen Stöckchen schlägt er einen schnellen Takt und läßt es einige Male kreisen, verschwindet rechts. Pause. Vom Band das lange stupide Muhen einer Kuh.

Pal kommt von links, geht mit dem gleichen unbewegt mißmutigen Gesicht, bleibt in der Mitte der Bühne stehen und sieht in den Zuschauerraum. Er hängt sich den Stock in die Jacke und hält die Hände über die Augen, um besser sehen zu können.

HERR Was siehst du?

PAL Wiesen grün, Kühe grasend. Kühe wiederkäuend, ein Löwenzahn, Ringelblume, Maiblume, Pusteblume. Deren Samenstand.

Er geht einige Schritte nach vorn, pflückt sie und bläst die weißen Samen unbewegten Gesichts ab. Vom Tonband Muhen der Kuh, Klatschen der Kuhfladen ins Gras.

PAL Kühe stallend. Dort.

Er wischt sich die Stirn von der Anstrengung und geht nach rechts ab. Pil kommt sofort von rechts gelaufen, tausend Grillen und Vogelstimmen, er jagt mit seinem hüpfenden Gange einem Schmetterlinge nach, schleicht sich an, wirft die Kreissäge drauf, verfehlt ihn, setzt ihm nach, rutscht auf einem Kuhfladen aus, fällt, riecht an seinen Händen, säubert sich, steckt sich eine Blume ins Knopfloch, setzt seinen Gang fort. Vom Tonband das Gebell eines wütend sich nähernden Hundes. Pil läuft davon, der Hund ist an seinem Bein, er schüttelt ihn ab, ein Hosenbein einbüßend, er rutscht auf dem Hintern nach links ab, immer mit dem imaginären Hunde kämpfend.

HERR Was hat das mit einem Frühjahrsspaziergang zu tun?

PIL *kommt raus*: Ich dachte, weil es Ihnen gestern zu langweilig war. Dachte ich an etwas Lustiges. Still Erheiterndes. Irgendwie.

HERR Gehen. Ah, Gehen im taufeuchten Grase. Ich könnte tagelang gehen. Und die Ermüdung des Gehens. Ah, die Ermüdung.

PIL Wenn Sie meinen.

Er geht nach links ab und erscheint sofort wieder, hinkend. Er setzt sich, zieht sich die Schuhe aus, zieht sich die Socken aus, reinigt sich die Füße, indem er die Socken durch die Abstände der Zehen zieht, hebt die Füße und fächelt sie in der Luft, Laute des Behagens ausstoßend. Von rechts erscheint Pal barfuß, die Hosen hochgekrempelt, die Jacke an den Spazierstock gehängt, so daß sein Oberkörper nur mit dem Vorhemd bekleidet ist. Er geht langsam wie immer bis in die Mitte der Bühne und setzt sich. Er untersucht den Platz und wechselt ihn mehrfach. Zuletzt legt er ein winziges Taschentuch aus, auf das er sich mit seinem riesigen Hintern setzt. Er erhebt sich wieder, das Taschentuch klebt an seiner Hose, er sucht es, legt es schließlich wieder aus und setzt sich daneben.

HERR Was machst du?

PAL Ich raste. Ich bin zehn Stunden gelaufen, ich habe zwei oder drei kleinere Berge bestiegen, jetzt raste ich an einem schattigen Fluß, wo ich eine Dauerwurst esse und ein gutes Bier trinke.

Er entnimmt Wurst und Bier dem Rucksack und setzt sich auf das Taschentuch, öffnet die Flasche, will sie ansetzen.

HERR Es ist nach einem langen Marsche besser, klares, kaltes Quellwasser zu trinken. Sagen wir drei, vier Glas klares, gutes Wasser.

PAL Bitte.

Er geht an dem imaginären Ufer entlang, springt hinüber, holt von dem Requisitentisch der Hinterwand einen Krug mit Wasser und ein Glas, geht zurück, springt über den Fluß, setzt sich, gießt Wasser ein.

HERR Du mußt es aus dem Bergbach schöpfen und im Stehen trinken.

PAL Bitte. Bitte.

Er schöpft es aus dem imaginären Fluß und trinkt nacheinander drei Gläser Wasser.

HERR Ich würde es in kleinen Schlucken trinken, um den Durst zu genießen. Alle drei.

PAL Bitte.

Er trinkt erneut drei Gläser, unter wachsendem Widerwillen, von dem Zuspruch des Herrn ermuntert. Pil hat inzwischen eine große Flasche Bier ausgepackt, die er während Pals Prozedur trinkt.

PIL *absetzend*: Ah.

Unter dem Blick des Herrn versteckt er die Bierflasche, erhebt sich und blickt in den Himmel.

PIL Ah, ah.

HERR Was siehst du?

PIL Eine Wolke.

HERR Schön. Betrachte sie.

Pil betrachtet sie.

HERR Und jetzt die Beschreibung.

PIL *mit poetischem Ausdruck:* Sie ist klein,
sie ist weiß,
sie vergeht
in dem weißeren Himmel.

Der Herr ist ergriffen.

HERR Sie ist klein,
sie ist weiß,
sie vergeht
in dem weißeren Himmel.

– Das ist eine Beschreibung, die ich mit einer Gutschrift von zehn Punkten auszeichne.

Pil rennt zu der Tafel und trägt sich die zehn Punkte ein. Er bleibt dort stehen und ißt in stillem Triumph eine Wurst.

HERR Ich möchte, Pal, daß diese Wolke auch von dir beschrieben wird.

PAL Ich seh keine, ich hab kein Bier gehabt.

HERR Du sollst sie nicht sehen, sondern beschreiben.

PAL Sie ist schwarz,
sie ist fett,
sie ist stinkend.
Sie steht über Ihrem Haus.

Pil und Pal lachen ungeheuer.

PAL Ich will mein Wasser lassen und den Spaziergang abschließen mit der Bootsfahrt des besoffenen Mönches im fernen China, die wir lange nicht gezeigt haben.

Vom Band eine chinesische Musik, zu der eine Frauenstimme ein chinesisches Lied singt. Pil spannt zwei blaue Tücher, die an einer Wand befestigt sind, quer über die Bühne und bewegt sie wie einen Wasserspiegel. Pal holt sich vom Requisitenbrett einen Mönchsumhang, einen spitzen Mönchshut und liefert seine Pantomime. Der dicke Mönch ist von einer tänzerischen, anmutigen Besoffenheit. Nummer des Einsteigens in das kleine unsichtbare Boot, Abstoßen, das nicht gelingen will, weil der Mönch zu schwer ist, er stößt es schließlich leer ab, springt hinein, langer Balanceakt, Ruhe, gemächliche Fahrt, ein niedriger Ast behindert die Fahrt, Stromschnellen, die gemeistert werden, als die Gefahr vorüber ist, läßt er sich befriedigt zurückfallen, so daß das Boot kentert, Nummer des Kenterns, Kopf des Mönches taucht einmal im Wasser auf, sodann nur sein Hut, der zu einer flinken Musik den Fluß hinuntertreibt. Es folgt sofort eine getragene Trauermusik, in schwarzen Tüchern, die bis zum Boden reichen, tragen Pil und Pal den aufgebahrten Mönch, sichtbar ist Pals Gesicht, Pals Bauch, Nummer. Sie tragen ihn einmal im Kreis. Pil stolpert, verwickelt sich in den Tüchern, sie fallen, der dicke Pal kommt auf den kleinen Pil zu liegen, der sich aus den Tüchern nicht befreien kann. Er kommt schließlich mit der Stange heraus, an der die Schuhe und der Bauch Pals befestigt sind. Pal lacht. Pil schlägt ihn mit der Stange nieder. Der dicke Pal liegt steif auf dem Bauch. Pil horcht an seinem Hintern, dreht ihn auf den Rücken, hebt Pals

Arme, die steif in der Luft stehen bleiben, schiebt Pals Oberkörper vom Rücken her in eine sitzende Stellung, die Pal mit ausgestreckten Armen versteift beibehält. Pil faßt ihn an der Schulter und schaukelt ihn leicht hin und her.

PIL *zu dem Herrn:* Der ist jetzt ernstlich tot. Ein Beerdigungsfall.

Der Herr gähnt.

PIL Sie sind jetzt dran.

HERR Was?

PIL Wenn ich gesagt habe, ein Beerdigungsfall, dann haben Sie zu sagen, dann schaff ihn weg, und ich, das kann ich nicht auf einmal fortschaffen, und Sie, ich gebe dir fünf Minuten.

HERR *gähnend* Ich gebe dir fünf Minuten.

PIL Dann schaff ihn weg.

HERR Dann schaff ihn weg.

PIL Das kann ich nicht auf einmal fortschaffen.

Der Herr gähnt.

PIL Jetzt Sie: Ich gebe dir fünf Minuten.

HERR Das habe ich schon gesagt.

PIL Sie haben es zuerst gesagt, Sie müssen es aber zuzweit sagen. Zuerst: Dann schaff ihn weg, zuzweit: Ich gebe dir fünf Minuten.

HERR *gähnend*: Ich gebe dir fünf Minuten.

PIL Sehr gut. – He, Pal! – He, Pal!

Er stellt sich breitbeinig vor Pal und versucht, ihn an den Schultern wieder zu Boden zu drücken. Als ihm das gelingt, heben sich die Füße des im Sitzen versteiften Pal und treffen Pil so kräftig in den Hintern, daß er mit einem Sprung über Pal hinwegfliegt. Die Beine Pals, der jetzt auf dem Rücken liegt, bleiben steif in der Luft stehen. Pil ist wieder aufgestanden, und er stellt sich jetzt breitbeinig über den Oberkörpers Pals, das Gesicht auf dessen Füße gerichtet. Pil drückt jetzt die Beine Pals auf den Boden, wodurch sich dessen Oberkörper hebt. Dabei beißt Pal in Pils Hintern. Pil springt über ihn weg, betastet seinen Hintern und droht dem wiederum steif sitzenden Pal. Er wickelt eine Binde um Pals Kopf, um den Unterkiefer zu befestigen. Er setzt ihn von der Seite her vorsichtig in schaukelnde Bewegung, dann setzt er ihm einen Fuß auf die Brust, um den Oberkörper wieder auf den Boden zu drücken. Dann legt er sich auf Pal, und es gelingt ihm schließlich mit seinen Füßen, die Füße Pals zu Boden zu drücken. Pal hat die Arme ausgebreitet. Pil setzt sich rittlings auf ihn und will ihm die Arme zu einer Art Gebetshaltung zusammenbringen. Es gelingt ihm jedoch nur, Pals Arme steif nach vorn zu bringen. Dabei spreizt Pal die Beine, unbemerkt von Pil. Wie Pil zurücktritt, stößt er an die ausgebreiteten Beine, fällt auf den Rücken und kriecht zu Tode erschrocken aus dem Umkreis der Leiche. Er nähert sich vorsichtig den Beinen, drückt sie zusammen, wobei die Arme wieder auseinander gehen. Er drückt die Arme zusammen, dabei gehen die Beine wieder auseinander. Er macht diese Bewegungen mit den Armen und Beinen Pals mehrmals und immer schneller. Die mechanischen Bewegungen machen Pil Spaß.

PIL Das ist eine automatische Leiche.

Er breitet Pals Arme auseinander, so daß dessen Beine zusammengehen. Er packt ihn beim Kopf, und der Fleischberg Pal läßt sich, von Pil gestützt, wie ein Stock aufrichten. Pil drückt Pals Arme vorn zusammen, Pal breitet die Beine auseinander. Pil bewegt Pals Arme wie die Griffe einer großen Gartenschere, und Pal bewegt sich im seitlichen Grätschritt auf den Ausgang zu. Er ändert die Richtung Pals, indem er ihn jeweils dreht.

PIL Eins, zwei. Eins, zwei. Eins, zwei.

Er blickt stolz auf den Herrn, der mit geschlossenen Augen und reglos in seinem Leiterstuhl zusammengesunken sitzt. Pil läßt Pal los, klettert die Leiter zu dem Herrn hinauf, um festzustellen, ob er tot ist oder nur schläft. Er holt ein großes, rotes Sacktuch aus der Tasche, um es ihm vor den Mund zu halten. Dabei bemerkt er, daß Pal, Pils Stütze ledig, auf den Rücken gefallen ist. Er klettert herunter, richtet Pal auf, balanciert mit ihm, stellt das Gleichgewicht her, indem er ihm Papier unter die Schuhe legt, klettert zu dem Herrn zurück, hält diesem das Sacktuch erst vor den Mund, dann unter den Sitz, bemerkt, daß Pal zu kippeln beginnt, dann fällt, läuft zu Pal, richtet ihn auf, pendelt einige Male zwischen dem immer wieder fallenden Pal und dem Herrn, bewegt den aufgerichteten Pal schließlich wie vorher auf den Leiterstuhl zu, lehnt Pal an, der Leiterstuhl schiebt sich unter Pals Gewicht zur Seite, Pal fällt, der Herr wacht auf und blickt verwundert auf Pil, der sich an der Lehne des Leiterstuhls festgeklammert hat, als sich dieser unter Pals Gewicht in Bewegung setzte.

HERR Drei Punkte minus Pil, drei Punkte minus Pal. Was machst du?

PIL Ich prüfe, ob Sie tot oder nur schläfrig waren. Er ist automatisch.

Er läßt sich von dem Leiterstuhl herabfallen und richtet Pal auf, um Pals Mechanik vorzuführen.

PIL Eins, zwei, eins, zwei, eins, zwei –

HERR Es ist albern. Albern.

PIL Die Kunst oder der Tod?

HERR Es ist alles albern, albern. Es unterhält mich nicht.

PIL Weil Sie geschlafen haben.

HERR Ich habe geschlafen, weil ihr mich nicht unterhalten habt.

PIL Wir haben Sie nicht unterhalten, weil Sie geschlafen haben. Unterhalten Sie einen Schlafenden.

Er stößt Pal an, der sich erhebt.

PAL Warum kriege ich drei Punkte abgezogen, es ist Pils Nummer?

HERR Ich könnte ein Radieschen, glaube ich.

PAL Sie kriegen keins.

HERR Ich bin der Herr, und ich könnte ein Radieschen, glaube ich.

PAL Sie sind der Herr und Sie könnten, aber Sie kriegen keins, weil es Ihnen verboten wurde, und weil Pil und ich Ihre Radieschen fressen. Wir haben die Magensäure dazu.

Er holt ein Bund Radieschen von der Ablage und ißt die Radieschen mit Pil.

HERR Dann macht ihr mir die Hundenummer.

PAL Wir machen Ihnen nicht die Hundenummer, denn wir essen, und wir trinken Bier. – Prosit.

Er holt zwei Flaschen Bier, und er trinkt sie mit Pil aus. Dann essen sie wieder Radieschen.

HERR Ich verhungere.

PAL Bitte.

HERR Ich verdurste.

PAL Bitte.

HERR Haben Sie mit mir kein Mitleid, Herr Pal? –
Haben Sie mit mir kein Mitleid, Herr Pil?

Er weint.

PIL Fang auf.

PAL Fang auf.

PIL Fang auf.

Sie werfen ihm Radieschen zu, die der Herr gierig verschlingt.

HERR Und Bier.

PIL Fang auf.

Er wirft ihm eine Flasche Bier zu, die der Herr in einem Zuge aus-

trinkt. Er ringt danach nach Luft. Pil und Pal klettern die Trittleiter zu ihm hinauf und klopfen ihm den Rücken.

PIL Das tut gut, wie?

PAL Das tut gut, was?

HERR Ihr habt gegen meine Diätvorschriften verstoßen.

PIL Da Sie weinten, Herr.

PAL Aus Anteilnahme.

HERR Da ihr gegen die Diätvorschriften verstoßen habt, vorsätzlich, werde ich euch zehn Punkte abziehen und meiner Tochter melden müssen.

PAL Sie würde uns entlassen, Herr.

PIL Das wäre der Ruin, Herr.

HERR Das ist, ich fürchte, richtig.

PAL Wir sind nicht mehr die jüngsten, Herr.

PIL Wir sind in Ihrem Dienst seit über vierzig Jahren.

PAL Pflegen und unterhalten Sie seit über vierzig Jahren.

HERR Die Zeit vergeht.

PAL Sie haben uns in Aussicht gestellt, Sie zu beerben. Sie führen Buch darüber, Plus- und Minuspunkte. Die Hoffnung, die uns aufrecht hielt.

PIL Und immer fröhlich.

PAL Immer unterhaltsam. Vorschriftsmäßig.

HERR – Ihr werdet mich beerben, wenn ihr mir die Hundenummer macht.

PIL Aber natürlich, Herr.

PAL Es ist uns ein Vergnügen. Danke, Herr.

Sie küssen ihm die Hände, springen von ihren Trittleitern, bringen ihm eine Stange, an der ein blutiger Knochen an einer Schnur hängt.

HERR Ich sah das in Syrakus, Sizilien, auf einem belebten Platz. Zwei Hunde, die an eine schwarze Hausmauer pißten. Der eine gelblich, ältlich, dicklich, mopsähnlich und leicht asthmatisch, mit nahezu kahlem Rücken, der mich an Pal erinnert irgendwie, blutunterlaufene Augen, der andere stichlich, rattenähnlich, mit langgeblecktem, lefzenlosem Fang, schiefem Stachelschwanz, Pil ähnlicher als Pal, heisere Fistelstimme.

Pil und Pal laufen nacheinander auf allen vieren an dem Leiterstuhl vorbei, heben die Beine, schnüffeln, knurren sich an, laufen ein zweites Mal in umgekehrter Richtung an dem Leiterstuhl entlang und heben die Beine.

HERR Ein alter Mann, an einer Schnur, wirft einen Knochen aus dem Fenster und sagt nur immer: faß!-faß!-faß!

Er wirft den Knochen zwischen die weit auseinander hockenden Pil und Pal. Sie fahren aufeinander los und beißen sich. Als sie sich dem Knochen zuwenden, entschwindet der. Pil und Pal laufen an ihre Plätze zurück, streichen an dem Leiterthron vorbei und heben die Beine. Der Herr wirft den Knochen zum zweiten Mal.

Pil und Pal fahren ein Stück auf den Knochen zu, verharren, als sie das Näherkommen des anderen bemerken, knurren sich an, kriechen einmal im Kreis um den Knochen, darauf bedacht, daß keiner dem Knochen näherkommt, fahren aufeinander los und verbeißen sich ineinander, als der Herr den Knochen bewegt und nach oben entschwinden läßt. Sie zerren sich hin und her und bemerken erst nach einiger Zeit, daß der Knochen hoch über ihnen schwebt. Einander gegenüber sitzend bellen sie den Knochen an, der manchmal ein Stück heruntergelassen wird. Dann springen sie abwechselnd nach dem Knochen, ohne ihn zu erreichen. Als ihn der Herr zum drittenmal wirft, springen sie sofort hinzu, verbeißen sich in den Knochen und gleich danach ineinander. Sie zerren sich hin und her und bemerken nicht, daß der Knochen ganz entschwindet. Sie stehen erschöpft voreinander und schielen wechselseitig nach der Stelle, wo der Knochen gelegen hat. Sie gehen aufeinander zu und reißen sich wechselseitig die Kleider vom Leibe, die Krawatte, den Kragen, ein Revers, einen Ärmel, einen Hemdfetzen undsofort. Der Herr, der die Nummer mit gelegentlichen Kommandos «Faß!» angeheizt hat, ist von einem immer stärkeren, immer lebensgefährlicheren Gelächter ergriffen worden. Er verstummt plötzlich und ist in seinem Leiterstuhl nach vorn gesunken. Pil und Pal ziehen sich Ärztekittel an und versuchen, ihn mit Riechfläschchen zu beleben.

PAL Ich glaube, jetzt ist er verreckt.

PIL Ich habe dir gesagt, daß es sich eines Tages lohnen wird.

PAL Mit Geduld und Spucke werden wir ihn beerben.

Sie holen Spritzen und injizieren die in seinen Unterarm. Der Herr erwacht und lächelt die beiden an.

HERR Je 25 Punkte plus für Pil und Pal. Ich fühle mich erfrischt, ich möchte schlafen. Ihr wart sehr gut. Es war keine Faser Fleisch an dem Knochen, und er war unzerbeißbar. Der Anblick damals hat mich nie verlassen. Seitdem haß ich Gewalt in jeder Form. Ich verkaufte die Stahlwerke. Ich regte die Gründung einer Welthilfsorganisation gegen den Hunger an und kaufte die Reismühlen. Ihr wart sehr gut. Ich werde sehr gut schlafen. Wenn ich euch bitten dürfte.

Sie heben ihn aus dem hohen Stuhl, sie stellen ihn auf, sie geben ihm den elfenbeinernen Stock in die Hand, sie rollen den roten Seidenteppich aus, sie lockern seine Muskeln, sie lassen das 5. Klavierkonzert von Beethoven vom Band kommen, sie setzen ihn in Bewegung, sie gehen rechts und links von ihm, daß er nicht zu Fall kommen kann. Sie heben ihn ins Bett, sie entkleiden ihn, sie schminken ihn ab, sie decken ihn zu, sie legen seine Hände auf die Bettdecke. Mit großen Zerstäubern desodorieren sie auf Zehenspitzen den Raum. Dann stellen sie die Musik ab.

HERR Die Stille. Ah, die Stille. –

Das helle Licht wird schwächer, bis der Raum wie zu Anfang im Halblicht liegt.

HERR Ich fühle mich sehr wohl. Ich fühle mich viel jünger.

Pause.

Wo seid ihr?

PIL UND PAL Hier, Herr.

HERR Ihr könnt euch, wenn ich schlafe, auf den Boden setzen.

PIL Ja, Herr.

Pause, Pil und Pal hören auf seine Schlafgeräusche, dann setzen sie sich am Fußende seines Bettes auf den Boden.

PAL Ich glaube, daß er morgen nicht mehr aufwacht.

PIL Oder übermorgen. Eines Tages.

PAL Ich glaube, daß er eines Tages nicht mehr aufwacht, und wir sind die Erben.

Sie lachen in einer Art von Vorfreude.

PAL Es ist, solange er schläft, kein schlechter Dienst.

Der Herr hustet. Pause.

PIL *flüsternd* Ich glaube, daß er morgen nicht mehr aufwacht. Eines Tages.

Typoskript im Nachlaß Kipphardts, Angelsbruck. Dort befinden sich einige weitere Entwürfe von Clownspielen; ausgeführt hat Kipphardt nur die hier gedruckte Szenenfolge.

18.
Zeit der Revolte
(1966–69)

Mitte der sechziger Jahre brachen in Westeuropa, ausgelöst durch eine vor allem studentische Protestbewegung, schwelende gesellschaftliche Konflikte in ungeahnter Offenheit aus. Die antiautoritäre Revolte entzündete sich u. a. an der Empörung über den aggressiven Krieg der USA in Vietnam. In der Bundesrepublik war die Bildung der Großen Koalition aus CDU / CSU und SPD 1966 ein wichtiger Auslöser für das Entstehen einer außerparlamentarischen Opposition.

Für Kipphardt – wie für andere Intellektuelle – entstanden neue Hoffnungen, die versteinerten Verhältnisse in den kapitalistischen Industriestaaten verändern zu können. Zugleich erwuchsen ihm wie manchem Kollegen zunehmend Zweifel am Sinn einer rein literarischen Arbeit. Er begann zu fragen, «ob es nicht richtiger wäre, in dieser kritischen Zeit den Forderungen des Tages auch die eigene Zeit zu geben». (Brief an R. Anhegger, März 1968) An Ernst Busch schrieb er im September desselben Jahres: «Es scheint mir so entsetzlich folgenlos, Stücke in die Welt zu setzen.»

1966 hatte er eine neue Komödie geschrieben: «Die Nacht, in der der Chef geschlachtet wurde», ein surreales Spiel über den Alltag und die Gewalt-Phantasien eines deutschen Kleinbürgers. 1967 folgte eine Bearbeitung von J. M. R. Lenz' «Soldaten»-Stück, woran Kipphardt vor allem die offene Dramaturgie reizte: eine ähnlich aufgerauhte, montageartige Szenenführung benutzte er später in seinem Stück «März, ein Künstlerleben».

Aus den Jahren 1968/69 gibt es dagegen – außer der Kabarettszene «Das Profil» – keine literarischen Arbeiten Kipphardts. Er suchte nach Formen unmittelbarer Kapitalismuskritik; aber seine entsprechenden Projekte kamen über Materialstudien nicht hinaus.

Aus Briefen (1967–69)

An den Hessischen Rundfunk 6. Februar 1967

Lieber Herr Schultz,
hier einige Bemerkungen, von denen unser Gespräch ausgehen kann, wenn Sie das für richtig halten:

Literatur – willentlich oder nicht – dokumentiert die eigene Zeit. Sogar in der Selbstdarstellung beschreibt sie Wirklichkeiten, das Zusammenleben der Menschen vor allem. Literatur hinterläßt eine besonders informationsreiche, besonders charakteristische Sorte von historischen Dokumenten, für spätere Zeiten die genießbarsten und verläßlichsten möglicherweise. Ihre vorurteilsfreie und rücksichtslose Darstellung denunziert Unzulänglichkeiten. Vor dem Schreiben liegt der Zweifel, die Negation, die Unzufriedenheit mit der Welt, wie sie ist. Die in der Literatur Gestalt annehmenden Negationen bestehender Wirklichkeiten sind ihr Positives. Sie machen Lust auf Veränderungen.

Obwohl Entwürfe von Politik denkbar sind, die mit diesen Zwecken der Literatur übereinstimmen, sehen wir die Literatur in aller Regel in Opposition zur Politik der Herrschenden geraten. Das erklärt sich daraus, daß die regierenden Apparate die bestehenden Verhältnisse zu erhalten und zu stabilisieren trachten. Die Literatur wünschen sie sich positiv, das heißt rührend. Eine Literatur, die diese Funktion anerkennt, zerstört ihre Grundlagen. Sie würde die Tendenzen zur Zerstörung der Demokratie begünstigen.

Indem der Schriftsteller die Demokratie verteidigt, verteidigt er seine Arbeitsvoraussetzungen.

Es ist der Auftrag des Bürgers, die in wesentlichen Teilen nur formale Demokratie unseres Landes in eine faktische Demokratie zu überführen.

Unter den Bedingungen der großen Koalition ist der Einfluß der

Öffentlichkeit auf die Politik geringer geworden. Die Regierung läßt verlautbaren, daß sie Einschränkungen der demokratischen Freiheiten plant, und daß sie sich zu deren Durchsetzung zusammengeschlossen hat. In der Lage einer fehlenden Opposition im Parlament kommt der Artikulierung von gegensätzlichen Auffassungen im außerparlamentarischen Raum eine größere Bedeutung zu.

Wenn die Regierung in wesentlichen Fragen faktisch oder moralisch versagt, kann es die Aufgabe von Schriftstellern werden, die Bevölkerung des Landes vor der Weltöffentlichkeit zu rehabilitieren.

Mit herzlichen Grüßen,
Ihr [Heinar Kipphardt]

An Matthias Langhoff 21. Dezember 1967

Lieber Matthias,
einige Schwierigkeiten, die ich mit dem neuen Stück habe, verschaffen mir die Zeit, Briefe zu schreiben. Ich bat Manfred vor langer Zeit, Dir zu erklären, warum ich mich nicht zu BROTLADEN geäußert habe, ich weiß nicht, ob er das gemacht hat. Aus dem Teil des Stückes, das Du mir schicktest, las ich, daß es sich bei dieser Arbeit um den technisch hochentwickelten Versuch handelte, das Arbeitertheater zu befähigen, schwierige Sachverhalte des späten Kapitalismus – und schwieriger zu durchschauende – auf einfache, nicht vereinfachende Weise abzubilden und eingreifendes Denken zu lehren. Dabei entstand ein neuer Typus des Agitprop-Stückes, der in einer anderen politischen Entwicklung, nicht nur in Deutschland, sondern auch in der S.U. hätte folgenreich werden können, es aber nicht geworden ist auf längere Zeit, da sich die Revolution aus beschreibbaren Gründen nationalisierte und traditionalisierte, autoritäre Staatsstrukturen an die Stelle der Räte-Struktur traten – ökonomisch begründbar natürlich – und statt eines Arbeitertheaters, das eingreifendes Denken produziert, ein bürgerliches Theater für Arbeiter entstand, das Emotionen und Tugenden produziert, die man benötigte oder zu benötigen glaubte. Wie man den Prügel oder das Weihnachtslied benötigt, wenn Kinder nicht hören oder glauben

können. Die zwanghaften Verführungen der Musik und des Theaters ermöglichen ja Verstümmelungen, die kein Schulstock herstellen kann, freudig entgegengenommene, dankbar ersehnte. Die Weihnachtsrute, die fast nur noch aus Zuckerzeug besteht. Soweit ich sehe, verfolgte Brecht diesen Stücktypus seit dem Fatzer-Fragment, entwickelte einige Techniken daraus in MUTTER und JOHANNA DER SCHLACHTHÖFE und gab ihn später auf. Vielleicht war ein Grund, daß er weit und breit keine Mittel sah, diesen Stücktypus auf dem Theater zu produzieren. Für welchen Zuschauer? Und gegen alle Schmähungen der eigenen Seite, Lukacs zum Exempel, der feinsten Zunge des Stalinschen Zentrismus in der Ästhetik. Merkwürdiges Zurückgehen in technischer Hinsicht in der Carrar, aber ein wirksames wohl auch. Soviel zum Typus, der unter heutigen Bedingungen in einigen revolutionären Gegenden weiter zu entwickeln wäre, hier nach meiner Überzeugung kaum, denn ich kann die Frage für wen und womit nicht beantworten. Peter Weiss probiert, was mit diesem Typus zu machen ist, ich beobachte das mit Sympathie, es ist mir aber analytisch nicht genau genug, er mischt mir zuviel Moralisches hinein. Da redet einer auf mich ein und hält mich am Jackenknopf und redet immer eindringlicher, wo mir das gelassene Argument genügt. Beweise mit Feueratem, ich habs nicht so gern im Gespräch.

Was ich mich beim BROTLADEN gefragt habe, warum hat Brecht das Stück aufgegeben? Weil er über der Arbeit gespürt hat, daß der finanzkapitalistische Sachverhalt, der allen Betroffenen – auch den Handelnden – irrational erscheint, im Brotladen-Modell nicht wirklich abbildbar ist? Natürlich gilt ein Atom-Modell auch für die Teilchen-Physik, aber wer über die Physik der Teilchen etwas erfahren will, der hat von dem richtigen Hinweis wenig, daß er Prinzipielles im Atom-Modell findet. Natürlich findet er auch manches Spezielle im Brotladen, findet er aber genug, um eingreifend denken zu können? Heute? Ich zweifle. Es ist trotzdem richtig, das Stück zu machen, und ich höre, Ihr habt es sehr gut gemacht. Leider kann ich es nicht sehen, vielleicht, ich hoffe, auf der nächsten Experimenta in Frankfurt. Ich komme mir gar zu blöde vor, Eure Behörden immer wieder vergeblich um Einreisegenehmigungen zu bitten. Ich weiß nicht, ob das im Februar anders ist, ich käme natürlich gern, wenn Manfred einen Vorstoß für sinnvoll hält. Von Akademie zu Akademie vielleicht.

Du steckst, wie ich höre, mit Karge in den SIEBEN GEGEN THEBEN, was wollt ihr damit machen? Ich glaube, was Interessantes geht nicht ohne erhebliche Eingriffe. Habt Ihr eine neue Übersetzung machen lassen? Wie weit seid Ihr?

Wenn Du Zeit hast, lies mal meine Bearbeitung der SOLDATEN und schreib mir, was Dich an dem Stück interessiert, wenn es Dich interessiert. Ich weiß nicht, was Manfred und Jochen Tenschert dazu sagen, ob das Ensemble überhaupt daran denkt, ein älteres deutsches Stück zu machen. Da das hiesige Theater schlimm ausschaut, sind wir auf Euch ziemlich angewiesen. Dabei die Frage, ob Du mal ein Stück von mir in der Bundesrepublik oder im Ausland machen würdest, nach Eurer Gewohnheit mit Karge zusammen? Ich kann das nur vorschlagen, wenn ich weiß, daß Du Lust hättest, und ich schlage es natürlich nur vor, wenn Ihr akzeptable Bedingungen bekommt. Das müßte weit im Voraus geplant werden, da die Mühlen der Behörden ja so gut wie gar nicht mahlen.

Grüß alle Freund und den Thomas besonders.
Sei umarmt von Deinem [Heinar]

ps. Mir wäre daran gelegen, meine Marx-Engels-Ausgabe komplett zu kriegen. Mir fehlt Bd. 26,2 und alles was Bd. 31 folgt. Wenn Du andre interessante Bücher weißt, dann mach ein Paket, und schreib mir, was Dich hier an Büchern interessiert, und wie ich sie an Dich bringen kann.

Der Regisseur Matthias Langhoff, Sohn von Wolfgang Langhoff, hatte 1967 mit Manfred Karge Brechts «Brotladen»-Fragment am Berliner Ensemble inszeniert. Thomas ist der Bruder Matthias Langhoffs.

An das Präsidium der VVN 21. Februar 1968

Sehr geehrter Herr Müller,
sehr geehrter Herr Rossaint,
ich nehme Ihre Anfrage, ob ich bereit wäre einem Ehrenpräsidium der Vereinigung der Verfolgten des Naziregimes anzugehören, als ein mich ehrendes Angebot mit großer Freude an. Ich fühle mich den hunderttausenden von Widerstandskämpfern gegen den Fa-

schismus in unserem Lande tief verbunden, denn sie waren es, die der Welt mit ihrem Widerstand zeigten, daß der deutsche Faschismus nicht mit der deutschen Bevölkerung identifizierbar ist, und sie sind es, die einer Wiederholung eines autoritären Unterdrückungsmodells entgegentreten.

Ich grüße alle Ihre Kameraden des antifaschistischen
Widerstandes in herzlicher Verbundenheit
Ihr Heinar Kipphardt

An R. Anhegger [ca. März 1968]

Lieber Herr Anhegger,
meine Faulheit im Briefeschreiben streift notorisch die Unhöflichkeit. Ich führe entschuldigend an, daß es mich große Anstrengungen kostete, in meine unterbrochene Arbeit zurückzufinden, zumal die hiesigen politischen Entwicklungen den Zweifel nähren, ob das denn die Zeit zu literarischer Arbeit sei, ob es nicht richtiger wäre, in dieser kritischen Zeit den Forderungen des Tages auch die eigene Zeit zu geben. Ich habe das Gefühl, daß in unserem Lande hier in der nächsten Zeit, früher als von mir erwartet, wichtige Vorentscheidungen fallen. Es wird sich bald entscheiden, und ich sehe das beunruhigt, ob die doch nur sehr formale demokratische Verfassung des Landes, dessen Verfassungswirklichkeit immer mehr verkommt, unter dem unvermutet kräftigen Druck der Opposition zu faktisch demokratischen Reformen zu bringen ist oder ob dieser Druck nur denen das Alibi liefert, die der Verfassung und der Verfassungswirklichkeit den lange geplanten autoritären Zuschnitt geben möchten, der in unserm unglücklichen Lande eine lange Tradition hat. Die Schwierigkeit der Opposition ist, daß sie sich gerade erst im Stadium der Artikulation befindet, daß sie – ohne politische Erfahrung – ihre Organisationsformen finden muß, während sie schon im Kampf gegen die Ordnungspartei steht, und der große Teil der manipulierten Presse und anderer Massenmedien der Ordnungspartei die großenteils unwissende, uninformierte und unpolitische Bevölkerung in eine Pogromstimmung gegen die Opposition, zumindest die Studenten und Intellektuellen zu bringen sucht. Der Erfolg der oppositionellen Bewegung, die kein anderes Nahziel

hat als die Demokratisierung der Verfassungswirklichkeit gegen die autoritären Strömungen in der Regierung und den Interessensgruppen, die sie vertritt, wird davon abhängen, ob es der studentischen Opposition gelingt, zumindest Teile der Arbeiterschaft und der Gewerkschaften davon zu überzeugen, daß sie ihre Interessen vertritt. Es ist neuerdings viel von unzulässiger Gewalt der Opposition die Rede und am lautesten von denen, die je eher je lieber den Knüppel autoritärer Gewalt schwingen möchten. Natürlich gibt es unerfahrene, dumme und revolutionär-romantische Verhaltensweisen in der Auseinandersetzung der sehr verschiedenartigen Studentengruppen, aber sie sind nach meiner Beobachtung seltene Ausnahmen. Genau besehen, sind mit Gewaltanwendung einhergehende Handlungen in aller Regel aus Notwehrsituationen entstanden. Notwehr einer Regierung gegenüber, die der demokratischen Formen der Auseinandersetzung so ungeübt ist oder so feindselig gegenübersteht, daß sie Argumentationen nur mit dem Polizeiknüppel gegenüberzutreten wünscht, sofern die Diskutanten den Rasen betreten jedenfalls. Ich bin etwas ausführlich geworden, weil ich mir denke, daß es für Sie schwer ist, sich zu informieren, und ich möchte, daß meine Bekannten sehen, daß die Studenten auf den Straßen immerhin die Demokratie verteidigen und nicht bekämpfen. Für die Gewalt der Ordnung sind der Herr Strauß, der Herr Springer und der Herr von Thadden, um nur ein paar Symbolfiguren zu nennen.

Ich sehe, der Brief verfehlt seine Absicht, die darin bestand, Ihnen für die vielen Freundlichkeiten zu danken, die Sie uns in Istanbul erwiesen haben. Wir waren gerne da, und wir kommen gerne wieder. Durch Ihre zeitopfernde Hilfe habe ich von dem Land mehr erfahren, als ich für die kurze Zeit hoffen konnte. Es ist mir eine angenehme Vorstellung, einen so wohlinformierten, offenen und mutigen Mann als Mittler der Ergebnisse unserer Arbeit in Istanbul zu wissen.

Ich habe Therese Giehse Ihre Grüße gesagt und ihr zugeredet, jedenfalls zu Ihnen nach Istanbul zu gehen, wenn sie sich entschließt, mit einem ihrer Brecht-Abende auf Reisen zu gehen.

Nehmen Sie unsere besten Wünsche und seien Sie herzlich gegrüßt von Ihrem [Heinar Kipphardt]

Dr. R. Anhegger vom Türkisch-Deutschen Kulturzentrum Istanbul war Kipphardts Gastgeber während einer Türkei-Reise im Frühjahr 1968 gewesen.

An Matthias Langhoff 29. Mai 1968

Lieber Matthias,
ich war sehr gerührt, daß Du Dich mit den Büchern abgeschleppt hast. Wenn ich gewußt hätte, wann Ihr in Köln seid, wäre ich vielleicht doch gekommen. Es gibt noch immer keine Möglichkeit, Euch in Berlin zu besuchen, und ich erfuhr gerade gestern, als ich von Berlin nach München zurückfahren wollte, daß nun auch «meine Durchreise unerwünscht sei», ein wirklicher Triumph bürokratischer Idiotie. Ich mußte also heute nach München fliegen, und jemand anders fährt meinen Wagen hierhin. Ich war in Berlin, um mich über neuere Entwicklungen der studentischen Opposition zu informieren. Die Weltgeschichte scheint sich endlich entschlossen zu haben, eines der schnellen Verkehrsmittel unseres Jahrhunderts zu wählen, und die Revolution ist auch in den reichen Industrieländern in ein Stadium der Machbarkeit getreten. Natürlich noch auf lange Zeit nicht in Deutschland, dessen studentische Opposition aber immerhin einige Impulse und Ideen an die französischen Studenten geliefert hat. Den unermeßlichen Unterschied zwischen den beiden Ländern zeigt ein Blick auf die Folgen. Aber die französische Entwicklung, sofern sie sich auf die Revolution hin bewegt, wird ihrerseits nicht ohne Folgen für andere Länder sein, Deutschland eingeschlossen. Ohne die Gefahren der tschechoslowakischen Reformen zu verkennen – oder soll man das eine Umwälzung nennen? –, sehe ich einen Zusammenhang zu Frankreich insofern, als die beiden Bewegungen auf Modelle zielen, Gesellschaftsmodelle, die entwickelten Industriestaaten angemessen sind. Die jungen revolutionären Bewegungen sind – soweit ich sehe – antikapitalistisch und antiautoritär, eine ziemlich logische Folgerung aus den Erfahrungen des Stalinismus, der ja in manchen Gegenden nur nominell, aber nicht faktisch überwunden ist. Ganz merkwürdig ist die neue Spontaneität der jüngeren Revolutionsbewegungen, so daß Massenbewegungen die verkalkten Apparate alter Revolutionsparteien – hier die KPF – zwingen, ihr taktierendes Anpassungsdenken aufzugeben oder ihre Bedeutung für die Revolution zu verlieren. Die vorwärts gehende revolutionäre Bewegung erzeugt die tauglichen Organisationsformen, das heißt die Revolution entautorisiert sich, bekommt ihre Lebendigkeit zurück und wird kommunegemäßer.

Ich traf in Berlin den Guy, und er informierte mich ein bißchen über den Stand der Auseinandersetzungen im BE. Es ist schrecklich, und ich weiß nicht, ob alle Seiten wissen, was sie da anrichten. Man kann doch dieses hochqualifizierte Laboratorium nicht kaputt machen, ohne zu sehen, daß ein besser funktionierendes herzustellen ist. Natürlich ist es dem BE nicht gelungen, Eure Produktionskraft optimal zu nutzen, aber über andere Apparate verstreut, seid Ihr, ich fürchte, nur die Hälfte wert. Ich verstehe Manfred gut, aber wenn Ihr in der bisherigen Konstellation nicht weiterarbeiten könnt, so müßt Ihr eine neue Konstellation herbeiführen. Wenn das im BE nicht geht, dann an einem anderen Theater, dessen Produktion Ihr aber bestimmt. Ich halte es für sehr wichtig, daß der Kern Eurer Gruppe zusammen bleibt.

Wenn Du die SOLDATEN gelesen hast, schreibst Du mir Deine Ansicht dazu, ich würde mich sehr freuen, wenn sich das für Zürich realisieren ließe.

In der Regel ist das hiesige Theater noch immer so beschissen, daß ich so gut wie keine Lust habe, ein neues Stück zu machen. Wenn ich das jetzige fertig habe, mache ich mich vielleicht an einen Film, oder ich verschwinde auf anderthalb Jahre und mach den Roman fertig, der zu einem Drittel daliegt.

Herzlichst
Dein [Heinar]

ps. Wenn Du mir den Registerband gelegentlich schicken kannst, ich habe ihn nicht.

Mit «BE» ist das Berliner Ensemble gemeint, mit Manfred der Regisseur Manfred Wekwerth, mit Guy der Regisseur Guy de Chambure.

An Manfred Wekwerth 11. Juli 1968

Lieber Manfred,
ich bin vor 14 Tagen auf den Schwachsinn verfallen, zu rauchen aufzuhören und seitdem so gesund, daß ich keinen Gedanken mehr habe und die Leute aus dem Autofenster heraus anknurren und bei-

ßen möchte aus reizbarem Verdruß. Die Gesundheit macht mich so krank, daß ich sie wohl nicht lange aushalten werde, ich wills aber sechs Wochen probieren und weiß dann, ob Gesundheit zu was anderem taugt als zum Gesundsein. Dabei, es gab gar keinen Grund, es war der pure Übermut, mir das Rauchen zu entziehen. Vielleicht brauchte ich auch ein Motiv für meine Unlust zu arbeiten. Es fällt mir immer schwerer, Literatur für eine wichtige Sache zu halten. Wenn Literatur, dann eine, die keine mehr ist. Geht das auf dem Theater? Wie? Ich kann das nicht am Schreibtisch machen. Nicht ohne Partner. Es ist ein großer Jammer, daß wir nicht zur gemeinsamen Arbeit kommen. Im Herbst, ich hoffe, bin ich soweit, an der praktischen Realisation auf der Szene zu arbeiten, kannst Du es einrichten, daß wir uns irgendwo auf einige Tage wenigstens sehen? Hier oder in Prag oder sonstwo? Guy hat Dir sicher erzählt, daß ich von Westberlin nach München fliegen mußte. Von jeder Arbeit abgesehen, ich möchte Dich sehen und was reden.

G. informierte mich über den damaligen Stand Eurer Auseinandersetzung, und das hörte sich böse an. So böse, daß man sich wohl schnell entscheiden mußte, ob man ein ärztliches Konsilium oder ein Bestattungsinstitut anrufen will. Ich hoffe sehr, daß nach der Premiere der JOHANNA einige Besonnenheit zurückgekehrt ist, ich hoffe, Du schaffst Dir die Basis, die Du für eine Weiterarbeit brauchst. Natürlich ist ein Museum diese Basis nicht, aber die folgenreiche Geschichte des Ensembles ist ebensowenig zu ignorieren, als Last nicht und nicht als Stachel. Da sind wichtige Entdeckungen gemacht worden, ein Museum führt vor welche, ein Laboratorium arbeitet an anderen. Ich weiß, wie schwer es ist, unbefangen zu arbeiten, wenn auf der einen Seite der Waage immer schon ein Zentner draufliegt. Ich fand, daß es Dir gelungen ist, diese Naivität herzustellen, und Eure Arbeiten waren durchaus nicht nur die Fortsetzung der großen Theaterarbeit Brechts, sondern die Überführung dieser Arbeit in die Erfahrungen unserer Zeit. Das heißt unter anderem, daß Ihr gezeigt habt, daß Männer nicht einmal auf dem Theater Geschichte machen, daß Brechts Größe nicht so sehr in dessen künstlerischer Originalität steckte, als in seiner Fähigkeit, die Theorie der Revolution auf die Produktion des Theaters zu richten. Nur das macht seine Arbeit fortsetzbar, nur indem über ihn hinausgegangen wird, wird seiner gedacht. Mich interessiert, wie Du mit der Johanna verfahren bist, kannst Du mir Eure Fassung schicken? Wie sehen Deine weiteren Pläne aus? Bist Du auskuriert? Mußt Du nicht etwa in das gesunde Bayern zur Nachkur?

Gib der Renate einen Kuß und sei umarmt von Deinem
[Heinar]

Der Regisseur und Brecht-Schüler Manfred Wekwerth schied 1969 aus dem Berliner Ensemble aus. Er hatte dort u. a. 1965 Kipphardts «Oppenheimer»-Stück inszeniert.

An Ernst Busch 17. September 1968

Lieber Ernst,
ich sehe im gegenwärtigen Zeitpunkte nur Verkrustungen, Verkalkungen, Versteinerungen, so muß sich ein Krebs fühlen, der der Versteinerungen der Gehäuse nicht mehr Herr wird, die er produziert, die ihn schützen sollen und die ihn einmauern, dergestalt, daß jede lebendige Regung die wuchernden Sklerosemassen seiner Panzerhäute zu zersprengen droht. Sie müssen ja aber zersprengt werden, wenn die Revolution die Kraft zurückgewinnen will, die repressiven Herrschaftsverhältnisse überall umzuwerfen. Wenn man sich das nicht mehr zutraut, dann ist die Alternative allerdings die Zementierung der neuen Herrschaftsverhältnisse im militärisch erkämpften Machtbereich. Sogar das kann für eine kurze Periode des revolutionären Kampfes in der Welt hingenommen werden, wenn es die revolutionäre Bewegung insgesamt fördert. Es ist aber der Zeitpunkt gekommen, da die revolutionäre Bewegung selbst von diesen Zementierungen gelähmt wird. Wenn man darauf beharrt, wird man sich in seinem Machtbereich vielleicht behaupten, ohne die revolutionären Entwürfe zu verwirklichen, und man wird gleichzeitig aufhören, ein entscheidender Faktor in den revolutionären Bewegungen dieser Zeit zu sein. Das ist aus den Reaktionen der revolutionären Kräfte in der Welt auf die Intervention in der ČSSR wohl zu lernen. Übrigens auch aus dem Jubel, mit dem die Gegenrevolution die Intervention zum Anlaß nimmt, zum kalten Krieg zurückzukehren. Vielleicht müssen großen Änderungen kapitale Fehler vorausgehen. Ich erhoffe mir diese Änderungen, und ich sehe meine

Hoffnung wenigstens spurenweise durch den Umstand ermuntert, daß die sowjetische Führung Korrekturen sucht, die ihre ursprüngliche Fehleinschätzung immerhin bestätigen. Es kommt so abgestandene Luft aus der Gegend, wo enormer Wind die Segel blähen sollte.

Die Weinert-Platte habe ich sehr genossen, einige Lieder haben sich in historische Dokumente verwandelt, und es ist vollkommen richtig, den Weinert ohne falsche Aktualisierungen vorzuführen. Ich höre von Becher-Plänen. Ich meine, das hat Zeit. Warum sollst Du Dich dazu hergeben, an einer Legende mit zu weben? Er hat keine Hosen an, der Kaiser, er ist ganz zu Recht schon vergessen. An diese Sachen kann man denken, vielleicht, wenn Du die Brecht-Sachen hinter Dir hast. Es wartet da soviel, das wirklich nur Du machen kannst. Brecht-Eisler und Du, das ist ein bestimmter Höhepunkt des politischen Liedes, und ich weiß nicht, ob es richtig ist, Deine Kraft jetzt darauf zu verwenden, mindere Arbeiten hoch zu stemmen. Die Arbeiten kriegen ja durch Dich auch einen Rang, der ihnen nicht zukommt.

Was mich angeht, so bin ich von dem Gange der Weltgeschichte so niedergedrückt, daß meine Arbeit schlecht voran kommt. Es scheint mir so entsetzlich folgenlos, Stücke in die Welt zu setzen. Es ist die Ohnmacht der Literatur, die mich ankotzt. In den persönlichen Bereichen geht es uns gut, und wir sehnen uns nach den unerreichbaren Freunden.

Seid umarmt
[von Eurem Kipp]

Im August 1968 waren die als «Prager Frühling» bekanntgewordenen Reformansätze des Sozialismus in der Tschechoslowakei durch militärische Intervention anderer Warschauer-Pakt-Staaten beendet worden.

An Carl M. Weber 5. Mai 1969

Lieber Charlie,
[...] Ich sitze zur Stunde in der Mühle über dem Wasser und genieße den endlichen Frühling unter blühenden Kirschbäumen und paa-

rungssüchtigem Taubengegurr. Die Lösung, die der alte Schweinehund in Genf für sich und seinen Candide gefunden hat, leuchtet mir zu meinem Schrecken gelegentlich sehr ein. Der Garten ist ein wirklich veränderbares Feld, ein herzerquickender Kontrast zur Ohnmacht des Gedankens, gar der Literatur, auf dem politischen Felde. Ich eile von der Maschine weg, um frischen Schnittlauch und Petersilie für meine vorzügliche Rindfleischsuppe zu schneiden. Es ist verflucht schwer, auf einem Gebiete zu arbeiten, dem man fundamental mißtraut.

Die vorgesehene politische Revue versuche ich für das Fernsehen zu machen, ich zweifle, ob der Toleranzspielraum damit nicht überschritten wird. Das Teure an der Sache waren die Filme.

Wenn Ihr im Sommer nach Europa kommt, freuen wir uns sehr, Euch bei uns zu haben. Ich werde dann, ich hoffe, tief in dem Roman stecken, wenn mich nicht die Dramatikergeilheit übermannt, nach der wenigstens alle zwei Jahre ein neues Stück her muß. Vielleicht sollten wir wirklich mal darüber reden, ein Stück am Broadway zu starten, mich kotzt das deutsche Theater nämlich besonders an, und da könnte man die Leute ein bißchen ärgern.

Grüß die Marianne schönstens von mir, und die Petersilie aus Angelsbruck ist gedacht, die Sehnsucht nach diesem herrlichen, deutschen Vaterlande zu nähren.

Herzlichst
Dein [Heinar]

An Maurice Sarrazin 20. Mai 1969

Lieber Maurice,
[...] Ich habe in den letzten Monaten tief in einer Arbeit gesteckt, die mit szenischen und filmischen Mitteln eine Analyse des modernen Kapitalismus der reichen Industrieländer, insbesondere die Verinnerlichung der Herrschaft bei den Arbeitern, versucht. Das sollte auf Gewerkschaftsmeetings gespielt werden, und ich hoffte damit den engen Kreis des Bildungsbürgertums, der vom Theater in Deutschland gezogen wird, zu durchbrechen. Schließlich scheiterte die Sache an der Engstirnigkeit der Gewerkschaftsbürokratie, und ich versuche die Arbeit in einen Film zu verwandeln, den mir das

Fernsehen bezahlen soll und der dann an die Arbeiter zu bringen ist, die in Deutschland ja nicht ins Theater gehen. Da der Film alle geltenden Tabus verletzt, gibt es einen Haufen von Barrieren verschleierter Zensur zu durchbrechen. Ich bin nicht sicher, daß mir das gelingt, aber mir macht es im Augenblick gar keinen Spaß, mit indirekten Geschichten zu arbeiten, deren Kritik die Bourgeoisie frißt und mit Behagen verdaut, ohne auch nur den leichtesten Durchfall zu kriegen. Die Rezeption der Stücke Brechts in Deutschland macht ganz deutlich, wie wenig die Parabel taugt, zu Veränderungen herauszufordern.

Anfang des Jahres war ich zweimal etwas länger in New York, wo Oppenheimer endlich gespielt wurde (Lincoln Centre) und in einer straffen, aber sonst eher mittelmäßigen Aufführung einen riesigen Erfolg verbuchte. Da es sich bei Broadway ohnehin mehr um einen Strich als um Kunst handelt, ist das dem Geschäftsmann nicht gleichgültig. Ich sah in der ganzen Zeit in Amerika keine Aufführung, die ernstlich zu diskutieren war. Auch der amerikanische Underground machte vorwiegend mythischen Sex-Symbol-Quatsch, was ich schon bei Grotowski unerträglich gefunden habe.

Grüßen Sie alle Freunde und Mitarbeiter, nehmen Sie auch die Grüße meiner Frau. Wir haben uns bei Ihnen sehr wohl gefühlt.

Herzlichst
Ihr [Heinar Kipphardt]

Maurice Sarrazin war der Leiter eines Theaters in Toulouse, an dem Kipphardts Stück «Der Hund des Generals» aufgeführt worden war. Das erwähnte Projekt trug den Arbeitstitel «Akkumuliert! Akkumuliert!»

An Irene und Ernst Busch 23. August 1969

Liebe Irene,
lieber Ernst,
wir haben vor zwei Tagen zu dem Franze einen kleinen Moritz in diese schönste aller Welten gezwungen, und er weiß natürlich nicht, was ihm da blüht. Er sei besonders hübsch, sagt die Pia, wog sieben

Pfund und ist mit aller Inbrunst den oralen Genüssen hingegeben, die einzig ungetrübten Genüsse, soweit ich sehe. Der nüchterne Betrachter kann ihm eine Zukunft nur in schwarzen Tinten malen, es sei denn, er erweist sich als so dumm und phantasielos, daß er zum Bürokraten taugt, dann hat er eine schöne Karriere vor sich. Die Pia sagt, dazu sei er zu genußsüchtig. Sicher wird er eine andere Welt verlassen wie die von uns offerierte, wird es schon eine brauchbare sein? Ich zweifle, und ich bin ganz unfähig, an Zukunftsentwürfen Geschmack zu finden, die ich nicht wenigstens spurenweise in der gegenwärtigen Wirklichkeit finde. Mir fehlts an Religiosität. Wenn die Mutmaßung, es käme zum Kriege zwischen China und SU, nicht sicher als absurd zurückgewiesen werden kann, dann steht es um die Revolution wahrhaftig beschissen.

Schönen Dank für Euren Brief, der leider gar keinen Hinweis enthält, wie man sich endlich mal wieder sehen kann. Ihr wißt, das hängt leider noch immer von Euch ab.

Wir waren den Sommer über in der Mühle, und wir beginnen im Spätherbst hier mit gewaltigen Neubauten, denn wir wollen im frühen Sommer des nächsten Jahres ganz heraus ziehen. Ich hoffe, meine Arbeitslust hebt sich wieder. Ich muß mich täglich überreden, dem Machen von Literatur einen Sinn abzugewinnen. Ich verstehe Melville sehr gut und Rimbaud, die einfach nicht mehr mochten, als sie ihre Illusionen durchschaut hatten. Der alternde Tolstoi schließlich auch, aber der hatte große Güter. Gottlob ernährt mich noch immer OPPENHEIMER, der ein großer Erfolg in New York war und seit vielen Monaten auf den großen Broadway-Strich geht. Ich arbeite an einem Roman weiter, DIE TUGEND DER KANNIBALEN, ich weiß nicht, ob ich Euch mal das Kapitel geschickt habe, das ich vorabdrucken ließ. Ich glaube, daß der Stoff dazu taugt, viel Wirklichkeit zu transportieren, aber er fällt mir immer wieder aus den Zähnen, weil mir das folgenlose Machen von Literatur so zuwider geworden ist. Ich sehe keinen Adressaten, der eingreifendes Denken in Praxis verwandeln könnte. vielleicht müssen Literaten in einem bestimmten Gesichtsfelde, dem der Folgen ihrer Arbeit, blind sein, um produktiv zu bleiben. Mich macht das gestörte Theorie-Praxis-Verhältnis, an dem die Schriftsteller in den kapitalistischen Metropolen zwangsläufig leiden, bis zur Dösigkeit lethargisch. Natürlich reiß ich mich nur mit Arbeit da heraus.

Ich hoffe, Du bist das Gegenbeispiel geblieben, Ernst, und schickst mir bald die schönsten Platten.

Herzlichst, Euer alter
[Kipp]

Alle Briefe als Durchschläge im Nachlaß Kipphardts, Angelsbruck.

Aus den Notatheften (1966–68)

Ein Witz zu der Frage, ob es in Deutschland gegenwärtig einen Antisemitismus gibt:

Ein Mann ist verhaftet worden, weil er zwei NPD-Leute tätlich angegriffen und mit einem Heizungshaken mißhandelt hat. Von dem Ermittlungsrichter gefragt, was ihn zu diesem rabiaten Angriff gebracht habe, berichtet er, daß sich die beiden Leute vor seinem Fenster in sehr abfälliger Weise über die Juden ausgelassen hätten. Da habe er sich eingemischt und ihnen gesagt, sie sollten diese böswilligen Redensarten lassen, die so fürchterliche Folgen gehabt hätten und die doch einfach erlogen seien, denn sein bester Freund sei ein Jude.

Daraufhin seien die beiden, ehemalige SA-Leute, an sein Fenster getreten und hätten gefragt, wieso gerade er die Juden entschuldige, vielleicht sei nicht nur sein Freund, vielleicht sei er selber Jude.

«Na da, Herr Richter, da bin ich aber raus!»

Der Witz wurde mir zur Zeit der bayrischen Landtagswahl im November 1966 erzählt, als die NPD 15 Landtagssitze gewann.

11. Dezember 1966

Ich störe, also bin ich.
Ich höre auf zu stören, also war ich.

15. Februar 1967

Wie bei manchen Kindern, war das erste Wort meines Sohnes Franz «nein». Die Welt betrachtend, hoffe ich, es wird auch sein letztes. Aber ich fürchte das auch.

[Oktober/November 1967]

Was ist an einem Theaterstück schön, was verschafft mir Genüsse?

Die Beschreibung von etwas Charakteristischem bestimmter Leute in einer bestimmten Zeit, das ich bisher nicht bemerkt habe, wenigstens nicht mit der gleichen Genauigkeit, und das ich prüfend akzeptieren kann. Der Wert der Beschreibung charakteristischen Verhaltens ist größer, wenn sie Einsichten in Ursachen ermöglicht, wenn sie mir Lust macht, Analogien anzustellen und Folgerungen zu ziehen, wenn sie mich also denkend zu Eingriffen provoziert. Die Beschreibung des Charakteristischen ermöglicht das Lösen von Schwierigkeiten, indem es das Denken zu Folgerungen, also Handlungen ermuntert. Ein Denken, das in die Wirklichkeit eingreifende Folgerungen nicht für möglich hält, degeneriert zum Spiel, das bald langweilt, eben infolge seiner Folgenlosigkeit. Es stellt den Betrieb ein.

Die Schönheit enthält die Kategorie des eingreifenden Handelns. Das Schöne liegt in der Anregung zu Veränderungen.

12. November 1967

«Dieser Staat, diese Sozietät produzieren die Religion, ein verkehrtes Weltbewußtsein, weil sie eine verkehrte Welt sind. –

Sie ist die phantastische Verwirklichung des menschlichen Wesens, weil das menschliche Wesen keine wahre Wirklichkeit besitzt. Das religiöse Elend ist in einem der Ausdruck des wirklichen Elendes und in einem die Protestation gegen das wirkliche Elend. Die Religion ist der Seufzer der bedrängten Kreatur, das Gemüt einer herzlosen Welt, wie sie der Geist geistloser Zustände ist. Sie ist das Opium des Volks. Die Aufhebung der Religion als des illusorischen Glücks des Volkes ist die Forderung seines wirklichen Glücks...»

(Karl Marx, Zur Kritik der Hegelschen Rechtsphilosophie, Einleitung)

Der am wenigsten durchdachte Satz vom Opium ist bezeichnenderweise ein allgemein bekanntes Zitat geworden, das Pfaffen vorzüglich als zu platt widerlegen, ohne den Kontext je herzustellen. In diesen Jahren gibt es Strömungen im Christentum, die das Jenseits für ein Chiffre des Diesseits ansehen möchten, die christliche Religion in eine Soziallehre so verwandelnd, ohne sie als Religion aufzuheben.

Marxisten ihrerseits sehen sich unter gewandelten Wirtschaftsstrukturen noch immer der Entfremdung gegenüber, das heißt, in den vom Stalinismus heimgesuchten Ländern trägt der Mensch die «phantasielose, trostlose Kette», nachdem die Kritik «die imaginären Blumen» an der Kette zerpflückt hat. Die Kette ist nicht abgeworfen, die lebendigen Blumen, von denen Marx sprach, sind nicht gepflückt. An die Stelle der Religion kamen Religionssurrogate, die Verwirklichung des Menschen steht aus.

13. Mai 1968

Formulierungsvergleich:

Rosa Luxemburg in «Was will der Spartakusbund»:

«Die Befreiung der Arbeiterklasse muß das Werk der Arbeiterklasse selbst sein.»

Brecht in Einheitsfrontlied:

«Es kann die Befreiung der Arbeiter nur das Werk der Arbeiter sein.»

Steckt die Literatur in diesem Unterschiede? Oder liegt der neue Reiz der Brechtzeile in der Roheit der Übernahme einer Erkenntnis des revolutionären Klassenkampfes? Oder beides?

Was ist geändert? Arbeiterklasse, ein Fachbegriff, in Arbeiter, was einfacher und sinnlicher ist. Ferner ist das «muß» als Aufforderung in das feststellende, kältere «kann» verwandelt. Anschaulichkeit und Objektivität als neue Qualitäten.

Nicht geändert wurde «die Befreiung» und «das Werk», was beides auf Kothurnen geht, aber den Kothurnen eben, die der Proklamierung der proletarischen Revolution dienen.

Der Satz «Nur die Arbeiter können die Arbeiter befreien» drückt den Gedanken genau und kürzer aus, aber es fehlt ihm die Roheit der Pamphlet- und Fachsprache, das Unvollkommene.

30. Mai 1968

In Hamburg wurde Peter-Ernst Eiffe, 26 Jahre alt, Angestellter des Statistischen Landesamtes, verhaftet und in eine Nervenklinik überführt, als er mit seinem Auto in die Wandelhalle des Hauptbahnhofs fuhr und obszöne Sätze an die Wände schrieb. Er wurde seit einigen Wochen gesucht, weil er unzählige Sprüche an Hauswände, Plakate, Verkehrsschilder, U-Bahnschächte und Tiefgaragen kritzelte:

Eiffe, der Bär kommt. –
Eiffe liebt dich. –
Eiffe verbessert die Welt. –
Eiffe trinkt auch Milch. –
Eiffe sucht einen Freund. –
Eiffe schafft ein befriedetes Deutschland. –
Eiffe will Bundeskanzler werden. Geht das?

Der Telefonkundendienst teilte Anrufern bei Eiffe mit: Eiffe läßt Ihnen ausrichten, daß der 10. Mai der erste Tag Eiffe'scher Zeitrechnung ist.

Ein berühmter Kritzler der Franz-Joseph-Zeit war Kyselak.

3. Juni 1968

Ungläubig höre ich: die Sowjetunion besetzt mit vier verbündeten Staaten die verbündete Tschechoslowakei.

Ich denke, das ist das Ende des Führungsanspruches, den Moskau hinsichtlich der revolutionären Bewegungen in der Welt erhebt.

Das kann das Ende des Reform-Stalinismus auch in der S.U. und ihrer direkten Einflußsphäre sein.

21. August 1968

Im Traum hatte ich Kiesinger interviewt, in mehreren Sitzungen, die Gespräche auf Tonband festgehalten.

Die Schwierigkeit, in der ich mich beim Schreiben eines Artikels über K. befand, war eine dreifache:

1. Kiesinger nach dessen harmlos-freundlichem Geplauder (wie es das Tonband aufbewahrte) so zu beschreiben, daß erkennbar wurde, was er verschwieg.

2. Diese Entkleidung aber so vorzunehmen, daß mir Kiesinger als Person nicht alles entgegengebrachte Vertrauen entziehen konnte.

Es mußte eine faire Entkleidung werden, eine persönlich-achtungsvolle, nur im Sachlichen gegnerhafte.

3. Die Entschleierung mußte auch für den Konsumenten verschleiert werden, denn ich mußte den Artikel verkaufen. Die Entschleierung K.s durfte nicht eine Entschleierung meiner selbst vor dem Käufer meines Artikels werden. Die Entschleierung mußte sowohl vollständig wie ästhetisch unanfechtbar sein.

Diese drei Forderungen zu vereinen, das beschreibt die Lage des Schriftstellers auf dem Markt der Literatur.

Auch: Der Beleg als Mittel der Verschleierung. Ein Wort ist ein Wort ist ein Wort.

14. Oktober 1968

[Die Schande Amerikas]*

Bis ich diesen Film, bis ich diese Bilder sah, die durch und durch niederträchtigen, zweifelte ich, ob es zulässig sei, eine Linie zu ziehen von der Schande in unserer Geschichte, die in Eichmann eine ihrer Symbolfiguren gefunden hat, zu Vietnam, der Schande in der Geschichte Amerikas. Ich zweifle noch. Doch das Modell zeigt Vertrautes.

Da wird ein strategisch interessantes, fernes kleines Land, dessen Bevölkerung in 25 Jahren seine Unabhängigkeit gegen zwei große Kolonialmächte erkämpfte, aller internationalen Abmachungen ungeachtet militärisch besetzt, weil es trotz guten Zuspruchs eine amerikanische Kolonie nicht zu werden wünscht. Da wird den Widerspenstigen eine Quisling-Regierung eingesetzt, Diem oder Ky, der Hitler sein Vorbild nennt und den nach einer Schätzung des amerikanischen Geheimdienstes CIA höchstens 400 000 erwachsene Bürger des 16 Millionen-Volkes unterstützen. Da ruft diese Regierung den militärischen Schutz derer an, von denen sie eingesetzt wurde. Die größte Militärmacht der Welt betritt den Plan mit ihren Bombergeschwadern, mit ihren Helikoptergeschwadern, mit den trai-

* Titel und Zusätze im vorliegenden Band in eckigen Klammern stammen vom Herausgeber

nierten Einsatzgruppen ihrer Marineinfanterie. Weil die Bevölkerung Vernunft nicht annimmt, brechen sie im Namen der Freiheit den Widerstand derer, die zu befreien sie gekommen sind. Der demokratische Senator Russel Long erklärt: «Wir würden eher einen Atomkrieg führen als kapitulieren.»

Kapitulieren? Vor wem? Um vor der Bevölkerung, die ihre international garantierte Unabhängigkeit zu erkämpfen wünscht, nicht zu kapitulieren, säubern sie das Land und den Dschungel. Sie brennen die Dörfer nieder, die sie betreten, sie deportieren die Bauern, sie konzentrieren sie in militärisch bewachten Wehrdörfern. Sie organisieren den Mangel, indem sie mit ihren Helikoptergeschwadern die Reisernten der Bauern durch Pflanzengifte vernichten. Sie bringen um, wen sie einer Verbindung zum Widerstand für verdächtig halten. Ihre Karateschläger foltern die Verdächtigen und die Guerillas, die in zwei Jahren einen Zulauf von 160000 Deserteuren aus der zwangsrekrutierten Armee des Marschalls Ky hatten. Die Tortur ist nicht die Ausnahme, sondern die Regel.

Dies alles ihnen aufzuzwingen ist gerechtfertigt, behaupten sie, denn der Unabhängigkeitskampf der südvietnamesischen Bevölkerung sei in Wahrheit eine Invasion des kommunistischen Nachbarstaates Nordvietnam. Sie bombardieren die Dörfer und Städte dieses Staates, sie zerstören dessen neue Industrie, und sie erklären, daß sie den Frieden erzwingen werden, indem sie den Krieg auf immer neue Gebiete ausdehnen. Ihr Friede ist die Kapitulation der Bevölkerung.

Es ist wahr, ich vereinfache. Aber es ist, ich hoffe, keine Selbstgerechtigkeit in meiner Stimme, wenn ich die Schande unserer Geschichte in Vietnam fortgesetzt sehe. Es ist die gleiche Schande, und ihre Wurzeln sind die gleichen. Als Eichmann 1961 in Jerusalem gehenkt wurde, hinterließ er eine Haltung. Die Haltung des Fachmanns, der seine Pflicht, der seine Arbeit tut, ohne nach seiner Verantwortung zu fragen. Die Pentagonbeamten, die ihre Computer befragen, wie denn ein Megatoter am preiswertesten zu haben sei, tragen die Gesichtszüge des Adolf Eichmann, die vertrauten. Das Gesicht der Frau, das dieses Napalm verbrannte, habe ich anderenorts gesehen.

Über einer von Hitlers Vergasungsfabriken stand: «Arbeit macht frei».

In der Eingangshalle des CIA-Hauptquartiers in Langley stehen die Worte: «Und werdet die Wahrheit erkennen, und die Wahrheit wird Euch frei machen». (Joh. 8. Kap., 32. Vers)

Typoskript im Nachlaß. Vermutlich Text einer Rede zur Gründungsversammlung des Münchner Vietnam-Büros, ca. 1967.

Das Profil

Ein Fernsehinterview

Personen: Dr. G., General a. D., und Herr H.

H.: Wie ist einem Mann zu Mute, Herr Dr. G., der nach mehr als einem Vierteljahrhundert aus einem Amt scheidet, dessen Aufgabe es wohl war, mit seinen ungezählten Mitarbeitern dafür zu sorgen, daß die Bürger dieses Landes ruhig schlafen können? Werden Sie ruhig schlafen?

G.: Ich denke ja, Herr H., und ich denke auch, daß alle Bürger ruhig weiter schlafen sollen, denn ich kann mir keinen besseren Nachfolger wünschen als General W., fachlich wie charakterlich. Wir kennen uns seit 1942, als ich die Abwehr «Fremde Heere Ost» aufbaute, er war einer meiner besten Mitarbeiter, Pfarrerssohn, und er blieb es, als wir die Aufgaben des Admiral Canaris zu übernehmen hatten, der ja aus seinem Dienst leider ausscheiden mußte nach dem 20. Juli, was wir damals sehr bedauerten.[1]

H.: Er stand Ihnen sehr nahe, weiß ich.

G.: Besonders nahe. Jedenfalls wir übernahmen und bauten die Organisation so aus, daß wir im Geheimdienstbereich die Nummer 1 wurden, sehr zum Ärger von Schellenberg, dem Abwehrchef des Sicherheitshauptamtes, und übrigens auch Hitlers, der über einen meiner Lageberichte so in Wut geriet, er war ja ein Choleriker, daß er befahl, wörtlich, «den Idioten, der diesen Blödsinn ausgegraben hat, sofort in einer Irrenanstalt unterzubringen», und erst davon absah, als Generaloberst Guderian, der mich als Generalstabsoffizier schätzte, um die Erlaubnis bat, meinen Zwangsaufenthalt im Narrenhaus teilen zu dürfen.

H.: Das ist eine sehr eindrucksvolle Episode, Herr Dr. G., ich hoffe, unsere Sendung wird von Historikern gesehen –

G.: Das Schönste daran ist, daß die fragliche Studie eigentlich nicht von mir, sondern von meinem Mitarbeiter, dem heutigen General W., verfaßt war.

H.: Unter Ihrer Verantwortung.

G.: Meiner Verantwortung. Drei Tage später erfolgte der russische Großangriff, wie von uns vorausgesagt, und sie durchbrachen die Front bei Baranow an der Weichsel. Ich könnte Ihnen von diesem sogenannten Führer Sachen erzählen –

H.: Sie betrachteten sich als Hitler-Gegner.

G.: Entschiedene Hitler-Gegner, auch W., was natürlich niemand ahnte – ahnen durfte. Es lag in der Natur der Sache – das ist die wirkliche Tragik, daß die potentiellen Hitler-Gegner, wenn sie effektiv sein wollten, Hitler und damit auch der Welt, leider, als Hitler-Anhänger erscheinen mußten. Das ist ein Kapitel, das noch geschrieben werden muß.

H.: Ich würde sagen, daß dies die spezielle Tragik unserer Generalität ist.

G.: Auch der Diplomatie, auch der höheren Beamtenschaft, und des Geheimdienstes besonders. Ich möchte sagen, daß alle wesentlichen Leute in meiner Organisation schon damals Hitler-Gegner waren, und sie haben später, als ich sie in mein neues Amt übernahm, sehr unter dem Mißtrauen gelitten. Der Presse besonders, da ist auch das Fernsehen nicht ganz unschuldig, fairerweise war nicht ganz unschuldig. Einige meiner besten Fachleute, die haben sich das so zu Herzen genommen, Felfe zum Beispiel, daß sie zu den Russen gegangen sind. – Ich muß sagen, daß uns da die Amerikaner sehr geholfen haben. Sie haben die Kontinuität gesehen, die Kontinuität unserer Geschichte.

H.: Ich glaube, es muß jemand schon sehr bösartig sein, wenn er in Ihrem Fall nicht sehen will –

G.: Aber die Leute sind bösartig, Herr H.! Wenn ein deutscher Professor heute noch publizieren kann, daß die Mehrheit im Kabinett der Großen Koalition nicht von der CDU oder

der SPD gebildet wird, sondern von einer dritten großen Partei, der NSDAP, dann sehen Sie, daß die Leute bösartig sind.

H.: Nun gut, eine so naive Lüge –

G.: Das ist keine Lüge, das ist bösartig.

H.: Eine bösartige Lüge.

G.: Nein, nein, es stimmt, rein faktisch, aber ich finde, es ist nicht wichtig, daß es stimmt, die Verdrehung besteht gerade darin, daß es stimmt, denn diese Leute sind natürlich überwiegend als Hitler-Gegner beigetreten, und weil sie sich als solche tarnen mußten, machten gerade sie auch Sachen, die –

H.: Für den Uneingeweihten mißverständlich sein konnten.

G.: Das ist die geschichtliche Tragik. Daß niemand die geschichtliche Kontinuität sehen will.

H.: Ich glaube, Herr Dr. G., daß man die heute sieht. Gerade in Ihrem Falle.

G.: In meinem Falle ja. Ich hatte es in gewisser Hinsicht leichter, weil es mir in den letzten Kriegsmonaten gelungen war, unser gesamtes Material über die Sowjet-Union in drei Kopien verstecken zu lassen – hinter dem Rücken Hitlers – und gleich nach Kriegsende den Amerikanern zu übergeben.

H.: In einer Zeit, als hierzulande noch kaum einer die neue Lage begriffen hatte.

G.: Die hatten auch viele Amerikaner noch nicht begriffen damals, es bestanden noch so viele Vorurteile, daß ich im amerikanischen Hauptquartier in Wiesbaden wochenlang auf Herz und Nieren geprüft wurde, ehe ich weiterarbeiten konnte. General W., mein Nachfolger, ging auf Jahre in die Industrie, ehe er weitermachen konnte.

H.: Wenn ich recht informiert bin, so konnten Sie die Amerikaner in diesen Wochen aber so beeindrucken –

G.: Was sie beeindruckte, General Patton, sehr weitsichtiger Mann, war unser Nachrichtenmaterial, und daß unser Agentennetz in der Sowjet-Union noch immer einsatzbereit war. Sie stellten durch Vergleiche fest, daß unsere Aufklärungsarbeit alles in den Schatten stellte, was sie auf diesem Gebiet bis dahin geleistet hatten. Weil unsere Arbeitsprinzipien gediegener waren. So flogen sie mich nach Washington, und ich bekam einen Arbeitsvertrag zu sehr kulanten Bedingungen. Ich konnte mit meinem alten deutschen Personal, unter amerikanischer Leitung natürlich, die «Organisation G.» aufbauen.

H.: Es ist historisch einmalig, meines Wissens, eine einmalige Zusammenarbeit, daß der Nachrichtendienst eines kriegführenden Staates bei Kriegsende nahezu nahtlos in die Dienste des ehemaligen Kriegsgegners hinübergleitet.

G.: Weil das Tätigkeitsfeld das gleiche blieb.

H.: Gab es für Sie in Amerika als Offizier, als deutscher General, so etwas wie Loyalitätskonflikte?

G.: Nein. Da ich mir von den Amerikanern vertraglich ausbedungen hatte, daß die Organisation nach Wiederherstellung der deutschen Souveränität von der zukünftigen deutschen Regierung übernommen werden mußte.

H.: Wann wurde das für Sie aktuell?

G.: Wir wurden 1953 zurückgegeben. Als völlig unabhängige Organisation eines souveränen Staates.

H.: Wie war die Zusammenarbeit mit den Amerikanern?

G.: Glänzend. Was wir von den Amerikanern lernten, war, das Ganze wie einen großen Geschäftsbetrieb aufzuziehen. Weniger ideologisch als früher, mit einer Generaldirektion, Generalvertretungen, Bezirksdirektionen, Filialen, Werbeabteilung, Forschungsabteilung, Kunst und Kultur, Wohltätigkeit, das lernten wir von ihnen. Was sie von uns lernten, das sehen Sie heute an ihrer CIA. Die sich 1947 nach unseren Prinzipien und mit den Leuten, die wir ausgebildet hatten, konstituierte.

H.: Würden Sie mir zustimmen, daß sie die Lehrmeister übertroffen hat?

G.: Sicherlich. Wir konnten allerdings auch nie in diesem weltweiten Maßstab arbeiten. Ich würde heute sagen, daß diese erste, echte Kooperation zwischen uns und den Amerikanern für uns alle Früchte trägt, für die ganze freie Welt in dem Kontinuum der Geschichte.

H.: Darf ich zwei aktuelle Fragen stellen?

G.: Bitte.

H.: Was sagen Sie zu dem Vorwurf, unsere Nachrichtendienste wären den südkoreanischen Kollegen bei ihren etwas unglücklichen Operationen zur Hand gegangen?

G.: Was soll ich dazu sagen? Ich halte den südkoreanischen Geheimdienst, CIA übrigens auch, für einen sehr gut ausgebildeten Dienst, der auf irgendwelche fremde Hilfe nicht angewiesen ist. Sonst hätte der Bundespräsident ihrem Chef wohl nicht das Bundesverdienstkreuz verliehen.

H.: Die zweite Frage: Es ist davon die Rede, daß eine Gruppe in der SPD in unserer Verfassung mit der vorgesehenen Verfassungsänderung auch das Widerstandsrecht des Bürgers verankert sehen will. Für den Fall des Verfassungsbruches. Was halten Sie davon?

G.: Das begrüße ich.

H.: Befürchten Sie nicht, Herr Dr. G., daß die Arbeit Ihrer Organe, die ja mit der Verfassung nicht immer buchstabengetreu umgehen können, weil sie sie schützen müssen, dadurch behindert wird?

G.: Das befürchte ich nicht. Da das Widerstandsrecht ja nur in die Verfassung aufgenommen wird, wenn wir sie auch ordnungsgemäß geändert haben, werden sich unsere Organe jederzeit und strikt an die Verfassung halten können.

H.: Ich darf mit einem bösen Wort eines englischen Kollegen schließen: «Geheimdienst ist ein so schmutziges Geschäft, daß es nur ein Gentleman machen kann.» Ich trinke auf Ihr Wohl.

Typoskript im Nachlaß, geschrieben im Januar 1968 für das Münchner Kabarett «Rationaltheater». – Als Dr. G. ist Dr. Reinhard Gehlen zu erkennen, ehemals führender Abwehr-Offizier der faschistischen Wehrmacht und nach dem Krieg Begründer und Leiter des Nachrichtendienstes der BRD. Der ihn befragende Journalist Herr H. ist, wie die berühmte Schlußformel «Ich trinke auf Ihr Wohl» verrät, Werner Höfer, jahrzehntelang Leiter der Fernsehsendung «Internationaler Frühschoppen». – Ende 1987, fünf Jahre nach Kipphardts Tod, enthüllte das Nachrichtenmagazin «Der Spiegel» die NS-Vergangenheit Höfers und leitete damit das Ende von dessen TV-Karriere ein.

19.
Der Briefwechsel
Heinar Kipphardt – Peter Hacks
(1965–70)

München, 5. Oktober 1965

DIR UND DEM BENNO ZUR PREMIERE DIE SIEBEN PLAGEN

HERZLICHST DEIN KIPP

Telegramm im Besitz von Peter Hacks, Berlin/DDR. Die vor diesem Telegramm liegende Korrespondenz zwischen Hacks und Kipphardt (bis zum April 1965) ist abgedruckt in den Bänden «Schreibt die Wahrheit» und «In der Sache J. Robert Oppenheimer» der Kipphardt-Werkausgabe. – Am 5. Oktober 1965 wurde an der Volksbühne in Berlin/DDR Hacks' Stück «Moritz Tassow» uraufgeführt, in der Regie von Benno Besson.

Berlin, 28. Oktober 1966

Lieber Heinar, die tugendhaften Kannibalen haben mir sehr viel besser gefallen als – wie ich doch stark vermute – mein Aufsätzlein Dir. Das ist nicht nur ein schöner Titel, das wird ein schöner Roman. Das Phänomen KZ kann natürlich nicht ausschließlich mit ökonomischen Kategorien begriffen werden, (da sind ja noch rein politische Zwecke); aber wahr ist, dass, wären KZs nicht auch ein Teil der Ökonomie des Imperialism, sie im Imperialism eben nicht hätten existieren können. Diese nie beschriebene conditio sine qua non zu beschreiben: präzis, durchsichtig, elegant, aufregend und sehr komisch, – das ist ein großes Verdienst, und wenn ich, wie Du weisst, «Hund» für das beste deutsche Kriegsbuch halte, könnten die «Kannibalen» das beste KZ-Buch werden. Bleib fleissig und schönstens gegrüsst

von dem Peter

(und die Anna lässt Dich loben).

Brief im Nachlaß Kipphardts, Angelsbruck. – «Die Tugend der Kannibalen» ist der Titel eines Romanprojekts von Kipphardt, aus dem erste Teile in der Zeitschrift «Kürbiskern», Heft 4/1966, erschienen waren. Im selben Heft wurde ein «Aufsätzlein» von Hacks unter dem Titel «Das Poetische» veröffentlicht. Kipphardts Roman blieb ein Fragment. Anna ist die Schriftstellerin Anna Elisabeth Wiede, die Frau von Hacks.

München, 11. November 1966

Liebster Peter,
der Honig Deines Lobes war süße, die eindrucksschwersten Briefe für die Dichter, das sind die rühmenden. So übergehe ich die nichtsnutzige Theorie in Deinem Aufsätzlein, die ich in einem längeren Gespräch in der bald auf den Plan tretenden Wochenzeitschrift HEUTE, einer Augstein-Gründung, mit einer sanften Polemik bedacht habe, und ich übergehe als eine Gelegenheitsarbeit auch den SCHUHU. Da sind ein paar wunderschöne Lieder und einige wenige Szenen, die auf der Höhe Deines technischen Könnens und Deines Wissens sind, das andere ist aus Deinem poetischen Spielzeugladen schnell zusammengesucht, vermutlich nicht von Dir. Du solltest den Zweck, schnell ein Stück zu haben, mit unwürdigen Mitteln nicht heiligen. Natürlich gibt es unwürdige Worte, und wer verflucht die Zeit nicht, da man gerade mit denen dichten muß, aber es gibt auch unwürdige Mittel, den nichtsnutzigen Zierrat der alten Hüte. Ich möchte Deine MARGARETE lesen, um die ich mich bei Pavel viel bemüht habe, er hat aber kein Exemplar, ich weiß nicht, warum er keine machen läßt. Hast Du eins, das ich Dir eingeschrieben retournieren könnte? Ich kann Dir eine Komödie schicken, die heißt DIE NACHT IN DER DER CHEF GESCHLACHTET WURDE. Ich habe sie gemacht, um mich von enervierend langen Materialarbeiten zu erholen, und ich fürchte, die wird Dir nicht gefallen. Was ich dazu jetzt brauchte, das wären konkrete Ratschläge für die definitive Fassung. Die Uraufführung wird im April in Berlin, Volksbühne, und in Stuttgart, mit Palitzsch als Regisseur, sein. Ich schick Dir das Ding also nur, wenn Du ein paar Verbesserungen zu Protokoll gibst. Ich sehne mich sehr nach Dir und der Anna, und ich überlege, wie wir uns mal auf lange Zeit genießen könnten. Dank K. und anderen Freunden ist Berlin wieder schwierig geworden, und ich mag den Leuten nicht in den Arsch kriechen,

wenn sie ihn gar so katholisch zukneifen. Zu Langhoffs Beerdigung war mein Aufenthalt auf einen Tag begrenzt, und eine Änderung war in den höheren Regionen, die gebetsweise bemüht wurden, nicht zu erzielen. Nach literarischem Muster hat der Herr des Schlosses keinen Namen, man weiß nicht, ob er existiert. Würde man Euch hierher reisen lassen, zu der SCHÖNEN HELENA etwa? Dann müßt Ihr Euch die Zeit nehmen, mit uns in die Mühle zu fahren. Sonst wäre ernstlich an Prag zu denken oder an einen gemeinsamen Urlaub in Jugoslawien im nächsten Jahre.

Ich habe Euch nicht geschrieben, glaube ich, daß wir im Juli einen Jungen gekriegt haben, der Franz heißt und Daniel dazu und ein genußsüchtiges Bübchen ist, das schreit, sobald er sich nicht unterhalten fühlt. Der Jan, Kenner aller Beat-Schulen und Freund der Gammler, ist seit Herbst in einem Internat in Neubeuern bei Rosenheim. Es gab keinen anderen Weg, ihm die Brüste des Wissens zum Munde zu führen, so unansehnlich die sein mögen. Er fühlt sich ganz wohl, und ich glaube, er ist dem Elite-Snobismus solcher Anstalten gegenüber nicht anfällig. Lore macht schöne Hinterglasbilder, und Linde heiratet in Kürze. Sie macht die Fotoabteilung eines großen Industriewerkes hier, und sie ist eine sehr angenehme Person.

In Sicht auf Westend und Broadway mußten wir in London eine Club-Aufführung OPPENHEIMER starten, die sehr erfolgreich war, so daß der Lord Chamberlain die Aufführung für Westend freigeben wird. Die mit einstweiligen Verfügungen drohenden Parteien haben sich natürlich gehütet zu prozessieren, und so hoffen wir, daß der Weg für die geplante Broadway-Aufführung frei geworden ist. Die Sache interessiert mich nur des Geldes wegen, dort aber sehr. Ich leg Dir eine Polemik gegen Grass bei, der mit der SPD in alle Arschlöcher kriecht, in das des Papstes inklusive.

Küß die Anna, sei umarmt von
Deinem Heinar

Brief im Besitz von Hacks. – Die geplante Zeitschrift «Heute» erschien nicht; das dafür vorgesehene Gespräch Kipphardts mit Hellmuth Karasek ist veröffentlicht im «Oppenheimer»-Band der Kipphardt-Werkausgabe. Hacks' Stück «Der Schuhu und die fliegende Prinzessin» war am 29. April 1966 in Berlin uraufgeführt worden. «Margarete in Aix» kam 1969 in Basel zur Uraufführung. Hans Pavel ist der Leiter des Drei Masken Verlags in München, von dem Hacks' Stücke für die Bühnen in der BRD vertrieben werden. «K.» ist hier als Kürzel für Friedrich Karl Kaul verwendet. Mit «der Mühle» ist der spätere Wohnsitz Kipphardts in Angelsbruck gemeint, den er 1965 gemeinsam mit seiner Frau Pia erworben hatte. Ihr Sohn Franz wurde am 7. Juli 1966 geboren; Jan und Linde sind die Kinder aus Kipphardts Ehe mit seiner ersten Frau Lore. Eine Aufführung des «Oppenheimer»-Stücks in englischsprachigen Ländern war besonders heikel, da man den Einspruch von noch lebenden, im Stück behandelten Personen fürchtete.

München, 22. Juli 1967

Liebster Peter,
ich höre, es geht Dir nicht gut. Wie solls uns gut gehen, wenn der Dreckhaufen vor dem Fenster täglich größer wird und sein Gestank penetranter? Du hast Deine berühmten Flügel, dem Gestank zu entgehen, und wenn Du immer höher hinauf mußt, so will ich Dir wenigstens fernerhin nicht vorschlagen, lieber die Abortgruben zu drainieren, was den besten Mann auf die Dauer kaputt macht, es sei denn, er hätte einen Fluß zu dirigieren wie der Herkules.

Es gibt viel zu bereden, und ich überlege, wo man das ausgiebig tun könnte. Was hältst Du von Prag? Hättet Ihr Lust, dort eine Woche zu verbringen und wann? Wir sind die Ferien über auf dem Lande in der Mühle, ich arbeite an BRUDER EICHMANN und bearbeite DIE SOLDATEN, und wir können uns jeden Tag nach Prag aufmachen, wenn Ihr uns dazu auffordert. Du weißt, wir wären gern im Mai oder Juni nach Berlin gekommen, aber ich bekam kein Visum, vermutlich weil man erfahren hat, daß ich im Auftrag der chinesischen Genossen die MARGARETE VON AIX im Kabelwerk Oberspree vorlesen sollte.

Grüß die Anna und sei umarmt
von Deinem alten Heinar

Brief im Besitz von Hacks. Darauf handschriftlich von Hacks notiert: «Antwort: Herbst Prag».

Berlin, 22. Oktober 1967

Lieber Heinar,
unter den Geschwindigkeitsmetaphern, die Lessings Faust mit seinem Teufel erörtert, sind Dringende Telegramme nicht erwähnt. Deswegen werde ich nicht beruhigt sein, bevor ich erfahre, ob es mir wenigstens gelungen ist, Dich von der prager Reise überhaupt abzuhalten.

Ich, lieber Heinar, bin nicht nach Prag gefahren, weil ich infolge von Unwissenheit, Unkenntnis, Faulheit, Schlamperei und schlechtbezahlter Unverschämtheit 1. des Schriftstellerverbandes und 2. des Außenministeriums leider nicht im Besitz eines Ausreisepapieres war. Ich wollte, ich könnte sagen, dass man mich verfolgt hat. Aber ich bin leider nur in dem gleichen Masse verfolgt worden, in dem unsere Behörden jeden einzelnen Bürger und jede einzelne sinnvolle Handlung verfolgen. Man hat es mir verschlampt, und zwar nicht einmal, sondern zweimal; es hat mich drei volle Tage gekostet und die Idioten nicht mal einen kurzen Gedanken.

Zürne mir nicht, wenn ich Dir sage, dass ein ankonditionierter Ekel mich daran hindert, das Unternehmen zu einem späteren Zeitpunkt zu wiederholen. Ich vermute, dass mein Visum inzwischen fertig ist. Aber es gibt Demütigungen, denen man sich nicht zum andern Mal aussetzt.

Deswegen berichte ich Dir nun, wie wir leben. Wir leben nicht so übel, denn wir haben einen sehr schönen Barock-Eckschrank und eine besonders feine Handzeichnung von Bayros erworben. Ich habe, in Thüringen, den Amphitryon fertig gemacht; bei Pavel, glaube ich, gibt es schon Bücher. Es ist mir auch gelungen, ohne Pause in mein neues Stück hineinzusteigen: das ist jetzt die persische Herodot-Schnurre, über die wir (verhüllt euer Haupt, Götter!) auf dem Hradschin schon geplaudert haben. Hast Du Kyros' Jugend aufgegeben? Es wäre natürlich amusant, eine iranische Renaissance zu begründen (und ich meine wahrhaftig, dass die Ökonomie der asiatischen Despotien zu der des automatisierten Zeitalters grössere Parallelen bietet als jede dazwischenliegende).

Die Anna hat komplizierte Krankheiten unklarer Herkunft, und leider bist Du der letzte begabte Arzt, den ich getroffen habe. Die Sache belästigt sie, wenn es ihr nicht gut geht; wenn es ihr gut geht, geht es ihr nicht schlecht. Sie lässt Dich sehr grüssen. Die Festtage waren lächerlich. Baierls «Mysterium Buffo» war wenigstens ein glatter Durchfall, Salomons «Lorbass», inszeniert vom Benno, war ein mittlerer Erfolg beim niedersten Pöbel, Heinzens «Feinde» waren ehrliche Arbeit und der Rest zum Sterben langweilig. Man kann diese Welt ertragen, während man über sie schreibt; den Rest der Zeit muss man schön zuhause bleiben.

Herzlichst und stets,
Dein Peter

Brief in Angelsbruck. – Hacks' «Amphitryon»-Stück wurde am 17. Februar 1968 am Deutschen Theater in Göttingen uraufgeführt. Seine «Herodot-Schnurre» erhielt den Titel «Prexaspes» (Uraufführung 1976). Kipphardts «König Kyros» blieb ein Fragment; es ist abgedruckt im Band «Schreibt die Wahrheit» der Werkausgabe.

München, 3. November 1967

Lieber Peter,
die dringenden Telegramme durcheilen sogar unsere Nationen noch in einem Tage, ich vermute, daß die Geheimdienste ihre hellsten Köpfe in einer besonderen Abteilung als Schnelleser konzentriert halten, so bleiben keine für den Schriftstellerverband und das Außenministerium. Obwohl der Vorgang komisch ist, ist seine Dämlichkeit auch niederschmetternd, und wir blieben wie Ihr zu Hause. Ich hatte Deine Mutter tags zuvor informiert, weil ich mir zu diesem Zeitpunkt kein Hindernis mehr erwartete, und so mußte ich der armen Frau mit Deiner Absage Kummer machen. Sie denkt sich natürlich viel mehr als sie sagt.

Ich saß der verhinderten Reise wegen, wo ich nicht sitzen wollte, zwischen verschiedenen Arbeiten, die mich trostlos anstarrten, denn es gelingt mir fast nie, den stacheligen Weg zu einer neuen Arbeit ohne Golgatha zu durchwatscheln. Meine Depressionen zu diesen Zeiten verlaufen exakt so, wie es in den psychopathologischen Lehrbüchern steht, nur daß ich mir äußere Gründe liefern kann, an die ich allerdings nicht glaube. Ich bin davon überzeugt, nie mehr einen Satz schreiben zu können, öffne keine Briefe und fürchte mich vor dem Telefon, das ich aber funktionieren lasse. Zu Entschlüssen oder Tätigkeiten außerstande, bin ich auf einige Automatismen reduziert, eine Sorte von mechanischem Lesen und äußerst klebrigem Denken. Ich lese da gerne Flottenkalender, aber ich würde auch zum Exempel Strittmatter lesen, wenn er mir in die Hand käme. Was mir aber der Gott der Cyklothymen noch nicht angetan hat. Die Schwierigkeit ist, ich weiß nicht, ob ich den Roman mache, was mir am leichtesten fallen würde, oder Eichmann oder Kyros gar, was auch wie alles Erfundene leichter geht. Gegen den Roman spricht jetzt, daß ich auch nach SOLDATEN noch ein Stück brauche, gegen Eichmann, daß ich keine rechte Fabel zusammenbringe. Es versteht sich, daß ich nicht Eichmann beschreibe, sondern die bürgerliche Normalität in ihrer wirklichen Konsequenz, monströs ist das Normale in unserer auf Lohnarbeit beruhenden Kultur. Da nahezu überall Lohnarbeit ist, ist nahezu überall Eichmann. Das kann ein schmerzhafter Beweis sein, wenn ich es beweisen kann. Die Fabel, verflucht, die mir hilft, streitende Gedanken auf dem Theater darzustellen wie streitende Heere. Da hätte ich Dich gerne gehört, und woher nehmen die Leute das Recht, zwei Gehirne nicht miteinander korrespondieren zu lassen, wenn es nur fünf gibt.

DIE SOLDATEN wird Palitzsch machen, später die Kammerspiele. Es sieht auf dem hiesigen Theater wirklich beschissen aus, und es wird beschissener. Die ganze Dummheit findest Du in dem Hochhuth konzentriert, der gerade den Aristoteles erfindet, gemeinsam mit dem Walser leider, obwohl der viel pfiffiger ist. Glücklicherweise ist der Hochhuth ganz durchgefallen, und der Walser wird durchfallen, was für ihn eine Katastrophe ist und eine vermeidbare. Es ist peinigend, dumme Aufsätze zu lesen von Leuten, die nicht dumm sind.

Pavel will mir AMPHITRYON schicken, sobald er Exemplare hat, ich laß Dir die Komödie und DIE SOLDATEN schicken. Mein Neid auf Deine Arbeitslust ist gallengelb.

Küß die Anna und sei umarmt von Deinem alten Kipp

Schreib mal.

Brief im Besitz von Hacks. – Mit «dem Roman» ist «Die Tugend der Kannibalen» gemeint (sh. Brief vom 28. Oktober 1966). Kipphardts Bearbeitung der «Soldaten» von J. M. R. Lenz wurde am 17. August 1968 in Düsseldorf uraufgeführt.

Berlin, 12. November 1967

Lieber Heinar,
glaube nur nicht, es ginge nur dir schlecht. Thomas Mann schrieb dem Heinrich, dass ihm in seinem Leben nie mehr etwas einfallen könnte (es war etwa 1908), und er habe den Hofmannsthal getroffen, dem auch nichts mehr einfalle. Schmeichelhafterweise setzte er hinzu, die, denen nichts einfällt, seien die Begabtesten.

Ich habe bloss das Glück, daß meine Talsohlen somatischer Natur sind; ich kann halt meistens nicht arbeiten; so richtet sich mein Misstrauen wenigstens auf meinen Leib und nicht auf mein Unsterbliches. Aber ich glaube, der Vorgang ist, wie er sich auch abspielt, immer derselbe: es ist einfach zu anstrengend, tagaus, tagein zu dichten, und so schützt sich die Natur und macht, dass man es oft lässt.

Du weisst, dass ich von Deinen Projekten den Roman am meisten schätze, aber vermutlich kann man davon nicht leben. Für die Moral, dass das KZ die höchste Stufe des Kapitalism (– aber es ist nicht «das Normale», es ist die äusserste Konsequenz, die ins Gegenteil umschlägt, so wie Schwejks Blödheit die äusserste Konsequenz von Soldatentugend) – für die Moral scheint mir der Roman das geeignetste Gefäß.

Ich wittere die Unterstellung, dass in der sozialistischen Wirtschaft Lohnarbeit und also eichmännische Möglichkeiten stecken. Ich würde da streiten. Unsere Gesellschaftsformation, die in der Erscheinung reine Warenproduktion vorführt, zeigt zugleich schon viel von ihrem Wesen, das in der Produktion von Gebrauchswert besteht. Es macht einen Unterschied, ob eine ganze Volkswirtschaft, aus Akkumulationsgründen, Mehrwert erzeugt, oder ob Privateigentümer aus Konkurrenzgründen dasselbe tun.

Ohne die Eichmann-Story sehr gut zu kennen, glaube ich nicht an die Tauglichkeit dieser Person fürs Drama. Er ist, wie Hitler, langweilig dadurch, dass er gar kein bisschen Recht hat, und er ist noch langweiliger als Hitler dadurch, dass er ein langweiligerer Mann ist als der. Ich sehe ja ein (ohne es auch zu glauben), wenn mir jemand erzählt, es sei die Pflicht der Kunst, in einer langweiligen Welt langweilig zu sein. Aber gesetzt, es wäre die Pflicht der Kunst, so ist es sicher nicht die des Theaters.

Streitende Gedanken kann man sicher ebensogut vorführen wie streitende Heere; ich meine aber, dass jedes von beiden ohne das andere von wenig Wert ist. Ein Gedanken-Schlachtfeld ist amusant, wenn es dort, ausser um die Wahrheit, auch um die Macht geht; jede Kampf-Aktion taugt nur was, wenn es ausser um die Macht auch um die Wahrheit geht. Nicht um die Wahrheit geht es bei Eichmann, diesem vom Weltgeist Verlassenen.

Laß Dir nicht von mir den Kyros aufschwätzen, jedenfalls nicht, solange Du Lust hast, einen Helden zu entlarven. Offenkundig war Kyros in jeder erdenklichen Hinsicht ein besonders grosser Mann. Man müsste höchstens einen Dreh finden, zu zeigen, dass die Welt, um einen besonders grossen Mann zu rühmen, lauter dumme Lügengeschichten erfindet (...dass die erlogenen Verdienste wirksamer sind als die tatsächlichen, dass aller Ruhm auf Missverständnis sich gründet).

Der Hochhuth ist der Dummkopf der Welt, aber ich finde ungerecht von den Kritikern, dass sie ihn dafür büssen lassen, dass sie den Stellvertreter überschätzt haben. Warum insistierst Du darauf, den Walser intelligent zu finden? Auf den Aristoteles bin ich nicht mehr so zornig wie einst. Ich denke, dass er im Wesen unrecht hat, aber ich denke auch, dass man gegen ihn nur sein darf, wenn man mehr kann als seine Leute und nicht weniger. Der heutige Aristotelism äussert sich immerhin noch in Form redlichen Handwerks, der Antiaristotelism nur mehr als reine Hochstapelei.

So viel und genug; es ist eine blödsinnige Idee, Briefe die neueste Literatur betreffend zu verfassen. Lass es Dir gut gehn.

Immer Dein
Peter

Brief in Angelsbruck.

München, 28. Januar 1968

Ich weiß nicht, liebster Peter, welche fortgeschrittene Lesemethode Dich in den Genuß bringt, aus meinen spärlichen Briefen zu lesen, was nicht drin steht. Entweder hat der von Dir beschriebene fortschrittliche Journalismus, der die sein sollende Welt in die Wolken schreibt, die entsprechende Lesegewohnheit produziert, oder unsere mutmaßlichen Mitleser sind dazu übergegangen, die mit Mängeln behaftete Korrespondenz ihrer Klienten zu vollenden, was dem Berufe die wünschenswerte Würde des Schöpferischen endlich zubrächte. Damit würde er der Schönen Literatur ein ersprießliches Feld eröffnen, die an ihrer Aufgabenlosigkeit so sehr leidet. Im Reiche der reinen Ideen flösse den Mitlesern wohl auch die Theorie der Gewaltlosigkeit leichter über die revolutionären Lippen als jemals mir. Und Brenningern, dem bräuchten sie eine Liebe zur revolutionären Umwälzung erst gar nicht zu machen, denn nach ihnen, wenn ich recht hingehört habe, hat er sie immerzu und befindet sich mit den Winzern und Kleingewerbetreibenden im Bündnis, das balde zuschlagen wird und besonders bei den nächsten Wahlen zum Parlament. Ich will Brenninger fragen, ob er das weiß.

Deine Mußmaßung, die mich in die Nähe der Marcusianischen Heilslehre von der ganz neuen Moral und der ganz neuen Existenzweise durch die ideeliche Umwertung aller Werte zu bringen sucht, kann sich ebenfalls nur auf Zusätze der Mitleser stützen. Wann je habe ich Neigungen verraten, die Wissenschaft auf die Utopie zurückzubringen und die Kritik der politischen Ökonomie auf die Philosophie? Freilich hat Marcuse einige Aspekte der Verinnerlichung des Klassenbewußtseins der Arbeiter in den hochmechanisierten, reichen Industrieländern zutreffend beschrieben, und Breschnjew, falls er Bücher liest, könnte nach Lektüre besser verstehen, warum sein scholastisches Technokratengeplauder keinen Arbeiter aus seinem Auto lockt und warum Lateinamerika und Asien bei seinem Anblick gähnt. Das ist ja nun ein Programm, daß man auch bald so gute Autos baut und auch Geschirrspülmaschinen. Da ist keine Zukunft, die nicht tendenziell im Gegenwärtigen erscheint. Marcuse übrigens, dessen en bloc-Verneinung ich für romantische Metaphysik halte, hat eine Theorie von der Literatur als utopischem Gegenentwurf des «ganz anderen», die Dir Kaviar sein muß. Neben der Utopie schätzt er Hochhuth.

Bleibt der Dichter Alexander, der bloß Alexander heißt und in einem Narrenhause bei Wien wohnt. Es ist schwer, sich mit ihm zu unterhalten, er schreibt Gedichte auf Bestellung und hat schon seine eigene nicht verständliche Sprache. Ein konsequenter Dichter, wie Du siehst. Ich werde einen Film über ihn machen. Mit ihm natürlich. Einige große Zeilen von Alexander:

Das Lieben hat zwei Personen.

... Der Elefant ist ein Dyck. / er befindet sich in Schönbrunn, er ist / jung.er fristet sich durch. / Der Elefant geht auf.den Zehen – / Der Elefant ist schon hier.

... Da dolchte es in mir herum / wie deutsche Ärzte sich vertun.

DER GÖTZE

Der Götze sitzt am Wagen und / schaut die längste Zeit lang. / Der Götze ist schnell, macht immer / das verkehrte von dem was ist. / sitzt er z. B. am Wagen so läuft / er hin und her.

... Der Tod ist grütze. / Der Tod ist schön. / Der Tod ist auch. / Der Tod ist auch dumm. / Der Tod in der Schule als Mädel.

Die rote Farbe ist rot. /

Küß die Anna,
Dein Heinar

Brief im Besitz von Hacks. – Kipphardts Beschäftigung mit den Schriften Herbert Marcuses gehörte zu den Vorarbeiten für ein (nicht realisiertes) szenisches Projekt «Die Unternommenen», in dem Kipphardt den hochentwickelten Kapitalismus und dessen Auswirkungen auf Leben und Bewußtsein der Arbeiter darstellen wollte. Der geplante Film über den schizophrenen Dichter Ernst Herbeck, genannt Alexander, entstand erst 1975 («Leben des schizophrenen Dichters Alexander März»). Zu Brenninger vgl. die Postkarte Kipphardts an Hacks vom 24. Oktober 1968.

Berlin, 11. Februar 1968

Süsser Heinar,
das Stück von dem Lenz ist unstreitig sehr gut, und dass Du Deinen Namen draufgeschrieben hast, ist eine Änderung, die wirklich fast nicht stört.

Ich habe aber nicht übersehen, dass Deine Lösung des Endes, so geringfügig sie scheint, von ausserordentlichem Witze ist. Ich kenne viele Vorschläge, den schwachsinnigen Lenz-Schluß durch einen anderen zu ersetzen, und es war nie ein besserer; ihn auf eine solche Weise zu übernehmen, dass sein Schwachsinn zur Schönheit wird, ist ein Verfahren, dem ich Dauer prophezeie.

Was die Häufung von Mini-Szenen anlangt, gegen die Du nicht sehr energisch vorgegangen bist, bin ich skeptisch. Sowas liest sich halt viel besser, als es sich spielen lässt.

Die Anna hat Angina; ich selbst bin auch nicht bei großem Appetite. Da uns aber kaum Ablenkungen ins Haus kommen, werkle ich dennoch, einer langsamen Ameise gleich, vor mich hin. München hat mich sehr ermüdet. Ich merke aber zu meinem Staunen, wieviel ich in dieser Stadt über Sport gelernt habe.

Du warst sehr lieb zu mir und die arme Pia geradezu aufopfernd. Kann sie mir verzeihen, daß ich die Zwiebeln lieber gemocht habe als die Fische? Ich bedanke mich sehr schön bei Euch.

Und bin, mit vielen Grüssen, immer Euer
Peter

P. S. Dieser Brief war bei einem Buche, das ich Euch geschickt und aber – ich weiss nicht warum – zurückgekriegt habe. So schicke ich jetzt erst mal den Brief.

Brief in Angelsbruck.

München, 3. April 1968

Lieber Peter,
ich habe zwei Füße in Asien gehabt, und die Strafe ist, daß ich mich seit zwei Wochen schinde, wenigstens einen halben Fuß wieder in das verfluchte Stück zu kriegen.

Asiatische Geduld, asiatische Weisheit, ich hab sie nie bewundert, aber ich finde sie zum Speien, seit ich sie in Funktion gesehen, als Purgantia der Empörung nämlich. Ich war auf stinkende Armut gefaßt natürlich, aber auch auf Empörung. Es gibt Grade von Armut, die nicht Empörung, sondern Religion, Geduld und Weisheit produzieren. Das ist obszön. Ich sah Städte, die nässende Schwären waren, und ihre Bewohner, schien mir, fühlten sich nicht krank. Das Brenneisen der Revolution, das sie heilen könnte, kann es heilen, ohne als Mittel verstanden zu sein? Wie andererseits kann die Unwissenheit ohne Revolution beseitigt werden? Ist das der Ansatz des sogenannten Stalinismus, die Diktatur der Reformer gegen den Willen der zu Reformierenden? Wird der bequeme Weg der Gewalt ohne Gegengewalt je verlassen?

Da rückständige, analphabetische Länder merkwürdigerweise sehr kunstfertige Länder sind, habe ich schöne Sachen gekauft, schönen alten Silberschmuck und schöne alte Teppiche.

Das Buch mit den Liedern ist über Pavel gekommen. Die Lieder sind schön und auch schön gesungen. Auch eines der bissel böseren Lieder ist schön, they ever come back ist eine große Zeile und so vergiftet wie der Nestroy, wenn er sich Mühe gibt. Die Zeichnungen sind hübsch aber nicht gut, Parfüm, na schön, aber warum denn gar so süßes? Das Lumumba-Lied ist Dir nicht gelungen, ob das mit dieser Sorte von Liedern nicht geht?

Pavel sagte mir, seine Rückengeschichte sei als ein Mendel-Bechterew erkannt, das, wenn es ist, sähe prognostisch ziemlich böse aus.

DIE SOLDATEN macht jetzt der Ponnelle zuerst in Düsseldorf, und ich kenn das Theater gut genug, um zu wissen, daß das kein Honigschlecken ist. Wir arbeiten ein bißchen vor, haben fast acht Wochen Proben in dieser Saison und zehn Tage nach den Ferien. In Toulouse war ich acht Tage zu den letzten HUND-Proben, es machte Spaß, und sie stellten die beste Vorstellung des Stückes her, die ich je sah. Lustige, gescheite Leute, mit denen man reden will, und wo es einen Sinn hat miteinander zu reden. Ich merke, daß ich einen trainierten Theaterapparat brauche, meine Stücke fertig zu machen. Davon abgesehen, daß ich mich mit Neuerungen plage, die ich nicht auf einem Blatt Papier ausprobieren kann, sehe ich beim Arbeiten auf der Scene die tiefe Unlust gedämpft, die mir das Herstellen von Literatur macht, infolge seiner Nichtsnutzigkeit. Das Widerwärtige am Schreiben ist ja doch, daß sich ein Produkt gegen alle Anstrengungen immer wieder zu einer Sorte von Literatur auswächst.

Es war schön, Dich zu sehen, aber zu wenig Zeit, ohne Masken zu reden.

Grüß die Anna. Sei umarmt
von Deinem Heinar

Brief im Besitz von Hacks.

München, 10. September 1968

Lieber Peter,
mir gefallen ja in Klöden nicht nur die Geishas am besten sondern alles, und das sehen immer mehr Nicht-Klödener. Die Gemütlichkeit des netten, kleinen Kreises derer, die der richtigen Klödener

Lebensweise anhängen und sie im Vereinsbereich behaupten, nimmt immer mehr unruhige Geister für Klöden ein. Da helfen natürlich auch die Klödener Journale sehr, die endlich mit der Irrlehre ganz Schluß gemacht haben, daß Berichte von Wirklichkeiten auszugehen hätten. Es ist ja konträr so, daß Berichte Wirklichkeiten hervorzurufen haben. Nur hoffnungslos platte Köpfe können den Sprung in die neue Wirklichkeitsqualität noch leugnen. Die Methode ist sowohl erhabener wie auch handlicher. Die Informationen folgen aus den Handlungen, nicht die Handlungen aus den Informationen. Die Welt ist nicht wie sie ist, sondern wie sie sein soll. – Aus Optimismus sage ich große Änderungen voraus, denn es sind die kapitalen Fehler, die Änderungen in Gang bringen. Zuletzt auch in Klöden.

Grüß die Anna von Herzen, und wenn Du Tröstungen brauchst, suche sie bei dem Dichter Alexander, der in seiner Klinik schrieb: Da im Hause keine Luft ist, ist sie überm Dache fast vier Meter hoch.

Dein treuer Heinar

Brief im Besitz von Hacks. – Hacks hatte den Sommer 1968 in einem Pfarrhaus in Klöden an der Elbe verbracht.

München, 24. 10. 1968

Von der Hochzeit Brenninger, deren Ritual und deren Genüsse – fundamental materialistische – uns davon überzeugt haben, daß es noch eine Weltordnung gibt (außer dem Mahlgeld wurde auch das Präsent in barem Gelde auf einer Liste geführt), die allerschönsten Grüße der Anna und Dir. Die Brenningers werden bald unsere Nachbarn sein, denn wir planen die Mühle auszubauen und die Revolution ins Dorf zu tragen.

Sei geküßt von Deinem Heinar

Postkarte im Besitz von Hacks.

Berlin, 15. Dezember 1968

Lieber Heinar, mit Entsetzen sehe ich, wie sehr Du mich moralisch in Verzug gebracht hast. Vor mir liegen

a: 1 Brief, worin Du mitteilst, dass ich Masken aufhätte und der Weg der Gewalt verlassen werden sollte; – wie Du weisst, bestreite ich beides;

b: 1 halber Brief, worin Du den Dichter Alexander zitierst, der mir, obgleich Du ihn gelesen hast, begabt vorkommt – wer ist der Dichter Alexander? – und worin Du nicht einsiehst, dass das Wesen des fortschrittlichen Journalism der Sprung aus dem Reiche der Notwendigkeit in das der reinen Ideen und also eine sehr poetische Sache ist (– ernst, sagt Schiller, ist das Leben und das ND heiter –);

c: 1 Postkarte, worin Brenninger heiratet und Du ihn zu liquidieren versprichst: dass Euch, ach! Marcusianern von allen Revolutionen immer nur die gefallen, die nicht gehen.

Jetzt habe ich schon alles beantwortet.

Ich bin immer noch damit beschäftigt, das Problem zu lösen, wie man eine Revolution macht, die geht, und dabei doch einen leidlichen Kreislauf behält; zur Zeit gelingt es mir, dank Klöden und einem trockenen Herbste, nicht schlecht. Ich schreibe nicht viel weniger, als ich schreiben würde, wenn ich Lust dazu hätte. Und mein neues Heim gefällt mir gut; es ist unhygienisch und sehr prunkvoll.

Grüss die Pia und die lieben Ponnelles. Wer kann, soll mich besuchen. Die Anna (die eben vom Hübner aufs Geschickteste geheilt wird) küsst Dich.

Herzlichst,
der Peter

Brief in Angelsbruck. – Mit «ND» ist die Zeitung «Neues Deutschland» gemeint, das Zentralorgan der SED. Jean-Pierre Ponnelle inszenierte u. a. 1964 Hacks' Stück «Der Frieden» und 1968 die Uraufführung von Kipphardts «Soldaten». Der Arzt Dr. Robert Hübner war mit Kipphardt seit den Jahren des Zweiten Weltkriegs befreundet.

[März / April 1969]

Liebster Peter,
das ist eine ziemlich genaue Beschreibung des Schwierigkeitsgrades und der Funktion der Kunst, von einem alten chinesischen Artisten für seine Nachfolger aufgezeichnet. – Ich hatte großen Sukzeß auf dem Börsenstrich der Breitenstraße in Babylon. Ich schloß, daß Kunst als Ware nicht so schlecht ist, wie als Kunst.

Herzlich
Dein Heinar

Postkarte im Besitz von Hacks. Die Karte zeigt auf der Vorderseite einen Balance-Akt. – Mit der «Breitenstraße» ist der New Yorker Broadway gemeint, wo Kipphardts «Oppenheimer» am 6. März 1969 Premiere hatte.

15. April 1969

Ja, mein Schatz, die Kunst als Ware ist schon eine ganz feine Sache. Aber Du musst zugeben, dass, seit dem Imperialismus der Waren-Begriff entsetzlich heruntergekommen ist. Ich meine, früher ging das Zeug doch nicht dauernd kaputt.

Glückwunsch zur Breiten Strasse. Möge sie Dich fett machen.

Die Behauptung, Du seist ein Marcusianer, ziehe ich zurück. Du bist ein verkappter Marcusianer. Rede Dich da nicht auf ästhetische Meinungsverschiedenheiten heraus: zwischen der Definition von Kunst als dem Ganzanderen und der als dem Ganzdasselben kann ich beim besten Willen keinen Unterschied feststellen.

Der Dichter Alexander gefällt mir sehr. Da er Dir auch und also uns beiden gefällt, geschieht es ihm schon recht, dass sie ihn zu den Narren gesteckt haben.

Ich mache eine Oper für keinen Komponisten, leide und freue mich am Frühling und erobere, ein anderer Alexander, die bewohnte Welt, rein der Schätze wegen.

Grüss die Pia,
immer Dein Peter

Anmerkung des Geheimdiensts: Unter dem Namen «Alexander» scheint der Briefschreiber zwei verschiedene Personen zu behandeln. (Abusch?).

Brief in Angelsbruck. – Hacks schrieb zu dieser Zeit an der Oper «Omphale».

München, 10. August 1969

Ich reserviere Dir, liebster Peter, seit langer Zeit äußerst freudige Nachrichten und lege einen Kosthappen bei, der allerdings nur einen schwachen Freudenabglanz vermittelt, da er, wegen des offiziellen Charakters, in einem Understatement abgefaßt ist, das den übrigen äußerst freudigen Nachrichten aus Peking nicht eignet. Diese Nachricht ist als Vorwärmer gedacht, denn ich möchte Dich nicht ohne Einstimmung der äußerst freudigen Nachricht über die Entfernung eines riesigen Beckentumors der armen Bäuerin Dschang Hsiu-hsiu mittels der Maotsetungideen aussetzen, es ist mehr als ein Mann an übergroßer Freude gestorben, besonders in freudloser Zeit wie der unseren. Über die Emotionen hinaus, verweise ich auf den Informationswert beiliegender Nachricht, insbesondere auf den der Namensliste am Schluß. Das heißt natürlich nicht, daß ich die dabei empfundene Freude abschneiden will. Du siehst mich ganz auf der Linie der einzig korrekten Partei und, über dem Wasser im kühlen Schatten sitzend, spreche ich aus einem der stets zu lesenden Aufsätze die Anleitung vor mich hin: WAS WIR BRAUCHEN, IST BEGEISTERUNG, ABER AUCH BESONNENHEIT, IST SOWOHL INTENSIVE WIE GUT GEREGELTE ARBEIT. Da es mir an letzterer sehr fehlt, lese ich den Aufsatz an manchem Tage viermal, und ich hoffe täglich, bald mit dem Roman weiter zu kommen. Ich habe so lange über das Machen einer heutigen Literatur nachgedacht, daß ich zur Stunde keine machen kann. Das scheint so zu sein wie bei der Liebe, wo ein nachdenkender Beischläfer wohl schlechter ist als ein Ebenholz. Du scheinst das Machen von Literatur für eine Vergnügung zu halten, und so erzeugst Du natürlich die Begeisterung leicht, um die ich in permanenter Aufsatzeinübung ringe. Ich tröste mich manchmal, daß Krisen benötigt werden, um eine neue Qualität zu erreichen, das Dumme ist, noch zwei, drei Jahre, dann habe ich einfach kein Geld mehr für meine Krisen und muß Literatur machen, ob sie mich ankotzt oder nicht, weil mich alle anderen Tätigkeiten, die Geld bringenden, noch mehr ankotzen. Du merkst, ich spiele, um mich zu überrumpeln, ein bißchen mit der Vergnügungstheorie. Vielleicht auch um die Sache vom Himalaya herunterzukriegen, wo sie sich für mich im Augenblick befindet. Ich laboriere an eßbarem Gold, das über dem Essen nicht an Gewicht verliert. Das sind zeitraubende Tätigkeiten, und jeder zweite kommt darüber ins Narrenhaus. Du weißt, ich verdaue gut, und da mir ein Gott gab, zu verschweigen was ich leide, erhalte ich mir meistens den Status, für andere erträglich zu sein.

Wir waren kürzlich im Begriffe, einen Pfarrhof bei Holzkirchen zu kaufen, der in seinem spätbiedermeierlichen Bauche 600 Quadratmeter Wohnung barg, haben uns aber schließlich bequemt, hier in der Mühle zu bauen. Die entscheidende Überlegung war, daß sich die Mühle auch im neuen Zustand leichter verkaufen läßt, denn ich übersehe nicht, wie lange es einen Mann meiner Art hier duldet, oder wie lange ich es dulde. Wir sind den Sommer über in der Mühle, und die Pia kriegt den Augenblick ein Kind, jeder Weisheit entgegen. Der Franze will das Baby-Spielzeug durch einen Hund aufgewertet wissen, den man ja aber kaufen muß.

Küß die Anna für mich, und sei umarmt
von Deinem alten Heinar

1 Äußerst freudige Nachricht

Brief im Besitz von Hacks. Beigelegt war eine Nummer der «Peking-Rundschau» mit der Schlagzeile «Äußerst freudige Nachricht».

22. August 1969

Lieber Heinar, es ist wahr und wird anerkannt: mit der äusserst freudigen Nachricht hast Du mir eine äusserst freudige Nachricht beschert. Ich bedanke mich. Ich unterdrücke jeden mir einfallenden Witz über dieselbe; sie kommen so beschämend leicht.

Du sollst nicht warten, bis es Dir gelingt, beim Dichten Vergnügen zu empfinden. Da kannst Du lange warten, und es ist bloss eine Ausrede. Dichten ist die grösste Scheissarbeit, für jedermann, ausgenommen die schlechten Dichter. Man tut es aus zwei Gründen, den gleichen, aus denen man die Tugend übt: es hat seinen Lohn in sich selbst, und die Arbeitszeit ist unregelmässig.

Welchen Roman musst Du betreiben? Die KZ-Geschichte? Betreibe die mal schön, denn ich will die lesen. Ich habe hier eine schöne «Omphale» gedichtet, als Oper und als Einakter. Du willst die, weiss ich schon, nicht lesen, aber ich hoffe ungeheuer auf eine Uraufführung bei Madame Arthure.

Erzähle mir nicht zu viel über Euren Mühlenbau. Wir gehen mit der Absicht schwanger, hier ein wunderschönes Haus zu erwerben und in ein Sommerpalais zu verwandeln. Also entmutige mich nicht durch realistische Schilderungen oder wahre Nachrichten. Beschränke Dich auf äusserst freudige.

Aber ob ich Dich für das Baby loben soll, weiss ich nicht recht. Jedenfalls werde ich keins machen. Vielleicht ist es gut, dass unser Haus nur ein Haus ist und keine Mühle, mit all ihren Samenkörnern und Fruchtbarkeitssymbolen. Grüss die liebe Pia, Du Ferkel.

Jedenfalls sind auch wir den ganzen Sommer über hier auf dem Lande, dichtend und ruhend. Ich muss noch die Nebenfabel für mein nächstes Stück finden, welche ich seit einem Jahr verzweifelt suche; nämlich das Stück ist schon so gut wie fertig, nur weiss ich eben nicht, wovon es handelt.

Die Anna dichtet schon den dritten Sommer an ihrem Hörspiel. Leider wird sie auch diesmal nicht fertig werden. Wenn Ihr einen dritten Mann hättet, könntet Ihr einen Cunctatoren-Club gründen.

Die Birnbaum wird Amphitryon am Deutschen machen. Falls Du ihn sehen solltest, erzähl mir mal ausführlich, wie er in München ist. Nichts ist belehrender für Schriftsteller als eine ausführliche Schilderung seiner Werke durch einen unbefangenen Laien.

Tausend Grüsse, von Acker zu Acker,
Peter

Brief in Angelsbruck. – Hacks' Stück «Omphale» wurde im März 1970 in Frankfurt am Main uraufgeführt. Madame Arthure ist ein Transvestitenlokal in Paris. Uta Birnbaum ist eine Regisseurin in der DDR.

München, 24. August 1969

Liebster Peter,
ich habe wieder zwei äußerst freudige Nachrichten für Euch, einmal ist der kleine Moritz zur Welt gezwungen, dessen Schönheit dem Menschengeschlechte einen neuen Paris verspricht, das andere mal, die neuere Wissenschaft der Strukturanalyse hat erbracht, daß sämtliche Artikel der PEKING Rundschau von einem Verfasser stammen, nämlich von Breschnjew. B. seinerseits ist eine Erfindung von Herbert Marcuse, wie seinen Arbeiten über SU leicht zu entnehmen, und Marcuse erfand ihn im Auftrage von CIA, wie kürzlich Matthias in einem Artikel bewies, der im Fränkischen Kreis erschien und somit zur allgemeinen Kenntnis gelangte. Ich bin gespannt, wer ND verfaßt. Ich vermute ebenfalls B.. Möglicherweise ist B. einfach ein Computer, der sich im Nachlaß von St. fand und im ersten Trubel unbeachtet blieb. Unklar nur, wie er in den Besitz von M. gelangt ist? Kann ihn Chruschtschow in Wien Kennedy als Geschenk überreicht haben? Das würde erklären, warum CIA die Kennedys ermorden ließ. Jedenfalls, Du siehst, die Grenzkämpfe China-SU sowie die gegenseitigen Teilmobilmachungen sind literarischer Natur und belegen abermals, was wir tief im Herzen tragen: Was bleibt, stiften die Dichter.

In Liebe
Dein Heinar

Brief im Besitz von Hacks. – Hacks notierte unten auf den Brief handschriftlich: «Anders: wo das Volk bleibt, gehen die Dichter stiften.» Moritz, der zweite Sohn von Pia und Heinar Kipphardt, wurde am 21. August 1969 geboren.

München, 12. November 1969

Lieber Peter,
die Autoren nicht zu Ihren Premieren reisen zu lassen, ist, ich sehe, sowohl weise wie fürsorglich. Die Autoren sehen nicht, was sie ermöglichen – bourgeoisen Theaterscheiß der reaktionären Gangart – und können sich unbeschädigt zur Gänze der Nachwelt widmen. Ich spreche von Amphitryon im Cuvillier-Theater, und ich bin sicher, der Abend hätte Dir ein paar böse Stunden gemacht. Nicht

die Aufführung, die keine war, nicht die Schauspieler, die erbärmlich waren, sondern das Parkett, das zahnlose Eunuchenpack, das an Deinen Bon-mots zutzelte, dem bekannten Theaterkonfekt, dem pikanten, das um zehn Mark die Welt für nahezu drei Stunden in Ordnung bringt. Die Eunuchen im Parkett lauter Jupiter. Du hättest Dich gefragt, ob Du sowas weiterhin ermöglichen willst, wahrhaftig, Peter, ja, Du ruinierst Dich. Ich würde bei jedem andern das Maul halten, ich halte es nicht bei Dir. Lies Dir AMPHITRYON durch, die glänzendste Aufführung vor Augen, die bestimmt herstellbar ist, und sag, ob Du da weitergehen willst, ob Dir das reicht. Wenn ja, bin ich verschaut in meine Einbildung von Dir, und laß Dich, ohne Schmähung ferner, auf den Genius verkommen, denn das gibts.

Was ich mit mir im Augenblick anstelle, kann schlimme Folgen haben. Aus der Schwierigkeit zu produzieren heraus, halbwegs heraus, (ich arbeite an einem neuen Stück), bin ich dabei, mir einen Zwang zur Produktivität zu schaffen, indem ich mir einen Apparat aneigne, ich gehe in die Leitung der Kammerspiele. Ich will probieren, ob das durch und durch verkommene Theater dieses Landes auf den Punkt zu bringen ist, da es lohnt, seine Zeit hinein zu tun, auf den Punkt also, das Getriebe der sich reproduzierenden Dummheit in der Kunst zum Knirschen zu bringen, mit einem Wort, die Zahlenden zu kujonieren, was sie bekanntlich zahlungsfreudig macht. Wenn Du was hast, was sie kujoniert, stehe ich zu Diensten.

Die äußerst freudige Nachricht beziehe ich aus dem Kollegenkreise: Der TROTZKI vom Weiss ist zum Weinen.

Herzlichst,
Dein Heinar

Brief im Besitz von Hacks.

Berlin, 30. November 1969

Lieber Heinar,
mit Wohlgefallen verfolge ich den propagandistischen Feldzug, den Du für mich betreibst. In diesen unzuverlässigen Zeiten, wo nichts von Dauer ist, ist es so wichtig, die Mühle am Klappern zu halten.

Und ich selber, gesteh ich, bin allzu faul in dem Punkt; jemand muss es für mich tun.

Es mindert auch meine Dankbarkeit nicht, dass Du, was Du vorbringst, tatsächlich glaubst. Und da ich überhaupt nicht besorge, Du könntest mich begreifen, habe ich keine Scheu, Dir das Rätsel, welches Dich in so schreckliche Denkschwierigkeiten stürzt, aufzulösen; die Sache ist ganz einfach, vorausgesetzt, einer hat nicht nur Shdanow, sondern auch die Weltdramatik seit Aischylos gelesen. Hier also die Lösung.

In der Wirklichkeit gibt es nur zwei Sorten von Theaterstücken, diejenigen, die allen gefallen, und diejenigen, die niemandem gefallen. Die Idee, man könne eine Kunst machen, die bestimmten Leuten gefiele und bestimmten Leuten wieder nicht, ist ganz kindlich und wird durch kein Beispiel bestätigt. Denn die Existenz einer kleinen Anzahl von Sekten-Gehirnen, wie Paul Verners oder des Deinen, welche die Kunst als solche missbilligen, kann hier nichts beweisen und vernachlässigt werden.

Die Verständnis-Frage ist eine ganz andere und von der Beifalls-Frage durchaus unabhängig. Sicher versteht kein Mensch in München den Amphitryon, die ihn mögen so wenig wie Du, der Du ihn nicht magst. Er ist, was die Verstehbarkeit anlangt, nicht für Euch geschrieben. Aber, wie gesagt, ein Kunstwerk ist einmal eine Darbietung, die auch Personen gefällt, welche sie gar nicht kapieren.

So viel, und nur der Ordnung halber. Dass Du ein Stück schreibst, lobe ich, und dafür, dass Du dem Everding sein Sosias werden willst, musst Du Dich nicht entschuldigen. Mir wäre gewiss lieber, wenn Du es aus langer Weile oder des Geldes wegen tätest, aber Du kannst einmal nicht anders über Dich denken als in kosmischen Kategorien, und das wissen wir ja beide, dass es nicht sehr darauf ankommt, in welchen Kategorien einer über sich denkt.

Weissens Trotzki habe ich noch nicht gesehen, aber von diesem Dichter hat schliesslich kein Mensch mehr was erwartet. Leider finde ich Hartmutchens Gräfin auch herzlich schlecht. Hier soll jetzt Perten auf Langhoffs Stuhle wohnen, womit das DDR-Theater definitiv liquidiert wäre, und in allem übrigen geht es uns sehr gut.

Grüss die Pia, schönstens
Dein Peter

Brief in Angelsbruck. – Die Debatte über «zwei Sorten von Theaterstücken» ging um das – bis dahin unangefochtene – Brecht-Theorem, Pflicht des sozialistischen Theaters sei es, das Publikum zu spalten. Andrei Shdanow (1896–1948) war maßgeblich für die stalinistische Kulturpolitik der Sowjetunion verantwortlich. Paul Verner war ein führender Politiker der DDR und schätzte Hacks' Werke nicht. August Everding leitete damals als Intendant die Münchner Kammerspiele. Sosias ist die Figur eines philosophierenden Sklaven in Hacks' «Amphitryon». Das Stück «Trotzki im Exil» von Peter Weiss wurde 1970 in Düsseldorf uraufgeführt, Hartmut Langes Stück «Die Gräfin von Rathenow» (nach Kleists «Marquise von O.») 1969 in Köln. Hanns Anselm Perten war 1970–72 Intendant des Deutschen Theaters.

München, 3. April 1970

Lieber Peter,
mein letzter Brief war vor Aufrichtigkeit blöde. Das macht, ich habe Deine Verfassung für stabiler gehalten, als sie von Deiner Antwort ausgewiesen wird. Ich dachte, Du hättest schönheitsdurstige Ladenschwengel genug, die Deine zierlichen Kunststücke rühmen und brauchtest dazu nicht mich. Das war wirklich mein Fehler. Was man einem sagen kann, den man sieht, kann man einem, den man nicht sieht, nicht schreiben. So spare ich mir, auf Deinen Schnellkursus in Weltdramatik einzugehen. Shdanow und Paul Verner scheinen Dir nicht zu gefallen. In Deiner luftigen Höhe aber bist Du ihre Konsequenz, Bester. Wenn ihre Dummheit die geringste Möglichkeit zu Schlüssen zuließe, Du taugtest ganz enorm, ihr Hätschelkind zu werden. Die Kunst als solche wird bald sehr gefallen.

Genug, es ist wahrhaftig tölpelhaft, sich in dieser kloakischen Phase des Weltganges mit Schmähungen zu traktieren. Nimms als eine Abwehrgeste aus ungeheurer Müdigkeit.

Mir fiel dieser Tage Deine Einrichtung von Heinrich IV ein, die Du damals für Langhoff gemacht hast. Ich würde die gerne lesen, wenn Du für kurze Zeit ein Exemplar hast.

Grüß die Anna bestens und lob sie für den Wycherley, herzlich
Dein Heinar

Brief im Besitz von Hacks. Dessen Frau Anna hatte die Komödie «Ein Freund der Wahrheit» nach William Wycherley geschrieben.

Berlin, 16. April 1970

Lieber Heinar,
Heinrich IV wird von Pavel vertrieben, aber er wird Dir nicht gefallen, er ist sehr staatsfromm. Was soll ich denn machen; ich bin einmal zum Hofpoeten geboren.

Gruss und Kuss vom
Peter

Postkarte in Angelsbruck.

Berlin, 2. Mai 1970

Lieber Heinar, vielleicht hast Du recht. Da Deine und meine Erfolge von so ausserordentlich ähnlicher Beschaffenheit sind – geboren aus Missverständnis und im Lincoln-Center begraben – sollten wir vielleicht tatsächlich darauf verzichten zu beteuern, wir – nämlich jeweils der eine – seien viel weniger manipuliert als wir, nämlich jeweils der andere. Du gibst sicher mehr Realität als ich; ich gebe sicher mehr von der zu ihrer Bewältigung nötigen Haltung; die Welt, im übrigen, geht ihren Gang. Ich unterlasse also, alle die vorzüglichen für mich sprechenden Gründe aufzuführen. Man hat schon erreicht, dass die Dichter es machen wie die Arbeiter mit den Juden oder den Algeriern: statt ihren Hauptfeind zu hauen, hauen sie sich untereinander. Das sollten sie nicht tun, und es ist Dein Verdienst, das eher gesehen zu haben als ich.

Ich lebe, seit die arme Anna durch eine Soor-Phlegmone am Grabesrand vorbeigeführt und danach immerhin für ein Vierteljahr aus dem Verkehr gezogen worden, ein ziemlich aufreibendes Leben. Ich habe mehr Zeit als sonst, nütze sie, und das ist eigentlich zu strapaziös für mich. Dabei rede ich nicht einmal von den Weibern, welche – trotz allem, was Goethe und ich von ihnen sagen – ja auch kein bisschen mehr wert sind als andere Menschen auch. Aber ich arbeite, lese, mache ein wenig Theaterpolitik und sehe mehr Leute, als meinem im Grunde sonnigen Gemüt zuträglich ist. Die berliner Neuigkeit ist immer noch der Staats-Striese. Er trägt seine Paranoia wie eine rote Fahne, und es gelingt ihm, selbst die gegen sich aufzubringen, die eigentlich bereit waren, sich für jeden Preis von ihm kaufen zu lassen.

Grüss die Deinen. Wir haben im November zu reisen vor; falls wir dann gerade mit Westdeutschland so eng verbündet sind, dass überhaupt kein Verkehr zwischen diesen Staaten mehr statthat, gehen wir, wie es kommt, nach Frankreich oder Italien.

Schönstens,
Dein Peter

Brief in Angelsbruck. – Im Lincoln Center in New York hatte im März 1969 Kipphardts «Oppenheimer»-Stück seine Broadway-Premiere erlebt und Hacks' «Amphitryon» seine im Mai 1970. Der «Staats-Striese» ist eine Anspielung auf Perten.

München, 17. Juni 1970

Liebster Peter,
im Schatten über dem Fluß und kalten Wein in kleinen Schlücken trinkend, versuche ich mich für das Geschäft zu disponieren, das mir fremd geworden, das Herstellen von Stücken. Ich will in den nächsten drei Monaten versuchen, ein Stück fertig zu machen, und das heißt bei mir vor allem, das wuchernde Mißtrauen niederzukämpfen, daß Literatur eine mögliche Beschäftigung für Leute sei, die etwas auf sich halten. Ich bin längst auf dem Erfahrungsstande Melvilles und der wenigen anderen gescheiten Dichter, die ihr Wissen hinderte, in der Literatur fortzufahren. Die Einsichten in die Krankheit sind zu niederschmetternd, um auf dem Felde der Homöopathie Entdeckungen machen zu wollen. Die Chirurgen andererseits, soweit sie Krankenhäuser haben wie SU, sind zu Gesundbetern degeneriert, und ihre Weisheit hat zu dem Mittel gefunden, mit denen Verträge zu machen, die den Leuten, die ihre Lage ändern wollen, die Knochen kaputt schlagen. Und zwar über die Regionen, wo das seine Ordnung habe, den größeren Teil dieses grindigen Planeten. Und dafür respektieren die Vertragspartner, daß in den anderen Regionen die dort approbierten Knochenkaputtschlager ihr Monopol behalten. Denn das Knochenkaputtschlagen ist eine universale Vergnügung, die wie andere Lüste der endlichen Heiligung durch Verträge bedarf. Es macht sich gut, daß die minder bezahlten Tuis die Zerrbilder von Kautsky und Bernstein öffentlich

bepissen, während ihnen in der Sakristei die Hohenpriester die kleinen Genitalien lecken. Ich empfehle den Spaß, heute Kautsky und Bernstein zu lesen, um zu erfahren, wie vergleichsweise revolutionär deren Ansichten gegenüber der Praxis unserer ost-westlichen Sozialtechnokraten sind. Ich spreche von Praxis, da von Theorie nicht zu reden ist. Wie lange das gehen kann, darüber vergeht unser Leben. Da singe nun, wer kann. Da ackere nun, wer kann mit diesem zierlichen Silberlöffelchen, das unsere Silberzunge näßt. Ich akzentuiere diesen politischen Punkt, weil ich vermute, daß wir nicht übereinstimmen, und daß in dieser Nonkonformität der Funken Hoffnung steckt, der Dich leichter arbeiten läßt als mich. Du siehst, ich bin rundum zu gut für diese Welt, und wer darüber denkt, wie er vermeiden könne, das Atmen zu vergessen, der hat wohl bald das schönste Asthma.

Dein Brief hat mich sehr vergnügt, weniger, daß die Anna ihre Exzentrik neuerlich auf dem Felde der Krankheiten betreibt. Soor-Phlegmonen sind nicht spaßig, dafür zäh und therapieunwillig wie Alt-Stalinisten. Glücklicherweise sei die Anna dank Baumann nahezu geheilt, sagte mir Pavel. Sag ihr, daß sie in der Behandlung nicht lax sein dürfe, wie gut sie sich immer fühle.

Ich habe die letzten Monate viel Zeit in das Theater gegeben und wenigstens eine Besserung der Aufführungsqualität und eine Stabilisierung in der Arbeit erreicht. Das ist nicht viel, aber eine Ausgangsposition für eingeleitete Veränderungen.

Beeindruckt hat mich die neuere Dramenproduktion, die gedanklich hinter den Marx zurückfällt – wenn es Gedanken gibt – und technisch hinter den Shakespeare, von Büchner und Brecht nicht zu reden. Wenn dabei ein neuer Naturalismus herauskommt wie bei Bond und bei Bauer, ist noch von Glück zu reden. Im beliebten Underground wütet der dumme Grotowski wie eine Epidemie. Ich sah soeben ein Dutzend Vorstellungen turnender Messiasse, und ihre Dummheit war in ihrer Einförmigkeit zum Auswachsen. Jeder beruft sich auf Grotowski und Artaud, auf letzteren wohl nicht zu recht. Neu ist eine gewisse Verachtung der Leistung und eine Verlagerung auf den privaten Spaß der Gruppenarbeit, das hat ja ein progressives Moment in sich und wäre in einer kommunistischen Gesellschaft ein denkbarer Theaterzweck, aber das Produkt eignet sich halt weniger zum Verkaufen. Der aufgeschlossen kunstliebende Bourgeois, für den die Revolution seit je in den Kunstmitteln vor sich geht, ist begeistert, er hat die kommodeste Revolution in der kommodesten Form. Endlich mal wieder Thaeter. Von unsrem beliebten rostocker Alleinunterhalter höre ich die hübschesten Sachen. So wird man bald auch das Theater haben, das man verdient. Ich finde die Besetzung vollkommen logisch. Verkaufen hin, verkaufen her, die Auswahl wem ist für die meisten nicht groß. Ich höre, daß auch Bennos Bäume nicht in den Himmel wachsen.

Der Pia und den Kindern geht es gut. Die Pia ist voller Reisewut, und so überlege ich asiatische Flugabenteuer für den späten Sommer oder, was mir behaglicher wäre, einen sehr südlichen Aufenthalt für den Oktober. Wenn ihr Pläne habt, kann man sich eine Zeit zusammentun, in Sizilien vielleicht?

Die besten Wünsche der Anna.
Sei umarmt von Deinem Heinar

Brief im Besitz von Hacks. – Prof. Baumann war ein bekannter Arzt in Berlin-Buch. Mit dem Wort «Thaeter» zitiert Kipphardt einen Brecht-Kalauer. Mit dem «rostocker Alleinunterhalter» ist H. A. Perten gemeint. Benno ist der Regisseur Benno Besson.

München, 9. August 1970

Du siehst, Lieber, ich lasse jetzt schon die Briefe liegen, nicht nur die unfertigen Stücke. Vielleicht ziehe ich den Gang der Welt nur heran, meine zum Himmel stinkende, überhebliche Faulheit zu verbrämen.

Ich sitze seit vierzehn Tagen an einer Bearbeitung des PRINZ VON HOMBURG, die kriege ich in den Ferien fertig, und ich gehe erst im November wieder an das Stück. Ich nehme dann 2 Monate Arbeitsurlaub, und es wäre fein, wenn wir uns dieser Zeit sehen könnten.

Herzlich
Dein Heinar

Brief im Besitz von Hacks. – Kipphardts «Homburg»-Bearbeitung blieb ein Fragment.

Berlin, 23. Oktober 1970

Lieber Heinar, Gratulation zur Sedanfeier. Es sind Manche auf die Idee gekommen, aber nur Du hast es gemacht.

Meine Idee war ein Festspiel zur Gründung des 100jährigen Reiches, montiert aus 1. Commune, 2. Bebel-Liebknecht-Prozess und 3. Krönung in Versailles, künstlerisch geleitet von Stieber. Aber ich habe es nicht gemacht.

Der Anna geht es nach einer Agranulozytose, glauben wir, gut. Wir wollen sorgen, dass es nicht wiederkommt. Ich schreibe an einem Gegenwartsdrama über König Numa. Dass das nicht kommt, dafür sorgen andere.

Du schimpfst sehr schön und ausführlich. Ich vermute, Deine Fähigkeit, immer frisch entzündet und neu begeistert zu schimpfen, ist das blochsche Prinzip in Dir. Ich schimpfe nie und bemühe mich um ein Schlösschen in der Mark.

Aber über Grotowsky schimpfe selbst ich.

Grüss die liebe Pia. Wir wollen Annas wegen zur Zeit nicht reisen.

Dich küssend und Anhänger des Maxi-Looks, bin ich
Dein Peter

Brief in Angelsbruck. – Kipphardts Montage «Sedanfeier» war am 2. September 1970 an den Münchner Kammerspielen uraufgeführt worden. Der preußische Geheimpolizist Stieber wurde berühmt durch Karl Marxens Kölner Kommunistenprozeß. Hacks' Komödie «Numa» wurde 1970 beendet; sie ist «bis heute vom Minister für Kultur der DDR verboten» (Auskunft von P. Hacks an den Herausgeber).

20.
Das Ende einer Illusion

Die Kammerspiele-Zeit (1970/71)

«Ich merke, daß ich einen trainierten Theaterapparat brauche, meine Stücke fertig zu machen», schrieb Kipphardt am 3. April 1968 an Peter Hacks. Ende 1969 entschloß er sich, ein Engagement als Chefdramaturg bei den Münchner Kammerspielen anzunehmen. Nach zehn Jahren als freier Schriftsteller unternahm er noch einmal den Versuch, die Arbeit eines bedeutenden Theaters praktisch mitzugestalten.

Zu der Zeit befand sich die Politisierung der westdeutschen Bühnen auf ihrem Höhepunkt. «Theater im Umbruch» hieß programmatisch ein Buch über die aktuelle Situation, das im Januar 1970 erschien. An den Bühnen wurde diskutiert, und es wurde experimentiert: mit neuen, oft kooperativen Arbeitsformen wie mit veränderten Spielweisen und Inhalten. Im Januar 1970 begann Peter Stein sein Engagement im Kollektiv der Berliner Schaubühne am Halleschen Ufer. In Frankfurt und Köln lösten wenig später erstmals Dreierkollegien das überkommene Intendantenprinzip ab.

Kipphardts erklärte Absicht war es, in München Veränderungen des verkrusteten Theaterbetriebs einzuleiten. Er war auf «einen wirklichkeitsnahen Spielplan mit kritischen Interpretationen» bedacht und ließ «neue Formen der Zusammenarbeit« erproben, wie er in einem Interview betonte. An den Kammerspielen arbeiteten in der Ära Kipphardt u. a. Regisseure wie Claus Peymann, Hansgünther Heyme, Dieter Giesing, Ulrich Heising und – noch als Regieassistent – der junge Jürgen Flimm. Für einzelne Inszenierungen wurden Produktionsgruppen eingerichtet, um der kreativen Mitwirkung aller Beteiligten Raum zu geben. Auch kamen verstärkt neue, gegenwartsbezogene Themen auf die Bühne.

Kipphardt plädierte für die kontinuierliche Zusammenarbeit mit Autoren, um dramatische Begabungen angemessen fördern und nutzen zu können. 1970 kamen an den Kammerspielen zwei Stücke von Harald Mueller zur Uraufführung, 1971 dann die ersten realistischen, der Volkstheatertradition verpflichteten Stücke von Franz Xaver Kroetz: «Heimarbeit» und «Hartnäkkig». Die Kroetz-Premiere war von Tumulten begleitet, Teile des Publikums protestierten gegen das «Agitprop-Theater» und den «Porno-Dreck» auf der Bühne. Kipphardts Konzept, das Theater wieder zu einem beunruhigenden, störenden Faktor in der Gesellschaft zu machen, schien aufzugehen.

Doch im April 1971 führte eine andere Uraufführung zum Eklat. Heyme inszenierte Wolf Biermanns «große Drachentöterschau», mit dem Titel «Der Dra-Dra». Für das Programmheft dieser Parabel über Revolution und Gewalt waren zunächst Porträtfotos von Personen aus Wirtschaft und Politik der BRD vorgesehen, als Beispiele aktueller Drachen, die es zu bekämpfen gelte. Obwohl diese Fotoseiten nie erschienen, wurde der verantwortliche Chefdramaturg der Mordhetze bezichtigt. Ein Zeitungsartikel von Günter Grass eröffnete die Hexenjagd auf Kipphardt; am Ende wurde dessen Kammerspiele-Vertrag nicht mehr verlängert.

Dieser politisch motivierte Rausschmiß führte zu einer beispiellosen Solidarisierungswelle. Fast das gesamte Ensemble der Kammerspiele, Hunderte von Regisseuren und Schauspielern aus ganz Europa, zahlreiche Autorenkollegen und Kritiker – von Martin Walser bis Rainer Werner Faßbinder – forderten die Weiterbeschäftigung Kipphardts. Mehrere große Bühnen-Verlage beschlossen einen Boykott der Kammerspiele, solange die Entlassung nicht zurückgenommen werde.

Aber die verantwortlichen Kulturpolitiker saßen am längeren Hebel. Kipphardt bekam keinen neuen Vertrag. Für ihn erwies sich die Vorstellung, in München an einem Theater mitzuwirken, das «Lust auf Veränderungen» machen könnte, als bittere Illusion. Nur Sandkastenspiele seien erlaubt, schrieb ihm Kroetz am 27. Mai 1971: «die Mächtigen stehen am Rand und schlagen uns aufs Maul, wie unartigen Kindern, wenn wir ihnen auch nur zu nahe kommen. In die Nähe der Nähe. All das ist beschämend für uns alle, finde ich.»

[Das Theater und die Lust an Veränderung

Notizen für einen Vortrag]

Theater der Wirklichkeit verpflichtet und deren Veränderung. Wohin? Was soll verändert werden? Das uns am meisten Bedrückende. Aufhebung der bestehenden, schließlich aller Herrschaftsverhältnisse. Das wird nicht ohne Revolution zu leisten sein. Revolution nicht ein einziger Befreiungsakt.

Umschlagplatz der großen historisch-wissenschaftlichen Vorgänge in naive, Lust, Spaß, auch Denklust erzeugende.

Theater als produktive Kunst der gemeinsamen Produktion. Rolle des Zuschauers als Mitproduzent. Verdoppelung.

Im naiven Vorgang erscheint der epochale wiederum.

Trainiert Genußfähigkeit, Sensibilität, Denkfähigkeit. Natürlich erhöht mehr Wissen die Genußfähigkeit.

Vergnügen, den Wirklichkeitszustand als einen instabilen, änderbaren zu erfahren.

Verfremdung, Stempel des Auffallenden, Überraschenden.

Theater kann Dialektik zum Genuß machen. Witz der Widersprüchlichkeit. Lust an Veränderung, Lebenslust, Lebenskunst.

Zweck des Theaters, die verändernde Haltung als die gewöhnliche menschliche Haltung zu etablieren. Natur des Menschen, keine Natur zu haben. Sein Nutzen und sein Luxus.

Nur wenn es das Theater versteht, seiner Zeit diese speziellen naiven Genüsse zu verschaffen, wird es überleben.

Was aber sind unsere Genüsse? Wer? Welche Klasse? Wo?

Freizeit gestalten? Freizeit und freie Zeit. Theater als Institut zur Herstellung von Leistungsdisposition, Theater das ganz andere, Wirklichkeitsferne, Belohnung der genußlosen Pflicht. Freizeittheater.

Umarbeitung der Wissenschaft in Vergnügen, der Logik in Spaß, des Schrecklichen in Kenntnis der Ursachen des Schrecklichen. Alles zum Zwecke der menschlichen Produktivität.

Kommunikation – gemeinsame Produktion – Solidarität.

Heutige Zuschauersituation. Theater als Festung der Bourgeoisie. Bedürfnisse der Theaterarbeiter. Kooperation. Demokratisierung. Produktionsgruppe. Politisierung.

Arbeit des Theaters, zu je seinem Publikum zu kommen. Spaltung der Zuschauer.

Verwaltungsstruktur. Hindernisse – Vormund – Nachzensur. – Selbstzensur. Warum man den Theaterapparat nicht den Produzenten aushändigen will.

Mensch – Natur – Veränderung. Sein einfaches Dasein ist Veränderung des Seins, auch seines eigenen. Der Mensch kann sich anders denken.

Im Theater ist das Lernen zu lernen. Nicht Rückzug aus Wissenschaftlichkeit. Nicht Datenvermittlung der Wissenschaft.

Sprache als Wirklichkeitskürzel. Zeichen als Kürzel. Bedeutung. Nachkonstruiertes Modell. Vereinfachung.

Theater modelliert komplizierte Vorgänge durch einfachere. Um die wesentlichen Seiten zu verdeutlichen. Seine simple Konstruktion ist kein Mangel, sondern seine Eignung zum Modell.

Sprache nicht nur Abbild, sondern Erzeugnis produktiver Lebenstätigkeit, das Änderungen schafft.

Verdoppelung Zuschauer – Produzent. Er tritt sich selbst gegenüber. Sowohl Schauspieler wie Zuschauer erscheinen zugleich als Produzent und als Produkt.

Verschwinden des Theaters nach der Vorführung (nicht als Film fixiert). Es bleibt als Eindruck des Menschen, dem etwas fehlt. Theater muß seine Existenzberechtigung praktisch erweisen. Theater der fensterlose Raum, die einfache Maschinerie, die wenigen Sitzplätze, die jeweils neue Produktion bei jeder Vorstellung, die modellhaften Abbildungen. Die Unterlegenheit, die Oberfläche der Wirklichkeit genau zu beschreiben. Aber ein Wort, und der Raum bedeutet Heide, das Capitol, ein Schlachtfeld, in dieser oder jener Zeit, Troja, Pentagon.

Es können Götter auftreten, Fabelwesen (Drachen), Teufel, Geister, Tiere, aber auch Nachbarn, und immerhin man selbst.

Ohne Begrenzung.

Aus einer Mappe mit Vortragsnotizen, im Nachlaß in Angelsbruck. Entstanden ca. 1971.

Aus Briefen (1969/70)

An Manfred Wekwerth München, 7. November 1969

Lieber Manfred,
Everding und Giesing, der Oberspielleiter der Kammerspiele, haben mich sehr bedrängt, in die Leitung des Theaters einzutreten. Ich habe meine Forderungen gestellt und meine Vorstellungen entwikkelt, wie dieses Theater auf den Punkt gebracht werden könnte, wo es sinnvoll wird, seine Zeit hineinzustecken. Da sie meine Forderungen akzeptiert haben, und alle Anstrengungen zu machen versprachen, meine Vorstellungen zu verwirklichen, habe ich zugesagt, vom 1. Jan. an in die Leitung des Hauses einzutreten, nominell als Chefdramaturg, faktisch aber – und in einer Geschäftsordnung niedergelegt – mit viel weiter gehenden Zuständigkeiten. Ich unternehme diesen Versuch, weil ich noch immer glaube, daß dem Theater, diesem sicherlich etwas altertümlichen Spielzeuge, die Fähigkeit abzugewinnen ist, Lust auf Veränderungen zu machen. Ich weiß, wie hart das Brot ist, auch nur bescheidene Reformen zu verwirklichen, aber ich will nicht kapitulieren, ohne selbst den Versuch zur Änderung unternommen zu haben. Der Dramatiker, auf den Markt gejagt und von den Produktionsapparaten abgeschnitten, ist ohnmächtig. Es scheint mir deshalb vernünftig, den Versuch zu unternehmen, einen Apparat in die Hand zu kriegen. Da es nur wenige Apparate gibt, die bescheidene Erfolgschancen versprechen – die Kammerspiele gehören dazu – probiere ich es. Wenn ich feststellen sollte, daß es mir nicht gelingt, weiß ich jedenfalls exakt, woran es liegt. Die Bedingungen scheinen günstig, weil das ganze Theater so sehr in der Scheißgasse ist, daß nach Ärzten verzweifelt gerufen wird. So krank, stimmt man Operationen zu und schluckt bittere Medizinen.

In dieser Lage bin ich auf die Unterstützung der wenigen Leute, die das Theater bewegen können, sehr angewiesen, zum Exempel auf Dich. Es wäre mir natürlich am liebsten, wenn ich Dich für eine kontinuierliche Arbeit gewinnen könnte, minimal für eine Produktion in jeder Spielzeit, aber ich kenne die Realitäten gut genug, um nicht Wunschträumen nachzulaufen. Was mir im Augenblick eine

Chance zu haben scheint, ich meine bei Deinen Behörden, ist die Genehmigung, hier in den Kammerspielen JOHANNA DER SCHLACHTHÖFE zu machen. Everding bittet mich, die Verhandlungen mit Dir aufzunehmen, es ist klar, daß Du die Arbeitsbedingungen bekommst, die Du brauchst, und ich verspreche, jede vernünftige Forderung von Dir durchzusetzen. Das betrifft natürlich auch, und in Deiner Lage besonders, die finanzielle Seite der Sache. Soweit ich sehe, kann das Haus in Grenzen auf Deine Terminvorstellungen eingehen, es wäre uns aber ganz lieb, wenn wir das Stück an die letzte Stelle der Spielzeit rücken könnten, wobei wir dann entscheiden könnten, ob wir das Stück noch zur Premiere bringen, oder nach Voraufführungen mit der Produktion die nächste Spielzeit eröffnen. Ich schreibe ziemlich ausführlich, damit Du möglichst bald bei den Behörden anklopfst, und wir in Frankfurt zu Absprachen kommen können. Ich würde gerne Deine Bearbeitung des Stückes kennenlernen, kannst Du mir die schicken?

Ein anderer Punkt: wenn Du andere Projekte hast, die Du verfolgen möchtest, oder wenn Du Stücke weißt, die nach Deiner Ansicht für uns interessant sein können, dann laß mich das wissen.

Die Genüsse in Budapest waren durch Eure Absage gemindert, der eigentliche Zweck meiner Reise war die Zusammenkunft mit Euch. Was ich auf dem Theater sah, war leider niederdrückend, ich habe vielleicht Pech gehabt, weil sich das Nationaltheater nur mit ganz schwacher Produktion vorstellte, mutmaßlich weil sie mit einem Gastspiel unterwegs waren. Ich traf Major, der mir sympathisch war, wir besprachen Deine Situation, er wird Dir in der Zwischenzeit geschrieben haben, er hatte es vor. Major interessierte sich für DIE SOLDATEN. Du hast mir, ich glaube, nie Deine Meinung zum Stück gesagt. Ich sprach auf der Buchmesse mit L..

Wenn Du schon etwas früher nach Frankfurt kommen kannst, so wäre das schön, ich habe versprochen, in der Jury für den Fernsehpreis zu arbeiten, und bin vom 26. Nov. ab dorten.

Ich freue mich auf die ausschweifendsten Gespräche und bleibe mit den liebsten Grüßen an Renate

Dein alter
[Heinar]

An Ernst Busch München, 26. September 1970

Lieber Ernst,
was Prozessionsspinner immer sein mögen – ich fand in meinem zoologischen Bestimmungsbuche nur den Thaumatopoca processinea, der aber bevorzugt die Eichen heimsucht – ich kann mir denken, welchen rücksichtslosen Kämpfer die armen Tierchen in dir gefunden haben. Ihre Gegenwehr scheint intelligent. Waren es die Sprühmittel, oder hast Du zuviel gesungen? Ich hoffe, Du bist wieder in Ordnung und überläßt die Bekämpfung der Parasiten – wenigstens im Insektenbereich – den Waldmenschen.

Ich bin um den 5. Oktober auf einige Tage in Berlin, auch um mir Voraufführungen von MUTTER anzusehen. Kannst Du mal rüberkommen? Ich fürchte, es ist sinnlos zu probieren, ob man mich reinläßt. – Kürzlich habe ich, Deinem Wunsche entsprechend, einen Artikel für die Platte beim Pläne-Verlag gemacht. Den wollten sie aber nur drucken, wenn ich ihnen erlaubt hätte, einen mir wichtigen Aspekt zu streichen. Er betraf Dein Verhältnis zur Wahrheit und einige daraus resultierende Schwierigkeiten. Es schien mir wichtig, auch die zu kennen. Da sie auch nach Beratungen auf der Zensur bestanden, ließ ich einen verstümmelten Abdruck nicht zu. Wenn Du also einen Artikel brauchst, es liegt einer bei mir im Schube. Willst Du ihn sehen?

Die Theaterarbeit kostet mich viel Zeit, auch viel vergeudete Zeit, denn es ist nicht so einfach, einen ziemlich verkommenen Apparat in den Grundlagen zu ändern. Zu Anfang der Spielzeit haben wir eine ganz lustige SEDANFEIER gemacht, eine Montage aus Materialien der Zeit, die einen merkwürdigen Erfolg hatte, obwohl ich die Sache ganz nebenher gemacht hatte. Ich steck in einer Bearbeitung des Prinzen von Homburg. Das Stück des großen, armen Kleist läßt sich, mir scheint, vom Kopf auf die Füße stellen. Es wäre ein Gewinn, dem Stück eine Lesart abzugewinnen, die es zu einem Dokument des irrationalen Autoritätsglaubens in unserer Geschichte macht. Diese Sache wirkt ja in unserer Gegenwart fort, hierzulande in der gesamten Herrschaftsstruktur, über der ja nur eine sehr dünne demokratische Firnis zu Verschönerungszwecken liegt, in den Sozialismus-Modellen, die Stalin hinterlassen hat, nicht minder, wenngleich zu anderen Zwecken und wahrscheinlich leichter aufhebbar.

Im Theater scheint jetzt der Hauptfeldwebel aus Rostock den großen Kurfürsten zu spielen.

Wir waren den Sommer über in der Mühle, den Kindern geht es gut, die Pia ist von dem unterhaltungsbedürftigen Moritz an das Ende ihrer Kraft gebracht. Aus Franz brach verzweifelte Eifersucht, als ich ihm erklärte, warum sich die Pia soviel mit Moritz beschäftigen muß. Er meinte, die Welt beklagend: «Warum sind wir auch nur drei Männer.»

Ich versuche im November auf ein paar Wochen weg zu kommen, wahrscheinlich auf eine der Kanarischen Inseln, weil das der nächste Platz mit sommerlichen Temperaturen um diese Zeit ist. Hättet Ihr nicht Lust zu sowas? Die Kosten sind nicht so groß.

Wenn Du am 5. rüberkannst, erfährst Du meine Adresse im Theater am Halleschen Ufer. Wahrscheinlich wohne ich im Hotel am Steinplatz.

Grüß und küß die Irene von mir, sei umarmt von Deinem alten

[Kipp]

Bertolt Brechts Stück «Die Mutter» wurde 1970 in der Schaubühne am Halleschen Ufer aufgeführt, als erste Inszenierung des neu engagierten Peter Stein. Der erwähnte Artikel Kipphardts über Busch wird im vorliegenden Band erstmals veröffentlicht (S. 252f). Die «Homburg»-Bearbeitung blieb ein Fragment.

Günter Grass
Abschußlisten

Nur Theater? Oder vorerst noch Theater? Auch in gescheiten Köpfen, desgleichen in solchen, in denen es kunstsinnig und ästhetisch verfeinert zugeht, kann der Irrsinn Volten schlagen, kann Dummheit Quartier beziehen. Hier muß die Rede sein von einem Programmheft, in dem zwei leere Seiten eine Abschußliste aussparen.

Vor wenigen Tagen noch bemühten sich viele in Schleswig-Holstein darum, der christdemokratischen Rufmordkampagne gegen Jochen Steffen die Wirkung zu nehmen. Siegfried Lenz und ich zogen von Wahlkreis zu Wahlkreis. Überall fanden sich Bürger, die gegen Springers Haßtiraden kühl Argumente setzten, und in Neumünster stieß ich auf Münchens Oberbürgermeister Hans-Jochen Vogel. Gemeinsam versuchten wir, die Auswüchse der Demagogie zu beschneiden. Für Vogel war es selbstverständlich, sich neben den verketzerten Jochen Steffen zu stellen, also für einen Mann zu sprechen, der auf Springers Abschußliste stand und steht.

Zurück aus Schleswig-Holstein, finde ich beschämendes Material: Mein Schriftstellerkollege Heinar Kipphardt, zur Zeit Dramaturg an den Kammerspielen München, ist unter die Hexenjäger gegangen. Auch wenn er sich maßgeschneidert links gibt, scheint er bei der «Aktion Widerstand» Beispielhaftes gefunden zu haben: Er arbeitet mit Abschußlisten, er reiht in Paßphotoformat Bildchen neben Bildchen und sagt – das sind sie. Die üble Mordparole der Rechtsradikalen «Scheel und Brandt an die Wand!» findet in Leuten Epigonen, denen üblicherweise Moral die Stimme salbt. (Soll man es linke Dummheit oder dumme Linkheit nennen? Nein: nur dumm und gemeingefährlich.)

Kipphardt benutzt Wolf Biermann und dessen Theaterparabel «Der Dra-Dra». Biermann, in Ostberlin isoliert, als Sänger mit Auftrittsverbot belegt, wird sich gegen den Mißbrauch seines Stückes kaum wehren können. Biermann hat das alte Drachen- und Drachentötermotiv aus der Märchenkiste geholt, hat seinen Drachentöter auf eine drachenähnliche Institution, die stalinistische Bürokratie, gesetzt. Geschickten westlichen Regisseuren mag es möglich sein, den Drachen Stalinismus gegen den Drachen Kapitalismus auszutauschen. Es soll hier nicht untersucht werden, inwieweit die gewiß bühnenwirksame Simplizität des märchenhaften Parabelstückes geeignet ist, verwundbare Stellen komplizierter Machtgefüge bloßzulegen; doch gewiß hat der Ostberliner Autor als jemand, der seit Jahren auf der Abschußliste seiner heimischen Alt- und Neustalinisten steht, nicht vorgehabt, mit seinem Stück im Westen Abschußlisten zu inspirieren. – Kipphardt war so frei.

Im Programmheft sollte aufgereiht werden, wer in der Bundesrepublik Rang und Namen hat. Wirtschaftsbosse und Politiker, Zeitungsmacher und hochkarätige Steuerhinterzieher, der Bankier neben dem Kirchenfürsten. Viele der Angeführten sind meine politischen Gegner. Und einige dieser politischen Gegner, wie Axel Cäsar Springer, behandeln Gegner wie Feinde. Solcher Methode bedient sich nun, als dürfe solche Methode von rechts nach links übertragen werden, der Schriftsteller und Theaterdramaturg Kipphardt. Er beweist, daß sich linksradikale Attitüden zu extrem rechtem Verhalten spiegelverkehrt verstehen. (Unerheblich, ob in diesem Fall, ob in anderen Fällen Nationalsozialismus oder Stalinismus das Unterbewußtsein der Hexenjäger füttert.)

Jetzt erst, nachdem mich Kipphardt gezwungen hat, meine politischen, auf seiner Abschußliste geführten Gegner – ob sie Strauß, Springer oder Löwenthal heißen – gegen erbärmliche Niedertracht in Schutz zu nehmen, muß gesagt werden, daß außer Kardinal Döpfner und der Verlegerin Anneliese Friedmann, außer Karl Schiller auch Münchens Oberbürgermeister Hans-Jochen Vogel bei Kipphardt angezeigt ist. Denunzianten kennen keine Bedenken. Oder setzt das Vergnügen, gleich Jung-Siegfried die Drachenjagd zu betreiben, infantile Wünsche frei?

Wenn Kipphardt meint, das Programmheft der Münchner Kammerspiele sei eine Spielwiese, auf der nach beliebig benannten Pappkameraden das Liquidieren geübt werden könne, wenn Kipphardt vermutet, der unerschrockene Wolf Biermann gäbe ihm mit seinem Stück «Der Dra-Dra» den Freipaß, Lynchjustiz nach historischem Muster zu entfesseln, wenn Kipphardt ferner glaubt, die Freiheit der Kunst lasse sich je nach Bedarf als Alibi strapazieren, dann sei gesagt, daß er als Dramaturg ein Stückeverfälscher und als Schriftsteller ein Nachbar Ziesels geworden ist. Wer hier noch nach intellektuellen Qualitäten sucht, gerät in den schmalen Bereich, der zwischen Joseph Goebbels und Eduard von Schnitzler offen geblieben ist.

Genug der Ehre. Denn manch einer mag fragen: warum der Aufwand? Nur ein Programmheft. Es blieb beim Andruck. Der Intendant hat das Schlimmste verhindert. Was soll's? Ich bleibe beharrlich und fürchte auch keinen falschen Beifall. Es gilt, das politische Klima dieser Tage zu benennen und gleichzeitig zu begreifen, daß sich Ungeheuerlichkeiten durch Zellenteilung vermehren. Seit Monaten haben CDU-Politiker, mit Hilfe rechtsradikaler Zeitungen und der Springer-Presse, den Bereich «Umwelt und Umweltschutz» bis ins Gemeingefährliche erweitert. Es wurde verfälscht und verteufelt. Es wurde dick gelogen und dünnflüssig dementiert. Mühsam erworbenes demokratisches Verhalten blieb außer acht. Bis zum Wahlsonntag stand das Kesseltreiben gegen Jochen Steffen auf dem Programm. Und als Springer seinen Rubin gefunden hatte, gab die *Welt am Sonntag* den Trauzeugen ab.

Heinar Kipphardt muß wissen, in welche Gesellschaft er gerät, sobald ihm das Aufsetzen von Abschußlisten keine Bedenken bereitet. Die in Biermanns Parabelstück verankerte Aufforderung, den Drachen, wie immer er sich verkleiden mag – zu töten, ist Bühnenwirklichkeit. Das namentliche und bildkräftige Aufführen von Personen als abschußreife Drachen jedoch setzt schlimmste deutsche Tradition fort: Hetze, die zum Mord führen kann. Zu Recht hat sich der Intendant der Kammerspiele geweigert, die schon angedruckte Liste ins Programmheft aufzunehmen. Zwei leere Seiten sprachen für sich. Kipphardts Hexenjagd wurde abgeblasen – Springers Kesseltreiben geht weiter.

Aus: «Süddeutsche Zeitung», 30. April 1971.

Grass als Kämpfer gegen linken Terror

Im letzten seiner beliebten Beiträge zur politischen Theorie (Politisches Tagebuch) beweist Günter Grass in seiner eigenwilligen Art:

– daß ich unter die Hexenjäger gegangen sei

– daß ich mit Abschußlisten arbeite

– daß ich ein Epigone der mit üblen Mordparolen arbeitenden Rechtsradikalen sei

– daß ich dumm und gemeingefährlich sei

– daß mein Unterbewußtsein als Hexenjäger vom Stalinismus gefüttert sei

– daß er Strauß, Springer und Löwenthal gegen meine erbärmliche Niedertracht in Schutz zu nehmen gezwungen sei

– daß ich als Denunziant keine Bedenken kenne

– daß ich als Dramaturg ein Stückeverfälscher und als Schriftsteller ein Nachbar Ziesels geworden sei

– daß meine intellektuellen Qualitäten im schmalen Bereich zwischen Joseph Goebbels und Eduard von Schnitzler zu suchen seien

– daß ich Lynchjustiz nach historischem Muster entfessele und damit die schlimmste deutsche Tradition fortsetze: Hetze, die zum Mord führen kann.

Das sind Zitate von Günter Grass, nicht eben pingelig gewählte Behauptungen. Wie steht es mit dem Beweis?

Den sieht Grass in einem nicht von mir stammenden, nicht von mir angeregten und nicht veröffentlichten Beitrag, der für das Programmheft zur Uraufführung von Biermanns «Dra-Dra» von der Redaktion vorgeschlagen und hausintern diskutiert worden ist. Dem Programmheft hätte Grass entnehmen können, daß es redaktionell von Dr. Michael Hatry, Dramaturg, und Ulrich Greiff, einem Regie-Mitarbeiter, gemacht wurde, wiewohl ich jedes Heft, so auch dieses, presserechtlich verantworte. In den Kammerspielen werden die Programmhefte in der Regel von den Produzenten der Aufführung gemacht. Was die Produzenten zur Aufführung und über sie hinaus mitteilen wollen, das soll möglichst auch gedruckt werden. Presserechtlich verantwortlich, bin ich nicht gehalten, dem Intendanten das Material zur Entscheidung vorzulegen. Im Falle dieses Beitrags, der einigen Ärger voraussehen ließ, denn da war ja viel Macht attackiert, schlug ich den Redakteuren vor, Everding über deren Veröffentlichung entscheiden zu lassen. Nach Beratung mit dem Verwaltungsdirektor Lehrl entschied sich Everding dafür, den Beitrag nicht zu veröffentlichen, weil er rechtliche Komplikationen besorgte, und einigte sich mit Dr. Hatry auf eine entsprechende Formulierung im Programmheft. Ich beschreibe das, um Grassens Umgang mit Tatsachen zu belegen, nicht um mich von dem Beitrag zu distanzieren. Worum handelt es sich dabei?

Es handelte sich um zwei Photoseiten mit 24 Köpfen aus Wirtschaft, Politik und Meinungsbildung, die der Redaktion und der am Stück arbeitenden Gruppe eine signifikante Auswahl für Kapitalherrschaft und deren Interessenvertretung in der Bundesrepublik schienen. (Drachen und Drachenbrut im Sinne der Parabel des Stückes.) Diese beiden Seiten standen im Zusammenhang mit einem kommentierenden Aufsatz von Dr. Hatry, und zu den Photos sollte der folgende Text stehen: «Die auf dieser und noch einer Seite abgebildeten Personen sind eine denkbare Auswahl von Drachen im Sinne des Stückes. Sie sind austauschbar. Nicht die Personen, ihre Funktionen sind wichtig.»

Das ist die Hexenjagd, die Lynchjustiz nach historischem Muster, die Hetze, die zum Mord führen kann, die Grass, aus Springers Schleswig-Holstein zurückgekehrt, dringlich niederzukämpfen hatte. Jemand könnte fragen: Wenn nun diese gemeingefährliche Bekanntgabe von Kapitalmacht und deren Interessenvertretung glücklicherweise gar nicht veröffentlicht wurde, warum veröffentlicht das dann Günter Grass, und wieso hat er gekannt, was nicht erschienen ist? Auch wenn Günter Grass als ein großer Liebhaber des Theaters bekannt ist (das beweisen seine politischen Dramen, das beweist sein glänzendes Rettungswerk der Frankfurter Bühnen, als linke Unbill in Gestalt von Stein und Konsorten drohte), kann seine Leidenschaft soweit gehen, daß er in seiner Freizeit Programmhefte von Aufführungen liest, die er nicht sieht? Grass hat die Aufführung leider nicht gesehen, deretwegen er mich einen Stückeverfälscher nennt. Aber er hat auch das Programmheft nicht gelesen, denn sonst hätte er gesehen, daß die Interpretation des Stückes mit den Ansichten Biermanns übereinstimmt. Sie ist von Heyme mit Biermann entwickelt worden, und Biermann hat sich dazu in einem «Spiegel»-Interview geäußert, das Grass wohl auch nicht gelesen hat. Bedauerlicherweise scheint er auch das Stück nicht gelesen zu haben, sonst wäre er auf der ersten Seite auf diese Anmerkung gestoßen:

«Diese Drachentöterschau braucht Regisseure und Schauspieler, die nicht schon selber zur Drachenbrut gehören. Revolutionäre Künstler werden sich nicht damit bescheiden, dieses Stück gegen alle möglichen Drachen der Welt zu spielen, sondern werden es gegen ihren eigenen Drachen in Szene setzen.»

Wie kommt es nun aber, daß Günter Grass von allen zugänglichen Materialien nur die nicht zugänglichen Photoseiten gelesen hat? Kommt er ganz allein auf so abseitige Lektüre? Oder gibt es da vielleicht Interessenten, die ihn inspiriert haben, die nicht so sehr an fremden wie an eigenen Abschußlisten interessiert sind, um in Grassens Jargon zu reden, und die nicht noch Jahre warten wollen, bis die ersehnte und schon erwählte Ruhe in die Kammerspiele zurückkehrt? Grass erklärt seine Abstinenz gegenüber zugänglichen Informationen lakonisch: «Zurück aus Schleswig-Holstein, finde ich beschämendes Material.» Wieso findet er? Von wem? Hat er seine Informanten laufen? In den Kammerspielen? Ist er das Verfassungsschutzamt? Und wenn, warum sind seine Informanten so schlecht? Die soll er wechseln.

Grass beschreibt, wie er «in Neumünster auf Münchens Oberbürgermeister Hans-Jochen Vogel stieß» und «mit ihm gemeinsam versuchte, die Auswüchse der Demagogie zu beschneiden». «Für Vogel war es selbstverständlich, sich neben den verketzerten Jochen Steffen zu stellen.» Das ist schön von Dr. Vogel, der ja mehr als einen Wahlbeitrag zu Berlin und Schleswig-Holstein geliefert hat. Neben dem Sozialisten Jochen Steffen steht es sich schön, wenn man vorher die Jagd auf Sozialisten und Kommunisten in der SPD eröffnet hat. Die Karikaturen in Springers Gazetten (und nicht nur in seinen) zeigen die Jusos als Ungeziefer im Pelz und Unterwanderungsratten in Brandts Taschen. Wenn Günter Grass das Programmheft gelesen hätte, dann wäre er auf einen Aufsatz von Jochen Steffen gestoßen über die Frage, wie moderner Faschismus eigentlich aussieht.

Grass kämpft immerzu gegen Springer. Aber kann man das gut, wenn man in dessen Kategorien denkt? Grass sieht wie Springer die Rechts- und die Linksradikalen spiegelverkehrt. Marxisten sind für ihn wie für Springer mit Diktatur und Stalinismus abqualifiziert. Da gibt es für ihn wie für Springer Rechts- und Linksfaschismus. Und wie Springer ist er gegen jede Gewalt, besonders gegen jede revolutionäre. Die konterrevolutionäre Gewalt bemerkt er wie Springer nicht. Wie will er bei diesen Übereinstimmungen gegen Springer kämpfen? Da muß er doch mal ein paar Büchlein lesen.

In Biermanns Stück heißt die letzte Szene «Die Hochzeit im Drachenarsch». Als der revolutionäre Tier-Guerilla erscheint, wollen ihm viele entfliehen. Die Revolutionäre nähen ihn deshalb zu.

Sie singen:

Damit all die Lakain
Die krochen da hinein
Für ewig drinnen bleiben!

Die Spitzel und die Henker
Die Dichter auch und Denker
Die mit dem Heilgenschein
Gekrochen tief hinein
Ins ungeheure Arschloch!

Aus: «Süddeutsche Zeitung», 10. Mai 1971.

Günter Grass
Beim Kappenzählen

Und sei es als Fußnote zum Dürer-Jahr, ich muß darauf zurückkommen: Das mittelalterliche «Narrenschiff» des Sebastian Brant, dem Albrecht Dürer während seiner Jahre in Basel gute siebzig Holzschnitte beigesteuert hatte, ist immer noch flott und segelt auch durch unsere an Untiefen und Heulbojen reichen Verhältnisse. Sooft die Mannschaft abmustert, es finden sich neue Narren: beschränkte und gelehrte, fortschrittliche, die den Moden nachhüpfen, reaktionäre, denen kein Unsinn altbacken genug sein kann, spiegelverkehrte und naive, die dem trickreichen Geschrei «Haltet den Dieb!» hörig sind, und solche, denen die «Lust am Untergang» Kitzel und Zeitvertreib ist.

Da wir an rechten Narren Überfluß haben und uns deren barzelsinnige Tollheit kaum noch lustig machen kann, sollen hier mit Bedacht linke Narren gemeint sein, denen das Wort radikal, sobald Denken beschwerlich wird, Ersatzdienste leisten muß. Zumeist beschränkt sich ihr Witz darauf, Steuerbord und Backbord zu verwechseln, sich auf linkem Kurs zu wähnen, obgleich sie nach rechts abtreiben. Doch selbst wenn sie stranden, werden sie ihren Schiffbruch als einen «linken» feiern: Närrischsein verpflichtet!

Als ich vor vier Wochen einigen zünftig linksgewickelten Narren, denen die Bühne der Münchner Kammerspiele offenbar zu wenig Auslauf geboten hatte, in einem Artikel an dieser Stelle nachweisen mußte, daß ihr Versuch, mit Abschußlisten eine Drachenjagd zu entfesseln, uralt rechtes Brauchtum ist, bekam das Narrenschiff des Sebastian Brant (vielleicht, weil jedermann seinen Beitrag zum Dürer-Jahr leisten möchte) enormen Zulauf. Wer sich zur linken Schikkeria zählt, musterte an. Wer bisher gehofft hatte, es gäbe nur Rechtsopportunisten, der konnte mitzählen: Namenslisten und forsche Solidaritätserklärungen sollten linkes Mitläufertum zur geballten Kraft bündeln. Man muß nur ungebrochen daran glauben, daß rechte Mittelchen linke Zwecke heiligen können, schon stimmt der Kurs: ideologische Quacksalber werden auf Narrenschiffen Kapitän.

Um wieder aufs Trockene zu kommen: Ein Oberbürgermeister (Vogel) sollte als Drachen zwischen anderen Drachen auf einer Abschußliste in ein Programmheft der Münchner Kammerspiele gesetzt werden: die große «Drachentöterschau» des Autors (Biermann) sollte auch in rauher Wirklichkeit und nicht bloß auf der Bühne stattfinden. (Es muß ja nicht gleich Blut fließen. Ein bisserl diffamieren tut's auch schon. Hernach kann man sagen, alles sei nur symbolisch gemeint gewesen.)

Ein verantwortlicher Chefdramaturg (Kipphardt) ließ, als die Drachenjagd als Hexenjagd nicht stattfinden durfte, zwei leere Seiten ins Programmheft rücken, die nur beinahe leer waren, denn zu lesen stand: «Aus rechtlichen Gründen konnten die für diese Seiten vorgesehenen Bilder von Drachen aus Politik und Wirtschaft leider nicht abgedruckt werden.»

Der Oberbürgermeister wollte nicht als Drachen zwischen Drachen auf einer Abschußliste stehen. Überhaupt war er gegen gedruckte und gleichfalls gegen nur angedruckte Abschußlisten. Und auch ich war und bin der Meinung, daß zwei beinahe leere Seiten, auf denen zu lesen steht, daß sie «leider» leer bleiben müssen, immer noch Abschußlisten beinhalten. Die infame Absicht, altrechte Methoden als neulinke fortzusetzen, wurde nicht widerrufen. Zwei traditionsbewußte Abbruchunternehmer beim Händeschütteln. Wer nicht auf den Ohren sitzt, hört es: zweistimmig wird der Rufmord eingeübt.

Als Franz Josef Strauß vor zwei Jahren mit dem Bamberger Tiervergleich seine Mentalität unter Beweis stellte, sprach ich dagegen an; Kipphardts Drachensammlung, frei nach Biermann, macht mich heute nicht stumm. Nun schreien sie: Der Ankläger warf den ersten Stein! Das Opfer (der Oberbürgermeister) ist schuld. Warum tut er nur so empfindlich? Man wird doch wohl noch eine kleine «Drachentöterschau» veranstalten dürfen. Schließlich leben wir in einer Demokratie (die, vorerst verbal, zerschlagen werden soll).

Ein Chefdramaturg wollte von jenem Oberbürgermeister, der soeben noch als menschlicher Drachen (Straußscher Tiervergleich) zum Abschuß freigegeben werden sollte, seinen Vertrag als Chefdramaturg verlängert bekommen. Der Oberbürgermeister jedoch war kein Narr. Man stelle sich vor: Jochen Vogel hat den selten gewordenen Mut, nicht umzufallen. Auch läßt er sich als Freiwild für Drachentöter keine Schonzeit einräumen. Er nimmt den Schreibtischtätern das Alibi, bevor Direkttäter als gläubige Narren straffällig werden können. Ein Politiker, der sich als verantwortlich begreift; ein rares Exemplar – mit der Lupe zu suchen. In eigener Sache: Heinar Kipphardt hat in seiner Antwort an mich seine Verantwortung als Chefdramaturg zu verkleinern versucht. Im übrigen bekennt er sich zur Praxis der Drachenauslese. Kein Wort der Entschuldigung: Die ungedruckten Drachen bleiben für Kipphardt Drachen. Der mit Metaphern verkleisterte Aufruf zum Töten der Drachen wird nicht zurückgenommen.

Nun möge jeder – Narr oder Nichtnarr – in sich gehen und prüfen, ob er die Kappe ablegen oder aufsetzen will. Es geht nicht um die Münchner Kammerspiele. Oft erholen sich Theater schneller als sie abschlaffen. Es geht auch nicht um den Chefdramaturgen und den Oberbürgermeister. Beide lassen sich mehr oder weniger leicht ersetzen. Es geht um das Recht eines jeden, sein Haus von jener Mentalität freizuhalten, die keine Bedenken kennt und mittels Kimme und Korn im politischen Gegner ein Tier sieht.

Ich dramatisiere nicht. Ich sehe, wie Aufrufe zur Gewalttätigkeit und die Gewalttätigkeit gesellschaftsfähig zu werden beginnen. Auch warne ich nicht mehr: die Narren könnten überhand nehmen; vielmehr stelle ich fest: die Narren nehmen überhand. Neuerdings linksradikale Narren, die den rechtsradikalen Narren die Schelle gestohlen haben. Feige Narren. Einäugige Narren. Nicht mehr lustige, gefährliche Narren. Wer hilft mir, ihre Kappen zählen?

Aus: «Süddeutsche Zeitung», 29./30. Mai 1971.

Interview mit Heinar Kipphardt

Frage Ausgangspunkt der gegen Sie gerichteten Vorwürfe ist das Stück «Dra-Dra» von Biermann gewesen, sowie ein dazu entworfenes Programmheft. Man hat Ihnen Mordhetze gegen Vogel vorgeworfen.

Kipphardt Bizarrerweise bezog sich der Vorwurf auf einen gar nicht erschienenen Beitrag des Programmheftes. Ich habe den Beitrag weder verfaßt noch angeregt, und ich habe das Programmheft nicht redigiert. Als mir das Material für das Heft vorgelegt wurde, schlug ich den Redakteuren vor, den betreffenden Beitrag nur dann zu drucken, wenn Everding, der Intendant, damit einverstanden wäre. Da Everding nach Beratung mit dem Verwaltungsdirektor Lehrl rechtliche Bedenken hatte, wurde der Beitrag nicht gedruckt.

Frage Was war das für ein Beitrag?

Kipphardt Es waren zwei Fotoseiten mit 24 Leuten aus Wirtschaft, Politik und der Meinungsbildung, die nach Ansicht der Redakteure eine denkbare Auswahl für Kapitalherrschaft und Kapitalinteressenvertretung in der Bundesrepublik darstellten. Mein gedanklicher Einwand gegen diese Fotoseiten ging dahin, daß hiesige Unterdrückung – Kapitalherrschaft und deren Vertretung – kaum zu personalisieren ist. Warum diese 24 Köpfe und nicht 240 andere? Obwohl nur hausintern diskutiert und ungedruckt, wurden die Fotoseiten flugs fotokopiert und an die Stadträte und den Oberbürgermeister geschickt, mußmaßlich über den Verwaltungsdirektor Lehrl und das von ihm eingeschaltete Presseamt der Stadt. Vogel traf in Neumünster Günter Grass, der weder das Stück noch das Programmheft, wohl aber mich kannte, und so schrieb er in der Süddeutschen Zeitung einen Artikel, in dem er mich der Gemeingefährlichkeit, der Mordhetze und anderer schöner Dinge beschuldigte.

Frage Findet dieser Vorwurf eine Stütze, sei es in dem Stück, sei es in dem beanstandeten Teil des Programmheftes?

Kipphardt Keine. Die Fotoseiten bildeten eine denkbare Auswahl von Interessenvertretern der Kapitalherrschaft. Der dazugehörige Text machte zusätzlich klar, daß es nicht um die Personen, sondern um deren Funktionen ging. Die Personen seien austauschbar. Der REdaktion scheint es bei der Auswahl darum gegangen zu sein, nicht nur die finsteren, konservativ-reaktionären Kräfte abzubilden, sondern sie wollte auch eine Hinweis darauf geben, daß es auch in der Sozialdemokratischen Partei neue Noskes und neue Eberts und neue Technokraten gibt, die den Kapitalismus nicht abschaffen, sondern modernisieren und damit stabilisieren wollen. Sie wollen eine besser funktionierende Kapitalherrschaft – und insofern sind sie Vertreter von Kapitalinteressen. Als Beispiele wollten die Redakteure den Minister Schiller, den Oberbürgermeister Vogel und den Polizeipräsidenten Schreiber abbilden.

Frage Welchen Weg schlagen die Revolutionäre des Biermann'schen Stücks in seinem Kampf gegen die durch den Drachen symbolisierte Kapitalherrschaft ein?

Kipphardt Biermann will in seinem Stück offensichtlich sagen: Eine tiefgreifende Veränderung der Unterdrückungsverhältnisse in dieser Welt ist nur sehr bedingt auf dem Reformwege zu leisten. Er glaubt, daß eine Aufhebung der Unterdrükkungsverhältnisse nur auf dem Wege der Umwerfung der alten Machtverhältnisse, also auf revolutionärem Wege zu leisten ist. Wenn wir den Gang der Welt betrachten, so sehen wir tatsächlich wenig Veränderungen, die nur auf evolutionärem Wege vor sich gegangen sind. Die wichtigen Veränderungen, die es gegenwärtig gibt, scheinen mir auf revolutionärem Wege vor sich zu gehen.

Frage Welches physische Schicksal widerfährt dem Drachen des Stücks?

Kipphardt Der Drache, die mit terroristischen, mit faschistischen Mitteln herrschende Kapitalmacht, wird getötet. Und flugs ersetzt durch einen kapitalistischen Reformer, den Gouverneur. Das will sagen, daß es wichtig ist, die Ursachen der Unterdrükkung abzuschaffen, nicht so sehr die Person. Der Drache ist ein Gleichnis für Unterdrückung. Jede Revolution hat das moralische Recht, soviel Gewalt anzuwenden, wie sie zur Abschaffung der alten Macht- und Unterdrückungsstrukturen braucht. Die Diskussionen über die Zulässigkeit von revolutionärer Gewalt sind unhistorisch. Sie sind zynisch, wenn man das Ausmaß der gegenwärtigen konterrevolutionären Gewalt in der Welt bedenkt. In unserer deutschen Geschichte ist eine dauernde, sehr hohe Schranke bei der gesamten Linken gegenüber physischer Gewalt zu bemerken. Es gibt kaum einen wirklichen Linken, der nicht eine große Barriere zu überwinden hätte, ehe er zu physischer Gewalt greift. Soweit ich sehe, ist in der deutschen Geschichte massive, fürchterliche Gewalt immer von den Bewahrern konservativer Verhältnisse angewandt worden – von den Linken nur in Abwehr der Konterrevolution. Nehmen Sie die gescheiterten Bauernkriege, die gescheiterte 48er oder die gescheiterte 18er Revolution. Vom Faschismus und der wirkungslosen Entnazifizierung als Revolutionsersatz nicht zu reden.

Frage Wenn der Vorwurf der Mordhetze weder in dem Stück noch im Programmheft, insbesondere nicht in dem beanstandeten Teil des Programmheftes eine Begründung findet – wie erklären Sie sich dann, daß der Oberbürgermeister Vogel diesen Vorwurf erhoben hat?

Kipphardt Vogel hat mehrfach gesagt, daß er das Stück nicht kennt. Es hat es weder gelesen noch gesehen. Er kennt nur einen nicht erschienenen Teil des Programmheftes, der ihm übermittelt worden ist. Er hat sich nie bei mir darüber informiert. Auch nach meiner Entgegnung auf Grass nicht. Mutmaßlich hat der Verwaltungsdirektor Lehrl, der die Theaterarbeit unglaublich behindert und dessen Stellung von mir und der gesamten künstlerischen Leitung angegriffen wurde, in den beiden Fotoseiten ein taugliches Mittel gesehen, den Oberbürgermeister zur Aktion gegen mich und damit gegen die Linken zu bringen.

Ich verstehe nur nicht recht: Wenn der Oberbürgermeister dieses Material tatsächlich für gefährlich hält, warum sorgt er dann für die Verbreitung dieses Materials?

Aber möglicherweise hält der Oberbürgermeister das selber nicht für Mordhetze, denn er formuliert immer nur: «Schlichte Gemüter könnten das so mißverstehen». Will er mit der Verbreitung, daß schlichte Gemüter das mißverstehen? Oder – ist er in Theaterfragen selbst ein schlichtes Gemüt?

Frage Es bleibt die Frage: Welches Interesse kann Vogel an der Verbreitung des Mordhetze-Vorwurfs gehabt haben?

Kipphardt Ich glaube, es gibt einen Zusammenhang mit seinem Versuch, die Linken in der SPD zu entmachten. Wir beobachten im Augenblick in Theatern, in Funkhäusern und in Universitäten den Versuch, die Linke aus den meinungsbildenden Apparaten herauszubringen. In einem solchen Zusammenhang steht der Vorgang an den Kammerspielen. Vogel hatte sich ja schon früher dadurch «verdient» gemacht, daß er die Jagd auf Sozialisten und Marxisten in der SPD einleitete und ein Signal für die ganze Bundesrepublik setzte. Sie wissen das besser als ich.

Frage Soviel ich weiß, hat der Kulturausschuß einstimmig gegen die Verlängerung Ihres Vertrages gestimmt. Waren das alles Leute des rechten SPD-Flügels?

Kipphardt Ich habe nur drei Mitglieder dieses Ausschusses in einer Versammlung mit dem Ensemble erlebt. Das Ensemble suchte Wege, den Beschluß nicht wirksam werden zu lassen. Die Ahnungslosigkeit dieser drei Mitglieder war niederschmetternd. [...]

Frage Was könnte Ihren Schriftstellerkollegen Grass veranlaßt haben, sich in diesen Reigen einzureihen?

Kipphardt Ich halte Grass für einen mißbrauchten Mann.

Frage Welchen Stellenwert messen Sie dem Theater im Kampf für gesellschaftliche Änderungen bei?

Kipphardt Das Theater ist in der mißlichen Lage, daß sein Publikum fast nur aus privilegierten Bildungsschichten der Gesellschaft kommt. Diese Schichten sind aber nicht homogen. Das geht von konservativ-bewahrenden Leuten, die eigentlich so eine Sorte von leichtem oder gehobenem Freizeit-Theater haben möchten, bis zu den vielen Leuten, die schon ziemlich viel kritisches Bewußtsein vorgebildet haben. Das sind mögliche Adressaten. Sie suchen im Theater den Abbildungsraum, der ihr kritisches Bewußtsein fördert und eingreifendes Denken ermöglicht. Unter eingreifendem Denken verstehe ich: es bringt den Zuschauer in die Lage, Wirklichkeit kritisch zu reflektieren und von der Reflexion zur Handlung überzugehen.

Frage Wenn ich Sie richtig verstehe, wollen Sie die Institution des Theaters derart bewahren, daß die Leute ins Theater kommen sollen, statt daß das Theater zu den Leuten gehen soll. Jetzt wäre meine Frage: Wie stellen Sie sich vor, daß man andere Schichten – und das ist hier ja der Großteil der Bevölkerung – in das Theater bringt?

Kipphardt Mir scheint, das Theater kann seine Zuschauersituation nicht von sich aus ändern. Dazu werden gesellschaftliche Veränderungen gebraucht. Natürlich wünsche ich mir mehr Zuschauer aus den lohnabhängigen Klassen, aber ich sehe nicht, wie das Theater das erreichen kann. Wir wären gerne mit Stükken, wie wir sie hier gemacht haben, «Das Verhör von Habana», «Dra-Dra», «Heimarbeit», «Eisenwichser» – das sind Stücke, die eigentlich in Werkhallen gehören –, zu den Arbeitern gegangen. Aber dabei ist das Theater auf die Unternehmer angewiesen, die sofort mit dem Betriebsverfassungsgesetz operieren können und die Werkhalle sperren. Außerdem müßte man dazu eine Verwaltung haben, die politisch arbeiten will, und die viel flexibler ist. Unsere Versuche, mit bestimmten Stücken herauszugehen, sind immer an einfachen Verwaltungsmaßnahmen gescheitert.

Frage Wie beurteilen Sie dann die SPD-Kulturpolitik? Kann man sagen, daß die SPD einen recht reaktionären Weg gegangen ist, indem sie die überkommenen bürgerlichen Bildungseinrichtungen übernommen und sich ihren Inhalt zu eigen gemacht hat; und zwar soweit, daß sie jetzt die Bevölkerung mittels Theatergemeinde, Volksbühne usw. in die Theater karrt, ihr dort – das hat ja die Auseinandersetzung um Sie gezeigt – um jeden Preis bürgerliches Theater vorsetzen will und damit eine Emanzipation der unteren Schichten auf kulturellem Gebiet verhindert?

Kipphardt Ich glaube, Ihre Einschätzung ist ziemlich richtig. Die deutsche Arbeiterbewegung hatte ja über Jahrzehnte wichtige Instrumente von Gegenaufklärung entwickelt. Das waren der Arbeiterbildungsverein, Arbeiterpublizistik und eine Reihe von anderen Unternehmungen. Alle diese Instrumente sind spätestens in der Nazizeit zerschlagen worden. Und sie haben die dringend notwendige Funktion der Gegenaufklärung nie wieder zurückgewonnen. Die Volksbühne ist ein bürgerlicher Verein geworden, der Theaterbesucher in bürgerliche Veranstaltungen schafft. Die Volkshochschule ist ein Verein geworden, der allgemein informierende Themen behandelt und ein gewisses Kultursoll für die Bevölkerung erfüllt, aber nicht im Sinne von Gegenaufklärung.

Das beste Beispiel haben Sie bei den Ruhrfestspielen in Recklinghausen. Ein systemkonformes Kulturfest, das mit Arbeitern garniert wird, das viel Geld kostet und nichts für die Emanzipationsbewegung der Arbeiter leistet.

Wenn die SPD und die Gewerkschaft eine wirkliche Kulturpolitik betreiben wollen, müssen sie einen Gegeninformationsapparat nach heutigen Informationskenntnissen aufbauen. Im Bereich der Publizistik wie im Bereich von Funk und Fernsehen, im Bereich des Films und des Theaters. Das würde die linken

Theaterleute, die linken Schriftsteller, die linken Filmemacher, die linken Zeitungsleute freuen. Aber wir sehen, daß das leere Hoffnungen sind.

Das Gespräch wurde am 8. Juli 1971 geführt; es erschien in der Münchner Zeitschrift «juso-information», Nr. 5 – 1971.

Aus Briefen (1971)

An Giorgio Strehler [vermutlich 26. Mai 1971]

Lieber Giorgio,
anliegend der Brief des Ensembles.

Die politische Bedeutung der Sache liegt darin, daß man mit meinem Fall die Öffentlichkeit gegen die Tendenzen mobilisieren kann, die entschiedenen Linken aus dem Kultur- und Universitätsbereich herauszudrängen.

Nahezu die gesamte Theateröffentlichkeit hat sich der Sache angenommen, und auch die Presse – soweit sie noch liberale Züge hat – attackiert die politische Einmischung der Behörden in die Theaterarbeit. Die wichtigen Regisseure, Bühnenbildner und Schauspieler des Hauses haben ihre Verträge davon abhängig gemacht, daß die Stadt ihren Beschluß zurücknimmt. Im Augenblick kann keines der für die nächste Spielzeit vorgesehenen Projekte verwirklicht werden. Die Zuschauer haben laufend die Vorstellungen unterbrochen und an einem Abend das Theater besetzt, um den Beschluß rückgängig zu machen. Wenn die Stadt darauf beharrt, ist die klare Folge, daß sie die Arbeit eines Theaters zerstört hat.

Ich weiß nicht, wie Du Dich hinsichtlich unserer angestrebten Abmachung über TRILOGIE DER SCHÖNEN FERIENZEIT verhalten willst, aber ich glaube, daß es keine guten Voraussetzungen für diese Arbeit im Hause mehr geben wird. Für den Fall, daß Du Dich mit mir und dem Ensemble solidarisieren willst, wäre es gut, wenn Du das in einem Telegramm tätest, das wir veröffentlichen können. Den Brief des Ensembles NACHTASYL haben wir erhalten. Unsere Gegenwehr liegt in der Mobilisierung der Öffentlichkeit und dem Boykott des Theaters, wenn die Stadt auf ihrem reaktionären Beschluß beharrt.

Ich bin mit sehr herzlichen Grüßen
Dein
[Heinar]

An Carl M. Weber — München, 6. Juni 1971

Lieber Charlie,
schönen Dank für Deine beiden Briefe. Sie blieben liegen, weil ich mit meiner Entlassung durch den Kulturausschuß der Stadt einiges zu tun hatte. Die Sache hat die Öffentlichkeit ziemlich mobilisiert und Everding kann im Augenblick kein einziges Projekt der nächsten Spielzeit realisieren, weil alle Regisseure und Bühnenbildner ihre Arbeit von der Rücknahme dieses Beschlusses abhängig gemacht haben. Wir hatten eine ganz gute Spielzeit, die Umstellung auf neue Arbeitsweisen und die Politisierung des Programms war uns gelungen, aber wir stießen gleichzeitig an die Grenzen des Stadttheatersystems. Das führte zu großen Kämpfen mit Lehrl, der sich zu Recht in seiner Position bedroht sah, und dem es schließlich gelang, den reaktionären Flügel der SPD mit Vogel an der Spitze zum Gegenschlag zu bringen. Das hat sicher einen Zusammenhang mit der gegenwärtig vor sich gehenden Bemühung, die entschiedenen Linken aus den meinungsbildenden Apparaten zu verdrängen, und das hat einen speziellen Zusammenhang mit dem lächerlichen Wahlverfahren für den Intendanten der Kammerspiele. Müller war der einzige Kandidat, der mit Lehrl in der gegebenen Konstruktion arbeiten wollte, er war gleichzeitig der Kandidat des Oberbürgermeisters, und er garantiert ein Theater, das Unruhe nicht verbreiten wird. Das Ensemble spielte bei der Wahl insofern keine Rolle, als sechzig künstlerische Mitarbeiter in den Eintopf von Billetknipsern, Pförtnern und Verwaltern verschwunden waren. Unglücklicherweise wurde das von den meisten Leuten zu spät begriffen. Dieses Wahlverfahren produzierte die landläufige Manipulation pseudodemokratischer Wahlverfahren.

Zu Deinen Fragen: Ich war immer bereit – und ich bin es noch –

JOEL BRAND für Amerika neu einzurichten. Die angestrebte Fassung sollte schlanker und in der Technik dokumentarischer werden. Mit einer Adaption durch Miller oder die Hellman kann ich mich nicht befreunden. Ich kenne Millers ZWISCHENFALL IN VICHY, und ich kann Dir gar nicht sagen, wie beschissen ich das Stück finde. Eben diese «Sehgewohnheiten» kotzen mich an. Das Stück wird sinnlos, wenn man es auf die alten moralischen Kategorien bringt. An solchen politischen Schnulzen ist doch kein Mangel. Mir wäre schon sehr daran gelegen, die Zusammenarbeit mit Irving und dem Lincoln-Center fortzusetzen, aber nicht um den Preis, daß ich meine Stücke auf amerikanische Konfektion zuschneide. Dann ist es wirklich besser, wir probieren das Stück woanders, möglicherweise in Toronto. Vielleicht hätte auch Gordon Davidson in Los Angeles ein Interesse daran. Da ich mit Sicherheit aus dem Theater gehe, habe ich mutmaßlich viel mehr zeitlichen Spielraum zu einer Bearbeitung des Stücks. Ich gehe aber nur heran, wenn das Projekt klar ist.

Ich entnehme Deinen Briefen, daß wir die Soldatengeschichte beiseite legen wollen, und so wollen wir das tun. Es war mir ärgerlich, daß Du am Ende die Notwendigkeiten, die Produktion zu retten, mißdeutet hast, aber ich bin auch imstande, mich in Deine Lage zu versetzen.

Wir sind gegenwärtig in der Mühle und genießen den außerordentlich schönen Frühsommer. Wir machen gegenwärtig Pläne, das Bauernhaus neu auszubauen und ganz raus zu ziehen. Pia und den Kindern geht es gut. Wir haben sie zur Zeit verschiedenen Großeltern unterschoben. Auch die reizendsten Vampire sind eben Vampire.

Die herzlichsten Grüße, auch an Marianne,
von Pia und Deinem
[Heinar]

Hans Reinhard Müller wurde – als Nachfolger von August Everding – Intendant der Münchner Kammerspiele. Mit Carl M. Weber hatte Kipphardt seine Bearbeitung von J. M. R. Lenz' «Soldaten» Ende 1970 in München inszeniert.

An Urs Kilger München, 10. November 1971

Liebe Urs,
schönsten Dank für Deinen lieben Brief, es ist schlimm, daß ich Dich nicht besuchen kann, ich habe eine gewisse Hoffnung, daß sich das ändert. Ich habe den Innenminister um eine Revision des behördlichen Verbots meiner Einreise ersucht, und da sich ein paar andere Leute gleichzeitig darum kümmern, hoffe ich auf Erfolg.

Es fällt mir noch immer schwer, Dir unbelastet zu schreiben, denn Heinrich war einer der wenigen Freunde in meinem Leben, und die Verbundenheit empfinde ich auch heute noch tief.

Ich wäre gern zu der Gedenkausstellung gekommen, aber ich konnte in der fraglichen Zeit hier nicht weg. Du hast von den ziemlich ausufernden Auseinandersetzungen, die ich mit den hiesigen Kulturbehörden hatte, am Rande gehört. Im Ergebnis ist die Arbeit eines Theaters zerstört worden, und die Arbeitsperspektive der Theater in München ist auf Jahre hin grauenhaft. Ich bin aus dem Theater heraus und mit mir alle wichtigen Mitarbeiter. Erfreulich an der Sache ist, daß ich mich ganz auf meine Arbeit konzentrieren kann, und ich werde nur dann wieder in ein Theater gehen, wenn ich es ganz unabhängig nach meinen Vorstellungen machen kann. Was ich von den Berliner Theatern höre, klingt nicht gerade ermutigend, ich kann mir nicht vorstellen, daß Heinrich einen Weg mit Herrn Perten gefunden hätte. Kulturbehörden scheinen aller Orten eine geradezu paranoische Angst vor kritischen Leuten zu haben. Anders läßt sich wohl auch nicht die Besetzung des Berliner Ensembles erklären. Ich mag Ruth Berghaus gern und schätze ihre Qualitäten, aber die liegen wohl kaum auf dem Gebiet der Theaterleitung, und es kann nicht mit rechten Dingen zugehen, wenn in der gleichen Stadt Wekwerth und Besson sitzen.

Dein Angebot, mir die eine oder andere Skizze von Heinrich zu überlassen, freut mich sehr. Ich zögere ein bißchen, weil man ja darauf achten muß, seine Arbeit im Zusammenhang zu erhalten. Mein Wunsch ginge dahin, eine Skizze aus einer Zusammenarbeit mit ihm zu bekommen, vielleicht aus PIONTEK oder ANDROKLUS und eine Skizze aus FAUST oder STURM. Wenn sich eine Einreisemöglichkeit für mich ergibt, würde ich gern einmal alle Skizzen durchsehen, und Du kannst mir dann sagen, ob Du darauf verzichten kannst. Im anderen Falle schickst Du mir, was Du für richtig hältst. Wir waren den ganzen Sommer draußen in Angelsbruck, da haben wir eine Wassermühle mit einem dazu gehörigen Bauernhaus, was wir im Moment umbauen. Im Frühjahr wollen wir ganz dorthin ziehen, und wir freuen uns darauf. Die großen Städte hier werden zusehends unbewohnbarer.

Grüß die Kinder herzlich von mir und alle alten Bekannten, ich hoffe, wir sehen uns bald.

Herzlichst

Dein [Heinar]

Brief im Besitz von Urs Kilger, der Witwe des mit Kipphardt befreundeten Bühnenbildners Heinrich Kilger. Kilger und Kipphardt hatten in den fünfziger Jahren am Deutschen Theater in Berlin eng zusammengearbeitet. – Alle übrigen Briefe in diesem Abschnitt werden nach den Durchschlägen im Nachlaß Kipphardts gedruckt.

21.

Warten auf den Guerillero?

Das Tupamaro-Projekt (1972/73)

Nach dem abrupten Ende der Arbeit an den Kammerspielen wandte sich Kipphardt längere Zeit einem Projekt zu, das revolutionäre Theorie und Praxis in der Dritten Welt behandeln sollte. Am Beispiel der Stadtguerillas in Uruguay wollte Kipphardt die Frage nach den Möglichkeiten der Revolution angesichts einer Übermacht der herrschenden Apparate behandeln. «Warten auf den Guerillero?» nannte er das geplante Theaterstück, von dem ein Fragment mit rund 60 Typoskriptseiten entstand. Zudem sind ausführliche Exzerpte von Kipphardts Materialstudien überliefert; und ein Filmexposé mit dem Arbeitstitel «Die Beerdigung».

Das Stück-Fragment stellt die Entführung des Großindustriellen Pereyra Reverbel durch die Tupamaros in den Mittelpunkt (eine Aktion, die 1968 tatsächlich stattfand; auch andere Figuren und Handlungsteile wurden anhand realer Vorbilder entworfen). Die Anfangsszene zeigt Reverbel als Vertrauten des Präsidenten von Uruguay, man bespricht – in Jamben – die notwendige Politik zur Sanierung der Geschäfte. In der zweiten Szene wird über Arbeitskämpfe berichtet, die der Entführung Reverbels vorangingen. Die folgenden Szenen spielen alternierend in den Machtzentren der Regierung und bei den Guerilleros. Kipphardts Stück war von Sympathie für die Revolutionäre getragen; aber er wollte auch ihr Scheitern zeigen und die am Ende der Kämpfe stehende verschärfte staatliche Repression. Doch der dafür vorgesehene dritte Akt des Stückes wurde nicht geschrieben.

Später hat der Autor auf die Frage, warum er das Projekt abbrach, geantwortet, die Thematik sei auf dem Theater der siebziger Jahre nicht mehr behandelbar gewesen. Die Terroristenhysterie in der Bundesrepublik führte in der Tat zu einer völligen Tabuisierung der Fragen, die er mit dem Stück aufwerfen wollte.

Warten auf den Guerillero?

Ein Gespräch mit Thomas Thieringer

Frage Herr Kipphardt, Sie arbeiten an einem Schauspiel mit dem Titel: «Warten auf den Guerillero?». Um was geht es in diesem Stück?

Kipphardt Das Stück beschäftigt sich mit Revolutionären, einer Sorte von Leuten also, die nicht daran zweifeln, daß diese sehr gewalttätige Welt verändert werden muß und daß sie nur auf revolutionäre Weise erträglich gemacht werden kann. Für wenigstens ⅔ der Weltbevölkerung ist der gegenwärtige Zustand ganz unerträglich, für den größeren Teil der Welt nämlich, der von der neuen Sorte von Kolonialismus, dem Geschäftskolonialismus der Industriemetropolen, ausgeplündert wird. Diesen Zustand aufrecht zu erhalten wird ein Übermaß von Gewalt angewendet, werden riesige Armeen unterhalten, werden kostspielige konterrevolutionäre Gewaltunternehmungen gegen jeden Befreiungsversuch geführt, von wirtschaftlichen Unterwerfungen bis zum großen Zerstörungskrieg in Vietnam. Der riesigen Gewalt der Militärapparate und der Wirtschaftsapparate gegenüber müssen von den Revolutionären in der Praxis Methoden entwickelt werden, das Übermaß an konterrevolutionärer Gewalt zu unterlaufen. Das wird in jedem Land anders aussehen; in einem relativ entwickelten Land wie Uruguay mit einer überwiegend städtischen Bevölkerung haben die Tupamaros, die Stadtguerillas, eine sehr spektakuläre und auch sehr populäre revolutionäre Praxis entwickelt.

Frage Beschäftigt sich Ihr Stück mit den Tupamaros?

Kipphardt Ja! Und es macht darüber hinaus den Versuch zu fragen, ob das denn übertragbar wäre auf andere Gesellschaftsformationen. Natürlich gibt es kein Revolutionsmodell, das in verschiedene Zeiten und verschiedene Länder passen würde. Das ist die Tragik vieler Revolutionäre gewesen, daß sie mit dem Instrument einer früheren Revolution gearbeitet haben. Die jüngeren Revolutionen aber, die gelungen sind, die chinesische und die kubanische, haben die Methode der Organisation der Revolution aus dem bewaffneten Kampf entwickelt.

Frage Am Schluß des Titels Ihres Stückes steht ein Fragezeichen. Wie ist das zu interpretieren?

Kipphardt Wollen denn die reichen Industriemetropolen sich der Verantwortung für diesen Weltzustand entziehen? Wollen sie zusehen, bis es zu der großen Konfrontation kapitalistischer Metropolen und 3. Welt, zu diesem Weltbürgerkrieg kommt? Oder was können sie ihrerseits tun, um Veränderungen zu installieren, die diesen großen Widerspruch in der Welt erträglicher machen? Was können sie tun, um diese Welt eine Welt sein zu lassen und diese 3. Welt aus ihrer Geschäftsabhängigkeit herauszubringen? Das sind natürlich keine Fragen an die Herrschenden, sondern an die Leute mit kritischem Bewußtsein, an die kritischen Sozialisten insbesondere. – Wie kommt es, daß wir überall beobachten ein riesiges Anwachsen gewalttätigen Verhaltens? Gewalt entsteht doch immer dann, wenn Leute nicht mehr in ihnen passenden Verhältnissen leben können, wenn also die Umwelt, in der sie leben, sie nicht zur Selbstverwirklichung kommen läßt, dann gibt es für sie nur den einzigen Ausweg der gewalttätigen Äußerung.

Frage Geben Sie in Ihrem Stück eine Art Hinweis, wie eine Lösung aussehen könnte?

Kipphardt Nein. Alles, was wir an angeschnittenen Themen besprochen haben, das ist natürlich die Betrachtungsweise eines Essays. Ein Stück hat Geschichten, Leute, Charaktere, sinnliche Vorgänge. Diese Themen kommen darin vor, aber ein Stück behandelt dies nicht wie eine Abhandlung.

Frage In Ihrem Stück verwenden Sie Materialien, heißt das, daß «Warten auf den Guerillero?» eine Art Dokumentarspiel ist?

Kipphardt Ich bin der Meinung, daß ein heutiger Schriftsteller die wirklich großen Fragen unserer Zeit nicht mehr behandeln kann, ohne daß er seinen bloß subjektiven Standpunkt der Erfindung von Geschichten, seiner eigenen Erfahrungen, die er gemacht hat, ausweitet durch eine bestimmte wissenschaftliche Methodik, indem er diese in den Schreibvorgang einbringt. Das ist das Arbeiten mit Materialien, das ist der Versuch, eine objektivere Schreibweise zu erreichen. Das, meine ich, ist keine flüchtige

Mode, sondern wir beobachten das in allen Künsten. Ich halte es für ein Erfordernis, daß der Produzent Methoden anwendet, seine Subjektivität zu überschreiten, denn sonst kann er immer nur von sich reden, und das scheint mir für eine Kunst, die eine gesellschaftliche Praxis im Auge hat, zu wenig zu sein.

Frage Glauben Sie, daß ein Stück, das die von Ihnen angesprochene Gewaltproblematik behandelt, von unseren Theatern ‹bewältigt› werden kann?

Kipphardt Ich habe eine gewisse Hoffnung, das Theater könne politische Stoffe der eigenen Zeit behandeln. Das sehen Sie auch daran, daß ich ein Theaterstück mache. Dabei behalte ich meine Zweifel dem Theater gegenüber. Ich glaube, daß das Theater zumindest in der Bundesrepublik in einem unglaublich verkommenen Zustand ist. Das hat Gründe: Das Theater in Deutschland hat sich ja entwickelt zu einem Theater, das in gewisser Hinsicht die Bourgeoisie repräsentiert hat. Mit der historischen Verkommenheit dieser Klasse, die keinen wirklich historischen Auftrag mehr hat, degeneriert das Theater auf die wunderlichste, konservativste Art und Weise. Wenn es sich nicht aus dem Dunstkreis des Bürgertums entfernen kann, dann wird es mit ihm verkommen. Das Theater ist sicherlich weiterhin nicht brauchbar, wenn es diese bürgerliche Kulturfestung bleibt: hierarchische Staatstheaterstruktur mit Leuten an der Spitze, deren Funktion eigentlich nicht ist, zu produzieren, sondern zu verhindern, daß das Theater durch seine Produzenten zum Störfaktor im bestehenden Gesellschaftszustand wird. Wenn das Theater aber seine Existenz behaupten will, muß es eben dieser störende, beunruhigende, Fragen stellende Faktor werden. Was aber ist das Theater gegenüber anderen Künsten, die massenhaft reproduziert werden können, Film, Schallplatten, Radio, Fernsehen? – Es ist der Ort, wo Produzenten und Zuschauer gemeinsam etwas Produktives machen. Es ist ein Spielort sehr einfacher Art, ein Podium, das beleuchtbar ist, Zuschauern gegenüber, und es kann für die wesentlichen Fragen, die eine Zeitgenossenschaft beschäftigt, Modelle herstellen, an denen der Zustand der Welt und die Veränderungsrichtung in der Welt zu erfahren sind. Dabei ist der Zuschauer nicht, wie etwa beim Film, nur in einer passiven Rolle, sondern er tritt in ein produktives Verhältnis ein – so wenig das die Theater auch im Augenblick zur Kenntnis nehmen. Daraus folgt für mich, das Theater muß seine hierarchische, hermetisch abgeschlossene Struktur aufgeben. Es muß ein Ort der Begegnung werden, dazu muß an die Stelle des altgewohnten Theaters etwa das Kulturzentrum treten, das sich öffnet gegenüber den Menschen, das auf andere Weise produziert. Eine direktoriale Verfassung wäre das mindeste, dazu eine Mitbestimmung der Produzenten, Schauspieler, Dramaturgen, Regisseure, Bühnenbildner, Musiker etc. Der Kampf, um den es heute in der Bundesrepublik geht, ist der Kampf der Produzenten um den Produktionsapparat, der ihnen bisher mit wenigen Ausnahmen verweigert wird.

Frage Glauben Sie, daß diese Umwandlung mit dem bestehenden Theater zu bewältigen ist?

Kipphardt Wir haben einige ermunternde Beispiele, wie z. B. die Schaubühne in Berlin. Die Schaubühne mit ihrer Konstruktion, ihrer Sorte von kooperativer Arbeit, hat den Beweis angetreten der großen Überlegenheit kooperativer Methoden gegenüber diesen Supermärkten, diesen Theaterstückfabriken, die für alle Bedürfnisse eine Abteilung haben und in der Regel fürchterliche Produkte ausstoßen. Wir haben auch an den Kammerspielen erfahren, daß mehr kooperative Arbeit einem Produkt guttut. Es ist wichtig, den Nachweis zu führen, daß die Methoden der Schaubühne auch in einem großen, gewöhnlichen Theater funktionieren, wenn dessen Strukturen zerbrochen und den Produzenten passender gemacht werden. Darunter verstehe ich: Abschaffung des Intendanten, Zerschneidung der Drei-Sparten-Struktur – die unsinnig ist –, Produktionsgruppen, die kontinuierlich arbeiten. Im Moment gibt es ein paar solche Versuche, in Köln, in Frankfurt etwa. Wir wissen nicht, wie die ausgehen. Auf jeden Fall aber finde ich diese Unternehmungen wichtiger als nur das Ersetzen von älteren, ins Pensionsalter gekommener Intendanten durch jüngere, die im Grunde dieselbe Zielrichtung verfolgen.

Frage Ist mit dem, was Sie die Verkommenheit unseres Theaters nennen, auch die ungenügende Erfüllung ästhetischer Ansprüche gemeint?

Kipphardt Ich bin z. B. im Augenblick nicht imstande, in einer großen Stadt wie München einen einzigen Theaterabend zu sehen, der mich im mindesten interessiert. Ich langweile mich unglaublich in dieser Art von Produktionen, weil einfach meine Fragen nicht behandelt werden. Das können subtile Fragen sein, es können simple Fragen sein, nur Fragen, die mich bewegen, sehe ich nicht behandelt. Wenn sich das Theater darauf zurückzieht, daß es eine Art von Oper wird, das so eine Feierabendfunktion hat, das dem Zuschauer das Gefühl gibt, am Abend finde im Theater das ‹Ganz Andere› statt, was mich wieder regeneriert und fähig macht, mich morgen dem auslaugenden Tag auszusetzen, wenn nur diese Feierabenderholfunktion dem Theater zukommt, dann wird es eben Leute anziehen, die noch ins Theater gehen. Dann müssen sich auch die Produzierenden und die Autoren überlegen, ob es denn noch einen Zweck hat, für diese Institution zu schreiben oder zu arbeiten, ob man dann nicht viel leichter die Menschen erreichende Medien benützen sollte.

Frage Bietet also das Fernsehen eine Alternative zur heutigen Theatersituation?

Kipphardt Das Fernsehen ist an und für sich ein glänzendes Medium. Natürlich kann man es nicht mit dem Theater vergleichen, aber es hat den großen Vorteil, sehr viele Leute zu erreichen. Auch gibt es im Augenblick im Deutschen Fernsehen noch Möglichkeiten, Stoffe durchzusetzen, die Fragen der Zeit behandeln. Aber die Tendenz, auch da Apparate zu schaffen, Leute in die Verantwortung zu bringen, die ‹störende› Produkte verhindern, ist groß.

Frage Herr Dr. Kipphardt, Sie haben das Drehbuch für einen Fernsehfilm geschrieben, den Sie mit Peter Lilienthal realisieren wollen. Auch in «Bericht über Alexander A.» – so der Arbeitstitel – greifen Sie einen Gegenwartsstoff auf.

Kipphardt Was mich interessiert, sind zwei Sorten von Leuten: Einmal interessieren mich die Leute, die sich selbst optimal verwirklichen, indem sie einen Weltzustand erträglicher zu machen suchen, also Revolutionäre, Menschen, mit denen ich mich in meinem neuen Stück beschäftige. Die gegenläufige Tendenz ist, sich aus der fürchterlichen Wirklichkeit zurückzuziehen. Auf eine extreme Weise sehen wir diesen Rückzug aus der Gesellschaft bei den psychisch Kranken. Der Film, den ich mache, ist die Geschichte eines so psychisch Kranken. Dabei interessiert mich, wie diese Krankheit entstanden ist, an was er krank geworden ist, individuell und gesellschaftlich. Ich beschreibe also die Geschichte der Entstehung eines wahnhaften Systems und den damit bedingten Rückzug aus der Gesellschaft. Gleichzeitig beschreibt der Film die barbarische Gewalttätigkeit unserer Gesellschaft, die alles, was den Normen nicht entspricht, was merkwürdige Gedanken und Verhaltensweisen zeigt, in Heimen, Kliniken, Gefängnissen unterbringt. – Den Film mache ich zusammen mit Peter Lilienthal, der mich mit «Malatesta» sehr beeindruckt hat, und ich hoffe, daß dies eine gute Zusammenarbeit wird...

Gedruckt nach einem Typoskript, das Thomas Thieringer zur Verfügung stellte. Auszüge aus dem Gespräch wurden u.a. in der «Heilbronner Stimme» (5. Mai 1973) und im «Darmstädter Echo» (15. Juni 1973) gedruckt. – Der erwähnte Fernsehfilm wurde unter dem Titel «Leben des schizophrenen Dichters Alexander März» von Vojtěch Jasný inszeniert und am 23. Juni 1975 erstmals im Zweiten Deutschen Fernsehen gezeigt.

Das «Guerillero»-Fragment

I,1

Der Präsident der Republik Uruguay Ulysses Jorge Pacheco Areco bekommt Besuch von einflußreichen Freunden, die ihm die wirtschaftliche Rettung des Landes nahelegen.

PEIRANO FACIO Warum ich früher komm und dich vermutlich störe
mit Pereyra Reverbel,
ich bringe ein Geschenk.
PACHECO *lachend* Ich nehme.
PEIRANO Es ist ein Stück Papier –
und heißt Millionen Rinder,
hundert Fleischfabriken,
heißt die Sanierung des gesamten Fleischmarkts
im Gebiet des Rio de la Plata,
heißt Rückgewinnung unseres Weltexports von
41 Prozent
mit dir als Präsident!

REVERBEL Ich wollte dabei sein, weils
die Frucht ist deiner Politik.
Der Sprung ins Freie
endlich
und du atmest auf.
PACHECO Ich kenne dich, Reverbel,
und ich kenn Peirano,
so halt ich mich zurück.
Was ich seit Tagen lese, klingt nicht gut.
Ich hör euch zu.
PEIRANO Ich war in Punta del Este
mit Reverbel und noch Jorge Batlle
und treffe dort
Bobbie Reneker, Swift Corporation –
PACHECO Zufällig.
PEIRANO *lächelnd*
Weil ich gern spiel und er,
im Kasino San Raphael.
Und er erzählt mir da von einem Plan
einer Kommission auf den Bahamas,
einer internationalen Kommission,
die das rückläufige Fleischgeschäft
im ganzen Rio de la Plata untersucht hat,
und, kurz gesagt, bereit ist,
285 Millionen Dollar in die Modernisierung
und die Errichtung von Großbetrieben zu investieren,
wenn die Regierung die Bedingungen für die Sanierung schafft.
PACHECO Welche Bedingungen?
PEIRANO Abwertung des Pesos auf seinen tatsächlichen
Wechselkurs,
Kreditbeschränkung,
Lohnstop.
Aufhebung der staatlichen Subventionen
für alle unrentablen Betriebe.
Er gibt Pacheco eine Liste.
PACHECO Das kann ich nicht!
Niemals!
Und jedenfalls nicht jetzt!
Ich lege nicht 250 Betrieben,

250 kleinen uruguayischen Unternehmern,
die Schlinge um den Hals!

PEIRANO Nicht du, nicht ich.
Es ist der Gang der Wirtschaft.
Die Wirtschaft expandiert, und wer nicht mitkommt fällt.
Wird aufgekauft, wird übernommen ganz natürlich,
es ist der Gang der Wirtschaft,
die nationale Grenzen nicht mehr kennt.

PACHECO Der Fleischmarkt wie gehabt
an den Giganten Swift.

REVERBEL Das siehst du, Jorge, glaub ich, falsch.
Der Fluß des internationalen Kapitals,
den du ja willst und brauchst,
wenn du das Fleischgeschäft von Grund sanieren willst,
nimmt heute seinen Weg im Bett der Partnerschaft.
Weils effektiver ist,
und es wär unnatürlich zu trennen
Geld von Geld als wärens Rassen.
Daß es den Weg, nach langem Zögern,
jetzt hierher nimmt, vertrauensvoll,
verdankt die Wirtschaft deiner festen Hand nach innen.

PACHECO Wenn es nicht Swift wär –
Swift klingt nicht gut
nicht hier
und nicht im Fleischgeschäft,
im Allgemeinen nicht,
sein Image ist nicht gut.
Gar nicht gut.
Es wär das zweite Mal, daß er den Fleischmarkt packt,
zu frisch ist die Erinnerung.

PEIRANO An eine kurzsichtige, national beschränkte
Wirtschaftspolitik.
Seit Swift hier raus gedrängt ward vor fast 15 Jahren
und von Idioten
gings bergab.

PACHECO Doch Swift ist ein Symbol.
Es heißt dann gleich gekauft.

REVERBEL Das ist doch eine Frage der Berichterstattung.

PEIRANO Swift ist nicht Swift,

der Name scheint nicht auf,
es ist die Chase Manhattan, –
PACHECO Nelson Rockefeller –
PEIRANO – die über eine nationale Bankergruppe,
Banco Popular,
Banco Mercantil,
PACHECO Deine.
PEIRANO Den todessüchtigen Fleischmarkt
aus dem Bette reißt
und operiert und heilt,
indem er sich von seinen kranken Teilen scheidet.
Und ist das Fleischgeschäft gesund,
ist es das Land.
Mit diesem Cono Sur Plan und
mit dir als Präsident.
Er gibt ihm die Papiere, in die sich Pacheco vertieft
PACHECO Du sprichst von kranken Teilen, also unrentablen,
doch auf der Liste les ich hier zu schließen
Frigorifico National,
die größte,
die modernste unsrer Fleischfabriken,
die jährlich expandiert,
die besten Viehpreise zahlt,
die besten Löhne –
PEIRANO Weil sie die Hauptstadt hier mit Frischfleisch füttert
als Monopol und als Geschenk
an die Gewerkschaft im Verwaltungsrat!
Wenn jemand Gleichheit braucht,
dann ists die Wirtschaft,
und niemand investiert, wo diese Gleichheit fehlt.
PACHECO Ich will keinen Ärger mit den Gewerkschaften.
PEIRANO Das tut mir leid für dich.
Ich richt es aus.
Er schickt sich an zu gehen
PACHECO Bin ich der Präsident der Amerikaner!
Soll ich das Land zerfleischen wegen einer Fleischfabrik!
Bin ich der Laufbursche für sie!
PEIRANO Nicht für sie und nicht für die Gewerkschaften.
Die Wirtschaft braucht den Plan,

die große internationale Perspektive.
Du bist der Mann, der hier mit seiner Politik
Vertrauen für dies Kapital geschaffen hat.
Wer jetzt im Fluß, das Ufer schon in Sicht,
die Pferde wechseln will,
kommt um.
Du brauchst uns, wie wir dich.
Du brauchst, als Freund gesagt, uns,
fürcht ich, mehr.

PACHECO Was will ich denn von den Gewerkschaften?
Ruhe. Für die Wirtschaft.
Was ich nicht will, nicht jetzt, ist,
sie zu provozieren,
den Unruhstiftern in den Arm zu treiben,
die täglich schreien, es geht nur mit Gewalt.

PEIRANO Wer will das? Ich?

PACHECO Die Frigorifico Nacional zu schließen ist
der Streik der Fleischarbeiter.
Und ich machs nicht.

PEIRANO Nicht du und niemand schließt.
Es ist der Markt.
Wer leistungsfähig ist, wer nicht,
soll sich auf ihm erweisen.
Ohne Netz,
ohne Subventionen,
ohne Privilegien,
so siehts die Kommission und so seh ichs.

REVERBEL Auf lange Sicht, sieht jeder, ist das unvermeidlich.
Wenn ich dich recht versteh, ist dein Problem
der Zeitpunkt, jetzt.

PACHECO Nur das.
Die Frage ist, wie mach ichs psychologisch, daß ich nicht jetzt
die Syndikate in den Arm der Radikalen treib.

REVERBEL Den Clinch mit der Gewerkschaft,
kriegst du so und so.
Dann mein ich lieber so.
Mit diesem Plan im Rücken
und dem Geld.

PACHECO Ich habe das Gefühl, ich überspanns.

PEIRANO Du kannst den Kuchen, den du ißt,
nicht auch verschenken.
REVERBEL Was wir letztlich brauchen, ist
eine ganz neue Art von Gewerkschaft,
die an das große Wirtschaftsganze denkt
PACHECO – Wenn es sich machen ließ
in der Frigorifico Nacional,
daß die Gewerkschaften den Ball treten.
In einer Sache, die unpopulär ist,
die sich aufmachen läßt.
REVERBEL Ich hab da nachgedacht.
Mit Peirano und mit Bobbie Reneker.
Er gibt ihm ein Papier
Ich glaube, das geht.
PACHECO *liest*
Das täglich da in Kübeln ausgeteilte rohe Fleisch
an die Arbeiter ist sehr unhygienisch.
Und ungerecht, pro Mann und Tag zwei Kilo.
Bei diesen steigenden Fleischpreisen.
– Wenn es so geht, geht es.
Dann gehts von ihnen aus. –
Ein Beamter stürmt herein, einen Telefonapparat an langer Schnur tragend. Aus dem Hörer eine englisch schimpfende Stimme.
PACHECO – Was ist?
Der Beamte stürzt stocksteif zu Boden. Die Telefonverbindung bricht ab.
REVERBEL Schlaganfall.
Er wählt
Ein Arzt.
Ein anderer Beamter stürmt von der anderen Seite herein, einen Telefonapparat an langer Schnur tragend. Aus dem Hörer die gleiche englisch schimpfende Stimme.
PACHECO Ich habe angeordnet nicht zu stören!
Sind wir im Irrenhaus?
Er schlägt ihm den Telefonapparat aus der Hand.
Wer wars?
BEAMTER Der amerikanische Botschafter.
PACHECO Was wollte er?
BEAMTER Er teilte mit, unsere Polizei habe heute abend

das Kasino Raphael geschlossen,
55 Millionen Pesos Spielgelder beschlagnahmt
und die Gäste in den Toiletten arretiert,
unter ihnen die Schwester des Botschafters.

Reverbel lacht.

Das hab ich ihm gesagt.

PACHECO Was?

BEAMTER Es war nicht die Polizei. Es waren die Terroristen.
In Polizeiuniform.

PACHECO Na, Gott sei Dank.
Ich stütze mich auf den Bericht des Obersten Rivero.

Ein dritter Beamter kommt mit einem Telefonapparat an langer Schnur herein. Aus dem Hörer die englisch schimpfende Stimme.

3. BEAMTER Der amerikanische Botschafter.

Pause, in der man nur die Stimme hört. Pacheco bedeutet Reverbel, das Gespräch zu führen. Reverbel unterbricht die Verbindung, indem er die Gabel niederdrückt.

REVERBEL *zu dem Beamten* Rufen Sie den Herrn Botschafter an,
der Präsident habe die Verhandlungen
mit Dr. Peirano und Dr. Reverbel
über die Sanierung des Fleischmarkts
erfolgreich beendet.
Er bedaure das ungeheuerliche Verbrechen
gegen das Kasino San Raphael,
und sorge für Abhilfe.
– Nehmen Sie Ihren Kollegen mit.

Die Beamten ab.

– Dumm sind die Burschen nicht.
Natürlich lacht das Land!
Worüber lacht man? Deine Polizei.
Wer die Gewalt im Keime nicht zerschlägt,
kommt in ihr um.

PEIRANO Vielleicht zurück zu uns,
zum Fleischmarkt.
Das erste zur Sanierung müßte sein
die Abwertung.
Wann, meinst du, soll die sein?

PACHECO Wenn, schnell.
Von heut in vier Tagen.

REVERBEL Die Monty-Investment könnt übermorgen
für ein paar Kunden
eine Ahnung kriegen.
PACHECO Ich wills nicht wissen.

I,2

Bericht über die Arbeitskämpfe im Frühjahr 1969.
Auf der Bühne eine Gruppe von Arbeitern und eine Gruppe von Industriellen, Bankiers und Staatsbeamten.

1. FLEISCHARBEITER Wir Fleischarbeiter des Frigorifico Nacional
kriegen seit 1947
zwei Kilo Fleisch am Tage
als Teil unseres Lohns.
Weil das Fleisch dauernd aufschlug
setzten wir das durch.
Unsere Vertreter im Verwaltungsrat.
Nach 22 Jahren plötzlich hängt in der Fabrik
ein Erlaß des Industrieministers Peirano,
der zufällig auch Fleischfabriken hat –
daß wir kein Fleisch mehr kriegen,
dafür aber 98 Pesos.
Denn das Frischfleisch sei sehr unhygienisch.
Aber du kriegst für 98 Pesos nur ein Pfund.
Und morgen vielleicht nur ein halbes.
GEWERKSCHAFTSARBEITER Daraufhin streikten 14000
Fleischarbeiter,
gebilligt von uns, der Gewerkschaft,
und unterstützt vom Verwaltungsrat.
ARBEITERIN Da gefiel der Regierung der Verwaltungsrat
nicht mehr.
Sie setzte ihn ab und ernannte einen Direktor.
Der ließ den Streik als illegal erklären.
Wer nicht arbeiten wollte,
kriegte die Papiere.
Aus den Elendsvierteln angefahren wurden
die auf dem letzten Loche pfiffen
als Streikbrecher des braunen Syndikats.

2. ARBEITER Da haben wir die Fabrikanlagen besetzt
und die Büros
und uns versorgt aus den Lagerhäusern.
STAATSBEAMTER *Gegengruppe*
Aus den Fleischbeständen,
die dazu bestimmt waren,
die Millionenstadt Montevideo
zu versorgen.
Sie haben die Arbeitswilligen ausgesperrt
und selbst nicht gearbeitet.
Es war dieser Versorgungsnotstand,
der die Regierung zwang,
den Streik nach Artikel 27 des Gesetzes 9943 auszusetzen.
Im Interesse der Bevölkerung
mußten wir die Produktion von Frischfleisch
in Gang bringen.
Mit jedem, der arbeiten wollte.
GEWERKSCHAFTSARBEITER Wir haben einen Produktionsrat gewählt und
der Regierung angeboten,
die Produktion sofort aufzunehmen.
STAATSBEAMTER Zu Ihren Bedingungen und im Zustand
der illegalen Besetzung von Staatseigentum.
Wer kann das annehmen?
Ohne zugleich die Anarchie anzunehmen.
GEWERKSCHAFTSARBEITER Die Forderung der Gewerkschaft war,
der volle Preis für die zwei Kilo.
Aber die Regierung hat darüber nicht verhandelt.
Sie hat Polizei und Marinetruppen reingeschickt
und bürgerkriegsmäßig räumen lassen.
Dabei wurden acht Arbeiter krankenhausreif geschlagen
und vierzehn verhaftet,
zufällig die aktiven Gewerkschaftsführer.
POLIZEIOFFIZIER Wir hatten die Anweisung nur festzunehmen,
wer Widerstand leistet.
Danach haben wir gehandelt.
Wir haben die Anlagen in drei Stunden polizeimäßig geräumt
und deren Schutz gewährleistet.
Wenn es zu Übergriffen kam,

dann nicht durch uns.
Es liegen uns keine Anzeigen vor.

1. FLEISCHARBEITER «Sind Sie Hugo Cores?» «Ja.» Schlag. «Hände runter!»
Schlag. «Hände runter!» Schlag. «Hände runter!»
Schlag. Schlag. Schlag. «Was, du willst mir drohen?
– Abführen.»
Politische Polizei. Wir wurden nackt in eine überheizte Zelle gesperrt. Über dreißig Stunden. Keine Sitzgelegenheit, kein Wasser. Der Boden glitschig von Fäkalien und Urin. Plötzlich kommen fünf oder sechs Polizisten herein. Fußtritte gegen die Knöchel, Faustschläge von allen Seiten. «In wessen Auftrag hast du den Streik organisiert?» Zehn Minuten lang. Eine Pause. Fußtritte, Faustschläge. Pause. «In wessen Auftrag hast du den Streik organisiert?» Zwei oder drei Stunden. Ich unterschrieb, daß ich nicht mißhandelt worden bin.

ARBEITERIN Der Notstand in der Versorgung Montevideos mit Frischfleisch wurde abgewendet, indem die Versorgung von den privaten Frigorificos Indagro und EFCSA übernommen wurde. Sie gehören dem Industrieminister Peirano und dem Wirtschaftsminister Charlone. Gleichzeitig verfügte die Regierung eine neue Abwertung des Pesos und einen allgemeinen Lohnstop.

KOMMISSAR OTERO Die politische Polizei, deren Anti-Guerilla Referat ich leite,
hatte die Information,
der Streik des Frigorifico Nacional werde
von der sogenannten Befreiungsfront
(MNL-Tupamaros) dirigiert.
Wir hatten vier Namen,
vier Sympathisanten,
aus dem Streikkomitee.
Die Strategie sei,
den emotional aufgeladenen Streik der Fleischarbeiter
durch Solidaritätsstreiks in eine
allgemeine Arbeitsniederlegung zu überführen.
In Konfrontationen mit der staatlichen Macht

sollte die Aktionseinheit der Gewerkschaften
mit der Befreiungsfront und
den revolutionären Kräften der Universität
hergestellt werden.
Wir sahen unsere Informationen bestätigt
als es tatsächlich zu
organisierten Solidaritätsstreiks
der Bankangestellten,
der Elektrizitäts- und Telefonarbeiter, UTE,
der Wasserwerker,
der Erdöl- und Zementarbeiter
und der Verkehrsbetriebe kam,
die auf den Zusammenbruch
der Wirtschaft zielten.
Die Regierung war gezwungen,
nach Artikel 168
den Ausnahmezustand zu verhängen
und alle lebenswichtigen Dienste
dem Militär zu unterstellen.

UTE-Arbeiter *ein älterer kleiner Mann*
Vor der Frühschicht standen vor den Toren der UTE
Mannschaftswagen der Polizei. Wieso?
In Halle fünf, Transformatorenfertigung,
tauchten Handzettel auf. Jemand rief:
«Sie räumen die Fleischfabriken.
Sie haben das Streikkomitee verhaftet!»
Werkspolizei. Leute gingen vom Band.
Betriebsversammlung in der Frühstückspause.
Ich werde zum Direktor geholt, dem Herrn Reverbel.
«Ich habe hier, Herr Martinez, eine Personalliste.
Da steht Ihr Name. Und da stehen 140 andere Namen.
Sie kennen sie.
Wenn hier
wegen der Konflikte in einem anderen Betrieb
gestreikt wird,
sind diese 141 Leute entlassen.»
Ich sagte auf der Belegschaftsversammlung, was mir
Reverbel gesagt hatte.
Als die Marinetruppen kamen, UTE besetzten,

wurde ich mit hunderten von Arbeitern festgenommen und
an der Uferstraße des Rio de la Plata aufgestellt.
Es wurde uns Rädelsführern der Kopf geschoren, und
wir mußten mehr als 18 Stunden stramm stehen,
ohne die Möglichkeit, unsere Notdurft zu verrichten.
Während die Autos vorüberfuhren, hörten wir spät abends
die Rede des Präsidenten Pacheco, der
an alle Bürger appellierte, die Demokratie zu bewahren
und der Gewalt zu widerstehen. Er habe die Lösungen
aller Probleme fest in der Hand.
Die Brühe lief uns die Beine runter.
Wer umfiel, wurde wieder aufgerichtet.

2. ARBEITER Militärische Schnellgerichte verurteilten
fünftausend Arbeiter zum Wehrdienst.

Farbfilmprojektion eines Fußballspiels auf großer Leinwand

Das Pokalendspiel der lateinamerikanischen Landesmeister Nacional Montevideo und Estudiantes La Plata, Argentinien, hörten wir in der Marinekaserne. Beim Abpfiff der ersten Halbzeit führten die Argentinier 1:0. Da wurde der Kommentar unterbrochen. Eine Stimme sagte:

Licht auf Raoul Sendic, ein unauffälliger Mann um die 40, der wie ein kleiner Landpächter aussieht.

SENDIC Sie hören ein Kommuniqué der Nationalen Befreiungsfront, Tupamaros.

Angesichts des Angriffs der Regierung der Bankiers und Großgrundbesitzer, auf die Rechte des Volkes,
angesichts der faschistischen Attacken der Polizei, der Armee und der Justiz gegen die streikenden Arbeiter und Bankangestellten, die eine Aufhebung der gewerkschaftlichen Freiheiten zum Ziel haben,
angesichts der Immoralität der gesteuerten Inflation und der Lohnsenkungen, die unsere Lebenshaltungskosten in drei Jahren um 180 % steigen und den Reallohn auf 47 % sinken ließen,
angesichts der Besitznahme unseres Landes durch nordamerikanisches Kapital,
angesichts der Erpressung des Ausnahmezustandes, der das Parlament entmachtet und den Weg zur Diktatur ebnet,
angesichts der Militarisierung der Arbeiter durch das Regime Pacheco,

angesichts der Einführung der Folter als Polizeimethode durch das Regime Pacheco,
angesichts der Verbringung von Gewerkschaftsführern auf die Blumeninsel durch das Regime Pacheco,
haben wir Senor Pereyra Reverbel, den würdigen Vertreter und Ideologen dieses Regimes, den Henker der Arbeiter der UTE, heute verhaftet.
Die Vertreter des Regimes müssen wissen, daß ihre Verbrechen nicht straflos sind.

VIOLETA SETELICH Wir teilen den Streitkräften der Repression mit:
1. Daß sie davon absehen, Dr. Pereyra Reverbel zu suchen, weil dies die Sicherheit des Gefangenen gefährdet.
2. Daß Dr. Reverbel für die körperliche Unversehrtheit aller verhafteten Arbeiter bürgt.
3. Daß Dr. Reverbel unversehrt freigelassen wird, sobald die verhafteten Arbeiter entlassen und die Militarisierung der Streikenden aufgehoben sind.

I,3 a

Aus Verhören Reverbels.
Der Raum ist mit Zeitungspapier ausgeschlagen.
Die Situationen der Verhöre wechseln. Auch die Personen.

FRAGE Vor zwei Jahren gab es das Projekt des Staudamms von Palmar. Sie nannten ihn lebenswichtig, der Präsident ein Symbol der nationalen Wiedergeburt.
Warum wurde er nie gebaut?

ANTWORT Die Amerikaner waren dagegen.

FRAGE Welche Amerikaner?

ANTWORT Die International Bank of Reconstruction and Forment, von der wir ein 72 Millionen Dollar-Darlehen im Rahmen von Cono Sur haben.

FRAGE Warum waren sie dagegen?

ANTWORT Sie teilten mit, sie sähen mit den Kosten des Staudamms die Rückzahlung ihres Darlehens gefährdet.
Der wirkliche Grund war, die Erdöltrusts können die Konkurrenz der Wasserkraft nicht gebrauchen. Sie verkaufen uns Öl.

Frage Und die Bank kann das Projekt dann einfach stoppen?

Antwort Da sie ein vertragliches Kontrollrecht über die Gesamtanlagen der UTE und über die Organe des Bürgen hat, kann sie das Projekt stoppen.

Frage Was heißt Organe des Bürgen?

Antwort Im Falle von UTE ist der Bürge der Staat Uruguay.

Frage Das ist im Rahmen des Cono Sur Planes für wirtschaftliche Zusammenarbeit so geregelt?

Antwort Ja.

Frage Sie sagen dennoch bestimmt, dies sei die richtige Wirtschaftspolitik?

Antwort Ich sehe keine bessere. Die Wirtschaft auszubauen, brauchen Sie Geld. Wer Geld gibt, macht Bedingungen.

Frage Was mit Marinetruppen nicht mehr zu machen ist, macht das Cono Sur?

Antwort Ich sehe, Sie bedauern, daß in Geschäften das Herz so wenig spricht.

I,3 b

Frage Wir nehmen an, Sie sind gegen die Anwendung von Gewalt?

Antwort Wieso?

Frage Revolutionäre Gewalt?

Antwort Ich bin, meine Herren, dagegen, erfolglos zu sein.

Frage Wir sind nicht Ihre Herren, Reverbel.

I,3 c

Reverbel wird von drei Tupamaros verhört.

Frage Was haben Sie an der letzten Abwertung verdient?

Antwort Was meinen Sie?

Fragender 1 Wieviel? –

Fragender 2 Wieviel Pesos, wieviel Dollar, wieviel Cruzeiros? –

Fragender 3 Wieviel Pesos haben Sie vor der Abwertung nach Brasilien gebracht? Wieviel nach Argentinien? Wieviel in die Vereinigten Staaten?

Fragender 1 Wieviel Sie, wieviel der Industrieminister Facio, wieviel der Arbeitsminister Charlone und wieviel der Präsident?

Antwort Ihre Vorstellungen von Regierungsgeschäften, ich glaube, sind ein bißchen schlicht. Ich bitte Sie.

Fragender 1 Vor zwei Tagen, Dr. Reverbel, ist in eine Kreditgesellschaft hier eingebrochen worden. Der Name der Gesellschaft ist Monty. Es wurden sechs Millionen Pesos gestohlen. Aber die Gesellschaft hat den Diebstahl nicht gemeldet. Wie ist das zu erklären? –

Fragender 3 Kennen Sie die Gesellschaft?

Antwort Natürlich.

Fragender 3 Als Kunde?

Antwort Nein.

Fragender 3 Die Diebe unglücklicherweise stahlen auch sechs Kontobücher. Darin finden sich am Vorabend der Abwertung große Transaktionen von uruguayischen Pesos nach Brasilien, nach Argentinien und den USA. Gewinn 15 214 000 Dollar.

Fragender 1 Möchten Sie die Namen der schlichten Kunden wissen?

Antwort Nein. Ich möchte zwei Briefe schreiben.

Fragender 1 Wem?

Antwort Dem Präsidenten und Rob Reneker.

I,3 d

Reverbel, ein junger Mann, eine junge Frau. Nacht.

Fragender Sie haben den Zeitungsverkäufer Fernan Moraes erschossen?

Antwort In putativer Notwehr und ohne ihn töten zu wollen, wie die Untersuchung ergeben hat.

Fragender Der Mann war unbewaffnet.

Antwort Ich hielt ihn für bewaffnet, und er griff mich an.

Fragender Warum?

Antwort Ein bekanntes Skandalblatt hatte mich der Homosexualität bezichtigt. Ich erwirkte eine Verfügung. Das Blatt durfte nicht ausgeliefert werden. Es hing dennoch am Stand dieses Verkäufers. Er weigerte sich, es wegzunehmen. Mit fürchterlichen

Beschimpfungen. Als ich darauf bestand, nach der Zeitung griff schließlich, ging er wie ein Verrückter auf mich los, und ich verlor die Nerven.

FRAGENDER Hat das Gericht den Hergang bestätigt?

ANTWORT Ja.

Die Frau stellt ihre erste Frage.

FRAGENDE Warum?

ANTWORT Was meinen Sie? Auf Grund der Zeugenaussagen.

FRAGENDE Die Zeugen waren deine Gorillas, die den Kiosk zusammen geschlagen haben, dein Sekretär und dein Chauffeur. Deine Zeugen, deine Polizei, deine Gerichte, deine Gesetze und außer ihnen ich und diese Parabellum,

sie nimmt ihre Pistole in die Hand

mit der ich in deinen Kopf schieße,
deine Kehle,
und deine Hoden,
wenn es soweit ist,
und von dir bleiben wird,
dem mächtigen Reverbel,
der Gestank auf einer Müllkippe.

ANTWORT Wer ist diese Frau?

FRAGENDER Editha Moraes, die Frau des Zeitungsverkäufers.

ANTWORT Hilfe!

I,4 a

Der Präsident, einen Brief in der Hand, in tiefen Gedanken. Bei ihm der Industrieminister Peirano Facio. Langes Schweigen.

PACHECO Was schlägst du vor?

PEIRANO Eine Untersuchung gegen Monty-Investment. –
Wegen des Verdachts der Währungsspekulation.
Unglaublich.

PACHECO Wer untersucht?

PEIRANO Auf Antrag der Regierung
ein Gericht.
Rücksichtslos.

PACHECO Wird das geglaubt?

PEIRANO Wenn es sich um ein gänzlich unabhängiges Gericht
handelt,
jedenfalls.

I,4 b

Amerikanische Botschaft.
Der Botschafter Rubinstein, Dan Mitrione und Robert Reneker hören ein Tonband.

Stimme REVERBELS, langsam, große Pausen:
In meiner Lage – weiß ein Mann – Bescheid, – Bobbie. Wenn dieses neue Ultimatum – fruchtlos – abläuft, – bin ich tot. Ich bitte – dich, – dafür zu sorgen, daß – dies nicht geschieht. Du – kannst das. – Es wäre mir – sonst – schmerzlich, von Dingen zu reden, die – besser zwischen uns geblieben wären, Bob. Ich hoffe, jeder versteht, es wäre für alle schmerzlich. –
Das Gerät läuft eine Zeit leer, dann stellt es Reneker ab.
BOTSCHAFTER Herr Mitrione, der in Sicherheitsfragen erfahren ist,
wird uns einige Fragen beantworten,
die ich seiner Behörde zu Reverbel gestellt habe.
MITRIONE *aus Papieren* Zu eins:
Wir sehen als entschieden an,
die Bedingungen der Terroristen nicht zu erfüllen. –
Dennoch erwarten wir nicht,
daß R. getötet wird.
RENEKER Dagegen R. erwartet das stark,
nach diesem an die Nieren gehenden Tonband!
MITRIONE Das ist für einen Gefangenen nicht zu beurteilen.
RENEKER Aber ich kann die Folgen beurteilen, Herr!
MITRIONE Wenn ich unsere Gründe sagen darf? –
Alle bisherigen Aktionen der Terroristen
zielten ins Populäre,
auf die Sympathie, wenigstens das Verständnis
der Mehrheit der Bevölkerung,
besonders der Gewerkschaften.
Der mächtige Reverbel klein und nicht zu finden,
das ist populär. Reverbel selbst enthüllt unerhörten Finanzskandal!

Reverbel enthüllt unerhörte Wirtschaftsverschwörungen!
Triumph des kleinen Manns.
Reverbel, ein Symbol der Systems.
Doch auch Symbole, ins Genick geschossen,
bluten, und ihr Gedärm
stinkt aus der Kalkgrube,
Mord ist nicht populär und zwingt, daß sich politisch jeder distanziert, zuerst die Gewerkschaften, um die es ihnen, mehr als alles, geht. Mehr als ein toter interessiert ein redender Reverbel.

RENEKER Sehr beruhigend für uns.

BOTSCHAFTER Die Leute sind in Wirtschaftsdingen, scheints, erstaunlich interessiert. Auch wenns als Lüge leicht zu widerlegen ist, ist das nicht schön.

RENEKER Was gegen uns geglaubt wird, ist phantastisch. – Was verliert der Herr Pacheco, wenn er in Gottes Namen und in aller Stille die weiß ich wieviel verhafteten Arbeiter frei läßt?

MITRIONE Die Macht, Herr Reneker. – Und er wills nicht.

RENEKER Die Frage hier ist, wollen wirs?

MITRIONE Die Antwort meines Amtes ist, wie vorgetragen, nein. Auch würde Ihre Sorge nicht zerstreut. Reverbel – *zeigt gerade dieses höchst brutale Tonband* – redet so und so. Was ihn zu reden hindern könnte, einzig, ist, nicht lebendig in ihrer Hand zu sein.

BOTSCHAFTER Was meinen Sie?

MITRIONE Unser Vorschlag ist, Armee und Polizei stülpt diese Stadt hier um wie eine Tasche. Aufhebung aller Bürgerrechte für die Zeit der Aktion. Verhaftung der Sympathisanten. Schwerpunkt die Slums sowie die Universität.

RENEKER Wenn man Reverbel findet, findet man ihn tot.

MITRIONE Wir glauben nein.
Nach unserer Überzeugung ist dies ein kalkulierbares Risiko.

RENEKER Wenn Sie, Herr Mitrione, an Reverbels Stelle wären, würden Sie diesen Vorschlag unterstützen?

MITRIONE Das ist eine hypothetische Frage. Wenn Sie gestatten, möchte ich sie nicht beantworten.

BOTSCHAFTER Die Entscheidung darüber hat sowieso die uruguayische Regierung zu treffen.

I,5

Ein mit weißen Tüchern ausgehängter Raum. Oder mit Reklame ausgeschlagen. Nachts.
Reverbel auf einem Feldbett, eine MLN-Kämpferin als Wache. Indalcio Olivera da Rosa, MLN-Kämpfer, ein ehemaliger Priester, kommt herein, spricht mit der Wache, die sich zurückzieht.

INDALCIO *weckt Reverbel*
Pereyra Reverbel!
REVERBEL Was? Was wollen Sie? – Wer sind Sie?
INDALCIO Ein Priester. Sie haben nach einem Priester verlangt.
Pause.
REVERBEL Ist es soweit?
INDALCIO Die Genossen haben zugestimmt, daß ich zu Ihnen gehe. Sie sind mit mir allein.
REVERBEL Die Genossen haben zugestimmt. Mit Öl des Bruders Stirn zu markieren, in die der Bruder Mörder schießt? Genosse Terrorist! Genosse Priester! Warum schoß Jesus sich nicht frei in Gethsemane? Warum wurde Lazarus nicht liquidiert? Wozu Barmherzigkeit?
INDALCIO In dieser Zeit ist die Barmherzigkeit die Revolution.
REVERBEL Mich umzulegen nachts, die Tat des Samariters. Die Bibel weg, Bruder, den Schalldämpfer auf die Baretta, Genosse, daß man dir nicht zuvorkommt, schnell, schieß, denn unselig sind die Sanftmütigen und unselig die Barmherzigen und unselig die Friedfertigen, lehrt Jesus in Montevideo! Räum deinen Nächsten weg! –
Große Pause, in der Reverbel, die Hände zusammengebunden, die Augen mit Verbandsstoff verklebt, ein Sinnbild der leidenden Menschheit scheint. Indalcio betrachtet ihn ruhig. Dann geht er auf ihn zu. Auf das Geräusch der Schritte glaubt Reverbel plötzlich, er werde erschossen. Er fällt in Hysterie, stürzt hin, rutscht auf den Knien.
Nicht. Nein! Wartet! – Ihr müßt mich anhören! Ihr braucht mich! Warum läßt Pacheco auf die Studenten schießen? Weil ich zuviel weiß! Damit ihr mich umbringt! Zu Mördern werdet! Zu Kriminellen! Ich habe nicht gesagt, was ich weiß. Ich packe jetzt aus! Wartet! Ich gebe zu Protokoll, daß der Industrieminister

Peirano Facio im Auftrage der Fleischkonzerns Swift handelt! Wollen Sie wissen, halt! – was die Amerikaner für den Aufbau von gelben Gewerkschaften gezahlt haben? Was Pacheco – nicht! nicht schießen! – tatsächlich an den Abwertungen verdient hat und Charlone und Pereyra Reverbel? Ich sage, was Sie brauchen! Ich erfülle jede Bedingung – *er umklammert die Beine Indalcios.*

INDALCIO *angewidert* Sie leben ja.
Stehen Sie auf! Aufstehn! Es tut mir leid, daß ich Sie geweckt habe.

REVERBEL *ist aufgestanden, gewinnt seine Haltung zurück*
Ich bitte um Verzeihung, ich bin krank. Ich brauche einen Arzt, keinen Priester.

INDALCIO Ich sage den Genossen, Sie wollen neu verhört werden.

REVERBEL Wissen Sie, woran Sie mich erinnern?

INDALCIO Behalten Sie es und legen Sie sich hin.

REVERBEL An diese reinen Engel des Heiligen Offiziums. Die Mündungen der Pistolen leckend, als wärs der Leib des Herrn. Die Revolution, das Aphrodisiacum. Revolutionäre Gewalt, das Manna der Neurastheniker.

INDALCIO Ich seh, Reverbel, Sie sind sehr gesund.

Die Szene I,6 fehlt. Vorgesehen war laut Kipphardts Notatheften eine «Beratung, ob Reverbel hingerichtet werden soll».

I,7

Ein mit Reklame ausgeschlagener Raum.
Violeta Setelich, Editha Moraes und der nicht erkennbare Reverbel in Kapuzen. Herein Fernan Pucurull und weitere MLN-Kämpfer mit Journalisten in Handschellen und mit verbundenen Augen. Sie nehmen den Journalisten die Handschellen und die Binden ab.

VIOLETA SETELICH Es ist, Entschuldigung, keine ganz normale Pressekonferenz, auch kein ganz normaler Service, aber es liegt, ich glaube, in Ihrem Interesse, unsere Informationen nicht freiwillig, sondern von uns dazu gezwungen entgegen zu nehmen. Die Befreiungsfront hat der Presse kürzlich die Aussage eines hohen Regierungsbeamten übergeben, die Sanierung des Fleischmarkts betreffend durch einen Wohltäter, dem die Frigorifico Nacional nicht gefällt. Auch, warum die Chase Manhattan hier lieber Banco popular heißt und Swift gar nicht oder allenfalls Peirano. Wieso die neue Abwertung notwendig geworden war, die den Arbeitern ein Drittel ihres Lohnes nahm und fünf leitenden Herren mehr als 15 Millionen Dollar einbrachte. Allein durch die Gesellschaft Monty, deren Geschäftspapiere dieser Tage leider einer Brandkatastrophe zum Opfer fielen, als der Präsident eine richterliche Untersuchung angeordnet hatte.

PUCURULL Glücklicherweise konnten wir mit den Kontobüchern aushelfen. Leider bewiesen zwei Sachverständige, daß unser Kommando gefälschte Kontobücher enteignet hatte. Glücklicherweise war der aussagende Regierungsbeamte einer der fünf Herren und rehabilitierte unsere Kontobücher. Leider hatte das alles für die Presse keinen Nachrichtenwert.

ÄLTERER JOURNALIST Die Erklärung ist, die Regierung hat das anonyme Protokoll ausdrücklich dementiert.

VIOLETA SETELICH Deshalb wollten wir es aus der Anonymität nehmen. Es stammt von Pereyra Reverbel.

Sie nimmt Reverbel Kapuze und Gesichtsmaske ab. Reverbel sieht mitgenommen aus. Grau und unrasiert blickt er stumpf vor sich hin. Er spielt den großen Märtyrer.

Reverbel ist bereit, Ihre Fragen zu beantworten.

Langes Schweigen. Auf die vage Bewegung eines Journalisten:

Bitte.

Schweigen.

Ich glaubte, Sie hätten eine Frage.

JOURNALIST Nein.

VIOLETA SETELICH Niemand?

Schweigen.

Die unabhängige Presse Uruguays hat keine Fragen an Pereyra Reverbel.

JOURNALIST Keine Fragen, die uns zu Mitschuldigen am Tode eines Menschen machen können.

VIOLETA SETELICH Sie sind sehr feinfühlig. – Bei der Durchsuchung der Elendsviertel nach Reverbel hat die Polizei gestern drei jugendliche Arbeitslose in einem gestohlenen Auto erschossen und auf dem Campus der Universität den Studenten Liber Arce. Da las ich in Ihren sensiblen Zeitungen, daß es sich um Terroristen gehandelt habe.

PUCURULL Wenn Sie nicht wissen wollen, wie sich die Banco popular des Industrieministers Peirano die Frigorifico Nacional durch einen provozierten Streik unter den Nagel reißen will, dann fragen vielleicht wir danach. – Stehen Sie auf, Reverbel!

Reverbel steht auf. Eine junge Journalistin meldet sich schüchtern.

Fragen an Reverbel?

JOURNALISTIN Ich würde Fragen an Dr. Reverbel für möglich halten, wenn Dr. Reverbel dies ausdrücklich wünscht.

Schweigen.

PUCURULL Haben Sie die Frau verstanden?

REVERBEL Ja.

PUCURULL Dann antworten Sie bitte.

REVERBEL Es ist mein ausdrücklicher Wunsch, Ihre Fragen wahrheitsgemäß zu beantworten, um dem Volk zu erklären, daß es von einer Clique von Bankiers, Großgrundbesitzern und Industriellen regiert wird, die Marionetten in der Hand der nordamerikanischen Monopole sind. Ein revolutionäres Tribunal hätte das Recht, mich und jedes einzelne Regierungsmitglied zum Tode zu verurteilen.

Ich hoffe, Ihre Fragen helfen mir, meine Schuld zu verringern.

PUCURULL Spielen Sie kein Theater, Reverbel.

REVERBEL Ich bitte um Entschuldigung.

PUCURULL Spielen Sie nicht den von uns präparierten Volksschädling, den man zu diesen Aussagen gezwungen hat. Wie ein gewöhnlicher Gauner haben Sie im Verhör nur bestätigt, was man Ihnen nachgewiesen hat.

REVERBEL *nimmt Haltung an* Jawohl. Ich versuchte zu erklären, warum ich um Fragen bitte.

PUCURULL *zu der Journalistin* Sind Sie zufriedengestellt?

JOURNALISTIN Vollkommen.

PUCURULL Ihre Fragen?

JOURNALISTIN Ich habe keine Fragen an Dr. Reverbel.

PUCURULL Keine Fragen?

Schweigen.

EDITHA MORAES *schreit die Journalistin an* Warum haben Sie Angst vor diesem machtlosen Schwein? Er hat Fernan Moraes, den Zeitungsverkäufer erschossen! Zwerge! Zwerge! Zwerge!

I,8

Der Präsident Pacheco Areco, Peirano Facio und Dan Mitrione hören ein Tonband ab.

REVERBELS Stimme:
Die wirklichen Entscheidungen fallen heute in der amerikanischen Botschaft. Ob der Präsident da Pacheco heißt oder anders, in dieser wirtschaftlichen Konstellation wird er zuerst der Präsident der Amerikaner –

Pacheco stellt das Tonband ab.

PACHECO Der Unsinn macht mich krank. Es ist unglaublich, wie ein Mensch und innerhalb von Tagen verkommen kann.

PEIRANO Niederdrückend.

MITRIONE Was man mit Menschen machen kann, mit jedem, fast mit jedem, wenn ich Verhöre les', ich schäme mich immer wieder.

PACHECO Ein Mann, ein Freund, sagt, daß ich mich bereichere, privat bereichere, ich, der Präsident der Republik Uruguay! – Daß ich Lastwagen mit Pesos nach Brasilien schicke vor der Abwertung und heim mit Cruzeiros danach. Unfaßlich! Der Präsident von Uruguay kriegt anderthalb Millionen Dollar Provision für den Ausverkauf der Fleischindustrie von Swift und zwei von General Electric für freie Hand im Energiebereich! So einfach ist heut Politik, Herr Mitrione.

PEIRANO Wer investiert, zahlt dafür Provision. Wer einem Freunde rät, ist sein Blutsauger. Die Regierung eine Agentur der Wirtschaft, die Banken eine internationale Mafia, die Inflation ein Mittel der Profitmaximierung! Vielleicht ist seine Taktik, daß er sagt, was niemand glauben kann.

PACHECO Es wird geglaubt! Es ist phantastisch, was geglaubt wird!

MITRIONE Er sagt, was hören will, der ihn verhört. Es ist dies leider eine Frage der Chemie.

Pause.

PACHECO – Ich glaub nicht mehr, daß sie ihn überhaupt erschießen.

Pause.

Es ist dies jetzt das dritte Ultimatum, und ich seh kein Ende. – Wie lange soll das gehn? – Ich frage das Sie, Herr Mitrione, denn es war Ihr Rat, als wir in aussichtsreichen Verhandlungen mit den Gewerkschaften, um Reverbel frei zu kriegen.

MITRIONE Ich bitte um Entschuldigung, Herr Präsident, ich glaube es ist *Ihre* Polizei, die nicht imstande ist, Reverbel in der Stadt zu finden, wo er Pressekonferenzen gibt, und die statt dessen unbeteiligte Studenten totschießt, deren Begräbnis Hunderttausende auf die Straße bringt.

PACHECO Die Universität, das war Ihr Rat! Jetzt protestiert Ihre Botschaft, weil man den Niederlassungen Ihrer Firmen ein paar Schaufenster eingeschmissen hat!

MITRIONE Hat Ihre Polizei nicht mehr die Pflicht, ausländisches Eigentum zu schützen?

PACHECO Sie schützt es ja, aber wie soll jemand glauben, der radikale Pöbel demoliere die Luxusgeschäfte und plündere die Auslagen, wenn er gerade die amerikanischen Firmen verschont? Es waren doch unsere Leute und im Einverständnis mit Ihren Polizeiexperten –

MITRIONE Dann muß sie doch erst recht protestieren, die Botschaft. Der russische Botschafter, dem sie das Auto angezündet haben, protestiert doch auch.

PEIRANO Da hat er wieder recht, Jorge.

PACHECO Ich kritisiere nicht den formalen Protest, sondern die Doppelzüngigkeit, mit der Sie uns für die Sachen verantwortlich machen, die aus Ihren Vorschlägen entstanden sind!

MITRIONE Unsere Vorschläge und Ihre Polizei.

PACHECO Die ja nun von Ihren großartigen Experten reformiert wird!

MITRIONE Auf Ihren Wunsch, Herr Präsident.

PACHECO Auf unseren Wunsch. Doch was Sie uns versprochen haben, tritt nicht ein.

MITRIONE Was?

PACHECO Ruhe. Pereyra Reverbel, der nicht mehr spricht. Die Leiche Reverbels, hier ausgestellt, Abscheu erregend vor dem Schrecken der Gewalt, dem Meuchelmord, der uns die Hände frei gibt, reinen Tisch zu machen –

DIE STIMME EINES MANNES Wirklich?

Alle starren auf einen verdreckten, unrasierten Mann, der durch eine verborgene Tür eingetreten ist. Er macht den Eindruck eines Betrunkenen oder Kranken. Es ist Reverbel, der unter einem Betäubungsmittel steht und dem die Haft das Aussehen eines Penners verliehen hat.

Wirklich die Leiche Reverbels?

MITRIONE Wer ist der Mann? – Wer sind Sie?

Reverbel fällt in ein merkwürdiges Gelächter.

PACHECO Reverbel? – Pereyra?

Er läuft zu ihm.

Pereyra!

REVERBEL Ist jemand hier, der mir noch ins Gesicht sehen kann? –

Er geht zu jedem einzelnen.

Du? – Du? – Ich nehme an, der Dank gebührt auch unseren amerikanischen Experten.

Er spuckt Mitrione ins Gesicht. Mitrione verläßt den Raum.

PEIRANO Du bist wahnsinnig! Wahnsinnig!

PACHECO Du ruinierst uns alle!

REVERBEL Nachdem es meinen Freunden nicht gelungen ist, mich umzubringen, will ich das.

PEIRANO Du bist ungerecht, Pereyra. Denn was wir konnten, haben wir getan.

REVERBEL Habt ihr?

PEIRANO Ohne zu kapitulieren. Des Landes Wohl im Auge –

REVERBEL Und die Fleischwirtschaft.

PEIRANO Daß du lebendig vor uns stehst, zeigt uns im Recht. Wie du im Recht warst, das begreif ich jetzt, den über Leichen gehenden Verbrechern nicht den Helden zu machen.

PACHECO Ich schlage vor, in einem Staatsakt zu erklären: Pereyra Reverbel hat sich um Uruguay verdient gemacht. Sein Verhalten ermöglichte den Triumph der Gerechtigkeit.

REVERBEL Die Basis des Triumphes ist, ich bürge.

PACHECO Wofür?

REVERBEL Alle verhafteten Arbeiter werden wieder eingestellt, und ich zahle eine Million Dollar in die Streikkassen der Frigorifico Nacional.

PACHECO Ausgeschlossen.

REVERBEL Findest du?

PACHECO Das hieß, in dieser Machtprobe zwischen uns und den

Gewerkschaften siegen die Gewerkschaften durch die Tupamaros.

Reverbel Wieso siegen die Gewerkschaften? Heißt Wiedereinstellung nicht auch Beendigung des Streiks? Und ohne alle Kosten. Sogar nach kurzem Militärdienst. Mit Ausnahme des Streiks im Frigorifico Nacional vielleicht, der weitergeht, ungebrochen, wegen des entzogenen Frischfleisches und der Werkbesetzung, und der vielleicht sehr lange gehen kann, wie Peirano fürchtet, und den Ruin des Werks nicht ausschließt, das so glänzend schien.

Peirano Wir haben dir Unrecht getan. Verzeih. Was bleibt, stiften die Geschäftsleute.

I,9 a

Sendic gibt einem französischen Genossen ein Interview.

Frage Die Regierung hat eure Bedingungen nicht erfüllt, ihr habt Reverbel dennoch frei gelassen, warum?

Antwort Die Bevölkerung erfuhr aus Reverbels Munde, was mit den Herren ist, die sie regieren, und wer der Herr dieser Herren ist. Sie erfuhr auch, daß wir imstande sind, die Schuldigen zu verhaften, zu verurteilen, zu bestrafen oder einfach lächerlich zu machen. Weder die Polizei noch das Militär, die Montevideo auf den Kopf stellten, konnten uns daran hindern. Wir zeigten der Bevölkerung, daß die Zeit näher gekommen ist, wo es tatsächlich so etwas wie eine Doppelherrschaft geben wird.

Frage Was verstehst du unter Doppelherrschaft?

Antwort Die Phase, wo es neben der Herrschaft der Monopole, vertreten von dieser Regierung, schon Bereiche gibt, in denen wir eine Art von Gegenherrschaft ausüben. Gegenaufklärung, Gegenjustiz –

Frage Aber die Regierung ist im Falle Reverbels damit durchgekommen, eure Bedingungen nicht zur Kenntnis zu nehmen. Meinst du nicht, daß eure Inkonsequenz den Ernst künftiger Forderungen in Frage stellt, das Mittel der politischen Entführung entwertet?

Antwort Das ist möglich. Einige Genossen waren dieser Meinung. Das Prinzip hätte von uns gefordert, Reverbel hinzurichten, aber das hätte der Regierung die Konfrontation gebracht, die sie wünscht, das hätte uns von den übrigen Kräften des Widerstands getrennt, namentlich von den Gewerkschaften. Ich glaube, es war richtig, Reverbel ganz prinzipienlos und mit der Auflage zu entlassen, die verhafteten Arbeiter wieder einzustellen und eine große Summe in die Streikkasse des Frigorifico Nacional zu zahlen.

FRAGE Das Ergebnis ist, daß nur noch der Frigorifico Nacional streikt. Die Solidaritätsstreiks sind abgebrochen, und die Gewerkschaftsführung hat sogar einen kurzen Militärdienst für die eingezogenen Arbeiter akzeptiert.

ANTWORT Die Arbeiter haben dennoch begriffen, daß unsere Aktionen mit ihren Arbeitskämpfen zu tun haben. Wir haben Zulauf aus den Gewerkschaften, junge Arbeiter, die in unsere Kommandos wollen.

I,9 b

FRAGE Was unterscheidet die Tupamaros von anderen linken Organisationen?

ANTWORT Wir sind keine Partei, kein revolutionärer Zirkel. Wir setzen unsere Hoffnung nicht auf neue Plattformen. Wir bekämpfen die zu kleinlichen Vorstellungen von Partei der linken Sekten. Die berühmte Einheit der Linken verwirklicht sich im revolutionären Kampf, nicht in Traktaten.

FRAGE Muß eine revolutionäre Bewegung nicht eine Plattform haben?

ANTWORT Selbstverständlich. Aber es genügt uns, die Grundsätze der sozialistischen Revolution anzuerkennen, die in Kuba funktioniert haben. Die linken Parteien debattieren seit Jahrzehnten die Theorie der Revolution, aber die Revolution kann nicht warten.

FRAGE Braucht nicht jede Revolution bestimmte Voraussetzungen?

ANTWORT Ja. Und es ist die Aufgabe jeder revolutionären Bewegung, sie zu schaffen. Wer nur wartet, hat eines Tages auf den Faschismus gewartet.

FRAGE Kann man in der jetzigen Phase überhaupt schon von Revolution sprechen? Wo ist die Massenbewegung?

ANTWORT Nach unserer Ansicht geht die revolutionäre Massenbewegung aus nichts anderem hervor als aus dem revolutionären Kampf. Wir betrachten die Revolution als einen langen Prozeß. Die militante Aktion, der bewaffnete Kampf gegen die Übermacht der Unterdrückung trägt nach unserer Erfahrung sehr dazu bei, die Massenbewegung zu schaffen, die gebraucht wird.

FRAGE Wie ist das zu belegen?

ANTWORT Die revolutionären Aktionen von nicht zwanzig Guerilleros haben in Kuba erst ein revolutionäres Bewußtsein, dann eine revolutionäre Organisation und schließlich eine sozialistische Revolution hervorgebracht. Auch China, auch Vietnam sind Beispiele, wo die revolutionäre Aktion vorausging.

FRAGE Sie meinen, eine kleine, aktive Minderheit ist in der Lage, eine revolutionäre Situation zu schaffen?

ANTWORT Die revolutionäre Situation schafft in Lateinamerika wie anderswo der Imperialismus. Wir können vielleicht der kleine Motor sein, der den größeren Motor anwirft, die Revolution.

I,9 c

Jemand befragt Violeta Setelich, die fast immer lächelt und sehr sanft ist.

FRAGE Die Regierungskräfte haben in der Offensive gegen euch kaum Erfolge erzielt. Auch die Verhaftung einzelner Kader hat sich nicht auf die Bewegung als ganzes ausgewirkt. Worauf führst du das zurück?

ANTWORT Von den Leuten einmal abgesehen, die unsere Art von revolutionärer Arbeit machen, führe ich das auf unsere interne Organisation zurück.

FRAGE Magst du mir etwas darüber sagen?

ANTWORT Ich mag. Die beiden wichtigsten Prinzipien für die Stadtguerilla sind Dezentralisation und Geheimhaltung. Dezentralisation heißt, wir sind in unabhängig voneinander operierenden Säulen organisiert. Jede Säule hat ihre eigenen Aktionsgruppen, ihre eigene Logistik, Infrastruktur und ihre eigene Beziehung zur Bevölkerung, Gewerkschaften, Studenten, Armee –.

Geheimhaltung heißt, niemand weiß mehr, als er wissen muß,

niemand sagt mehr, als er sagen muß, niemand kennt mehr Namen, als er kennen muß, selbst die Genossen der eigenen Zelle kennt er nur unter ihren Decknamen.

FRAGE Erschwert das nicht die politische Arbeit jenseits der militanten Aktion?

ANTWORT Die Aktion und die politische Arbeit ist eine Einheit. Besser, eine Aktion, die keine politische Arbeit leistet, ist ein politischer Fehler. Jede Aktion muß in der Gruppe selbst politisch diskutiert werden, die Theorie geht aus der Praxis hervor, die Praxis aus der Theorie.

Die Struktur, die ich beschrieb, gibt dem einzelnen einen gewissen Schutz und sichert die Handlungsfähigkeit der Bewegung auch, wenn die eine oder andere Säule von der Repression getroffen ist. – Ich glaube, auch die Polizei weiß, die verschiedenen Säulen können nicht nur autonom, sondern auch miteinander operieren.

I,9 d

Jemand anderes fragt Violeta Setelich.

FRAGE Welche Rolle spielt die Phantasie in eurer Arbeit?

ANTWORT Eine sehr große. Was viele vergessen haben, die sinnvolle Veränderung ist des Menschen große Lust. Der natürliche, der nicht entfremdete Mensch, das ist der Revolutionär. Er bringt die versteinerten Verhältnisse zum Tanzen. Denen die Lust vergangen, bricht er sie übers Knie.

I,9 e

FRAGE Ihre Mitglieder sind meistens sehr jung, wie kommt das?

ANTWORT Wenn ein Mann oder eine Frau Kinder hat, dann ist ihr bewaffneter Kampf, die irgendwie groß zu kriegen. Mit vierzig ist ein Mann in der Regel so abgerichtet, daß er nur noch knurrt, wenn jemand in die Nähe seines Knochens kommt.

FRAGE Wer hat ihn abgerichtet?

ANTWORT Die bösen Erfahrungen seines Lebens, Familie, Schule,

Fabrik, Büro, die Lohntüte. Es ist schrecklich zu sehen, wie Leute von einer Maschine zermahlen werden, deren Funktionsweise sie nie begriffen haben.

I,9 f

FRAGE Ihr sagt: «Keine Partei kann sich als revolutionär bezeichnen, die sich nicht auf den bewaffneten Kampf vorbereitet, und zwar auf allen Stufen der Partei.» Was heißt das?

ANTWORT Einmal, die revolutionäre Bewegung kann auf jeder Entwicklungsstufe von den Kräften der Repression angegriffen werden. Sie muß dann fähig sein, ihre Existenz zu verteidigen. Oder es siegt eben die Konterrevolution.

Zweitens, sie muß in jeder Etappe des Prozesses imstande sein, die Chancen einer wirklichen revolutionären Situation zu nutzen.

I,9 g

Ein anderer fragt.

FRAGE Ist es dann nicht logisch, die Tupamaros wären der bewaffnete Arm einer Partei?

ANTWORT Nein.

FRAGE Warum nicht?

ANTWORT Ein Grund ist, keine Partei kann die lebensnotwendige Geheimhaltung und Sicherheit der illegalen Kämpfer garantieren. Ein anderer, wir möchten den engen Parteibegriff überwinden, unsere Zielvorstellung ist die eine revolutionäre Massenpartei. In einem bestimmten Stadium werden wir ohne Zweifel dem politischen Apparat dieser Massenpartei angehören.

I,9 h

FRAGE Was halten Sie von der Theorie des friedlichen Übergangs zum Sozialismus?

ANTWORT Sie ist als Theorie fabelhaft. Man kann mit ihr ein Leben lang etwas für die Revolution tun und ist sicher, daß sie nicht kommt.

FRAGE Chile?

ANTWORT Chile zeigt, daß es den friedlichen Übergang nicht gibt. Wenn die Existenz der Bourgeoisie als Klasse auf dem Spiel steht, greift sie zum Faschismus. Vielleicht ist das die vielzitierte revolutionäre Situation.

I,9 i

FRAGE Es wird argumentiert, die Aktionen der Tupamaros lieferten die Vorwände zu verstärkter Unterdrückung der gesamten linken Bewegung; sie erlaubten den Herrschenden, die bürgerlich-parlamentarische Demokratie zu suspendieren, den Faschismus durch Staatsstreich an ihre Stelle zu setzen. Mit allen bekannten Folgen für die Arbeiterbewegung. Was meinst du dazu?

ANTWORT Daran ist richtig, das Kapital wird niemals zögern, zu offen gewaltsamen Formen der Unterdrückung überzugehen, wenn sein Herrschaftsanspruch existentiell gefährdet ist. Aber der Faschismus – die terroristische Diktatur – ist die Notbremse, die man wirklich nur zieht, wenn sich der Klassenkampf so verschärft hat, daß alles auf dem Spiele steht. Solange es irgend geht, wird das Kapital die verschleierten Formen der Klassenherrschaft aufrecht erhalten, die parlamentarische Demokratie, den liberalen Rechtsstaat etwa, denn die sind entwickelt, um mit sozialen Zugeständnissen und formalen Rechten zu verhindern, daß die ökonomischen und politischen Grundlagen des Kapitalismus angetastet werden.

FRAGE Wenn aber die Kapitalistenklasse, so deine These, die Herrschaft nicht anders behaupten kann, das heißt vor jeder Revolution, gibt es die Gefahr des Faschismus?

ANTWORT Ja, und er ist nur zu verhindern, wenn ihn die revolutionäre Massenbewegung gewaltsam und das heißt auch militärisch zerschlagen kann. Die Unfähigkeit der revolutionären Bewegung, den Faschismus militärisch zu zerschlagen, war sein historischer Sieg in Deutschland, in Spanien, in Brasilien und überall, wo er gesiegt hat. Wer die Lehren der Geschichte ignoriert, ist dazu verdammt, ihre Fehler zu wiederholen. Das sagen wir denen, die aus Angst vor dem Faschismus die Verschärfung des Klassenkampfes vermeiden wollen. Die Angst vor dem Faschismus ist der Vorgeschmack seiner Herrschaft. Die revolutionäre Bewegung muß sich auf den Kampf gegen ihn vorbereiten.

Alle Szenen als Typoskript im Nachlaß, Angelsbruck. – Aus Kipphardts Aufzeichnungen in einem Notatheft geht hervor, daß er «Warten auf den Guerillero?» als ein Stück mit drei Akten plante; die hier abgedruckten Szenen waren sämtlich dem I. Akt zugeordnet. Im II. Akt wollte Kipphardt die «Einnahme von Pando» behandeln (später dachte er offenbar daran, diese Aktion gesondert in einem Filmprojekt darzustellen; vgl. dazu das nachfolgend gedruckte Exposé «Die Beerdigung»). Im III. Akt sollte die Entführung und schließlich Erschießung des amerikanischen Sicherheitsexperten Mitrione durch die Tupamaros im Mittelpunkt stehen, parallel dazu die Verhaftung von Sendic und anderen Guerilleros; am Schluß des Stückes der Sieg der herrschenden Kräfte: «Die DOPS rücken ein [die berüchtigte politische Polizei Brasiliens]. Verschärfung. Auflösung des machtlosen Parlaments. Der Wirtschaftseinfluß der amerikanischen Monopole ungehemmt.»

Die Beerdigung
Die Einnahme von Pando

(Arbeitstitel)

Ein schwarzer Jaguar fährt durch eine vornehme Straße Montevideos. Er wird von einem Chauffeur gesteuert. Im Fond sitzen ein junger Mann und eine junge Frau. Man kann sie für Geschwister aus einer sehr alten, sehr wohlhabenden Familie halten. Sie tragen Trauerkleidung. Sie sehen nicht aus dem Fenster. Jemand beschreibt später die traurigen Augen des jungen Mannes und die sanften Gesichtszüge der jungen Frau.

Der Wagen fährt vor dem renommierten Bestattungsinstitut Rogelio Martinelli vor. Anhaltend sagt der Chauffeur merkwürdigerweise: machts gut. Er öffnet die Wagentür, die Mütze in der Hand. Ein leitender Angestellter empfängt das Paar. Es scheint der jungen Frau schwerzufallen, ein Bestattungsinstitut mit seinen Trivialitäten zu betreten.

Die Chefin des Instituts nimmt sich überaus taktvoll der angemeldeten jungen Leute an. Der Auftrag ist, einen Onkel, der in Buenos Aires gestorben ist, in die Erde seiner Kindheit zu überführen, nach Pando. Der Name des Toten: Antunez Burguenos. Antunez, denen halb Pando und halb Soca gehört. Sie wünschen einen Trauerwagen der besten Klasse, der nicht prunkvoll sein soll und völlig geschlossen. Sie zeigt ihnen den großen Lincoln, der vornehm sei, ohne luxuriös zu sein. Er scheint ihnen ideal. Der Wagen, den Onkel gemietet hätte, sagt er zu seiner Schwester, der Tränen in die Augen treten. Sie bestellen noch sechs große Limousinen für die Angehörigen, ein Bukett von hundert Lilien, auch die Kränze sollten aus Lilien und Orchideen sein. Das Institut erledigt die Formalitäten, aber die Urne wollen sie selbst hierherbringen. Das scheint ungewöhnlich, aber reiche Leute sind ungewöhnlich. 25000 Pesos, die in einem Umschlag überreicht werden. Aber das sind dreißig. Ja, die Trinkgelder für die Chauffeure. Die Chefin sagt später: Sie hatten so etwas Bestimmtes, das man nur in alten Familien antrifft.

An einem klaren Herbsttag, gegen 11 Uhr, macht sich der Leichenwagen, gefolgt von sechs schwarzen Limousinen, auf den Weg nach Pando, eine Stadt von 30000 Einwohnern, dreißig Kilometer von Montevideo. Es muß noch extra ein Wagen für die pompösen Kränze mitfahren, die einige Angehörige mitgebracht haben. Auch die bleierne Urne ist besonders groß. Die ganze Verwandtschaft scheint aus reichen Leuten zu bestehen. Die Haltung der Familie ist beeindruckend, es muß sich bei dem Verstorbenen um eine außergewöhnliche Person gehandelt haben.

Zwei Polizisten auf Motorrädern setzen sich an die Spitze des Zuges, um ihn auf der Straße Nr. 8 aus Montevideo zu geleiten. In Empalme Olmos hält der Leichenzug, um andere Angehörige mitzunehmen, sieben oder acht, die schon an der Straße warten. Es scheint sich um den ärmeren Zweig der Familie zu handeln und meist jüngere Leute. Sie sehen wie kleine Pächter oder Zuckerarbeiter aus in ihren dunklen Anzügen, Hüten und Handtaschen. Nur wenige haben kleine Sträuße. Sie erklären, daß Onkel Pacual beim Kilometer 40 warte, daß man einen kleinen Umweg machen müsse, ihn abzuholen. Der Zug macht den kleinen Umweg. Beim Kilometer 40 ist eine leere Parkbucht unter Bäumen. Dort steht ein VW-Transporter. Ein junger Mann steigt aus und hält den Leichenzug an. Der Chauffeur des Leichenwagens denkt, das ist doch kein Onkel, und wendet sich an seinen Begleiter. Er sieht in eine Pistole und wird gebeten, in den VW-Transporter umzusteigen. Sie seien Tupamaros. Wenn sie ihren Anweisungen folgten, würde ihnen nichts passieren. Wie ihm geht es allen anderen Chauffeuren und dem leitenden Angestellten des Beerdigungsinstituts. Acht Personen, die gebeten werden, sich auf den Boden des VW-Transporters zu legen. Es werden ihnen Handfesseln aus Draht angelegt. Es setzen sich zwei bewaffnete Begleiter zu ihnen. Eine junge Frau liest ihnen ein Flugblatt vor, das ihnen erklären soll, warum die Tupamaros das machen. Der Urne und den pompösen Kränzen werden Waffen entnommen. Die neuen Chauffeure tragen die Jacken und Mützen des Beerdigungsinstituts. In dem Trauerzug fahren etwa 30 Guerilleros. Sie werden von einem Armeejeep überholt, drei Soldaten und zwei Zivilisten, die den Zug aufmerksam betrachten.

Kurz vor Pando wird der Trauerzug von den beiden Polizisten auf den Motorrädern erwartet. Sie geleiten ihn in die Stadt. An einem Verteilerring teilt sich der Zug. Die schwarzen Limousinen fahren zu verschiedenen Punkten der Stadt.

In den Hof des Hauptquartiers der Polizei fährt der Armeejeep mit den beiden Zivilisten. Sie tragen Handschellen. Der Leutnant verlangt den diensthabenden Beamten, da sie zwei verhaftete Guerilleros zu überstellen hätten. Einer der wachhabenden Polizisten führt sie in das Büro des Kommissars. Als der mit seinem Adjutanten erscheint, werden die drei entwaffnet, ihrer Uniformen entkleidet und gefesselt. Zur gleichen Zeit fahren die beiden Polizisten auf Motorrädern herein, entwaffnen die Wache stehenden Kollegen und nehmen deren Posten ein. Einer schwarzen Limousine entsteigen zwei Trauerpaare und gehen in das Polizeiquartier. Die Tupamaros nehmen alle anwesenden Beamten fest und sperren sie in die Arrestzellen, nachdem sie sie entwaffnet, entkleidet und gefesselt haben. Ein Polizeisergeant wird gezwungen, die Streifenwagen zurückzurufen. Als sie eintreffen, werden sie ebenfalls entwaffnet.

Zur gleichen Zeit kommen in das Telegrafenamt mehrere Männer, die sich als Mitglieder des Geheimdienstes ausweisen. Sie suchen nach einer Bombe, die nach einer ihnen zugegangenen Warnung im Maschinenraum sein soll. Einer bittet die Telefonistinnen und die Angestellten in einen sicheren Raum, die anderen unterbrechen sämtliche Verbindungen mit Pando und setzen alle Funkgeräte außer Betrieb. Ein Polizist kommt hereingerannt und verlangt nach einem Telefon, weil das Hauptquartier der Polizei von Tupamaros angegriffen worden sei. Der Chef der Geheimdienstgruppe erklärt ihm, daß die Tupamaros auch das Telegrafenamt besetzt hätten, und bittet, ihm die Waffen auszuhändigen. Er wird mit den Angestellten in den großen Raum gesperrt. Eine Besucherin holt aus ihrem Campingbeutel eine Maschinenpistole und übernimmt die Bewachung.

In der Feuerwache halten die Leute Siesta. Sie werden von höflichen Leuten aus den Schlafräumen geholt.

Ein riesiger Feuerwehrmann uriniert in der Toilette mit dem Rükken zur Tür. Jemand kommt rein und ruft Hände hoch. Der Mann lacht, weil er das für einen alten Witz hält. Da merkt er einen Pistolenlauf in seinem Rücken, und der Typ sagt: Wir sind Tupamaros und nehmen Pando ein.

Unten im Hof sieht er schon die andren mit dem Gesicht zur Wand stehen, ohne Schuhe, ohne Jacken, wie sie im Mittagsschlaf überrascht wurden. Sie werden gefesselt in eine Garage gesperrt.

Um 13 Uhr 05 werden die drei großen Banken Pandos gleichzeitig überfallen.

Ein hagerer Trauerangestellter in Beerdigungsuniform springt in der Filiale der Bank der Republik auf den Tresen und erklärt den Kunden und den Angestellten die Aktion. Der Filialleiter geht mit zwei Männern in den Tresor und händigt ihnen 30 Millionen Pesos aus.

Der entwaffnete Polizist, der den Bankraum zu bewachen hatte, trägt die schweren Taschen mit dem Geld in den VW-Transporter. Im Vorraum gehen sie an einer alten Frau vorbei, die auf einen bewaffneten jungen Mann einredet, weil sie ihre Pension abholen muß. Eine jüngere Frau, die ebenfalls in die Bank will, rennt auf die Straße zurück.

In der Banco Mercantil schicken die Tupamaros alle Angestellten und die Kunden mit erhobenen Händen in die Nachttresorräume. Sie geben ihnen auf, die Räume nicht vor Ablauf einer halben Stunde zu verlassen. Die Kassierer sind dabei, das ganze Geld des Kassenschrankes auszuhändigen.

Die Frau aus der Bank der Republik kommt hereingestürzt und ruft: Sie überfallen die Republica! Dann sieht sie die bewaffneten Leute und die Kassierer. Was, hier auch? Sie fällt in ein nervöses Gelächter.

Es ist eine Sirene zu hören, der Alarm aus der Bank der Republik. Ein Mann in Polizeiuniform läuft herein, ein Mädchen verliert die Nerven und schießt. Sie trifft den Mann in den Bauch. Es ist ein Mitkämpfer in Polizeiuniform.

Ein Wagen bringt ihn weg zu einem der verborgenen Krankenhäuser in der Gegend.

Die Straßen beleben sich. Ein Mann läuft einer Polizeistreife entgegen. Der Polizist versucht vergeblich, Funkverbindung mit dem Kommissariat zu bekommen. Er fährt aus Pando heraus in Richtung Montevideo.

Auch der Überfall auf die dritte Bank, die Bank von Pando, hat nur wenige Minuten gedauert.

Als die Leute des Kommandos aus der Bank kommen, werden sie von einem Polizisten beschossen, der sich hinter ihrer schwarzen Limousine verschanzt hat. Es kommt zu einem kurzen Feuergefecht.

Der Polizist liegt verletzt auf dem Boden. Sie laufen zu dem Auto, das von Kugeln durchlöchert ist. Der Polizist sieht sie kommen, ruft: Tötet mich nicht! – Sie kümmern sich nicht um den Verletzten, starten die Limousine, die tatsächlich anspringt, fahren los, schmeißen die letzten Flugblätter aus dem Fenster.

Der Polizist steht auf, schießt mehrmals, trifft einen Reifen, entflieht.

Sie fahren in wilden Kurven zum Treffpunkt, eine Straße in der Nähe des Friedhofs, wo sich der Trauerzug neu für die Rückfahrt nach Montevideo formiert. Sie verlassen den unbrauchbaren Wagen und verteilen sich auf die übrigen Wagen.

Die Trauergäste haben sich um die Leute vermehrt, die auf anderen Wegen nach Pando gekommen waren.

Da die Wagen überladen sind, lassen sie kurz nach der Abfahrt vom Friedhof die Chauffeure und Angestellten des Beerdigungsinstituts frei. Sie bedanken sich bei ihnen. Jemand wundert sich später über die Formulierung: Schönsten Dank für alles. Eins der Autos kommt zurück, und einer schmeißt ihnen Decken raus und Geld. Für die Kleider, die Zeit, die Rückfahrt im Taxi.

Die Beerdigungskarawane hat Mühe, aus der Stadt herauszukommen, weil plötzlich ganz Pando auf den Straßen ist. Sie hupen wie verrückt, schreien auch irgendwelche Losungen. Junge Leute mit weißen Armtüchern regeln den Verkehr, folgen in Autos, die sich am Stadtrand in den Zug schieben.

Es fährt auch auf dem Rückweg der Sargwagen und der Wagen für die Kränze voraus. In den Limousinen Chauffeure, Trauernde und erstaunlich viel Polizisten.

Die Chauffeure halten das gemessene Tempo eines Trauerzuges ein. Die Mehrzahl der Tupamaros ist wie in einem Rausch der Begeisterung. Sie reden und lachen alle zur gleichen Zeit, erzählen die absurden und komischen Begebenheiten der Einnahme, als kämen sie von einem aufregenden Sportkampf.

Einer beobachtet schweigsam den Tachometer, der nicht über siebzig geht, und sagt zu dem Chauffeur, ich habe das Gefühl, daß uns die Polizei schon eingekreist hat. In der Atmosphäre allgemeiner Begeisterung sieht ihn der Chauffeur an wie einen Verrückten.

In der Ferne nähert sich in langsamer Fahrt eine Polizeipatrouille. Zeichen von Wagen zu Wagen. Die Leute werden still, die Frauen an den Fenstern schlagen die Schleier herunter. Die Polizeipatrouille hält. Die Wagen passieren langsam. Die Polizisten legen die Hand zum Gruß an die Mütze.

Ein neuer Ausbruch von Heiterkeit. Jemand erzählt von der alten Frau in der Republica, die unbedingt wissen will, ob ihr morgen die Tupamaros ihre Rente auszahlen werden. Ein anderer erzählt von einem Gefangenen, den sie aus den Arrestzellen im Kommissariat befreit haben und der einen Polizeikommissar packt und fast erwürgt, weil der ihn mißhandelt habe. Der Kommissar sei aber ein Guerillero gewesen.

Nach einigen Kilometern werden sie von zwei Polizisten auf Motorrädern überholt, die jedes Fahrzeug des Zuges mustern und sich wieder zurückfallen lassen.

Ein Mannschaftswagen der Polizei kommt ihnen wenig später mit großer Geschwindigkeit entgegen, fährt vorbei, kurz danach ein zweiter. In dem VW-Bus, der das Geld und die Maschinenwaffen transportiert, sagt einer, sie sind alarmiert, aber sie glauben, daß wir noch in Pando sind. Wenn sie ihren Apparat in Gang gebracht haben, sind wir verschwunden.

Der VW-Bus schert aus dem Zug, andere folgen ihm. Der Zug teilt sich in drei Gruppen, die auf verschiedenen Wegen in die Vorstädte von Montevideo fahren.

Eine Anzahl von Kämpfern, die ganz im Untergrund sind, steigt mit ihren Waffen in Lastwagen um, die Fleisch in die Kühlhäuser des Hafens fahren.

Andere gelangen in Vorstadtgebiete, steigen in überfüllte Omnibusse und Taxis.

Der VW-Bus fährt in den Hof einer Speditionsfirma. Eine Kiste wird umgeladen. Der Mann geht in sein Büro, telefoniert, setzt sich an seine Additionsmaschine und rechnet die Kosten eines Umzuges durch. Der Beerdigungszug besteht nur noch aus Wagen des Instituts Martinelli. Er durchfährt den Elendsgürtel, das Gebiet der Slums, gelangt in die Zone des freien Geländes zwischen dem Elendsgürtel und der Stadt. An einer Abfahrt steht eine Polizeipatrouille. Der Chauffeur sagt, noch zwei Kilometer. Es spricht sonst niemand. Der Zug beschleunigt die Fahrt.

Hinter einer von Häusern verdeckten scharfen Kurve kommt ein Lastwagen aus einer Ausfahrt und sperrt die Straße. Der Sargwagen hupt, versucht an ihm vorbeizukommen, rammt ihn. Es nähert sich ein Polizeiwagen, danach ein zweiter. Sie erkennen die Falle. Die Enge der Straße erlaubt kein Manövrieren. Da nur wenige Kämpfer noch bewaffnet sind, ist es sinnlos, ein Gefecht zu beginnen. Die Leute verlassen die Wagen und versuchen, zwischen den Vorstadthöfen zu entkommen. Sie laufen zu zweit und zu dritt über das freie Gelände auf den Elendsgürtel, die Cantegriles, zu.

Die Polizei hat 1500 Mann mobilisiert, die sie mit Geländewagen, Militärlastwagen und Hubschraubern jagen.

Lautsprecher, Hupsignale, Schüsse, das Knattern der Hubschrauber über den Köpfen der Fliehenden. Diese Jagd dauert vierundzwanzig Stunden. Es werden drei Tupamaros erschossen und achtzehn gefangen genommen. Einer in Polizeiuniform, der sich ergibt, wird von 30 Kugeln durchlöchert. Presse, Zuschauer, Fotografen sind angefahren, erschweren die Jagd, bringen den Charakter eines Happenings in die Sache.

Eine junge Frau, die in die Polizeipräfektur gefahren wird, verweigert jede Aussage. Sie wird mit einem Guerillero konfrontiert, der ununterbrochen schreit, daß er niemanden verraten habe, niemanden verraten werde, daß er nur gesagt habe, was sie ohnehin gewußt hätten, daß sie ihm glauben müsse, daß er kein Verräter sei, daß es sinnlos sei zu leugnen, was sie wüßten.

Die junge Frau sagt, sie kenne den Kranken nicht, sie habe keine Aussage zu machen. Der Polizeioffizier bittet sie, ihre Entscheidung zu überdenken. Er ruft einen Arzt, der ihr in ruhigen Worten die Methode erklärt, die nahezu sicher zu Aussagen führe. Es werde erst das Nervenlähmungsmittel Curare injiziert und gewartet, bis es die Atmung ergriffen habe, dann werde das Enthemmungsmittel Penthotal injiziert und der betroffenen Person mitgeteilt, daß die Wirkung des Curare aufgehoben werde, sobald es befriedigende Antworten gäbe.

Wenige Tage darauf stehen zwei Mädchen auf der Plattform eines Omnibusses neben diesem Arzt. Eine sagt, Guten Tag, Dr. X. Als der Mann von seiner Zeitung aufblickt, erschießt sie ihn mit einer Maschinenpistole, die sie einer Einkaufstasche entnommen hat. Die beiden verschwinden im Gewühl der Straße. Jemand findet in der Tasche des Mannes einen maschinengeschriebenen Zettel, die Gründe für seine Ermordung.

Typoskript im Nachlaß Kipphardts, Angelsbruck. – Bei diesem Exposé wie auch beim «Guerillero»-Stück stützte sich Kipphardt wesentlich auf zwei Quellen: Alain Labrousse, «Die Tupamaros. Stadtguerrilla in Uruguay», München 1971; und Alex Schubert, «Stadtguerilla. Tupamaros in Uruguay – Rote Armee Fraktion in der Bundesrepublik», Berlin 1971.

22.
Andere Stoffe und Projekte (1975–81)

Die Stoffwahl, hat Kipphardt häufig betont, sei für ihn eine wichtige ästhetische Kategorie. Ein Schriftsteller müsse, mitten in seiner Zeit stehend und an ihr leidend, die richtigen Stoffe entdecken. In Kipphardts Nachlaß finden sich einige Entwürfe von Projekten, die er in Erwägung zog, aber aus verschiedenen Gründen nicht zu Ende führte. Sie werden hier erstmals veröffentlicht.

Dabei fällt auf, daß Kipphardts Interesse fast ausschließlich sozialen Außenseitern galt: Menschen, die aus der sogenannten Normalität ausbrechen, die «aussteigen», rebellieren oder krank werden. Immer wieder beschäftigten ihn Lebensgeschichten von Menschen, die aus Verzweiflung zu Mitteln der individuellen oder politischen Gewalt griffen.

So erschien Kipphardt die Biographie der Ulrike Meinhof als ein für unsere Zeit charakteristischer Fall. Schon Anfang 1973 machte er erste Notizen für ein Meinhof-Stück: «In einer Gefängniszelle Ulrike M. in Isolierhaft. Sie reflektiert ihr Leben. Theorie, Praxis. Hungerstreik.» Bis in die achtziger Jahre verfolgte er den Streit um die Frage, ob Ulrike Meinhof wirklich Selbstmord begangen hat. Ausgeführt hat Kipphardt den Plan des Stückes jedoch nicht. Auch andere Projekte Kipphardts über scheiternde Revolutionäre gelangten nicht zum Abschluß. Von seiner intensiven Beschäftigung mit dem Leben des Kommunisten Karl Radek, der in Stalins Gefängnissen umkam, gibt es nicht einmal fragmentarische Aufzeichnungen.

Statt dessen hat Kipphardt seit Mitte der siebziger Jahre eine andere Form sozialer Opposition literarisch gestaltet: das Beispiel des schizophrenen Dichters Alexander März, der auf seine eigene radikale Weise die Anpassung an herrschende Normen verweigert. März lebt nach der Maxime: «lieber verrückt als ein Rädchen».

Hauptlehrer Wagner

Brief an Willi Segler,
Zweites Deutsches Fernsehen 14. September 1975

Lieber Herr Segler,
wie besprochen schicke ich Ihnen heute die 16 Seiten zum HAUPTLEHRER WAGNER, und ich hoffe, Sie kriegen einen vagen Eindruck vom Stoff und ersparen mir, daß ich in der jetzigen Phase der Arbeit so was abscheuliches wie ein Exposé oder sowas machen soll. Ich glaube, Herr Angermeyer hat mit Ihnen schon gesprochen, mindestens aber telefoniert. Ich habe ihm mal den Stoff ausführlich erzählt, und er möchte, daß ich den Film schreibe, den dann Jasny als Regisseur machen soll, sicherlich in Zusammenarbeit mit mir, denn ich möchte die Arbeit mit Jasny gern fortsetzen. Auch natürlich die angenehme Zusammenarbeit mit Ihnen, denn ich weiß schon, daß Sie uns viel geholfen haben.

Mich interessiert an Hauptlehrer Wagner, der zeitlich vom ersten bis zum zweiten Weltkrieg geht, das eminent deutsche des Stoffes, die analytische Möglichkeit des zu kurz gekommenen deutschen Intellektuellen, der auch etwas zu tun hat mit dem Zukurzgekommensein dieser deutschen Nation. Der 1. Teil würde die Durchführung der generalstabsmäßig vorbereiteten Morde und Brandlegungen sein. Der 2. Teil würde anhand der Vernehmung, der psychiatrischen Einvernahmen und der Tagebücher Wagners die Entstehung der Gewalttaten gegen die falschen, das heißt unschuldigen Objekte schildern und das Leben Wagners, insbesondere seine Sozialisation beschreiben. Mich interessiert dabei auch die Frage, wie entsteht individuelle terroristische Gewalt, welcher Zusammenhang besteht zu individuellen und politischen Frustrationen. Der 3. Teil wären die 25 Jahre deutscher Geschichte von 1914 bis zum Ausbruch des 2. Weltkrieges, die Wagner in einer Irrenhausgefängniszelle erlebt, wegen des Massenmordes immer isoliert, in allen Kontakten jedenfalls immer überwacht. In dieser Zeit, da Wagner die falsche Motivation für seine Gewalttaten nicht mehr aufrecht erhalten kann, findet die Verinnerlichung und die Verherrlichung von Macht und Herrschaft statt, die Verinnerlichung des deutschen Imperialismus Hitler'scher Art und der ausdrückliche Wunsch zum eigenen Untergang. Die endlich ins Werk gesetzte Selbstzerstörung nach einer bestimmten Demütigung fällt zeitlich mit dem Ausbruch des 2. Weltkrieges zusammen. Natürlich denke ich nicht an symbolische Verknüpfungen, sondern es müssen die Momente deutscher Geschichte ganz aus der Lebensgeschichte des Lehrers Wagner hervorgehen. Es wird auch eine richtige Kinogeschichte sein, und ich hoffe, Sie können der Sache Geschmack abgewinnen. Wenn wir uns sehen, kann ich Ihnen erzählen, was die Materialien und der Brief schuldig bleiben. Es ist, wie Sie sehen, keine ganz so billige Produktion, aber ich bin davon überzeugt, daß es ein wichtiger Film werden könnte.

Ich bin mit den schönsten Grüßen

Ihr
Heinar Kipphardt

Brief-Durchschlag im Nachlaß Kipphardts. Dort findet sich auch eine Reihe von psychiatrischen Abhandlungen des Tübinger Mediziners Robert Gaupp über den authentischen Fall Wagner, auf die Kipphardt bei seinen Vorarbeiten zurückgriff. Nachfolgend der erste Entwurf Kipphardts zu dem geplanten, aber nicht realisierten Film. Der Entwurf befindet sich ebenfalls als Typoskript im Nachlaß.

Krankheit und Tod des paranoiden Massenmörders Hauptlehrer Wagner

1. Teil

Der Hauptlehrer Wagner verbringt einen schönen Spätsommerabend in seinem Garten mit seinen Hausgenossen, einer Lehrerwitwe und deren Tochter, einer jungen Lehrerin. Seine Frau bringt

Waldmeisterbowle und Anisgebäck (Most und Zwiebelkuchen). Man redet über den schönen Sommerabend und das Turnen als Schulfach, insbesondere über ein neues Lehrbuch des Turnens. Die vier Kinder, 3 Buben, 1 Mädchen, sagen artig Gutenacht, er verabschiedet jedes einzelne mit einem zärtlichen Wort, läßt das Mädchen an seiner Bowle nippen, obwohl es die Mutter verwehrt hat. Auf Wunsch der jungen Lehrerin liest Wagner eines seiner Gedichte in Heinescher Manier. Der helle, warme Sommerabend ist gar zu schön. An diesem 3. September 1913 verabschiedet Wagner seine Hausgenossen in großer Harmonie.

Wenig nach Mitternacht betrachtet Wagner vom Fenster des Schulhauses die schöne Mondnacht in der Zeit der Pflaumenbläue. Er ist wie immer sehr korrekt angezogen. Er betrachtet die wohlig schlafenden Kinder in ihren weißen Betten liebevoll.

Auf dem Boden entnimmt er einer eisenbeschlagenen, verschlossenen Kiste zwei große Rucksäcke. Einem entnimmt er ein bajonettartiges Messer und ein Bleirohr.

Das Schulhaus liegt im Mondlicht. Einmal erscheint der Hauptlehrer Wagner an einem Fenster, dann an einem anderen. An einem dritten steht er eine Weile und blickt hinaus.

Auf dem Boden legt er das Bleirohr und das Bajonett in die eisenbeschlagene Kiste zurück. Er entnimmt ihr einen Gurt mit zwei Mauserpistolen (ein zusammenlegbares Gewehr), schiebt Magazine ein und legt den Gurt an. Mit den beiden Rucksäcken verläßt er das Haus, angetan mit einem weiten schwarzen Mantel und einem schwarzen Künstlerhut. Er schließt das Haus ab, holt sein Fahrrad aus dem Schuppen, verstaut die Rucksäcke, einen auf einem Gepäckträger vorn, einen hinten, versieht seine Hose mit Fahrradklammern und fährt von Degerloch bergab durch die Mondnacht via Mühlhausen.

Er hält an einem Briefkasten an einem Dorfgasthof und wirft einen Brief an die Stuttgarter Zeitung und zwei weitere Briefe an seine Geschwister ein. Er hat ein Gespräch mit einem Nachtwächter.

Er betrachtet das Dorf Mühlhausen am Fuße der schwäbischen Alb im ersten Morgengrauen. Auf einer Brücke entnimmt er Fotos seiner Kinder einem Umschlag, betrachtet sie einzeln und wirft sie in den Fluß. Um sich der Einzelheiten zu vergewissern, studiert er einen genau ausgearbeiteten Plan.

Er fährt zu der in der Dorfmitte gelegenen Kirche, zu der von drei

Seiten Straßen führen, öffnet sie mit einem Schlüssel aus seiner Organistenzeit hier in Mühlhausen, geht die Treppe zum Turm hinauf, an der Hinterseite der Orgel mit dem Blasebalg vorbei bis zur Höhe der schießschartenähnlichen Turmfenster, betrachtet durch diese das Dorf in der Richtung der verschiedenen Zuwege. Er entnimmt einem Paket (oder Versteck) Teile einer Kugelbüchse, setzt sie zusammen, versieht sie mit einem Zielfernrohr.

Er fährt zu einzelnen Gehöften des Dorfes und bereitet auf perfekte Weise die Brandlegungen vor, nach dem durchdachten Plan, mit chemisch einwandfreien Methoden, Wecker, Zündschnüren etc. Nach den Vorbereitungen legt er die Brände schnell hintereinander, beim Pfarrer, beim Wirt, Bauunternehmer, bei verschiedenen Großbauern, beim Lehrer, beim Gendarmen, beim Schmied, beim Metzger, beim Bäcker usf., so daß nahezu gleichzeitig das ganze Dorf Mühlhausen brennt.

Wagner liegt im Kirchturm vor seinen Turmfenstern und beobachtet das Entstehen der Brände durch sein Fernglas, die Kugelbüchse neben sich. Aus dem Pfarrhaus läuft schreiend die Wirtschafterin, danach eine Küchenhilfe, dann der Pfarrer. Wagner hat den Pfarrer im Fadenkreuz des Zielfernrohrs, schießt ihm ins Herz. Er erschießt danach 14 Männer des Dorfes aus den Turmfenstern in den verschiedenen Richtungen. Unglaubliches Durcheinander von Vieh und Leuten in dem brennenden Dorf, der Küster stürmt in die Kirche, die Glocken zu läuten, wird angeschossen, erkennt den Lehrer Wagner. Dorfbewohner stürmen die Kirche, Wagner schießt aus dem Glockenstuhl mit seinen Mauserpistolen, bis ihm ein schwerer Säbelhieb eines Gendarmen einen Arm zerfetzt und ihm ein weiterer das Bewußtsein raubt.

Vernehmung des armamputierten, kopfverletzten Wagner durch den Staatsanwalt. Er trifft einen bescheidenen, gebildeten Mann, der die Ermordung seiner Familie und der 14 Männer von Mühlhausen nicht leugnet, sie als eine schreckliche tragische Notwendigkeit charakterisiert. Bedauerlich findet er lediglich den Tod eines Mädchens in Mühlhausen, da es seine Absicht gewesen sei, die Frauen und Kinder des Dorfes zu schonen. Merkwürdige Begründungen Wagners veranlassen den Staatsanwalt, Wagner einem Psychiater vorzustellen, später in das feste Haus der Heilanstalt Winnental in Württemberg zu überführen. Wagner bittet immer wieder, daß man ihm die Freude mache, daß er bald verhandelt und geköpft werde.

Aus den Vernehmungen der Justizbehörde, aus Explorationen zweier Psychiater, die als Gutachter bestellt sind, aus Zeugeneinvernahmen, Auskünften von Bekannten und Verwandten erfährt man das Leben und die Motivation des paranoiden Massenmörders Wagner. Das war so ein Leben:

2. Teil

Ernst Wagner wurde 1874 in dem württembergischen Dorf Egolsheim geboren. Er war das neunte von zehn Kindern einer armen Kleinbauernfamilie. Von den zehn Kindern starben sechs klein. Der Vater starb, als Wagner zwei Jahre alt war. Er war ein unzufriedener, großsprecherischer, auch merkwürdig eingebildeter Mann, der zuletzt viel trank und wenig arbeitete. Die Mutter sagte den Kindern, es sei gut, daß er gestorben sei.

Auch die Mutter wird als immer unzufrieden geschildert, sie fühlte sich von anderen gedrückt und lebte in dauerndem Streit mit den Behörden. Ihre Grundstimmung war ein trübseliger Pessimismus. Dennoch schien sie eine sexuelle Anziehungskraft zu haben, und sie war auch selbst sexuell sehr aktiv. Sie trat in verschiedene Beziehungen zu Männern des Dorfes schon bald nach dem Tode ihres Mannes. Von einem verheirateten Bahnwart geschwängert, heiratete sie einen Bauern, dem sie nicht treu war. Die Ehe wurde geschieden, als Wagner sieben Jahre alt war. Wagners erste Jugend fiel in eine Zeit wirtschaftlicher und familiärer Zerrüttung. Haus und Grund mußten verkauft werden. Es ging im Hause Wagner eben alles schief, sagte die Mutter. Das «Witwenbüble» wächst in Trübsal und Armut auf, von der vergrämten Mutter hört er nur Düsteres über Welt und Menschen. Den begabten, lebhaften und phantasievollen Jungen beherrscht ein starker Ehrgeiz. Die Angst zu versagen, die Angst gedemütigt zu werden, peinigt ihn. Das mitleidige oder auch gehässige Bedauern des Dorfes gibt ihm das Gefühl, es denen zeigen zu müssen. Sein gutes Gedächtnis und sein scharfer Verstand machen ihn zum besten Schüler der Klasse. Er wird Ministrant und Orgeltreter.

(Erlebnisse: Es fehlt Geld auf dem Klingelbeutel. Verdächtigung wegen seiner Armut. Er schlägt einen Jungen grausam, als der ihm gesteht, daß er das Geld hat und sogar mit ihm teilen will. Lakritze in der Apotheke. Sieht Mutter mit Männern. Demütigung: Die Ohrfeige des Organisten, als der Blasebalg leer ist, weil er in den Turm geklettert ist, junge Tauben auszunehmen. Jungens sprechen von Verhältnissen der Mutter. Die Rache des Urinierens in die Baßgeige, in das Weihwasserbecken.)

Bei Jugendspielen ist Wagner der Anführer. Bei den Mädchen beliebt und früh interessiert, kriegt er den Spottnamen «der Mädleschmecker». (Erlebnis Turnhalle des Mädchenpensionats – Hausmeister, der ihn erwischt. Abpassen des Hausmeisters mit alter Schrotflinte. Das Sich-Bewähren, das Keine-Schwäche-Zeigen.)

Mit der Pubertät kommt eine Phase stiller Frömmigkeit, religiöser Zerknirschung. Er wollte Pfarrer werden, um von der Kanzel das Unrecht der Herrschaft der Reichen und Mächtigen zu bekämpfen. Er sagte später, es habe ihm immer die Demut gefehlt. Er habe sich auch immer verfolgt gefühlt, schon durch seine Armut und das Unglück der Familie.

Obwohl völlig mittellos, kommt er seiner Begabung wegen als Staatszögling in ein Volksschullehrerseminar. Er lernt auch dort gut und leicht, war fleißig, pünktlich und hatte ein sehr zartes Gewissen. Zeugnisse hoben seine Wahrheitsliebe und sein Gerechtigkeitsgefühl hervor. Er war von der Literatur angezogen, besonders von Schiller, später auch von Heine.

Ein Turnlehrer ist ein wilder Streiter gegen die Onanie. Er vertritt die Lehre von Retau, die damals hunderte von Auflagen erlebte und dem Onanierenden frühes Siechtum, Rückenmarksschwindsucht, Hirnerweichung und Auszehrung versprach. Der Turnlehrer behauptete, er erkenne den Onanisten sofort an seinem Aussehen. Wagner kämpft jahrelang gegen die Triebunterdrückung. Mit 18 Jahren verfällt er, ohne Verführung durch andere, der Onanie. Er erleidet unglaubliche Angst- und Schuldgefühle. Sein Enthaltungswille erleidet immer von Neuem schreckliche Niederlagen. Er betrachtet sich im Spiegel nach Anzeichen, Ringe unter den Augen, Pickel, lebt in dauernder Angst, als Onanist erkannt zu werden, und sieht sich auf das schändlichste gescheitert. In seiner Verzweiflung lief er zu einem Nervenarzt, glaubte aber der Tröstung des Arztes nicht. Das Gefühl der Scham und der Schande führt zu einem Rückzug auf sich selbst, zu einer verstärkten Eigenbeziehung. Wagner beginnt zu dichten, in der Manier von Heine. Die schweren Selbstvorwürfe und die hypochondrischen Gedanken lassen ihn mutmaßen, daß jeder um seine Onanie wisse. Er bemerkt allerlei Anspielunge, z. B. hatte jemand an seinen Spiegel geschrieben «Sumpfhuhn wache auf». Das ärgerte ihn über die Maßen, und er kämpfte weiter verbissen mit seinem starken Sexualtrieb, der anders nicht zu stillen war. Der Schreiber hatte auf Wagners Neigung zu spätem Aufstehen angespielt. Der Onaniekomplex wird zu einer überwertigen Idee. Noch der 35jährige führt in seiner Autobiographie alle seine Mißerfolge und Leiden auf seine geschlechtlichen Abnormitäten zurück. Er kommt bis zu seinem Tode zu keiner freien Einschätzung der jugendlichen Onanie.

Nachdem er das Lehrerexamen gut bestanden hat, wird er Hilfslehrer und Unterlehrer an verschiedenen Orten. Er ist beliebt, gilt als bescheiden, solide, anständig, ruhig, freundlich. Er verdient 520 Mark im Jahr, kämpft mit seinem Sexualtrieb, sucht gelegentlich Dirnen auf, die Onanie zu überwinden, bringt aber das Geld nicht auf und akzeptiert, daß man sich einem anständigen Mädchen nur mit Heiratsabsichten nähert. Die Sexualität wird für ihn das Tierische, Niederziehende, Säuische, die Gegenwelt ist die Dichtung, wo er sich stolz und überlegen fühlt.

Als Unterlehrer heißt es, würdig aufzutreten. Das ist mit 520 Mark nicht leicht. Sich herauszuheben spricht er ein dialektfreies Hochdeutsch. In einem schwäbischen Dorf wirkt das verschroben, zumal Wagner gut schwäbisch kann. Er verkörpert im Dorf den Gebildeten, pflegt sich sorgfältig, achtet auf seine Haltung. Er nimmt an den politischen und literarischen Problemen der Zeit Anteil, löst sich früh vom christlichen Glauben, wird Atheist, ist aber als Lehrer gezwungen, das für sich zu behalten, und erteilt weiterhin den Religionsunterricht nach der Vorschrift der Behörden. Politisch entwickelt er sich zum linken Sozialismus, wie er etwa von Clara Zetkin vertreten wird. (Sozialistengesetze) Er versucht, einen Verleger für seine Gedichte zu finden, die unter dem Einfluß von Heine stehen, hat aber kein Glück, stellt es auch ungeschickt an.

Er hielt den Religionsunterricht für einen Teil seiner amtlichen Pflicht, trennt überhaupt Amt und politische Ideen. Der Dichter, der Sozialist und der nach eigener Überzeugung Sexualpathologische führten ein geheimes Dasein. Nur unter dem Einfluß von Alkohol, den er schlecht vertrug, gab er sich voll Hohn als Atheist und Materialist. Der stille, auf Haltung bedachte Mann verlor unter Alkohol alle Hemmungen. Seine Spannungen entluden sich sarkastisch, für die Umgebung erschreckend. Pessimismus, Menschenverachtung und Zynismus erschreckten die Dorfoberschicht am Biertisch. Sein geistiger Hochmut wurde aber im Lehrerdasein sogleich wieder verborgen. Er besuchte regelmäßig die Kirche, war ehrgeizig im Dienst, galt als charaktervoller junger Mann, untadelig im Verhalten. Als Unterlehrer war er in verschiedenen Stellungen gewesen, er fühlte sich von den Behörden benachteiligt, vielleicht war er es wirklich.

Später wurde er in Mühlhausen als ständiger Lehrer angestellt, weiterhin der arme Schulmeister, zu arm, um ans Heiraten zu denken. Sein Geschlechtstrieb quält ihn weiterhin ungeheuer, er kann sich kaum satt essen, wird krank, ein Krankenurlaub in die Schweiz wird ihm wegen eines Lungenkatarrhs gewährt, mutmaßlich eine Tuberkulose, die danach nicht mehr beachtet wird.

Nach Alkoholgenuß kam es im Spätsommer 1901 auf dem nächtlichen Heimweg vom Wirtshaus zu einer sodomitischen Handlung, über die sich Wagner immer weigerte Einzelheiten anzugeben. Vielleicht kann man gewissen Wendungen in späteren Tagebüchern entnehmen, daß es sich um sodomitische Handlungen mit einer Ziege handelte. Es scheint auch, daß es mehrmals zu sodomitischen Entgleisungen kam, immer auf dem Heimweg vom Wirtshaus und offenbar unter der Triebenthemmung, die aus seiner Alkoholintoleranz kam. Die Entgleisungen blieben gänzlich unbekannt, er selbst war nach der Tat von Gram, Scham und Angst gequält. Ihm war, als habe er «die ganze Menschheit geschändet», und er war bald überzeugt, daß die männlichen Einwohner Mühlhausens Kenntnis von seiner Verfehlung hätten. Er glaubte untrügliche Beweise zu haben, wie sie ihn mit Hohn und Spott übergossen, natürlich heimlich, so daß er sich nicht wehren konnte, es war eine hämische Schadenfreude, hohnvolle Blicke, ein Köpfezusammenstecken, ein Lachen und Grinsen. Dieser Beziehungswahn wurde von Wagner über Jahre hin stärker ausgebaut, auch als er Mühlhausen längst verlassen hatte.

Er hatte einige Zeit nach seinen sodomitischen Entgleisungen ein Verhältnis zu einer Wirtstochter in Mühlhausen begonnen. Das Mädchen wurde schwanger, und seine Vorgesetzten machten ihm Vorhalte, als die Sache bekannt wurde. Die Behörde berief ihn von Mühlhausen ab und ließ ihn einige Zeit ohne Verwendung. Dann wurde er in ein kleines Dorf in der schwäbischen Alb versetzt, namens Radelstetten, wo er zehn Jahre bis 1912 blieb, zuletzt als Hauptlehrer, der auch Organist war.

Als die Wirtstochter drohte, wegen der Schande ins Wasser zu gehen, erkannte er die Vaterschaft an und heiratete sie, weil er zu arm war, um das Mädchen auszubezahlen. Er liebte das Mädchen schon zu dieser Zeit nicht mehr, meinte, sie sei ihm geistig nicht gewachsen gewesen, sei aber fleißig und tüchtig, ein «Dienstmädchencharakter». Er ließ sie als Hausfrau und Mutter gelten, haßte sie nicht, aber sie bedeutete ihm auch nichts. Sie gebar ihm rasch hintereinander fünf Kinder (von denen das jüngste bald starb), alle gegen seinen Willen, weil er unzureichende Schutzmittel angewandt hatte. Ein Anhänger der Lehre von Malthus, äußert er sich im 2. Band seiner Autobiographie sehr sarkastisch über den ungewollten Segen Gottes. Er bekannte sich zum Keinkindsystem für alle Armen, Arbeiter und Kleinbauern, Darbenden, zu denen er sich zählte. Er zitiert Hölderlin: «Es ist das beste nimmermehr geboren, doch wenn geboren, eilig an dem Ziel zu stehen.»

Die letzten Monate in Mühlhausen müssen in qualvoller Verfolgungsangst für ihn vergangen sein. Bei seiner Hochzeit in Mühlhausen hatte er in jeder Brusttasche einen geladenen Revolver stekken, weil er fürchtete, der Landjäger könne ihn jeden Augenblick verhaften.

In Radelstetten wurde er gut aufgenommen, seine Amtsführung gelobt. Die Verfolgungsideen ließen in den ersten Jahren nach, aber es wuchsen seine Schuldgefühle. Sein Haß wandte sich gegen sich selbst, er verfluchte sein ganzes Geschlecht als wurmstichig, seine ganze Familie gehöre mit ihm ausgetilgt. Er plante bis ins einzelne einen erweiterten Selbstmord, wobei die Frau zuerst getötet werden sollte, weil sie ihm sonst die Tötung der Kinder erschweren würde. Aber es blieb bei den Plänen, und die Familie wuchs. Die Vernichtungspläne wurden immer schwieriger. Er schrieb ein wildes atheistisches Pamphlet «Der alte Jehovah», das keinen Verleger fand. Seine Phantasie ging ins Groteske, Schauerliche und Blutrünstige.

Er schrieb das Drama Nero, die Vernichtung Roms war die Vernichtung Mühlhausens. Denn er war jetzt auch in Radelstetten auf Anspielungen und Verhöhnungen gestoßen, die seinen sexuellen Verfehlungen galten. Einwohner Mühlhausens mußten sie nach Radelstetten gebracht haben. Bei den seltenen Besuchen, die er seinem Schwiegervater in Mühlhausen abstattete, bemerkte er den unerbittlichen Haß und die Feindschaft der Männer dieses Dorfes. Seine Zerstörungs- und Vernichtungsideen griffen weiter aus. Es sollte Mühlhausen ausgetilgt werden, alle Männer des Ortes sollten getötet werden, unter Schonung der Frauen und Kinder, ehe er seine Familie, aber auch seinen Bruder, dessen Familie, sein Geburtshaus in Egolsheim, das Schloß in Ludwigsburg und sich selbst vernichtete. Den in der Ferne lebenden Geschwistern wollte er brieflich raten, sich selbst aus der Welt zu schaffen. Er schrieb die Vernichtungspläne in allen Einzelheiten nieder und begann von 1908 an, sich auf die Ausführung vorzubereiten. Er kaufte große Mauserpistolen und begann im Wald regelmäßige Schießübungen. Er machte Erkundungsfahrten nach Mühlhausen und Egolsheim, machte Pläne, wie und in welcher Reihenfolge die Brände zu legen wären, wo er Schußposition am besten beziehe. Gleichzeitig scheint er sein Lehramt gut und erfolgreich geführt zu haben. Er schrieb die Dramentrilogie David, die einzelnen Stücke hießen Saul, Jakob, Absalom. Wagner gab sie 1909 in Druck.

Wagner war im Dorf beliebt, nur nach Alkoholgenuß verlor er seine Selbstbeherrschung, verhöhnte was anderen heilig war, Familie, Religion, Liebe, verhöhnte sich selbst, seine Frau, und nannte sich einen zweiten Schiller und pries die freie Liebe. Am nächsten Tag schämte er sich seiner Entgleisungen, an die er nur ungenaue Erinnerungen hatte. Seine Lage beschrieb er in dem sarkastischen Pamphlet der «Unteroffiziers-Schulmeister». Er schrieb: «Ich bin sehr krank, seit 17 Jahren unheilbar krank.» (1892, als er 18 Jahre alt war, Onanie.) Er nennt die Leiden Christi gegen seine eine Bagatelle von 9–3 Uhr. Das sei etwas anderes als 17 Jahre und dann des Teufels sein. Das größte Laster war in seinen Augen Schwäche, und alles Schwache sollte vom Erdboden getilgt werden.

Als ihm die Verfolgungen in Radelstetten zu qualvoll wurden, suchte er um Versetzung in eine Großstadt nach, weil die Kinder älter würden. Er kam 1912 nach Degerloch, einen Vorort von Stuttgart. Aber auch in Degerloch spürte er bald die Verhöhnungen seiner Entgleisungen, die mehr als zehn Jahre zurücklagen. Er schalt seine Schwäche, den Vernichtungsplan nicht in die Tat umsetzen zu können, aber es graute ihm immer wieder vor der Ausführung. Es taten ihm die Kinder leid, daß sie so früh sterben sollten, ließ er ihnen manches hingehen, beschenkte sie überreich zu Weihnachten, stand nachts in Angstschweiß gebadet an ihren Betten und brachte es nicht über sich, sie zu verletzen.

3. Teil

Das Verfahren gegen Wagner wurde zu dessen Schmerz ausgesetzt. Wagner richtet seinen Haß gegen die Psychiater, die seine Verurteilung und seinen Tod verhindert haben.

Er schreibt Gesuche, die flehentlich um die Aufnahme seines Verfahrens bitten.

Von 1914 bis 1938 lebt Wagner in einer fest vergitterten Einzelzelle der Heilanstalt Winnental. Er beschreibt tausende von Seiten, vor allem Dramen, um deren Realisation auf der Bühne er kämpft. Ein Drama «Wahn» beschreibt den Wahnsinn Ludwigs II. eindringlich. Niemand beachtet Wagners Arbeit. Er bildet einen zweiten paranoischen Wahn aus, daß nämlich der Dichter Werfel seine Gedichte und Dramen «ausgestohlen» habe. Werfel habe ihn um seinen Dichterruhm gebracht. Er kämpft gegen Ärzte, Psychiater, Richter, die Judenknechte seien, er entwickelt einen leidenschaftlichen Haß gegen alles Jüdische. Er begrüßt die rassenhygienischen Maßnahmen der nationalsozialistischen Regierung und sah in der Haltung des Dritten Reiches nach innen und nach außen eine Bestätigung seiner eigenen Lehren, seines eigenen Kampfes gegen die Schwäche, die Nachgiebigkeit und das jüdische Literatentum. In einem Brief an den Führer beschrieb er die Ermordung seiner Familie als praktische Rassenhygiene und bittet erschossen zu werden. Er stirbt 1938 an Tuberkulose.

Das Ende des Chirurgen Ferdinand Sauerbruch

Brief an Ingrid Segler-Janiczek,
Zweites Deutsches Fernsehen 10. August 1976

Sehr geehrte Frau Segler-Janiczek,
endlich schicke ich Ihnen die Essenz meiner Recherchen und meines Nachdenkens über den Stoff. Ich könnte das wirklich leicht machen, aber Sie werden verstehen, daß ich nicht einen eindrucksvollen Chirurgenfilm mit Randkritik machen kann, mit mir als Autor kommen andere Erwartungen ins Spiel, und mir wäre ja an einem Stoffe durchaus gelegen, der den zentralen Fragen heutiger Medizin auf den Grund geht. Das ist aber mit dem Material nicht zu machen, wenn ich es kritisch nicht überschreiten kann. S. ist eine durch und durch deutsche Figur, durchtränkt von deutscher Geschichte, ich finde auch seine Sozialisation interessant, mich reizt die Figur mächtig, aber man muß freier mit ihr umgehen können als das die Materialien zulassen, wenn der Mann S. heißt, und die Verwandten über seinen Ruf wachen.

Ich grüße Sie sehr herzlich

Ihr
Heinar Kipphardt

ps ich behalte das Buch von Thorwald noch, bis wir miteinander telefoniert haben.

Brief-Durchschlag im Nachlaß Kipphardts. Dort auch das nachfolgende Arbeitspapier.

Das Ende des Chirurgen Ferdinand Sauerbruch

Was Jürgen Thorwald in seinem populären Buch «Die Entlassung» über die letzten Jahre Sauerbruchs berichtet, ist ohne Zweifel ein ergiebiges Ausgangsmaterial für einen wirkungsvollen Film. Wenn man sich damit begnügen will, hat man eine Serie von Filmszenen vorgebildet zur Hand, aber das wäre doch ein Film der Alterstragik eines großen Mannes, der manches Kritische zur Medizin zwar enthalten könnte, die falschen Standesprinzipien, das Startum der Klinik in der ausgehenden medizinischen Ära, das verachtungsvolle Verhältnis des Arztes zum Patienten, die hierarchische Struktur der Klinik, die militärähnlich ist, das Ausgeliefertsein des Patienten an den Fachmann, dessen Zulänglichkeit sich jeder Kontrolle entzieht, und viele andere Momente der Unzulänglichkeit der Medizin, die aber zu den wirklichen Ursachen für den beklagenswerten Zustand unserer institutionellen Medizin nicht führen, jedenfalls nicht in meinem Verständnis. In dem Material steckt auch die Verwurstung einer persönlichen Alterstragik im Kalten Krieg und die Naivität, mit der der wissenschaftliche Fachmann in Deutschland sich aller politischen Konsequenzen enthoben glaubt, wenn er nur gut und staatserhaltend als Fachmann funktioniert hat. Ein Fachmann hat mit dem Nationalsozialismus nichts zu tun, auch wenn er sich von Goebbels auf dem Reichsparteitag auszeichnen läßt, Häuser aus ehemals jüdischem Besitz erwirbt und im Reichsforschungsrat sitzt. Er ist in aller Naivität empört, wenn das jemand fragend klären will. Auch die Besatzungsmächte scheinen das einem berühmten Fachmann zuzubilligen. Und jede der deutschen Verwaltungen unter der Direktionsgewalt der jeweiligen Besatzungsmacht würde Sauerbruchs fortwirkende Berühmtheit gern für ihre Zwecke nutzen. Vom Material her gesichert scheint auch eine Kritik an seinem Herrenmenschtum, der «Chef», der alles unter ihm stehende Volk duzt, natürlich jeden Patienten, der seine Assistenten erzieht, indem er sie mit den Instrumenten auf die Finger schlägt etc. Von Thorwald nicht beschrieben wird der weitergehende Dienst seiner Mitarbeiter, die nämlich täglich von ihm zum häuslichen Umtrunk benannt wurden, ein Zuhör- und Unterhaltungsdienst beim Zechen bis spät in die Nacht.

Die von Thorwald beschriebenen Tatsachen scheinen im ganzen

verläßlich, sind juristisch jedenfalls abgesichert. Ich war im letzten Jahr von Sauerbruchs Charité-Tätigkeit Assistenzarzt in der dortigen Nervenklinik und kenne die Umstände aus eigener Anschauung, weil wir doch viele hirnchirurgisch zu behandelnde Patienten an die Sauerbruchsche Klinik abgaben, und es wußte zu diesem Zeitpunkt jeder überweisende Arzt, welche traurige Bedrohung Sauerbruch für den Patienten darstellt. Ich kannte Brugsch und dessen Frau ganz gut, erinnere mich an seine Darstellung, die Sauerbruch kritischer sah, als Thorwald das beschreibt, die aber dem Vorgang selbst nicht widersprach, von Thorwalds schönen Beschreibungen der Empfindungen aller Beteiligten einmal abgesehen. Infam ist, was Thorwald Dr. Naas auf Seite 82 unterstellt, daß es nämlich auf ein paar Dutzend Menschen nicht ankäme, die auf Sauerbruchs Operationstisch bleiben würden. Das sind so Kalte Kriegssachen. Sie sind in der Sache ohne Bedeutung. Die Einzelheiten der Entlassung scheinen mir überhaupt heute von geringem Interesse, wichtiger ist die Manipulation mit ihr. Nach meiner Kenntnis von Wandel kann die Entlassung sehr wohl so vor sich gegangen sein, wie sie Thorwald beschreibt.

Ein Film, der von Thorwalds Buch ausgeht, sollte in der Chronologie der letzten Jahre bleiben. Die Situationen und die Personen sind farbig, eine Szenenabfolge ist leicht zu skizzieren, und der Film hat alle Erfolgschancen, aber der Inhalt des Films bleibt, daß ein König im Reich der Chirurgie, von tückischer Hirnverkalkung heimgesucht, tragisch, aber auch da nicht ohne Größe untergeht.

Ein idealer Darsteller für die Rolle wäre Minetti, der auch die kritischen Seiten der Person beibringt. Die Charité wird im Augenblick ganz umgebaut, aber sie wäre wegen der bekannten Schwierigkeiten als Drehort ohnehin nicht in Betracht gekommen. Es gibt auch noch genug ähnliche Krankengelände.

Was mein Interesse an dem Stoff angeht, so wird es nicht befriedigt, wenn es sich an die juristisch abgesicherten Fakten halten muß, die Thorwald illustriertenwirksam beschreibt. Ich nehme nicht an, daß die Memoiren, die Berndorf für Sauerbruch im Auftrag des Kindler-Verlages geschrieben hat und die nie erschienen sind, weiter helfen. Man darf wohl davon ausgehen, daß die Mitglieder der Familie Sauerbruchs einer kritischen Darstellung Widerstand entgegensetzen würden, auch seine Schüler stünden einem solchen Unternehmen mutmaßlich ablehnend gegenüber. Ich kann mir auch nicht vorstellen, daß im ZDF große Neigung besteht, sich juristisch zu behaupten, wenn es zu rechtlichen Auseinandersetzungen kommt.

Wenn das große Thema in all seinen Aspekten in einem Film dargestellt werden soll, muß man nach meiner Überzeugung davon absehen, den Mann Sauerbruch zu nennen. Damit gewänne man die Freiheit, sich an dem Leben von Sauerbruch zu orientieren, aber zu exemplarischen Situationen zu kommen, zu einem Film über die zentralen Fragen unserer heutigen Medizin. Nur wenn man sich dazu entschließt, käme ich als Autor in Betracht.

Ulrike Meinhof

Die Zelle genau. Eine Schauspielerin, die tägliche Vorgänge spielt, nur selten wie in der Realität dazu spricht. Außerdem Bizarres, Beschimpfungen, Gedichte, Obszönitäten. Zähneputzen. Sich nicht fotografieren lassen. Sich nicht vernehmen lassen. Sich waschen. Den Versuch unternehmen, aus dem Fenster zu sehen, der Blende vor den Blenden. Die Verweigerung der Nahrung. Die kunstgerechte Sondenfütterung. Sich nicht untersuchen lassen. Auf dem Bett sitzen und eine Zigarette rauchen. Ein Kinderhopsspiel, Himmel und Hölle. Gymnastik. Auf das Klo gehen. Einen Brief schreiben. Einem Schlager aus dem Radio zuhören. Kein Geräusch, keinen Schritt, keine Atmosphäre hören. Einem Kind durch eine Scheibe getrennt begegnen. Hände. In der beleuchteten Zelle schlafen. Eine Schreibmaschine bekommen. Gibt es Formen der Sexualität? (Aber die wären nicht zu zeigen, sondern über die würde ein Kommentar gesprochen.)

Der Kommentar, der antithetisch ist und Dialektik anstrebt, wird von einer 2. Schauspielerin gespielt, die den ganzen Abend anwesend ist. Der Kommentar scheint oft ganz ohne Beziehung zu dem Vorgang, enthält Erinnerungen, Texte, Anweisungen, Beschreibungen ihrer Lage, Briefe, Gedanken, Gespräche aus früherer Zeit, Überlegungen mit Genossen zu Heidelberg – Vietnam. (Auch Akten?) Schilderungen.

Hölderlin-Text

(Che-Text?)

Marx-Text
Blanqui-Text

Schauspielerin 1. Weitere Situationen. Zelle ganz aseptisch weiß. Beschmiert die Wand mit Exkrementen. Es begegnen sich zwei gefangene Frauen in Handschellen. Sie hört den Anwalt nicht, sie kann ihn nicht verstehen. Sie äußert Verfolgungsgedanken. Es entgleitet ihr die Realität. (Wie wird die lange Zeit für den Zuschauer entstehen? Sollen die Situationen ein Nacheinander haben oder ein Durcheinander?) Die Isolation wird partiell durchbrochen. Umschluß, Bücher, Besuche, Einkauf. Fernsehen.

Situationen: Sie ißt eine Suppe. Sie sitzt mit drei Genossen auf dem Boden. (Demütigung?) Sie wird von ihrer Schwester besucht. Die Leute, die sonst noch im Stück vorkommen, werden von vier oder fünf Schauspielern dargestellt und sitzen auch den Abend über auf der Bühne. (Chor-Funktion?)

U. putzt sich die Zähne. Danach kremt sie sich ausführlich ein. Danach putzt sie sich erneut die Zähne, weil sie das vorherige Putzen vergessen hat, bemerkt es aber, als sie zu der Kremdose greift, und weint, gerät ins Weinen, schluchzt. Dazu eine Kindheitserinnerung.

Der Kommentar aus Zitaten der Presse und der Bundesanwaltschaft. Sprechen von der Art Böllings.

Aus Kipphardts Notatheften. Datiert: 1976.

Baader, Ensslin, Meinhof, Raspe, eines Tages wird das als eine große, vollkommene Tragödie beschrieben werden. Eine große Liebesgeschichte dazu, sich in politischem Änderungswillen verwirklichend, sterbend an der Zeit und ihren politischen Träumen von Veränderung in einer Anstrengung.

Aus den Notatheften. Datiert: 1977.

[Die Bums]

Die Szene ist die Straße von einer Garküche. Eine Wand mit schwarzen Gittergeflechten, aus der warme Luft strömt. Ein rückwärtiger Eingang zu der Garküche, auf deren Stufen sich die Bums zurückziehen, wenn es stärker regnet. Eine Bierkiste, auf der sie stehen, wenn der Bürgersteig zu feucht ist. Die Bierkiste dient auch als Sitz, aber üblicherweise stehen sie mit dem Rücken zum Zuschauer vor dem geflochtenen Gitter, halten sich mit den Händen fest und warten. Es werden Schnüre gespannt, die Kleider zu trocknen. Pappkartons, Zeitungen sind ihre Unterlagen, wenn sie sich abends hinlegen. Eine blaue Bauplane wird erobert.

Fünf bis sieben Leute, die hier ihr Heim haben. Am Morgen verschwinden einige für Stunden, einer bleibt immer da, den Platz zu verteidigen. Wachablösung. Es verschwinden alle, wenn die Polizei kommt (Polizistin), um sich um sie zu kümmern, sie in Heilanstalten oder Gefängnisse zu bringen. An schöneren Tagen legen sie sich tagsüber in die Parks. (England oder Bundesrepublik)

Sequenzentechnik.

Szenen aus dem Tagesablauf ausgeschnitten.

Stehen

Trocknen

Rauchen

Ein Karton mit Bier wird von einem gebracht

Verteidigung des Platzes gegen andere Stadtstreicher

Begegnung mit zwei Alkoholikerinnen, die in der Nähe geduldet werden. Überlegungen, sie auf den Strich zu schicken. (Was für eine Sprache reden die? Verschiedene Dialekte)

Der immer bleibende Steher. Geschwollene Füße; Leber, die er selbst fühlen kann.

Personal für die Bums:

J., der davon träumt, eines Tages einen bedeutenden Mord zu vollbringen, eine bedeutende Tat, die alle aufhorchen läßt. Er entwirft Mordpläne. Wolkenkratzer, Tower-Bridge zur Zeit des Verkehrs, die Queen bei der Wachablösung oder beim Derby. Erzählt immer neue phantastische Mordgeschichten nach dem gleichen Modell, bringt aber schließlich nur sich auf phantastische Weise um. Sprung aus der Kirchenkuppel, hin und her schwingend.

Der Kriegsveteran, Marine, U-Boote, der aus den Kolonien erzählt, ein wie großer Ficker er gewesen sei.

Der wortkarge Halter der Stellung, ein starker Mann, der nicht weiß, warum er reden sollte. Er behauptet, er habe einen Polizisten niedergestochen, der seinen Sohn bedroht habe, jetzt warte er auf seinen Sohn.

Die Prostituierte, die angeblich eine Kunstreiterin in einem berühmten Cirkus war, aber dreißig Jahre in einer Fischfabrik gearbeitet hat.

Der Mann, der Apokalypsen ausmalt.

Die religiöse Epileptikerin.

Der dünne arbeitslose Motorfan.

Aus den Notatheften. Entstanden 1978.

[Der Despot]

M. erzählt mir von einem Bauern im Nachbarweiler Lindegrass. M. wollte über dessen angrenzende Wiese einen Zugang zu dessen Grund verlegen, was ihm trotz jahrelanger Bemühungen nicht gelungen sei. Jetzt sei der Grund neu vermessen, die Grenzen, auch der Zugang, bestätigt, und der Bauer komme alle paar Tage, um die neuen Grenzsteine für M. sichtbar werden zu lassen.

Es gehe etwas Dunkles, Despotisches von dem untersetzten alten Manne aus, Schadenfreude sei zu hell für ihn. Er habe drei Söhne zwischen 25 und 40 Jahren, eine Tochter, die nicht heiraten dürfe, eine völlig verstummte, große, dicke Frau. Sie alle stünden ohne Widerrede unter seinem Diktat. Obwohl er den Hof schon an den ältesten der Söhne übergeben habe, geschehe alles so, wie er es anordne.

Er esse an einem besonderen Tisch allein, die Familie am anderen Tisch im gleichen Raum. Erst werde ihm aufgetan, es werde auch nur geredet, wenn er das wolle.

Da er nicht ins Wirtshaus gehe, auch kein Bier trinke, sei es niemandem von der Familie erlaubt, ins Wirtshaus zu gehen. Auch fahre nur er mit dem Auto, die Söhne müßten das Rad benutzen oder laufen. Das Mittagessen würde von Tellern eingenommen, aber das Abendessen vom blanken Holz-Tisch, der Senf würde auf den Tisch geklatscht, jeder schneide sich Wurst oder Brot mit dem Messer, tauche die Wurst in den Senf. Er natürlich an seinem Extratisch. Die Tochter sei wie die Mutter nahezu verstummt, sie habe ihren Collie-Hund zum Freund und Geliebten, habe auf alle Aussichten verzichtet und solle immer auf dem Hof bleiben. Sie leide unter schweren hormonalen Störungen, sehe auch wie ein Mann aus und arbeite wie ein Mann.

Wenn der Alte ins Haus komme, gebe er irgendwelche Geräusche von sich, Ha oder Ho, keine Worte, und darauf finde etwas statt, was die Frauen stumm und rituell ausführten. Besucher kämen nur selten in die Küche, bewirtet würde keiner. Als Straßenarbeiter im Hof Brotzeit machen wollten (sie teerten die Straße an seinem Hof entlang), habe er ihnen das verweigert, weil er wohl befürchtete, er müsse ihnen dann ein Bier spendieren.

Seine Leidenschaft seien Maschinen, möglichst riesige und teure, z. B. habe er eine Schubraupe, die wohl 50000 Mark koste und die er vielleicht zweimal im Jahr gebrauche, auch mehrere (5) Traktoren, davon einer ganz riesenhaft, der größte der ganzen Gegend. Mit seinem einzigen Nachbarn sei er seit Vorzeiten verfeindet, es würde kein Wort gewechselt, kein Gruß getauscht, ein lebenslanger Kampf, den natürlich auch die Kinder zu führen hätten. Auf dem Landratsamt sei er gefürchtet, nehme mit List und Durchsetzungskraft alle Vergünstigungen in Anspruch, kenne sich da auch aus. Er habe ein Büro, wo alle Grundbuchunterlagen seit ewigen Zeiten lägen, und es sei wohl seine Lust, die Mehrung des Besitzes da dokumentiert zu sehen. M. wisse nicht, was er in dem Büro sonst tun könne. In die Kirche gehe er nicht oft, habe auch aus Kostengründen keine Familienbank, stehe hinten und gehe sobald wie möglich, da er auch nach der Kirche kein Wirtshaus besuche. Im Schlafzimmer, das er mit der stummen, großen, dicken Frau teile, sei ein großer Tresor, niemand außer ihm wisse, was der enthalte.

Die Söhne sind alle unverheiratet, weil der Alte das nicht mag. Einer, der Älteste, trage sich wohl mit dem Gedanken, ein Bauernmädchen von einem großen Hof zu heiraten. Das Mädchen betreibe den Hof nur mit der Mutter. Dieser Sohn sei nach der Erzählung des Mädchens eines Sonntags auf den Hof gekommen und habe stumm allen Besitz betrachtet, schließlich Kritik an dieser und jener Einrichtung geübt, benannt, was alles und wie alles anders werden müsse. Er habe aber weder dem Mädchen (Mari) noch der Mutter von etwaigen Heiratsabsichten gesprochen. Der Sohn, der unter der Despotie des Vaters mutmaßlich stark gelitten hat und noch leidet, unternimmt die ersten Schritte, seine Despotie zu errichten.

Die anderen Söhne bleiben, dulden die Sklaverei, weil sie es abwarten können. Eines Tages schließen sie den Tresor auf.

(Die Konstellation für ein Stück könnte sein, daß sich die Brüder und die Schwester sehr heimlich zusammentun, den Alten früher zu beerben. Mit Hilfe eines arzneikundigen Menschen bekommt er Mittel, die auf einer Bootsfahrt im heißen Sommer, zu seinem Geburtstag, einen Apoplex herbeiführen. Der Insult führt aber nicht zum Tode. Er leitet sein despotisch regiertes Reich jetzt vom Schlafzimmer mittels der verstummten, dicken Frau, erpreßt durch angedeutete Mitwisserschaft. Stirbt an einem Grattler, der einfach ins Haus kommt und mit ihm redet, ihm sagt, was er sich von ihm denkt, auf eine Begegnung zurückgreift, die er vor Jahren mit ihm auf einem Feuerwehrfest hatte. Der Alte hat sich da empört, weil ihn der Kleinbauer angesprochen hat.

Nach dem Tode kurzer Kampf um die Despotenherrschaft.

Es siegt vielleicht die Tochter, die sich ein Alibi für den Mordversuch beschafft hat, sie war verreist, hat die entsprechenden Papiere beschafft und erpreßt alle.

Sie ißt, den Hund zu ihren Füßen, am Extratisch. Der Arzneikundige wird ihr Freund und ihre Waffe. Er kommt bisweilen, seine Bezüge zu regeln.)

Aus den Notatheften, datiert: 10. Mai 1980.

Die Rollstühle

Die verliebten Rollstühle
Die Liebeskunst der Rollstühle

Zwei (vielleicht besonders schöne) Liebespaare (oder ein schönes und ein satyrhaftes), querschnittgelähmt in Rollstühle verbannt allesamt, kommen zueinander in Beziehungen, besonders in Liebesbeziehungen. Einer hat den Einfall (und das Geld), seinen Rollstuhl so ausstatten zu lassen, daß er vielerlei Funktionen ausführen kann, insbesondere sexuelle, dann auch sportliche, zum Exempel.

Die Liebe wird in allen denkbaren Varianten rollstuhlmäßig vollzogen; ausfahrbare Geschlechtsteile, Sekretabsonderungen, Zungen, Münder, Ani etc.

Die Rollstühle können auch merkwürdige Stellungen simulieren, Computer geben Vorschläge zu Varianten, beschreiben Kopulationsweisen und Empfindungen dabei, Perversionen, Gerätschaften etc.

Die Paare schaffen sich solche Rollstühle an, auch welche mit Neuigkeiten, neue Generationen von Rollstühlen entstehen. Die Liebe wird rein verstandesmäßig vollzogen, alle Lüste werden durchgespielt, auch die sado-masochistischen natürlich. Die Personen dirigieren diese künstliche Liebe, bereichern sie, werden aber auch dirigiert. Die Liebeskunst der Rollstühle wird zur Mode. Auch Snobs schaffen sich solche Rollstühle an, die Rollstuhlliebe wird zum intellektuellen Gesellschaftsspiel.

Ein «gesundes Volksempfinden» z.B. in Bayern empört sich, schafft die gesetzlichen Grundlagen, die Rollstühle zu verbieten. Die Rollstuhlbenützer verlieren ihre Hilfsmittel, bewegen sich am Schluß auf Polsterwagen mit Rollen, wie auf den Bildern von Breughel und Bosch.

Aus den Notatheften. Datiert: 1980.

Jack the Ripper
1888/89 als Stoff

J. erzählt zwei lesbischen Frauen seine Geschichte, Motive, um sie umzubringen, seinen ersten Doppelmord. Bespricht die Organe, die er ihnen entfernen will, genießt die Erniedrigungen, die ihm von den Frauen beigebracht werden, zwingt sie zu erotischen Handlungen miteinander. Er bringt die Frauen dazu, ihren Tod zu wollen, nach schrecklichen Erniedrigungen. Eine der Frauen überwältigt ihn, Karatekämpferin. J. will seinen Tod. Farcehafte Auflösung, die Männer der Frauen kommen angeheitert heim, es kommt zu einem ausgelassenen Gespräch mit Jack the Ripper, den die Männer für einen ausgekochten Spaßvogel halten, und Jack verabschiedet sich mit der Freundin der Männer. (Die Biografien der Beteiligten, die Verwandlung der Erotik in Tötungsakte und Gleichgültigkeit)

Aus den Notatheften, datiert: August 1981.

23.
Der Briefwechsel
Heinar Kipphardt – Peter Hacks
(1971–80)

München [1971]

Liebster Peter,
ich höre immer gar nichts von Dir und sehne mich wie Philip sehr nach einem Menschen. Du wirst es nicht mehr glauben, aber ich stecke mitten in einem Stück – ich brauche Geld, denn wir bauen Schlösser. Es ist das Stück von der bösartigen Sorte, weil es noch ein paar Polster aufzufressen gibt, und so kann es sein, daß es mich Geld kostet. Ich hoffe auf meine Naturbegabung für Ärgernisse.

Es war für mich wirklich überraschend, wie nervenschwach die hiesigen Machtidioten sind. Wie schnell sie nach der Pistole langen. Sie scheinen sich nicht so sicher zu fühlen, wie sie tun. Am Ende gibt es sogar einige, die wissen, was sie tun. Die Farce war ziemlich folgenreich, und der dämliche Grass sieht sich neben Springer und Strauß, allesamt verfolgt von den mächtigen roten Kadern, die Vogel in München gerade noch mit Polizeieinsätzen in Schranken hält. Wenigstens im Bereiche der Kunst hat München den Ehrgeiz, zur Olympiade an die Traditionen von 1936 anzuschließen. Die Law-and-Order-Apostel sind zu komisch. Das erzbischöfliche Ordinariat bedankt sich beim Amt für öffentliche Ordnung + der Polizei, daß sie Aktionen von Nitsch gewaltsam verhindert haben. Der wollte aber nur mit Tierkadavern arbeiten.

Ich bin, Liebster, vom 7.–10. Okt. in Westberlin. Adr. Akademie, Bln. 21, Hanseatenweg 10. (Tel. 398131). Kannst Du rüberkommen? Ich versuche mein Glück auch... Ich hoffe, Ihr seid da. Grüß die Anna.

Herzlich
Dein Heinar

Handschriftlicher Brief im Besitz von Peter Hacks, Berlin / DDR. – Der Satz «wir bauen Schlösser» bezieht sich auf den beginnenden Ausbau der Mühle in Angelsbruck zum Hauptwohnsitz der Familie Kipphardt. Ein Auftritt des Aktionskünstlers Hermann Nitsch in München war 1971 von amtlicher Seite verboten worden. Im Oktober 1971 nahm Kipphardt in West-Berlin an einer Erwin-Piscator-Konferenz der Akademie der Künste teil.

Berlin, 13. Oktober 1971

Lieber Heinar,
von allem, was Du schreibst, beruhigt mich allein die Nachricht vom Schlossbau. Sollte aus Dir noch ein gediegener materialistischer Mensch werden? Des wär ich froh.

Wir waren, als Du da warst, fort. Wir waren vier Monate aufm Land, wo ich schöne Opern gedichtet habe (aus «Omphale» und aus «Vögel»). Leider will und will unser Schlossprojekt nicht klappen. Aber vom Bedürfnis her – und Kant sagt, darauf kommts an – sind wir hervorragende Schlossbewohner.

Die Anna ist fein gesund und mit mächtig wirkenden Leukozyten. Es sieht fast aus, als sei ihre Sache eine reine Tablettenallergie und also, bei Weglassung, ganz unbedrohlich; der Dingsda gebs.

Komm halt mal wieder. Wir könnten uns auch in Peking treffen, aber ich höre, die Antiquitätenlage da ist auch nicht mehr, was sie war. Alles Wahreguteschöne,

Peter

Brief im Nachlaß Kipphardts, Angelsbruck.

Angelsbruck, 30. März 1972

Liebe Anna,
lieber Peter,
ein kleiner Platz ist von Umzugsgeröll frei, Euch mitzuteilen, daß die Landhäuser errichtet und bezogen sind.

Die Bauernbefreiung beginnt. Die Leute sind irritiert, denn links von Grass und Vogel sind nur noch Beelzebub, die Russen und die

Bombenleger. Da ich ein freundlicher Mensch bin, ihnen reich scheine und im Notfall wunderbare Heilungen ohne Entgelt vollbringe, passe ich in keine dieser Klassifizierungen. Aber sie schauen doch verstohlen nach dem linken Fuß. Sie haben sich nach Marx erkundigt, weil doch immer mal zu lesen ist, ich sei ein Marxist. –

Ernstlich ist die sich sehr schnell ändernde Lage der Bauern untersuchenswert. Ein mittlerer Bauer ist, falls er seinen Grund verkaufen würde, ein Millionär, er könnte von seinen Renten leben. Gleichzeitig liegen seine Einkünfte unter denen eines qualifizierten Fabrikarbeiters. Er kann Lohnarbeiten nicht mehr bezahlen. Er exploitiert nur noch sich und seine Familie. Die Maschinen, die ihn retten sollen, fressen ihn auf, er braucht zu viele verschiedene Maschinen, und er braucht sie jährlich nur eine kurze Zeit. Seine vorkapitalistische Ideologie verhindert ihn, kapitalistisch zu handeln. Also besorgen das andere mit ihm als Objekt. Es entsteht ein naturwüchsiger Antikapitalismus, ohne daß begriffen wäre, was Kapitalismus ist. Ein ausgezeichneter Nährboden für autoritäre Staatsverfassungen und natürlich auch für Faschismus, den wir ja doch schnell hätten, wenn er benötigt würde.

Gelegentlich möchte ich ein Büchlein machen mit Selbstdarstellungen von Bauern.

Ich ärgere mich, von der Leichtigkeit der Handschrift verführt ins Labern gekommen zu sein, denn ich wollte Euch nur die Adresse melden und sagen, daß es hier hübsch ist, und daß ich Euch wie immer sehr vermisse.

Herzlich
Euer Heinar

Handschriftlicher Brief im Besitz von Hacks.

Angelsbruck, 23. Februar 1973

Lieber Peter,
ich weiß nicht, wie es Dir gegangen ist, mir war nach unserm Wiedersehn wohl, und ich habe große Lust, unsere Gespräche fortzusetzen, die auch Sondierungen waren zu erfahren, was mit dem an-

deren passiert sei in den vergangenen Jahren. Ich kann nur sagen, Du bist mir rätselhafterweise vertraut geblieben, Neugier und Wohlwollen erzeugend, sogar die Streitlust bewegt sich auf freundschaftlichem Grunde. Wie gegensätzlich sich manche Ansichten ausgebildet haben, von der Arbeit noch nicht zu reden, ich fühlte mich zu Hause und vergnügt. Was die Arbeit angeht, so weißt Du ja, daß ich seit langem mit der schönen Literatur auf gespanntem bis abgehacktem Fuße umgehe, während Du die Dame immer meisterlicher schwenkst. Wenn Tanzmeister und Hinker über Fortbewegungsarten reden, brauchen sie Geduld. Ich verstand ganz gut, warum Du diesen Weg gegangen bist und ich jenen. Als der Baierl kam, war mir das nicht recht. Im Nachhinein, er hat uns vielleicht gehindert, uns zuviel zuzumuten. Natürlich hat er uns auch bestohlen.

Sei gegrüßt und grüße die Anna sehr herzlich
Heinar

Brief im Besitz von Hacks.

Angelsbruck, 12. April 1973

Lieber Peter,
kannst Du mir ein paar Bücher beschaffen, die bei Euch erschienen sind? Wenn es Dich nicht quält, wären das die Titel, und Du kannst Dir denken, daß ich die Bücher nicht haben will um auszuschweifen. Es ist die Arbeitspflicht des Puritaners, die kein Korn verkommen läßt. Nur leider sind die Körner meist gemahlen. Also:

W. I. LENIN, Biographie, Berlin 1969
KRUPSKAJA, N., Erinnerungen an Lenin. Berlin 1959
Lenin und Gorki. Eine Freundschaft in Dokumenten. Berlin-Weimar 64
Tagebuch der Sekretäre Lenins. Berlin 1965
Frauen der Revolution. Porträts hervorragender Bolschewikinnen. Berlin 1960

Sei so gut und leg das Geld für mich aus.
Vielleicht komme ich im Mai nach Berlin. Werdet Ihr in der näch-

sten Zeit zu Hause sein? Wann ist die Premiere von ADAM UND EVA, und wer macht das dort? Der Bericht über die Eisbärinnen in der Oper hat mir gefallen, der Dramaturg in Hamburg will ja nun eine Diskussion über die Werktreue in der Oper in Gang bringen. Endlich! Vielleicht kann Rischbieter Kaul und Harich für Beiträge gewinnen. Ich finde die Kombination so gut. Wegen Anna fiel mir noch ein, ob sie nicht einfach zu viel Schokolade ißt?

Herzlich
Heinar

Brief im Besitz von Hacks. – Hacks' Stück «Adam und Eva» wurde am 27. Juli 1973 vom Staatstheater Dresden uraufgeführt. Die Anspielung auf Eisbärinnen in der Oper bezieht sich auf Hacks' «Geschichte meiner Oper», erschienen in der Zeitschrift «Sinn und Form».

Berlin, 5. Mai 1973

Lieber Heinar,
ich würde Dir ausführlich erläutern, warum ich Dir nicht den Laufburschen mache; glücklicherweise sind alle Titel – ausser der Krupskaja, die ich Dir schicke – nicht existent. Von der Leninbiographie gibt es schon wieder neuere Auflagen, und sie sind schon wieder weg. Alles andere ist überhaupt nicht mehr im Handelsverzeichnis, und man bekommt es nur im Zentralantiquariat in Leipzig oder in einem soz. Antiquariat bei Euch. Das von dem.

Ich bin müde, was ich im Frühjahr immer bin; auch habe ich mir zu viel zu schreiben vorgenommen. Eigentlich hatte ich im Sinn, mit den Stücken Pause zu machen und ein paar Jahre lang abzutrainieren. Nun stellt sich leider heraus, dass es, ausser Stücken, noch viele andere Dinge gibt, die sich schreiben lassen, und ich habe mich deren zu viele zu machen verpflichtet. So finde ich mich zu meinem Ärger noch mitten im Rennen.

Unser Häuschen ist im Bau und wird voraussichtlich im nächsten Jahr wirklich fertig. Mein Tagtraum ist: ich bin wieder durchaus verboten und unbehelligt und sitze in dem Häuschen und betrachte die Wasserhühner oder Emus, oder wie das heißt, und schreibe nichts, als was aus mir herauswill. – Warum schimpfst Du auf Werktreue? Ich bin sicher, dass Du, obgleich über Idioten dichtend, ganz sauer wärest, wenn ein Idiot das inszenierte.

Grüss die Pia. Dein
Peter

Brief in Angelsbruck.

Angelsbruck, 11. August 1973

Liebster Peter,
morgens halb sechs auf der Terrasse über dem grünen Fluß, die Planken schleimig, auch blutig vom 6pfündigen Hecht, den ich gerade gefangen habe und ausnehme und schuppe. Ich bedanke mich für das Buch der Krupskaja, es hat leider die fürchterliche Eigenschaft, nichts zu beschreiben und immerzu zu singen. Der Vorgang, zu dem ich was hören wollte, das Attentat der Fanny Kaplan auf Lenin, ist nicht einmal erwähnt. Dafür erhitzt sie sich bei der Schauspielkunst, daß es den Schauspielern noch nicht gelungen ist, wie L. auszusehen, wie L. zu sprechen, sich wie L. zu bewegen.

Was macht das Häuslein, wo ist es, wie ist es, und wann zieht Ihr ein? – Wir besuchen Euch da nämlich sofort.

Dein brummiger Ton kann unmöglich die Antwort auf meine geradezu peinlichen Liebeserklärungen an Euch nach unserem letzten Besuch sein. Hast Du die nicht bekommen? Ich schrieb die längeren Hymnen auf Euch, bald ich zu Hause war, und später die Liste der Bücher.

Mit dem Stück, das «Die Tupamaros» heißt, sehe ich endlich ein Stück Land. Ein bißchen weniger weltschmerzig bin ich, seit ich mir nicht mehr leisten kann, vor Melancholie zu verfaulen, aus Mangel an Geld, der angenehmen Ware.
Herzlich

Dein Heinar

Handschriftlicher Brief im Besitz von Hacks. – Das geplante «Tupamaro»-Stück Kipphardts blieb ein Fragment. Auch sein Plan, das Attentat der Fanny Kaplan auf Lenin literarisch zu verarbeiten, wurde nicht ausgeführt.

Angelsbruck, 10. April 1976

Lieber Peter,
es ist ja nicht leicht, in die Mark Brandenburg zu kommen. Meine Mutmaßung, man könne das Bewilligungspapier umdatieren, erwies sich als grundfalsch bereits im Denkansatz, und das BE teilte mir spät mit, wie jammerschade es doch sei, daß sich der unsägliche Beschaffungsfleiß nicht in meinem Besuch amortisiert habe, eine Änderung des Einreisedatums werde von Seiten der Behörden nie erwogen, und vielleicht solltest Du einen neuen Antrag stellen, da Königswusterhausen zuständig sei. Da verließ mich der Mut, denn irgendjemand nannte mir auch die Zahl der Antragspapiere. Wunderbarerweise traf ich kürzlich die Barbara, die sich dem Unternehmen zu widmen versprach, weil ich auch mit Ekke was zu bereden habe. So hoffe ich in der zweiten Hälfte des Mai auf die Genehmigung, und vielleicht seid Ihr dann im Lande.

Wir waren den Februar über auf Gran Canaria und trafen den lieben James, der sich, wie Du weißt, fast ganz den Wissenschaften zugewandt hat, und zwar den prähistorischen. Ich ließ ihn sogleich Deine Stücke studieren, und ich glaube, er schrieb Dir in der Gelehrtensprache. Ich wurde dort schon telefonisch aufgestört, weil Fahnen des Romans da waren, kaum hatte ich die durchgesehen, wurde das Buch ausgeliefert. Die unglaublich behenden Computer, die den Satz besorgen, brauchen im Grunde ganz andere Autoren, ihre ganze Schaffenskraft zu erbringen.

Das Buch schicke ich gleichzeitig via Akademie, weil mir auch dabei die einfachen Wege suspekt scheinen.

Ich hoffe, ich kann ROSIE TRÄUMT noch sehen, wenn ich Ende Mai komme, und vielleicht ist die Dame vom Jahrmarktsfest auch gar nicht mehr schwanger, wenn die nächste Bewilligung hier eintrifft.

Sei herzlich gegrüßt von
Deinem Heinar

und grüße die Anna schön.

Brief im Besitz von Hacks. – Vorausgegangen war ein Versuch Kipphardts, Hacks in dessen Sommerwohnsitz zu besuchen. «BE» meint das Berliner Ensemble, Barbara und Ekke sind Bertolt Brechts Tochter Barbara und deren Mann Ekkehard

Schall. «Der liebe James» ist James Krüss. Kipphardts Roman «März» erschien 1976 in der AutorenEdition. Hacks' Stück «Rosie träumt» war am 19. Dezember 1975 in Berlin uraufgeführt worden, sein «Jahrmarktsfest zu Plundersweilen» am 11. Oktober 1975 ebenfalls in Berlin.

Angelsbruck, 12. Dezember 1976

Lieber Peter,
bist Du so lieb und schickst mir den Weltbühnenaufsatz, der mir nur in Auszügen zu Gesicht kam?

Stecke tief in Arbeit und Schnee.

Dein Heinar

Handschriftlicher Brief im Besitz von Hacks. – Am 7. Dezember 1976 war in der DDR-Zeitschrift «Die Weltbühne» ein Artikel von Hacks erschienen, in dem der Autor die kurz zuvor erfolgte Ausbürgerung Wolf Biermanns aus der DDR rechtfertigte.

Berlin, 3. Januar 1977

Lieber Heinar:
sorry, die Weltbühne ist ganz weg und längst auf dem Schwarzmarkt. Aber das Ding stand in der Frankfurter Rundschau.

Schön 77
Peter

Postkarte in Angelsbruck. – Hacks' Artikel war in der «Frankfurter Rundschau» vom 13. Dezember 1976 nachgedruckt worden.

Angelsbruck, 10. Januar 1977

Du sollst den unappetitlichen Kaiser zur Strafe selber lesen. Wieso wird mir denn der Unrat in die Stube gekippt? Ich besorge die Frankfurter Rundschau.

Schöne Grüße
der Kipphardt

1 S. Z.

Handschriftliche Notiz im Besitz von Hacks. Beigelegt hatte Kipphardt einen Artikel von Joachim Kaiser aus der «Süddeutschen Zeitung» (7. Januar 1977) über Hacks' Biermann-Artikel.

21. Januar 1977

Ich habe den Scherzartikel jetzt bekommen und denke, dieser Knallfrosch kann es nicht sein, der alle so aufbringt. Man liest an Sylvester immer wieder, daß sich Kinder ihr Gesicht an dergleichen Sachen beschädigen, sie haben dann aber meist unsachgemäß, zur unrechten Zeit, am unrechten Ort damit gezündelt. (Geschlossene Räume) Das muß damit wohl passiert sein, denn Du wolltest wohl kaum verlautbaren, daß Leuten das Dichten verboten werden soll, wenn deren Gedanken der Obrigkeit oder gar Dir nicht gefallen, und Du wolltest wohl auch nicht sagen, daß aus dem Lande gewiesen werden müsse, wer abweichende Meinungen vorträgt. Die Abweichung könnte doch trotz allem auch Dir noch mal passieren. Ach, Peter, man äußert sich nicht zu persönlichen Feinden, und besonders nicht, wenn denen gerade Böses angetan wird.

Entwurf eines nicht abgeschickten Briefes. Typoskript in Angelsbruck.

Berlin, 25. Februar 1977

Lieber Heinar,
Dank für die Überraschungen. Du solltest Dich umschulen lassen und Nikolaus lernen.

Grüss Pia.
Peter

Postkarte in Angelsbruck.

Angelsbruck, 5. März 1977

Lieber Peter,
«Rükwärtsfliegend einen Besen ansteken, das können nur geschikte Tuhrner», sagt der Wölfli, Erfinder des Gesamtkunstwerks.

Und außerdem: «Später einmal – im Abendwind
wird kindlich holde Unschuld sein.»

Herzlich
Dein Nikolaus

Brief im Besitz von Hacks.

Angelsbruck, 23. April 1977

Lieber Peter,
es kann auch unter Freunden Punkte geben, wo man den anderen nicht versteht. Da soll man nicht gerade stehen bleiben.

Ich hoffe, es geht Dir und der Anna gut.

Herzlich
Dein Heinar

Brief im Besitz von Hacks.

Berlin, 10. Mai 1977

Is was?
P.

Postkarte in Angelsbruck.

Angelsbruck, 9. August 1977

Wir kommen, liebster Peter, zu den Urformen der Mitteilung zurück, der offenen Karte, weil die schnell gelesen werden kann und so auch schnell befördert wird. Bist du um den 11.9. in der Laubenburg?

Wir sind da unterwegs in der Gegend.

Gute Wünsche der Anna + Dir
der Heinar

Postkarte im Besitz von Hacks.

Berlin, 12. August 1977

Die Post, bester Heinar, hat Gutes mit uns im Sinne: hat sie den März unterschlagen, so hat sie die Soldatengeschichten gebracht. Die dritte ist modernisiert, also schlechter geworden. Aber von den beiden anderen hat sich meine Meinung nach so viel Zeit bestätigt: die sind, in Stoff und Fabel, vermutlich das Gültigste, was über Krieg II gesagt worden. Das merkt keiner, weil Krieg II ein totales Nichtthema. Krieg I war auch schon kein gutes, aber es gab wenigstens noch verdutzte Humanität als poetischen Ansatz. Du hast die einzigen Leute gefunden, die in Krieg II noch einen ernstzunehmenden Widerspruch erfahren, die anständig & geschickten, die, wie sie meinen, illusionslosen Leute; so hast Du dem Nichtthema zwei dauerhafte deutsche Novellen entrissen, und das ist gar kein Dreck.

Ich leide unter überflüssigen Zwischenfällen und der Kälte. Im übrigen bin ich okay; die Laube nimmt auch von innen Gestalt an.

Grüss Pia.
Peter

Brief in Angelsbruck. – Kipphardts Band «Der Mann des Tages und andere Erzählungen» war 1977 in der AutorenEdition erschienen.

Mittenwalde, 30. August 1977

Beste Pia & Heinar,
wir sind am elften nachmittags da.

So long,
Peter

Postkarte in Angelsbruck.

Berlin, 3. Februar 1978

Lieber Heinar,
dass Dir das Gedichteschreiben keine Anstrengung abverlangt, hättest Du vielleicht verschweigen sollen; so schlecht sind sie nun doch wieder nicht. Es sind natürlich keine Gedichte, es sind Bagatellen. Immerhin, das ist ein Genre, und wenn die Editionsform nicht so sehr grossen Anspruch erhöbe, könnten sie durchaus eine Weile lang unterhalten.

Kohlhaase sagt, er hat mit Dir in Finnland Fußball gespielt. Ich frage mich, ob es irgendeine Sache gibt, die Du nicht tun würdest, um das Arbeiten zu vermeiden. Ich bin, wie immer, fleissig, leide, wie immer, am Winter und erfreue mich der Freuden, welche das Dasein, wie immer, spendet. Gruss von Anna und an Pia.

Stets

Dein
Peter

Brief in Angelsbruck. – 1977 war ein Band mit Gedichten Kipphardts unter dem Titel «Angelsbrucker Notizen» in der AutorenEdition erschienen. Hacks' Brief spielt auf den Klappentext an, in dem Kipphardt zitiert wurde mit den Worten: «von den Qualen des Schreibens ist mir einzig die des Gedichtemachens keine.» Wolfgang Kohlhaase ist ein Schriftstellerkollege, lebt in der DDR.

[1978]

Lieber Peter,
seid Ihr vom 29. Sept. – 1. Oktober in Berlin oder draußen? Der schöne fotokopierte Mensch möchte Euch besuchen. Ich habe einen

meiner cyklischen Großkräche hinter mich gebracht (AutorenEdition mit Bertelsmann) und bin fleißig. Reise im November allerdings zu den Indianern in den brasilianischen Busch.

Herzlich
der Heinar

Gruß an Anna.

Brief im Besitz von Hacks. Beigefügt war die Kopie eines Jugendfotos von Kipphardt. – Die AutorenEdition, zu deren Herausgebern Kipphardt zählte, war 1978 vom Verlag C. Bertelsmann nach politischen Auseinandersetzungen um ein Buch von Peter O. Chotjewitz zur Athenäum-Verlagsgruppe übergewechselt.

Angelsbruck, 16. März 1980

Lieber Peter,
anliegend eine Kopie des einzigen Briefes, den ich an André Müller geschrieben habe, auch ein Gespräch mit ihm hat es in den letzten Jahren nicht gegeben.

Da muß ein Hauch von Paranoia durch die Schönhauser Allee wehen. Es scheint, Du brauchst Lobhudler, keine Freunde.

Somit adieu.
Heinar

Anlage 1 Briefkopie

Brief im Besitz von Hacks. Beigefügt war die Kopie eines Briefes von Kipphardt an den mit Hacks befreundeten Autor André Müller, datiert vom 25. März 1978. Darin begründete Kipphardt seitens der AutorenEdition die Ablehnung von Müllers Roman-Manuskript «Am Rubikon» (erschienen im Weltkreis-Verlag, Dortmund 1987). – Diesem letzten Brief Kipphardts an Hacks war ein Telefongespräch vorausgegangen. «Kipphardt rief mich an und lud sich, wie es seine Gewohnheit war, bei uns ein, und ich lud ihn aber aus und sagte, ich hätte seine ewigen Verrätereien satt. Seine Entgegnung erhielt ich anschließend schriftlich.» (Mitteilung P. Hacks' an den Herausgeber)

24.
Aus anderen Briefen
(1972–82)

An Irene und Ernst Busch Angelsbruck, 20. März 1972

Liebe Irene,
lieber Ernst,
wenn der Brief in Euern Händen ist, wohnen wir mutmaßlich schon in der Mühle. Am 29. 3., dem Mittwoch vor Ostern, ziehen wir um. Seit dem Sommer wird das alte Bauernhaus umgebaut, das es neben der Mühle auf dem Grundstück gibt. Die Mühle behalte ich als Arbeitshaus, und es gibt darin noch zwei Gästezimmer für Euch zu Pfingsten. Es war ein Haufen Arbeit, aber es ist jetzt nach unseren Vorstellungen geraten, und wir lechzen danach einzuziehen. München wird zunehmend unbewohnbarer, und wenn es uns nach der Stadt durchaus verlangt, sind wir in 40 Minuten mit dem Auto dort. (45 km) Es gibt auch eine S-Bahn, 9 km von hier. Der Ort besteht aus 4 Häusern, er gehört zur Gemeinde Reichenkirchen, die 1000 Einwohner hat. Angelsbruck hat mit uns 17 Einwohner. Das Grundstück liegt an der Strogn, man kann baden und natürlich angeln. Mein bestes Ergebnis war im Sommer eine Bachforelle von 3,5 kg. Habt Ihr nicht wirklich Lust zu kommen? Wenn nicht Pfingsten, dann im Sommer. Ich hole Euch von der Bahn oder dem Flugplatz ab, und wir würden uns freuen, wenn Ihr auch Ulli mitbrächtet.

Die Adresse ist: 8059 Angelsbruck 26.

Das Telefon 08762/829.

Wem die Adresse zu lakonisch ist, der kann Post Reichenkirchen dazu setzen, oder gar Kreis Erding Obb.

Die Papiere erreichten mich auf zwei Wegen. Ich kannte die Sache in der Substanz, sie charakterisiert leider stark. Wir müssen mal reden, ob man was damit anfängt.

Mein Brief wurde bisher nicht beantwortet. Wekwerth sagte mir am Telefon, er probiere was über die Akademie, es sei schwerer als bei Weiss. Ich werde in Kürze einfach an meinen Brief erinnern.

Im Augenblick arbeite ich an einem Stück, Arbeitstitel: WARTEN AUF DEN GUERILLERO? Dann mache ich einen Film mit Lilienthal. Mir hat sein MALATESTA gefallen, mit Eddie Constantin. Vielleicht habt ihr das gesehen. Schließlich mache ich eine Bearbeitung, PRINZ VON HOMBURG. Es ist der leichteste Weg für mich, relativ zurückgezogen zu schreiben, im Jahr eine Theaterproduktion und eine Filmproduktion zu machen. Das kann sich ändern, wenn man mir ein wichtiges Theater anbietet. Die Volksbühne in Berlin hat bei mir angefragt, das Haus wird ab 73/74 frei. Ich weiß natürlich nicht, ob es da nicht schließlich zu politischen Schweißausbrüchen kommt. Das ist hierzulande eine stark im Wachsen begriffene Krankheit. Die gute alte Tante ist da ganz die alte geblieben.

Auch in Zürich gibt es Interessen, mich an einem Direktorium zu beteiligen. Das reizt mich natürlich viel weniger, aber ich überlege das immerhin auch.

Ich war gerade eine Woche in Frankreich, wo ich in drei Universitäten einen Vortrag gehalten habe. Die politische Entwicklung ist der hiesigen nicht unähnlich, der autorative Verfassungsstaat, der sich immer unverhüllter nach rechts entwickelt, die Pluralismus-Fassade aufgibt und mehr der Polizei als Argumenten traut. Unglücklicherweise nimmt auch die KPF viele Züge unserer deutschen Tante an. Renault hat das gerade gezeigt. Es gibt eine starke Linke jenseits der KP und der CGT. Wie in Italien. Das Warten auf Parlamentssitze setzt starke Bäuche an, und man wird dabei zu einer geschätzten Ordnungskraft.

Lieber Ernst, liebe Irene, bringt gleich Euere Reisepapiere auf den Weg, denn wir wollen Euch endlich sehn.

Seid umarmt von

Euerm

[Kipp]

Der zunächst mit Peter Lilienthal geplante «März»-Fernsehfilm wurde dann von Vojtěch Jasný inszeniert. Kipphardts Bühnenbearbeitung des «Prinz von Homburg» blieb ein Fragment.

An Klaus Wagenbach Angelsbruck, 26. Januar 1973

Lieber Herr Wagenbach,
das ist meine neue Adresse, der revolutionäre Schreibtisch in einer Wassermühle, von jeder politischen Praxis entfernt und somit unbefleckt. Das Glasperlenspiel der revolutionären Theorie betreibend als Mandarin und brav.

Ich bedanke mich bei Ihnen allen für die schönen Bücher. Daß mich sieben aufeinander folgende Bücher interessieren, ist eine rare Begebenheit und lobt den Verlag. Die enormen Biermann-Bände, mit großem Spaß an einem Nachmittag gelesen, trieben mir am Ende doch den Schweiß auf die Stirne, denn ich kenne mich da ein bißchen aus. Niemand kann diese Lage unbegrenzt lange aushalten, fürchte ich. Und die verbindlichen Genossen, gerade auf diesem Gebiet haben sie immerhin Erfahrungen.

Können Sie neuerdings nach Ostberlin? Ich unternehme einen Versuch in der sogenannten Brecht-Woche vom 9.–15. Februar, komme dann jedenfalls nach Westberlin und melde mich.

Von den Rotbüchern hätte ich gerne die Nummern 34, 37, 41, 42, 36 und 43. Ist Ihnen eine neuere Arbeit über Stadtguerilla bekannt. Ich mache immer noch an dem Stück herum, hoffe im Frühjahr fertig zu sein. Die schönsten Grüße Ihnen und allen Mitarbeitern.

Herzlich
Ihr [Heinar Kipphardt]

An Ernst Busch Angelsbruck, 6. August 1973

Lieber Ernst,
auf der hölzernen Terrasse über dem grünen Fluß denke ich an diesem heißen Sommertage an Euern immerhin in Aussicht gestellten Besuch. Ihr seid natürlich stattdessen in Hiddensee und bekämpft die Baumparasiten. Anfang September wollen wir auf zehn Tage nach Polen, wenn Ihr inzwischen nicht her kommt, fahren wir auf dem Rückwege über Berlin.

Ich sehe mit dem Stück endlich Land, das DIE TUPAMAROS heißen wird. Für die Zeit danach habe ich Vertrag über zwei Fernsehfilme gemacht, erstens auch aus Neigung, weil das Theater so verkommen ist, und zweitens weil ich ein Geld brauche, was die Poesie ganz schön kommandiert. Ich kann mir den unbändigen Weltschmerz jetzt nicht mehr leisten. Solange ich Geld hatte, bin ich ja vor Melancholie schier verfault. Aus Melancholie habe ich schon keine Briefe mehr geschrieben.

Ich habe es sehr genossen, Euch wieder zu sehen, wenn man auch eigentlich mehr Ruhe füreinander brauchte, als solche Stippvisiten erlauben. Unser größter Mangel hier ist, keine Freunde zu haben und auch kaum Leute, mit denen man ernstlich was erörtern kann. Die wenigen haben München verlassen, als das Theater kollabierte und sein Kadaver nur noch den Gestank des Opportunismus verströmte. Ich seh auch nicht, wie sich das in der nächsten Zeit ändern sollte. Pia meint, so schön es hier landschaftlich ist, die Bergelchen um Rom seien auch sehr schön, und ich möchte mal Westberlin auf ein paar Monate ausprobieren. Schade natürlich, daß man Angelsbruck nicht mitnehmen kann.

Seid umarmt von Euerm alten
[Kipp]

An Manfred Wekwerth — Angelsbruck, 25. April 1974

Liebster Manfred,
schönen Dank für Deinen Brief und Schwamm über die Arbeiteropposition von 1920. Es lebe die heutige. Ich komme aus Italien, wo sie immerhin zwei Tageszeitungen mit je 60000 Auflage herausgibt, theoretisch und praktisch wirklich arbeitet und der ungeheuer sozialdemokratischen PCI ein bißchen Dampf macht. Ich spreche von MANIFESTO und CONTINUA LOTTA. Man kann ja aus Chile und den dreißig vorgängigen Konterrevolutionen nicht den Schluß ziehen, daß man der Bourgeoisie noch leiser in den Hintern schlüpfen muß, wie das wohl jetzt in Frankreich probiert werden soll. Man muß auf den Ausgang nicht neugierig sein.

Ich bin 6500 km kreuz und quer bis Sizilien gefahren, zwei Kinder sind dann vor Ostern in Palermo zu uns gestoßen, und wir sind gerade gestern nach 5 Wochen heilsfroh ins sommerliche Angelsbruck zurückgekommen.

Wenn Du in Zürich bist, sehen wir uns bestimmt, aber ich glaube, ich werde vorher noch auf ein paar Tage in Berlin sein.

Schöne Grüße an die Renate. Herzlich
[Heinar]

An Peter Palitzsch — Angelsbruck, 2. Februar 1975

Lieber Peter,
schönen Dank für Deinen freundlichen Brief. Obwohl ich den Plan nicht aufgegeben habe, die Familie Flick als Königsdrama zu schreiben, dort jedenfalls die Substanz für ein Stück zu finden, sehe ich im nächsten Jahr wenigstens keine Möglichkeit, den Plan zu verwirklichen. Ich habe mich mit Verträgen für Fernsehfilme gebunden, und ich denke, daß aus einem der Projekte auch ein Stück wird. Ich erzähle Dir mal was darüber, wenn ich Dich seh. Ende vorigen Jahres habe ich einen Film gemacht, der heißt LEBEN DES SCHIZOPHRENEN DICHTERS ALEXANDER MÄRZ, der Regisseur war Vojtech Jasný, der Kameramann Luther, die Hauptrolle hat Jacobi gespielt. Es war eine angenehme Zusammenarbeit, und das hat mir Lust gemacht, mal eine Zeit lang im Filmbereich zu arbeiten, richtige Kinofilme zu machen, so schwierig die Vertriebssituation in der Bundesrepublik ist. Vielleicht greife ich auch danach, weil mein Interesse am Theater so rapide sinkt.

Mir scheint, das Theater unternimmt so gut wie keine Anstrengungen mehr, die Fragen der eigenen Zeit zu behandeln, und so vertreibt es die Autoren und mit den Autoren bald die Zuschauer, die ein kritisches Bewußtsein vorgebildet haben. Es sind ja im Theater nicht nur die Veranstaltungen so deprimierend, sondern auch die Zuschauer. Es ist kaum zu fassen, wie gelenkig das Theater in der Bundesrepublik die Turnübungen der neuen Restauration absolviert, wahrscheinlich, weil diese Übungen zum ständigen Trainingsprogramm gehört haben. Ich fürchte, es werden dem Theater Schäden gesetzt, die es kaum überlebt. Das betrifft leider auch die wenigen Theater, deren ästhetisches Niveau diskutabel ist.

Ich bedaure sehr, daß ich Eure Bemühungen wegen der Entfernung nicht besser verfolgen kann, nehme mir immer wieder vor, mal ein paar Tage nach Frankfurt zu kommen, und bin dann immer wieder von der Abscheulichkeit des Ortes abgeschreckt.

Der Film wird im Juni im ZDF gesendet. Im Augenblick arbeite ich an einem längeren Prosatext im Umfeld des Filmes, das wird so etwas wie ein Roman.

Sei herzlich gegrüßt
von Deinem [Heinar]

An Hansgünther Heyme Angelsbruck, 2. März 1975

Lieber Herr Heyme,
Ihre Bemerkungen zu DIE RUNDKÖPFE UND DIE SPITZKÖPFE haben mich in einer Folgerung erschreckt, Ihrer Mutmaßung nämlich, das Stück finde in Köln nicht genügend Zuschauer, um im großen Haus produziert zu werden. Wenn Sie Recht haben, ist das schlimm, denn das würde heißen, daß es in Köln gegenwärtig keine rechte Möglichkeit für ein Theater gibt, das sich in die Fragen der Zeit einläßt. Nicht einmal in der übersetzten und an theatralischen Momenten reichen Form dieser Parabel. Ich meine, daß man das Projekt aufgeben muß, wenn man es nicht als ein zentrales Projekt verwirklichen kann. Das Stück ist ja schon ein paarmal halbherzig angegangen und verschenkt worden. Wenn man es also quasi zum ersten Mal in einer gediegeneren Lesart als großes Brecht-Stück gibt (groß in der Bedeutung), gehört es ins große Haus. Wenn man das jetzt nicht wagt, muß man warten, bis man in Köln eine bessere Zuschauersituation produziert hat.

Ihre Überlegung, das Stück über Nürnberg und die Restauration der wirtschaftlichen und politischen Macht nach 1949 fortzusetzen, ist kühn, aber so schwer verständlich zu machen, daß ich vor diesem Wege dringend warne. Nach meiner Überzeugung soll man das Stück so weit wie möglich von der deutschen Imperialismuserfahrung, der deutschen Faschismusvariante entfernen, damit sich die Parabel auf neuere Vorgänge in der Ablösung des alten Kolonialismus durch den neueren Geschäfts-Kolonialismus beziehen kann. Ich meine, die Parabel muß durchaus als Parabel gespielt werden, und man muß nach Wegen suchen, dem Zuschauer zu Analogien zur heutigen Wirklichkeit zu verhelfen, notfalls mit gescheiten und möglichst sinnlichen Mitteln im Kommentarbereich, wenn andere Bühnenmittel das nicht leisten können.

Für die Wirkung hilfreich ist ja der Umstand, daß sich das Stück der reichen und auch sehr theatralischen Fabel von MASS FÜR MASS bedient. Es sollte neben der marxistischen Untersuchung der Gewichtigkeit von Rassenkonflikten gegenüber Klassenkonflikten doch nicht übersehen werden, daß das Stück die schreckliche Verwandlung aller menschlichen Beziehungen in Sachbeziehungen, also in entfremdete Beziehungen, beschreibt, und das sollte doch auch in Köln zu verstehen sein. Das Stück ist ein großer Hohn auf die Sekundärtugenden, mit denen die Leute so abgefüttert werden, wenn man ihnen die eigene Bestimmung im materiellen und ideellen Bereich vorenthalten muß.

Das Stück braucht eine ziemlich entschiedene Einrichtung, auch manche didaktischen Momente, die Brecht damals für unerläßlich hielt, sind heute etwas schwer zu ertragen.

Ich meine, das Stück muß nicht mit Zutaten aufgedonnert werden, aber es braucht die Bildschärfe des Gedankens, es braucht Sinnlichkeit und Lebendigkeit, die Reduzierung auf ein Denkspiel läßt das Stück nicht zur Wirkung gelangen.

Natürlich kann man sich über eine Verwirklichung des Stückes nicht brieflich näher kommen, da muß man einfach an Hand des Materials ein paar Tage zusammensitzen, und das geht ja wegen der großen Entfernung nicht so einfach. Ich muß in den nächsten vier Monaten strikt an dem Romantext arbeiten, aber ich richte es natürlich ein, auf zwei Tage nach Köln zu kommen, wenn das Projekt es erfordert. Meine Mitarbeit ist ernstlich nicht möglich, wenn das Zutrauen zum Projekt nicht zu einer Aufnahme ins große Haus reicht.

Rufen Sie mich doch an, und schicken Sie mir doch bitte immer die Premierentermine in Köln. Auf die DREIGROSCHENOPER wäre ich in Ihrer Betrachtung neugierig.

Ich bin mit guten Wünschen für Ihre Arbeit

herzlich Ihr
Heinar Kipphardt

P.S. Wenn SEZUAN wirklich erörtert wird, das ist keine gute Idee.

An HAP Grieshaber Angelsbruck, 8. Dezember 1975

Lieber Hap Grieshaber,
wie miteinander besprochen schicke ich Ihnen heute einen Haufen schizophrener Gedichte, die ich im Zusammenhang mit dem Film oder dem Roman gemacht habe, jedenfalls im Zusammenhang mit der MÄRZ-Figur. Ich hoffe dennoch, daß die Gedichte auch ohne den Zusammenhang mit der Situation und der Person genießbar sind. Einige Gedichte sind tatsächlich von kranken Dichtern, das ist bei dem jeweiligen Gedicht vermerkt. Wenn Ihnen die Gedichte Lust machen, was aufs Papier oder in die Holzstöckel zu bringen, wäre mir das ein Vergnügen. Sie sagen mir halt einfach bald mal, ob Sie da was machen wollen, mich würde die gemeinsame Arbeit sehr freuen. Schönsten Dank noch einmal für das Auge des Kalbes und Blei im Gefieder.

Wann immer Sie in die hiesige Gegend kommen, so freuen wir uns, wenn Sie uns besuchen, und wir melden uns auch, wenn wir mal in Schwaben sind. Im kommenden Sommer habe ich sicher im Zusammenhang mit einem Film längere Zeit in der Nähe von Heilbronn zu tun. Mit dem Roman hoffe ich Anfang Januar fertig zu sein, das ist jedenfalls der letzte Ablieferungstermin, wenn das Buch im Frühjahr erscheinen soll, und es scheint mir auch erreichbar.

Die schönsten Grüße von der Pia und mir
Ihr [Heinar Kipphardt]

HAP Grieshaber und Heinar Kipphardt produzierten gemeinsam ein Heft von Grieshabers Zeitschrift «Engel der Geschichte», das unter dem Titel «Engel der Psychiatrie» 1976 erschien – mit Texten von Kipphardt (aus den «März»-Arbeiten) und Holzschnitten von Grieshaber.

An Klaus Pierwoß Angelsbruck, 18. Mai 1976

Lieber Herr Pierwoß,
schönen Dank für Ihre lange zurückliegende Anregung, ein Stück mit dem möglichen Thema BERUFSVERBOT zu schreiben. Dabei fiel mir ein, daß ich eigentlich schon ein Stück geschrieben habe,

das mit dem Umkreis politischer Diskriminierung und Berufsverbot zu tun hat. Das Stück heißt IN DER SACHE J. ROBERT OPPENHEIMER, und vielleicht mögen Sie sich das Stück einmal unter diesem Aspekt ansehen.

Ich bin mit freundlichen Grüßen
[Heinar Kipphardt]

Klaus Pierwoß vom Nationaltheater Mannheim hatte Kipphardt vorgeschlagen, ein Stück über die in der BRD praktizierten Berufsverbote zu schreiben. Das «Oppenheimer»-Stück wurde 1977 in Hamburg in einer Neufassung inszeniert, die anschließend viele Bühnen nachspielten.

An Stephan Hermlin Angelsbruck, 10. Juni 1976

Lieber Stephan Hermlin,
Ihr liebenswürdiger Brief vom 22. Mai erreichte mich heute am 10. Juni, also nach 19 Tagen, und ich entnahm ihm, daß mein Buch für seinen Weg zu Ihnen etwa einen Monat gebraucht hat. Der Zufall wollte es, daß mich heute ein Brief aus Westberlin erreichte, der am 9. Juni abgeschickt war. Leider habe ich es bei meinem kürzlichen Besuch in Berlin versäumt, einen im dortigen Veranstaltungskalender angezeigten Vortrag zu besuchen, der Auskünfte über die Fortschritte im sozialistischen Post- und Fernsprechwesen versprach. Im Ernst, wir dürfen uns den Übermut der Ämter nicht gefallen lassen, wir dürfen die Amtsanmaßungen und die Verkehrungen von Diensten nicht durch Gewöhnung oder Verinnerlichung hinnehmen, denn sie beschmutzen die Entwürfe der Gesellschaft freier Menschen, die doch nicht ganz vergessen sein können. Wenn jemand Gründe dafür anführt, warum auf die Abscheulichkeiten der Zensur nicht verzichtet werden könne, dann muß er doch wenigstens für Zensoren sorgen, die geläufig und also schnell lesen können. Dieses Verfahren sieht danach aus, als läge die Absicht nicht in der Erforschung des brieflichen Inhalts, sondern in der Demütigung des Absenders und des Empfängers. Bitte entschuldigen Sie, daß ich mich von diesen Gewöhnlichkeiten so in Rage bringen

lasse, es scheint, daß meine Schwierigkeiten erwachsen zu werden, fortbestehen.

Es tat mir leid, Sie in Berlin nicht sehen zu können, ich hoffe, es findet sich bald eine andere Gelegenheit.

Ich bin mit guten Wünschen
Ihr Kipphardt

An Karola Bloch Angelsbruck, 16. September 1976

Liebe Frau Bloch,
für Ihren liebenswürdigen Brief bedanke ich mich herzlich. Der Besuch bei Ihnen hat Eindrücke hinterlassen, es bewegte mich besonders die Sorge von Ernst Bloch, der Antisemitismus könne in offener oder versteckter Form Eingang in die revolutionäre Bewegung finden. Ich las sogleich noch einmal den frühen Aufsatz von Marx zur Judenfrage, und es gibt darin tatsächlich einige Liederlichkeiten, die Mißverständnisse ermöglichen.

Zum Beispiel leitet er den Juden, den er als den Prototyp des Kaufmanns und Geldmenschen beschreibt, in den sich allerdings der Christ verwandelt, merkwürdigerweise weder historisch noch ökonomisch ab, und er sieht, weitere Kuriosität, das gedankliche Substrat des Eigennutzes und der Entäußerung in der jüdischen Religion vorgebildet, die ja in wirtschaftlich ganz anderen Formationen entstanden ist. Die Hauptgedanken, daß menschliche Emanzipation nicht erfüllt sei mit staatsbürgerlicher Emanzipation und daß die Judenfrage im Kampf um die menschliche Emanzipation aufhebbar sei, halte ich aber für richtig. Jenseits des Religiösen habe ich übrigens nie zu sagen gewußt, was denn ein Jude eigentlich sei. Da hat ja auch der Staat Israel heute große Probleme.

Ich würde über alle diese Fragen gerne einmal sprechen, wenn ich in der Gegend bin und Sie und Ihr Mann Lust dazu haben.

Ihre Bitte, Anfang November bei der Jahreshauptversammlung zu sprechen, kann ich leider nicht erfüllen, weil ich bis Ende November eine terminlich schon mehrfach aufgeschobene Arbeit wirklich fertig machen muß. Mich interessiert Ihre Arbeit aber sehr, und ich kann gerne einmal zu einem anderen Zeitpunkt zu einer Lesung mit anschließender Diskussion oder einem anderen Gespräch kommen, wenn das Ihr Interesse hat.

Ihnen und Ernst Bloch die herzlichsten Grüße,
Ihr [Heinar Kipphardt]

Karola Bloch hatte Kipphardt zu einem Vortrag beim Verein «Hilfe für Selbsthilfe», einer Organisation zur Unterstützung und Beratung von Strafentlassenen, eingeladen.

An Wolf Biermann 12. Mai 1978

Lieber Wolf,
ich bin Dein Freund, und Du hast einige Lieder geschrieben, die ich zu den schönsten unserer Zeit zähle, also hast du einen Anspruch darauf, kritisiert zu werden. Ich bin ja auch kein Kunstrichter und muß also nicht recht haben.

Einmal, mir scheint, Du kommentierst zuviel, und zwar mit dem Gestus der besser wissenden politischen Instanz. Das gibt einen Predigtton, der nicht zu Dir paßt. Er ist vielleicht entstanden aus Deiner nachdenklichen Gegenwehr in Veranstaltungen, als Leute aus verschiedenen Lagern Dir zusetzten. Die Antworten kamen aus der Situation, waren spontan, jetzt bist du in der Gefahr, Belehrungen zu erteilen. Du singst aber doch Lieder, und die Bedeutungen soll der Zuhörer in seinem Kontext erfahren. Es ist Dein Risiko, wenn die von Dir gewünschten Bedeutungen nicht aus dem Liede selber hervortreten. Das Kurzreferat über RAF war so ein besserwisserisches, Du kommst in den Liedern näher an die Sache als in den Kommentaren. Es steckt für die revolutionäre Arbeiterbewegung ja eine Jahrhundertfrage darin, und wie sollst Du die in einem Kurzreferat lösen. Warum auch? Ich rate Dir, Dich überhaupt nicht dazu zwingen zu lassen (auch von Deinem Übervater nicht), schnelle Gebrauchslieder für den politischen Kampf hier zu machen. Du bist nicht Weinert, und Du brauchst Zeit, um die Wirklichkeit dieses Landes aus eigenem Erleben und in sinnlicher Anschauung zu erfahren. Nimm Dir diese Zeit, Du mußt nicht Basketballhallen füllen.

Du hast die seltene Gabe, liebster Wolf, Deine Zuhörer zur Identifikation einzuladen, Du schaffst schöne Einfachheiten, ohne trivial zu werden, ein wirklicher Volkssänger, aber: Du solltest mal durchgehen, wo in Deinem Vortrag Spekulationen auf Wirkungen stecken, die nicht aus der Sache kommen, sondern Show-Elemente sind. Gegen Wirkungen habe ich gar nichts, ich selber bin auch nicht immer so fein, aber illustrieren ist eine mindere Kunst der Darbietung, auch in den Wirkungen ist die Dialektik eine gute Lehrmeisterin. Denk an den runden Eisler.

Ich verstehe, daß Du ganz schnell auf der Höhe dieses Landes sein willst, aber das geht nicht, Du mußt Dich auch selber in die Fragen dieses Landes bringen, auch Dir gegenüber rücksichtslos sein. Wer die Mangel beschreibt, muß wahrscheinlich nicht durch die Mangel gegangen sein, aber er muß in der Beschreibung klar machen, daß er nicht gegangen ist.

Ich schreibe Dir das, weil Dir Kritik von Freunden wahrscheinlich fehlt. Wie kannst Du Dich in Frage stellen, um mich in Frage zu stellen, das ist die Schwierigkeit. Wir sollten darüber reden, wenn Du in meinen Bemerkungen ein paar Weizenkörner findest. Im Übrigen bin ich von ganzem Herzen

[Dein Heinar]

Wolf Biermann war 1976 aus der DDR ausgebürgert worden. Dazu auch Kipphardts Stellungnahme S. 234 in diesem Band.

An Lore de Chambure 31. August 1978

Sehr geehrte Frau Lore de Chambure,
schönen Dank für Ihr Manuskript. Ich habe es nach neugieriger und etwas oberflächlicher Durchsicht dem Verlag AutorenEdition zugeleitet. Ich denke, der Text wird nur dazu verleiten, Sie um das Manuskript des Romans zu bitten, an dem Sie arbeiten. Ich sehe für die episodischen Reflexionen keine wirkliche Chance, sich als Buch durchzusetzen, obwohl ich einige Stücke mit Lust und auch mit voyeuristischem Interesse gelesen habe. Merkwürdig, Sie schreiben in Ihrem Brief, die Texte seien im ersten Jahr Ihrer Psychoanalyse entstanden, ich habe aber selten Texte gelesen, die sich selber so

verbergen wie die Ihren. Die Literatur wird fast zu einem Mittel, das Tatsächliche auszusparen und in den Bedeutungen herumzuspielen. Wenn ich etwas raten darf, die Tugend des Schriftstellers ist die Rücksichtslosigkeit und auch die Indezenz – auch sich gegenüber. Es geht Ihnen da aber wie den meisten Leuten, sie bleiben in den Ansichten von sich stecken, die Schriftsteller müssen aber an die berühmten Lindenblätter kommen, die verletzlichen, nicht verhornten Stellen des Siegfried, und sie dürfen nicht zögern, da zuzustoßen.

Ich habe mich gefreut, Sie auf diese Weise kennenzulernen, und ich hoffe bald auf die lebendige Ergänzung.

Schönste Grüße Ihnen und dem Guy
[Heinar Kipphardt]

An Carl Guggomos 1. September 1978

Lieber Carl Guggomos,
in KONKRET lese ich, die beiden geplanten linken Tageszeitungen seien sich vorab darin einig, kein Feuilleton zu wollen. Das scheint mir aus einer eingewurzelten linken Torheit zu kommen. Was im verachteten Feuilleton zu behandeln ist, das erweist sich nach nicht so langer Zeit als ziemlich wichtig, oft als das Wichtigste, das eine Zeit hervorgebracht hat. Es ist übrigens auch gelegentlich lesbar. In einer Geschichte, sagen wir von Kluge, erfahre ich über die Zeit natürlich viel mehr als in den Agenturmeldungen. Zur Mystifikation der bürgerlichen Medien gehört zum Beispiel die Fähigkeit, die täglichen Belanglosigkeiten auf allen Ereignisebenen zu Wichtigkeiten zu machen, und die historisch wichtigen Vorgänge nicht zu bemerken. Es ist ein schon etwas barbarischer Gedanke, wie Max von der Konkurrenz meint, die Dichter gnädig zuzulassen, wenn sie über Gorleben oder andere politische Themen schreiben. Das hat mit Betonierung der Landschaft manches zu tun, das hat mit mentaler und psychischer Verkrüppelung zu tun. Sozialismus, ich denke, hat damit zu tun, daß Leute zu ihrer Selbstverwirklichung kommen, daß sie erfindungsreicher, phantasievoller, schöpferischer, sinnlicher werden. Einzig im Bereich der Kunst findet sich heute noch der Zusammenhang zwischen Leben und Produktivität. Mir scheint es absurd für eine linke Zeitung, ausgerechnet diesen

Bereich nicht behandeln zu wollen. Vielleicht mögen Sie mit Ihren Mitarbeitern darüber nachdenken.

Ich bin mit guten Wünschen für Ihre Arbeit
[Heinar Kipphardt]

Carl Guggomos wurde Chefredakteur der Tageszeitung «Die Neue», die damals ebenso wie die «tageszeitung» ihr Erscheinen vorbereitete.

An Hans Altenhein 24. Februar 1979

Lieber Herr Altenhein,
einige der mir übersandten Gedichte rühren mich in ihrer dürftigen (und manchmal auch bildstarken) Reihung. Ich fürchte aber, es gibt nur wenige Leute, die auf diesem Felde empfindlich genug sind. Die Gedichte sagen wahrscheinlich einiges, wenn der Autor sie interpretiert, wenn sie Zusammenhang mit seiner Geschichte bekommen. In einer Sammlung solcher Texte könnte das Platz haben oder auch in einer Zeitschrift, die solchen Texten eine Nummer widmet.

Wie sollen Sie sich verhalten? Ich kann nur sagen, wie ich mich verhalten würde. Ich würde ihn besuchen, mit ihm wie mit irgendeinem anderen Autor reden, ihm zu weiterer Arbeit raten, wenn er Lust dazu hat, ihn zu Interpretationen auffordern, ihm aber auch sagen, warum Sie einer Veröffentlichung als Band keine Chance geben, kurzum, ich würde seine psychische Abweichung (Krankheit?) nicht besonders beachten. Es gibt manchmal auch Psychiater, die hilfreich sind, nach meiner Erfahrung sind die aber selten anzutreffen, und ich würde mich sicher nicht hinter dem Rücken des Patienten an seine Ärzte wenden, sondern allenfalls mit seiner Zustimmung und in seinem Beisein.

Herzliche Grüße an den traurigen Dichter.
Mit guten Wünschen
[Ihr Heinar Kipphardt]

Hans Altenhein, Leiter des Luchterhand Verlages, hatte Kipphardt um Rat gebeten, wie er mit einem Autor umgehen solle, der ihm Gedichte zugesandt hatte und offenbar Patient einer psychiatrischen Einrichtung war.

An Ingeborg Drewitz 25. Juni 1979

Liebe Ingeborg Drewitz,
ich kann über Strauß nichts schreiben, bei dem Gedanken, ich sollte, fühle ich mich wie ausgetrocknet. Es gibt an ihm nichts Interessantes, er ist ein Halunke durch und durch, von der langweiligsten Machart dazu. Das macht einen wichtigen Teil seiner Anziehungskraft übrigens aus. Jeder versteht ihn sofort, und viele wünschen sich im Geheimen, so ein erfolgreicher Halunke wie der zu sein.

Was ich vielleicht versuchen kann, das ist, auf dem bayerischen Lande zu ermitteln, was an ihm als Mensch und Politiker so besonders geschätzt wird. Da könnte ich dann was zusammenmontieren, und das könnte auch lustig sein.

Jemand anderes könnte das übrigens mit seinen Sachbeiträgen in Reden, Interviews und Schriften machen. Da graust es mich zu sehr, das durchsehen zu sollen, z. B. den Bayernkurier. Nun gibt es unter Schriftstellern und Journalisten auch koprophile Neigungen natürlich, und solche müßte man für diese Auswahlen finden.

Ich verstehe schon, daß es Sie umtreibt, den Strauß an die Wand zu malen, aber was sich hier so von Woche zu Woche abspielt unter der Obhut der feineren Fraktionen, das kann einem den Schweiß wohl auch auf die Stirne treiben.

Ich bin mit herzlichen Grüßen
[Ihr Heinar Kipphardt]

An Bernd Jaeger Angelsbruck, 23. November 1979

Lieber Herr Jaeger,
daß man in unserem Lande mit der Polizei immer leichter zu tun kriegt, weiß ich, es vergeht ja kaum ein Tag, ohne daß sie zu neuen Übergriffen ermuntert wird oder Gesetze und Verordnungen geliefert bekommt, die ihr den Weg in den polizeilichen Überwachungsstaat erleichtern. Von Bayern, von unserem vortrefflichen Herz-Jesu-Franz-Josef, geht ja gerade die Anregung aus, aus dem Grundgesetz den Passus zu tilgen, daß die Wohnung unverletzlich sei, weil sie ja doch, wie jeder weiß, von den Schützern der Verfassung permanent verletzt werden müsse. Das muß man gesetzlich machen,

wie leicht zu verstehen ist, denn unser Franz ist zumindest ein so guter Legalist wie Adolf Hitler, da läßt er nichts auf sich kommen.

[...]

Gute Wünsche für Sie und Ihre Arbeit
[Ihr Heinar Kipphardt]

An Ingeborg Drewitz Angelsbruck, 21. Februar 1980

Liebe Ingeborg Drewitz,
das hat sich merkwürdig entwickelt, erst wollte ich zu Strauß gar nichts machen, und dann laß ich mich bereden, einen ganzen Band Satiren zu ihm und dem Umfeld herauszugeben. Ich wollte Ihnen schon lange erklären, daß ich das mit langen Zähnen gemacht habe, auch etwas von politischer Verpflichtung murmelnd, und es war auch so, daß mich die Arbeit daran ziemlich gequält hat, und ich habe meine leichtfertige Zusage oft verflucht. Ich tat es, weil ich wohl der einzige in Sicht befindliche Herausgeber war, der viele Kollegen zur Mitarbeit bringen konnte. Sie werden das Buch Ende des Monats sehen können.

Entschuldigen Sie also bitte nachträglich, daß ich meine Ihnen gegebene Zusage nicht gehalten habe, ich mußte mehrere Sachen für unseren Band machen, und der fatale Langweiler hängt mir meterweit zum Hals heraus.

Ich bin mit herzlichen Grüßen
[Ihr Heinar Kipphardt]

Die von Kipphardt herausgegebene Sammlung von Anti-Strauß-Satiren erschien unter dem Titel «Aus Liebe zu Deutschland» in der AutorenEdition. Näheres dazu S. 240–244 im vorliegenden Band.

An James Krüss Angelsbruck, 9. Juli 1980

Lieber James,
Regen, grün – grüne Hölle, / es wachsen die Augen mir zu. / Alle Sinneslöcher zugestopft / schläft der Mensch.

Das ist unser Julizustand bei dauerndem Regen und steigenden Wassern. Die Pia schickt Dir zum Kontrast ein paar Fotos von Lanzarote, und wir müssen wohl noch länger von der Erinnerungssonne zehren.

Ich habe die Druckfassung des MÄRZ-Stückes kürzlich fertig gemacht, weil das Buch im Herbst zur Uraufführung da sein soll. Jetzt mache ich ein bißchen an dem Roman weiter, ich freue mich eigentlich auf eine ruhige Arbeit, bin aber von Film- und Theatergelüsten bedrängt. Kürzlich war ich auf 2 Tage in Berlin, weil Ernst Busch gestorben ist, er war schon längere Zeit an einer Hirnsklerose schwer erkrankt. Ich übte mich mit dem Spezialisten auf diesem Felde, Heiner Müller, in Verfalls- und Verwesungsgedanken.

Ich hoffe, es geht Dir und Dario gut, und wir sehen uns bald wieder.

Herzlich Dein
[Heinar]

An Klaus Hübotter Angelsbruck, 10. Dezember 1980

Lieber Herr Hübotter,
ach, was stellen Sie für Fragen, wie außenseiterisch schauen Sie in die Zukunft. Die Sache ist, daß sich niemand diesen Fragen stellen will, und es darf damit gerechnet werden. Wie könnte sich eine Regierung sonst trauen, 4 Millionen DM aus dem Haushalt zu streichen, die für Verbesserungen in den psychiatrischen Institutionen vorgesehen waren, und gleichzeitig 1300 Millionen DM als Nachschlag für die neuen Tornados bereitstellen. Das gibt nur Sinn, wenn man akzeptiert, daß trotz Keynes die kapitalistischen Überproduktionskrisen nur durch Kapitalvernichtung zu lösen sind. Gleichzeitig scheint mir der in den Grundlagen falsche Entwurf einer national begrenzten, von oben dirigierten sozialistischen Gegenwelt, der Nachstalinismus, der sich spurenweise in der Version des Leninschen Marxismus wohl schon findet, in kaum aufhaltbare Erosion geraten zu sein. Ganz offensichtlich ist für jeden besseren Kopf, daß unsere Kultur an das Ende ihrer Möglichkeiten gekommen ist, und daß eine emanzipative, basisdemokratisch-sozialistische Gegenkultur nicht zu sehen ist, in den reichen kapitalistischen Industrielän-

dern ohne Attraktion ist jedenfalls. Daraus speist sich das Dilemma der Zeit, in der wir leben, und wir werden wohl lange warten müssen, bis ein anderer Gegenentwurf jenseits der Erosionen erscheint. Sozialisten sollten aber daran arbeiten, die Versteinerungen abzubauen, und das wird nicht ohne Schmerzen und ohne Rückschläge abgehen. Es kann wohl niemand beantworten, ob die Katastrophe tatsächlich abwendbar ist, aber ich bin sicher, daß man sich so verhalten muß, als wäre sie abwendbar.

Ich bin mit herzlichen Grüßen und guten Wünschen

Ihr
[Heinar Kipphardt]

An Christiane Ensslin — Angelsbruck, 7. April 1981

Liebe Frau Christiane Ensslin,
vor längerer Zeit habe ich Herrn Rechtsanwalt Heldmann in Bremen gebeten, mich bei Ihnen anzukündigen.

Mich interessiert Ihre Untersuchung der Todesumstände Ihrer Schwester Gudrun und der anderen Stammheimhäftlinge außerordentlich, und ich bitte Sie herzlich, mir Ihre Arbeit gegen Rechnung zugehen zu lassen. Vielleicht können Sie mich auf andere Arbeiten aufmerksam machen, die in der letzten Zeit dazu erschienen sind oder von deren Existenz Sie etwas wissen. Darf ich mir erlauben, Sie gelegentlich anzurufen, wenn ich in die Nähe von Köln komme?

Ich bin mit herzlichen Grüßen
Ihr Heinar Kipphardt

Gudrun Ensslin war – wie Andreas Baader und Jan-Carl Raspe, ebenfalls führende Mitglieder der «Rote-Armee-Fraktion» – 1977 in der Vollzugsanstalt Stuttgart-Stammheim ums Leben gekommen.

An Margarete Hannsmann — Angelsbruck, 21. Mai 1981

Liebe Margarete,
es gibt keine Tröstung für den Tod, ich drücke Dir herzlich die

Hand, und ich hoffe der Verlust zerstört Dich nicht. Sein Tod scheint in seinem Stil verlaufen zu sein, die schreckliche Nachricht kam für mich unerwartet, obwohl ich ihn doch am Tage zuvor fast vier Stunden gesprochen hatte.

So schlimm das ist, aber man muß jetzt überlegen, was man für seine Arbeit, für seine riesige Produktivität tun kann. Die Behörden sind bekanntlich besser anzusprechen, so lange der Tod in Erinnerung ist, und sie werden in diesem Land umso harthöriger sein, wenn es Geld kostet. Das Land Baden-Württemberg muß doch in der Lage sein, eine Stätte zu schaffen, wo man die riesige Produktivität Grieshabers weiterhin sehen kann in wechselnden Ausstellungen oder wie immer. Der geeignete Ort wäre natürlich die Achalm selbst, aber ich weiß natürlich nicht, was da für Pläne im Gange sind. Man sollte auch ein Buch vorbereiten, das von den Freunden Grieshabers verfaßt ist, und dieses Buch sollte bald erscheinen. Wer kann das in die Hand nehmen? Vielleicht telefonieren wir bald einmal miteinander, und Du unterrichtest mich über die bisherigen Vorhaben. Es war mir schrecklich, an der Beerdigung nicht teilnehmen zu können, aber meine Verabredungen im Ausland waren unaufschiebbar. So bald wie möglich werde ich sein Grab besuchen, und ich mache mir natürlich auch Gedanken zu einer größeren Arbeit über Grieshaber, der für mein Leben und meine Arbeit sehr wichtig bleibt.

Sei herzlich umarmt von der Pia und mir,
Dein [Heinar]

Geschrieben nach dem Tod HAP Grieshabers. Die Achalm war die Wohn- und Arbeitsstätte Grieshabers, Margarete Hannsmann seine Lebensgefährtin.

An Christian Klobuczynski — Angelsbruck, 12. Februar 1982

Lieber Christian Klobuczynski,
vor einiger Zeit suchte mich ein Mann auf, den ich nicht kannte, er hatte eine heisere Stimme, denn man hatte ihm im Krieg als Flieger durch den Kehlkopf geschossen. Ich war mit dem Mann über eine längere Zeit in die gleiche Klasse gegangen. Er brachte mir ein Foto mit von einem Wandertag. Da waren etwa dreißig 16jährige Gym-

nasiasten zu sehen, die sich auf den Treppen von einem schlesischen Gasthaus aufgestellt hatten, und ich kannte alle diese Jungen wieder. Es zeigte sich, daß von den dreißig Jungens nur noch an die zehn Jungens lebten, die anderen waren im 2. Weltkrieg gefallen. Ich ließ mir von dem damaligen Mitschüler erzählen, daß sich die Schüler dieser Klasse vor dem Abitur nahezu ausnahmslos zum Militär freiwillig gemeldet hätten, die meisten als Berufsoffiziersanwärter. Zu diesem Zeitpunkt war der Krieg ausgebrochen, ich selbst lebte in einer anderen Stadt, weil mein Vater aus dem Konzentrationslager Buchenwald mit der Auflage entlassen worden war, das Gebiet Schlesien zu verlassen. Du siehst, der Tod für die höheren Werte des Vaterlandes und für die Dominanz der höheren Rassen wurde nicht nur gelehrt, sondern durchaus praktiziert.

Gute Wünsche für Eure Arbeit und freundliche Grüße

Heinar Kipphardt

Der Schüler Christian Klobuczynski aus Kassel hatte Kipphardt in einem Brief um eine Stellungnahme gebeten zu der Frage, ob die Schule im «Dritten Reich» zu Militarismus und Rassismus erzogen habe.

An Dietrich Pinkerneil Angelsbruck, 17. März 1982

Lieber Herr Pinkerneil,
ich bedanke mich sehr für Ihren herzlichen Geburtstagsbrief und das historisch interessante Pauls-Kirchen-Buch. Manches liest sich heute ganz subversiv, leider kann nicht erwartet werden, daß diese Flaschenpost jemals noch ankommt. Die Regierung scheint von allen guten Geistern verlassen und hat das Handtuch wohl schon geworfen. Ich sah den lustigen Herrn Genscher mit dem lustigen Herrn Strauß Fastenbier trinken, das beliebte Salvator Starkbier, und so sieht die nahe Zukunft dieses unglücklichen Landes wohl aus. Ich fühle in mir eine große Wut, die meinen kühlen Blick wohl befeuern kann.

Ich bin mit herzlichem Gruß

Ihr
Heinar Kipphardt

Dietrich Pinkerneil war der Leiter des Athenäum-Verlags, der die AutorenEdition nach deren Trennung vom Bertelsmann-Verlag 1978 in sein Programm übernommen hatte.

An Gerhard Zwerenz Angelsbruck, 31. März 1982

Lieber Gerhard Zwerenz,
mit Deinen jüngsten Attacken erinnerst Du mich doch ein bißchen an das französische Sprachgut: ‹Wenn der Deutsche höflich ist, springt er aus dem Fenster.› Hältst Du mich in Sachen Stalinismus für so unerfahren, daß ich einer Belehrung bedarf? Glaubst Du, daß die schlimme Zeit, die wir durchleben, und die unsere Existenz auf dramatische Weise bedroht, gerade die Beschimpfung der Leute notwendig macht, die sich Gedanken machen und die den Zustand nicht akzeptieren wollen, daß die Welt in Interessensphären von zwei Supermächten aufgeteilt ist? Ist das die Zeit, alte persönliche Rechnungen aufzumachen? Wenn Du das meinst, dann hat der Hermlin doch ganz recht, Dich nicht einzuladen. Warum um alles in der Welt soll er denn Rainer Kunze oder Manfred Bieler oder Joachim Seyppel einladen? Die sind doch viel besser bei Löwenthal oder Axel Springer oder dem Papst aufgehoben. Und miserable Schriftsteller sind die doch obendrein. Das Interessante an der Berliner Begegnung war, daß man sich gelegentlich zugehört hat, daß gelegentlich nicht nur zum Fenster hinausgeredet wurde. Mir scheint, Du solltest Deinen sehr gestrigen Anti-Kommunismus nicht strapazieren, es ist nicht die Zeit dazu, Du mußt ja SU und die DDR nicht lieben. Es weiß doch jeder Mensch, welche schrecklichen Folgen diese Deformation des Sozialismus für die internationale revolutionäre Bewegung hatte und noch hat. Aber es weiß auch jeder, daß die deformierte SU dennoch eine positive Rolle für die Befreiungsbewegung in der Dritten Welt spielt, und jeder weiß schließlich, daß der begrenzte Atomkrieg auf dem europäischen Kriegstheater von den Vereinigten Staaten Amerikas und nicht von der Sowjet Union gedacht wird. Das betrifft uns ziemlich. Wenn wir in diesem Punkte wenigstens übereinstimmen, solltest Du die alten Rechnungen mal hinter den Ofen stecken.

Mit moderaten Grüßen
Dein Heinar

Kipphardt hatte sich an der Berliner Begegnung von Schriftstellern zur Friedensförderung im Dezember 1981, initiiert von Stephan Hermlin, aktiv beteiligt. Zwerenz hatte Kipphardt daraufhin in einem Brief vorgeworfen, dort über die Moskauer Prozesse nicht offen genug gesprochen zu haben.

An Anna Maria Jokl 12. August 1982

Liebe Anna Maria Jokl,
der Brief ist angekommen und damit auch die Miniaturen. Es gibt für meine Nachlässigkeit nur den einen Grund, daß ich viel länger als erwartet über beide Ohren in einem Stück stecke, dessen Proben im Oktober beginnen und das im Januar Premiere haben wird. Ich war nicht imstande, die mir wichtigen Briefe zu schreiben und bin es auch in den nächsten 14 Tagen nicht. Sie sehen, ich praktiziere ziemlich komfortable Arbeitssitten, es gibt bei diesem Stück besondere Gründe. Sein Titel: BRUDER EICHMANN. Ich hoffe, es kommt sowas zustande wie die Geschichte des funktionalen Menschen mit den bekannten monströsen Folgen. Der Mann ist verbreitet, auf allen Ebenen, historisch vorbereitet und mit kräftiger Nachfolge. Das versuche ich auch zu zeigen. Was die Miniaturen angeht, so habe ich die mit einiger Nachdenklichkeit gelesen und vieles aus Ihrer Lebensgeschichte ergänzt, der Lebensgeschichte großer Enttäuschungen, die Sie schließlich nach Jerusalem gebracht hat. Im Augenblick ist es in der Bundesrepublik sehr schwer, Verlage zu riskanten Unternehmungen mit unbekannten Autoren anzustiften. Unter der anhaltenden Weltwirtschaftskrise stöhnen alle literarischen Verlage, es gibt Konkurse, weil das Geld so teuer ist, und überall werden die literarischen Programme verkleinert, natürlich auf Kosten der nicht durchgesetzten Autoren. Ich habe zwei Leute gefragt, ob sie einem Buch mit dieser Art von kleinen Geschichten eine Chance geben, ich spreche vom Markt, und sie haben das beide verneint. Der kulturzerstörende Aspekt ist offenkundig, deutsche Sozialdemokraten interessieren sich mehr für die Steuersorgen der Flick-Erben und die Finanznöte von AEG. Das holen sie dann schon wieder beim Taschengeld der Leute in den Altersheimen und den Bibliothekszuschüssen herein. Erfreulich einzig, die Leute folgen der Mechanik dieser Farcen nicht mehr, die Parteien werden als

die Lobby verstanden, die sie sind, und die Politiker werden von den jungen Leuten und den nachdenklichen Leuten ausgelacht.

Ich will mich jetzt nicht in das Unglück Ihres Landes begeben, die bedrückenden Abenteuer der regierenden Rechtsradikalen, die von der leiderfahrenen Bevölkerung des Landes schließlich bezahlt werden, auch wenn das heute von vielen nicht gesehen wird. Ich denke mir natürlich, daß auch in Ihrer Region der Schwanz nicht mit dem Hunde wedelt, Israel also nicht mit den USA, sondern die USA mit Israel. Es mag vielen eine Genugtuung bereiten, daß Israel wie jeder andere Nationalstaat zu Kriegsverbrechen befähigt ist, mich macht das krank, ich sehe das neue Ghetto, das seine Zerstörung herausfordernd betreibt. Und ich sehe den Zusammenhang mit der Naziverfolgung natürlich. Der einzige erfreuliche Gesichtspunkt scheint mir, daß die Herausforderung so groß ist, daß eine starke Gegenbewegung in Gang gekommen ist.

Liebe Anna Maria Jokl, ich hoffe sehr, Sie kommen in der nächsten Zeit mal wieder in unsere Nähe, die Pia und ich würden uns sehr freuen, Sie wiederzusehen und lange miteinander zu reden. Ich war ziemlich fleißig, und ich habe ein ulkiges Buch gemacht, das heißt ‹Traumprotokolle›. Ich schicke es Ihnen, es steht in meinen Vorbemerkungen, wohin das zielt, aber der Autor muß das ja nicht immer wissen.

[Ihr Heinar Kipphardt]

Alle Briefe in diesem Abschnitt werden nach den Durchschlägen gedruckt, die sich in Kipphardts Nachlaß befinden, mit zwei Ausnahmen: den Brief vom 10. Juni 1976 stellte Stephan Hermlin zur Verfügung, den vom 31. März 1982 Gerhard Zwerenz.

25. Politische Reflexionen und Aufrufe (1974–82)

«Es gab vor einigen Jahren», erklärte Heinar Kipphardt 1976 in einem Gespräch, «große Hoffnungen auf nachhaltige politische Änderungen hier wie in anderen reichen Industrieländern. Einige Schriftsteller, die wie ich starke politische Interessen haben, wandten sich ungeduldig von der Literatur ab, versuchten sie jedenfalls mit politischer Praxis zu verbinden. Als sich die Hoffnungen nicht erfüllten, fiel es nicht leicht, dahin zurückzukehren, daß die politische Praxis eines Schriftstellers wahrscheinlich doch nur das zu machende Buch, der zu machende Film, das zu machende Theaterstück ist.»

Kipphardts Arbeitskrise in den frühen siebziger Jahren, nach dem Kammerspiele-Eklat, hatte zur Folge, daß seine literarische Produktion für längere Zeit versiegte. Erst 1975 trat er mit dem «März»-Film wieder an die Öffentlichkeit. Ein Jahr später folgte die Romanfassung des Stoffes. Auch politische Äußerungen Kipphardts aus den frühen siebziger Jahren sind rar. Doch ein Rückzug in bloße Subjektivität war damit nicht verbunden; seine Briefe aus der Zeit zeigen unverändert den homo politicus.

Seit den späten siebziger Jahren ergriff Kipphardt wieder häufiger das Wort. Er entwarf Aufrufe wie den Protest zum Fall Biermann. Auch mit zwei literarischen Anthologien, die er herausgab, bezog Kipphardt Position: gegen die drohende Kanzlerschaft von Franz Josef Strauß und die Entwicklung der BRD zu einem «bleichen deutschen Winter». Repressive, autoritäre Tendenzen in der Bundesrepublik beunruhigten Kipphardt zunehmend, ebenso die wachsende globale Gefahr eines atomaren Holocausts. An den Begegnungen von Schriftstellern zur Friedensförderung, die am Beginn der achtziger Jahre in Sofia, Berlin, Köln und Den Haag stattfanden, beteiligte er sich engagiert.

Aus den Notatheften

Abends. Ein blauer Band Marx, Grundrisse, auf dem Tisch unter der Lampe auf der Terrasse. Am Rande des Lichterkreises flattert wiederholt ein grellrotes Signal und verschwindet. Es dauert eine kurze Zeit, bis das Signal als rotes Seidenband im Buch auszumachen ist, dessen Ende der Wind bewegt. In dieser kurzen Zeit bemerke ich Unruhe, wenn nicht Angst.

31. August 1974

Kofler spricht vom ‹Unfug der Einmischung›.

Wir sind auf die Einmischung abgerichtet, die schon in der Wiege beginnt. So fehlen uns die Fähigkeiten, allein zu sein.

Nur wer allein sein kann, wird einen Weg zum Zusammensein finden.

In Amerika wurde ein Kind gefragt, ob es gerne fliegen könnte, es antwortete, es würde gerne fliegen können, wenn alle fliegen könnten.

Wir sollten mit der Einmischung aufhören und andere Menschen in Ruhe lassen.

[1975]

Ruckedigu – ruckedigu –
Blut ist im Schuh,
sagte mir
ein Patient.
Ein mir nahestehender
Freund schrieb mir:
Nach St.[ammheim] ist in diesem
Lande alles möglich.

Ein Prof. durchforstet
sein Werk auf
Sympathisantentum
und meldet sich
ab bei Springer (Filbinger):
Keine besonderen
Vorkommnisse
TABU

[1977]

Das uns natürlich erscheinende Bedürfnis nach Sauberkeit, körperlicher Hygiene wäre den Menschen des 17. Jahrhunderts wie ein Wahn erschienen.

Der Tod in seiner Bedrückung, der unnatürlichen, unbegreiflichen Last in jedem Lebensalter ist die Frucht unseres Wissens. Es scheint, daß die übrigen Lebewesen, auch die uns nahestehenden, die Tiere, kein Wissen und keine Angst vor dem Tode haben. (Der Tod ist die Frucht unseres Wissens.)

Ein Moment der Demokratie ist die freie Konkurrenz auf dem Gebiete des Wissens. (Ein Ergebnis der revolutionären Bourgeoisie im ausgehenden 18. Jahrhundert.)

Natürlich ist Playboy eine Homosexuellenzeitschrift, sie maskulinisiert und macht die Frau, die gefürchtet wird, zum Objekt, das verfügbar ist, wenn man nur wolle, was man nicht will.

Das Verhältnis der puritanischen Herrengesellschaft zum Geld, zum Ausgang, zum Anus.

Die Brutalität des Scherzes, die Verzerrung, Zerstörung einer Kindererfahrung durch den Scherz der Erwachsenen.

Die individuelle Zeit gegenüber der fremden, auferlegten, schon dem Säugling anerzogenen.

Jedes Kind ist vor der Indoktrination durch die Familie und Schule seinem Wesen nach ein Künstler, ein Erfinder, ein Revolutionär.

In diesem Land hat der Krieg wahrscheinlich nie aufgehört.

Zukunftsvision
Die Made im Speck, die versteinern will.
Die Made im Speck, die in die Zukunft versteinern will.

Das Dumme beim Reisen ist, man nimmt sich mit.

Alle Sinnenlöcher zugestopft, schläft der Mensch.

[1978/79]

[Zur Ausbürgerung Wolf Biermanns]

Die Ausbürgerung des oppositionellen Kommunisten Wolf Biermann durch die Behörden der DDR empört uns linke Schriftsteller, denn sie erinnert uns an vergangen geglaubte Praktiken, die der revolutionären Bewegung in der ganzen Welt unermeßlich geschadet haben. Für die Entwicklung zum Sozialismus ist die kritische Auseinandersetzung in Theorie und Praxis eine Voraussetzung. Wer Kritik mit bürokratischen Mitteln niederwalzt statt sich mit ihr auseinanderzusetzen, schadet der sozialistischen Bewegung.

Von Heinar Kipphardt formulierte öffentliche Stellungnahme zur Ausbürgerung Biermanns aus der DDR, November 1976. Typoskript und handschriftliche Notizen im Nachlaß. Der Erklärung schlossen sich zahlreiche Autoren und Hochschullehrer an.

[Gegen den Polizeistaat]

Die bürgerkriegsähnlichen Vorgänge um den polizeilich besetzten Bauplatz des KKW Brokdorf signalisieren nach unserer Überzeugung die Gefahr, rechtsstaatliche Prinzipien und demokratische

Bürgerrechte weiter abzubauen und die Bundesrepublik Deutschland in die Richtung eines undurchschaubaren Polizeistaates zu verändern, der nur noch dem Scheine nach demokratisch ist.

Wir halten es für einen Skandal, wenn der Ministerpräsident von Schleswig-Holstein Stoltenberg das rechtswidrige und brutale Vorgehen der Polizei gegen 30000 protestierende Bürger ausdrücklich billigt, und fordern die gerichtliche Verfolgung der für die polizeilichen Willkürakte Verantwortlichen.

Wir ersuchen die Öffentlichkeit, sich jeder Wiederbelebung polizeistaatlicher Denkungsart zu widersetzen, und weisen insbesondere auf die großen Gefahren hin, die in dem geplanten Polizeigesetz (bis hin zum gezielten Todesschuß) liegen, das die Innenministerkonferenz entworfen hat.

Von Kipphardt entworfene Resolution; November 1976. Typoskript im Nachlaß.

[Der Verfall an politischer Kultur in Deutschland]

Der schnelle Verfall an politischer Kultur zeigt sich für mich in der rapiden Einengung der Möglichkeiten im Auseinandersetzungsfeld. Die Vorzüge der bürgerlichen Demokratie gegenüber dem Faschismus sind doch, daß in der Demokratie alternative Modelle vortragbar sind, auch systemüberschreitende, sozialistische, revolutionäre. Das ist augenblicklich in dieser Breite nur noch eine Fiktion. In dieser Lage wird die Linke zur Verteidigerin der Verfassung bürgerlicher Demokratie gegenüber Verfassungsbrüchen in Richtung auf den autoritären Staat. [...]

Die Attraktionskraft des Faschismus bestand darin, daß er an die alten historischen Strukturen anknüpfte; dabei hatte er natürlich eine Ambivalenz, sonst wäre er ja keine Massenbewegung. [...] Er verfolgt die Ziele der deutschen Bourgeoisie und betreibt die Ideologisierung des spezifisch deutschen Eigentumsbegriffs. Deswegen auch die unterschiedliche Reaktion verschiedener Wirtschaftszweige, etwa des Exportflügels und des Schwerindustrieflügels. Der

Faschismus ideologisierte den alten deutschen Eigentumsbegriff. Das sieht man ganz deutlich in der rein patriarchalischen Gesellschaft, deswegen die entschiedene Wendung gegen die Frauen, dieser Abrahamismus: Vaterland und Führerstaat.

In der Volksgemeinschaft, in der Kameradschaft sollen die Klassengegensätze gefälligst verschwinden, und über allen sind die Führer, Wirtschaftsführer, Bauernführer, Ärzteführer, Führer im Betrieb, Spielleiter, Schriftleiter, Führer und Leiter in jedem Bereich. Was waren deutsche Tugenden? Gehorsam, Unterwerfung, Fleiß, Treue, Enthaltsamkeit. Diese ganze Litanei, Feindlichkeit gegen Sexualität, gegen menschliche Bedürfnisse, gegen Sinnlichkeit, gegen sogenannte Perversionen, und sicherlich ist diese Antisexualität und Gemütsfeindlichkeit autoritätsdienlich und staatsförderlich. Die Liebe im Film muß schmerzlich sein, tragisch oder wenigstens einmalig. Hitler als Bräutigam, die Enthaltsamkeit als Idol, die Sexualität dient der Fortpflanzung, jedes Kind eine gewonnene Schlacht, wie den Müttern im Vordruck gratuliert wurde. Hitler hat dargelegt, warum er als Führer nicht heiraten dürfe, das könne er sich als Idol gar nicht leisten. Im Ideenbereich finden wir fast überall dokumentiert, daß der Nazismus den deutschen Imperialismus im feudalen mittelalterlichen Gewande wieder errichten wollte. Ich schlage vor, daß wir vorsichtig versuchen sollten, Analogien zu unserer heutigen Situation zu finden. Es gibt z. B. die Umwandlung von soziologischen in biologisch-genetische Tatbestände. Sie kennen die Vorliebe des Nationalsozialismus für die Natur und die Biologie.

Es gibt z. B. ein ganz aberwitziges Bedürfnis, daß andere Leute doch bitte die Sachen regeln mögen, die einen selber angehen. Es gibt eine Müdigkeit gegenüber den etablierten Parteien – die Müdigkeit verstehe ich ganz gut, weil keine der Parteien wirkliche Alternativen für die Leute bereithält –, aber merkwürdigerweise zieht niemand daraus den Schluß, sich nach wirklichen Alternativen umzusehen, sondern die Überzahl sagt, es muß halt eine Autorität her, es muß jemand bestimmen. Dieser Zug zum autoritären Staat, glaube ich, hat Verbindung zur autoritären Tradition der deutschen Geschichte. [...]

Natürlich kann es keinen Entwurf von Sozialismus geben, der nicht gleichzeitig die bürgerlichen Ergebnisse und Fortschritte in sich verwahrt, denn Aufheben heißt einmal überwinden und zweitens, das Wichtige selbstverständlich zu verwenden und zu erweitern, Freiheitsrechte beispielsweise. Der zweite Punkt ist für mich: Es gibt in diesem Land offensichtlich bestimmte Fortschritte, insofern die Menschen sich nicht mehr vertreten fühlen von Parlamenten und Parteien und gewillt sind, ihre Bedürfnisse auf andere Weise durchzusetzen.

Das kann man tun, indem man sich wehrt, wenn der Staat etwas gegen einen unternimmt, was einen stark gefährdet; das kann man tun in neuen Formen des Zusammenlebens, das kann man auch tun, indem man sich etwa nicht mehr in psychiatrische Kliniken begibt, das kann man ebenfalls tun, indem man sich der Leistungsgesellschaft entzieht und seine materiellen Bedürfnisse auf ein Minimum reduziert, wie das viele junge Leute tun. Ich glaube, daß in diesen Verhaltensweisen bestimmte Sorten von Protest stecken, vielleicht unbewußter Art.

Was also die Linke angeht bei uns, so denke ich, ihre Kräfte sind gerade stark genug, um einen Zustand zu erhalten, daß alternative Modelle, wie man zusammenleben will, alternative politische und ökonomische Modelle vorgetragen werden können, theoretisch und in dem einen oder anderen Teilbereich auch praktisch. In dieser Phase der tatsächlichen Schwäche der Linken ist es also um so notwendiger, die Verfassung gegen ihre vorgeblichen Schützer zu verteidigen und die Tendenzen zum autoritären Staat abzuweisen. [...]

Die Fortschritte in diesem Lande, und es gibt einige, sind, daß mehr Leute als früher materialistische Tugenden haben, d. h. sie wollen besser essen, besser leben, sie wollen ihre Bedürfnisse erfüllen. Sie wollen, daß die Regierung regional und überregional ein bißchen auf sie hört, sie wollen nicht gerade Kernkraftwerke in der Nähe haben, oder einen Flugplatz oder eine Autostraße. Der Staat ist dauernd in Schwierigkeiten, weil er ihnen klarmachen muß, daß das gerade gut für sie ist.

Das wollen sie nicht mehr hören. Das Positive ist die Besinnung auf eigene Bedürfnisse und bestimmte kleine basisdemokratische Elemente. Die Linke sollte versuchen, sich aus ihrem unsinnlichen Purismus zu lösen, sie muß verstehen, die Bedürfnisse von Leuten zu begreifen, sich mit ihnen zu identifizieren und diese Sorte von partiellem Widerstand auch zu organisieren.

Das ist eine Sache, die zweite – wie gesagt – sie muß die Versuche des Staates abwehren, den Platz der öffentlichen Auseinandersetzung einzuengen, d. h. sie muß in bestimmter Weise die Verfassungsformalität, den Verfassungsentwurf dieses Landes verteidigen, um sozialistische Alternativen zur Geltung zu bringen.

[...] Ich finde, wir sollten dem alten Marx am Schluß eine Reverenz erweisen und sagen, auch für die Linke gilt: Grundlage aller Wissenschaft ist die Sinnlichkeit.

Auszüge aus einer Diskussionsrunde mit Gisela Erler, Thomas Schmid, Ulrich Sonnemann und Klaus Wagenbach, an der Kipphardt im März 1978 teilnahm. Der vollständige Text des Gesprächs ist veröffentlicht in: «Über den Mangel an politischer Kultur in Deutschland», Berlin 1978 (Reihe Politik, Band 83).

Vom anachronistischen Umgang deutscher Politiker mit der Literatur

Für Gerold Tandler

Der Umgang mit der Kunst, der Literatur insbesondere, wird deutschen Politikern nicht leicht gemacht. Kaum haben sie ihre nachdenklichen Urteile einer Öffentlichkeit bekannt gemacht, so werden sie auch schon mißverstanden. Es kommt zu Schmähungen im In- und Ausland, zu höhnischen Ausfällen gegen die Literaturkritik aus Politikermunde, und auch die Literaturgeschichte fällt ihnen in den Rücken, indem sie die Dichter erhebt, die sie gescholten haben.

Mitte der Fünfzigerjahre z. B. beschäftigte sich Adenauers Außenminister Heinrich von Brentano mit dem wirklichen Wert der Arbeiten des Schriftstellers Bertolt Brecht, als sich der in unverzeihlich politischer Absicht an die deutsche Öffentlichkeit gewandt hatte. Der Außenminister stellte bei seinen literarischen Ermittlungen fest, daß es sich bei Brecht um eine Art von Literatur handele, die mit derjenigen des bekannteren Horst Wessel zu vergleichen sei, nur eben kommunistisch gewandet. Innerhalb des Kalten Krieges kam es in der Bundesrepublik zu einem speziellen Krieg gegen die Stücke Brechts, und dieser wurde, wie jeder weiß, gegen die Politiker schließlich von Brecht gewonnen. Brecht wurde zu dem Dramatiker, der die europäische Theaterkunst wie kein anderer deutscher Dichter verändert hat. Er war auch lange Zeit der am meisten übersetzte und gespielte Dramatiker. Die undankbare Geschichte vernachlässigte das Urteil Brentanos, es wurde zu einem höhnisch verwendbaren Zitat, und bei der Nennung des Namens dachte bald jeder wieder an Clemens oder an Bettina, niemand an den unglücklichen Heinrich.

Ich übergehe die eher lapidaren Urteile zur Literatur und zu den Literaten, die den Altbundeskanzler Erhard und den Altbundespräsidenten Lübke in der Welt berühmt machten, und streife nur die öffentliche Warnung unseres gegenwärtigen Bundespräsidenten Carstens vor Heinrich Böll. Die literarischen Ermittlungen Carstens' hatten in Bölls Fall ergeben, daß dieser unter dem Pseudonym Katharina Blum den Terrorismus und die Gewalt verherrlicht habe. Auch hier nur Spott und Hohn, Mißachtung der Warnung im In- und Ausland.

Nach diesen Erfahrungen sollte man dem bayerischen Innenminister Gerold Tandler raten, seine Zurückhaltung in Fragen der Literatur nicht leichtfertig aufzugeben. Er sollte sich auch aus freundschaftlichsten Erwägungen nicht dazu verleiten lassen, die Darstellung des Gedichtes «Der anachronistische Zug oder Freiheit und Democracy» nach seinem Kunstwert zu beurteilen, weil er dazu zumindest nicht zuständig ist. Er sollte an den undankbaren Umgang anderer deutscher Politiker mit der Literatur denken, ehe er dem Anachronistischen Zug die Vorteile abspricht, die unsere Verfassung der Darstellung von Kunstwerken zubilligt, den Vorteil nämlich, keiner Zensur unterworfen zu sein. Er sollte daran denken, wenn er die Darstellung des Gedichts als «politische Agitation» dem Versammlungsrecht unterstellen will, denn es gibt in Europa doch einige Leute, die an die politische Abstinenz eines Kunstwerks nicht die gleichen Erwartungen stellen wie das bayerische Innenministerium.

Der Rang des Dichters Bertolt Brecht aus Augsburg ist außerhalb der bayerischen Ministerien merkwürdigerweise ziemlich unbestritten. Und ob das bayerische Innenministerium für die Darstellung des Gedichts viel kompetenter ist als die Brecht-Tochter Hanne Hiob, werden Böswillige vielleicht auch bezweifeln.

Geschrieben 1979/80, als Hanne Hiob, die Tochter Bertolt Brechts, einen «Anachronistischen Zug» inszenierte und in der Bundesrepublik zeigte, der als eine sinnlich-theatralische Darstellung von Brechts Gedicht «Der anachronistische Zug oder Freiheit und Democracy» angelegt war. Gedruckt nach einem Typoskript im Nachlaß, Angelsbruck.

[Aus Liebe zu Deutschland]

Vorwort [für einen Band «Satiren zu Franz Josef Strauß»]

Franz Josef Strauß und das ihm zugehörige Umfeld satirisch darzustellen, schien mir einleuchtend, weil mir niemand bekannt geworden ist, der seinen Ruhm darauf gegründet hat, Gegenstand von Satiren gewesen zu sein.

Ich folgte der Einladung, einen solchen Band herauszugeben, dennoch mit langen Zähnen, auch etwas von politischer Verpflichtung murmelnd, weil mich die Vorstellung schreckte, mich auf längere Zeit mit Franz Josef Strauß beschäftigen zu sollen, denn er interessierte mich nicht besonders, schien mir auf eine fatale Weise eindeutig, und das seit mehr als dreißig Jahren, als er, der nie Politiker werden wollte, in die Politik geriet, ein bayerischer Studienrat und deutscher Erfolgsmann.

Wer hat je gedacht, daß die deutschen Verhältnisse im Jahre 1980 die Kanzlerkandidatur des Mannes ermöglichen, der nach eigener Aussage gewünscht hat, es möge dem deutschen Volk nie so schlecht gehen, daß es ihn als Bundeskanzler brauche, der in der Welt einen Ruf wie Donnerhall hat?

Wer hat gedacht, daß der trostlosen Schmidt-Genscher-Koalition mit ihm zur Wahl noch einmal eine Alternative zuwachsen könnte?

Meine ziemlich festgefügten Ansichten zu Strauß kamen in Bewegung, wichen einer Neugier, als ich den bayerischen Ministerpräsidenten gelegentlich ganz zufällig in italienischen Restaurants beim Essen beobachten konnte.

Es kommt heute nicht oft vor, stark beschützte Leute genauer betrachten zu können. Was ich dabei sah, was mich an seinem Verhalten für ihn einnahm, verwickelte mich in Fragen zu einer doch auch rätselvollen, von deutscher Geschichte geprägten Person, vielschichtig durchaus und nicht ohne Anziehungskraft. Ich sah, ich verstand, was den populistischen Appeal von F. J. Strauß ausmacht: es war das Zukurzgekommensein der kleinen Leute in dieser schlimmen deutschen Geschichte, die in seinen Gesten, seiner Mimik, seiner Art zu blicken steckte, ein Betrogensein, ein auf dem Sprung seiendes Mißtrauen, das sich selbst zu helfen beschlossen hat. In dieser mir sehr verständlichen Selbsthelfer-Haltung, aus Unrechtsgefühl und Selbstmitleid entsprungen, liegt möglicherweise seine Verführungskraft, eine gedankenarme, theorielose, zukunftslose Verführungskraft, gewiß, aber das letztere unterscheidet ihn kaum von der parteietablierten Gegenseite, die etwas schnittiger sein mag, die aber so wenig wie er über ein Instrumentarium verfügt, die unaufschiebbaren Fragen der eigenen Zeit zu lösen, von zukunftshaltigen Entwürfen nicht zu reden. Warum dann Satiren zu Strauß? Wo ist der Unterschied? – Dazu ein Briefwechsel:

Angelsbruck, 8.8.79

Lieber Rudi Dutschke,
ich würde Sie gerne dazu überreden, sich mit einem Beitrag an einem Satiren-Buch zu beteiligen, das sich mit Franz Josef Strauß beschäftigt...

Ihr Heinar Kipphardt

Lieber Heinar Kipphardt,
entschuldigen Sie bitte meine späte Antwort auf Ihren freundlichen Brief. Nun, ich will es Ihnen sagen: die deutschen Verhältnisse sind mir zu bitter, um über eine Charaktermaske wie Strauß einen satirischen Beitrag herstellen zu können. Zum anderen hätte ich den Adenauer in der SPD dauernd im Nacken, der Schmidt spielt seit Jahren eine zu eindeutige Rolle. Gerade weil ich eine Große Koalition nach den Wahlen von 1980 für möglich halte, bin ich nicht bereit, mich an Täuschungen verschiedenster Art zu beteiligen. Ich weiß von Ihrer Echtheit und Glaubwürdigkeit in den vielen Jahren schwieriger Zustände, und ich kann Ihre Mitarbeit in dem allein auf Strauß gerichteten Buch verstehen, habe nicht einmal das Recht, Ihnen gegenüber da kritische Bemerkungen zu machen. Schließlich sind Ihre Erfahrungen breiter als die meinigen. Gestatten Sie mir aber bitte, meine eigenen Erfahrungen nicht zu verdrängen. Sie werden mir mit Sicherheit zustimmen. Wir hatten in W-Berlin sozialdemokratische Regierungen...

Mit freundlichen Grüßen
Rudi Dutschke

20. Sept. 79

Lieber Rudi Dutschke,
wahrscheinlich hätte ich schreiben sollen, daß in deutscher Landschaft Strauß zwischen den Hügeln Schmidt und Genscher in den Vordergrund steigt, dahinter die erhabene Bergwelt der großen Industrie und des Finanzkapitals, daß auch in der verkürzenden Satire der Zusammenhang erkennbar bleiben soll. Ich stimme mit Ihrer Einschätzung von Schmidt & Co. ganz überein, wenn mir eine große Koalition auch nicht wahrscheinlich scheint, denn sie wird einmal nicht gebraucht, und zum anderen würde sie die Funktion der Mystifikation der Herrschaftsverhältnisse, die der machtlose linke SPD-Flügel hat, beeinträchtigen oder unmöglich machen. Ich begreife ja überhaupt nicht, wozu man den Strauß noch brauchen soll. Seine Chance liegt in einer drastischen Verschärfung der Weltkonflikte, der nationalen und übernationalen Klassenkämpfe, im Blick auf die dritte Welt insbesondere. Eine Konfrontation vor Augen könnte er manchem als der geeignete starke Mann scheinen, der er nicht wirklich ist. Um hierzulande stark zu scheinen, genügen intrigantische Talente und der geölte Umgang mit politischen Apparaten. Natürlich muß einer auch wissen, wo Gott wirklich wohnt, schon um die Spesen einreichen zu können. Diese Adresse ist aber allen vertraut.

Dennoch ist da ein Unterschied, der mich nach einiger Überlegung zustimmen ließ, so ein Satirenbuch herauszugeben. Der Unterschied ist, die einen schaffen das Instrumentarium, der andere wird es hemmungslos mißbrauchen. Das will nicht sagen, daß es bisher keinen Mißbrauch gäbe, aber er ist nicht hemmungslos, es werden Fassaden aufrecht erhalten, zum Exempel die des Wettstreits der Ideen, den auch bürgerliche Demokratien als wünschenswert zumindest vorgeben und zeitweise ja auch gebremst praktizieren.

Strauß hat niemals einen Zweifel gelassen, daß er diese Fassade niederlegen würde, und er praktiziert das in Bayern täglich. Da es nicht irgendein Gebäude ist, zu dem diese, zugegeben häßliche, Fassade gehört, sondern gerade das Haus, in dem wir arbeiten, sind wir ganz unmittelbar vom Einsturz betroffen. Mit anderen Worten, ich weiß nicht, ob eine Regierung Strauß das Land, das auch jetzt nur schwer zu ertragende, nicht so verändern würde, daß es für Leute wie mich z. B. unbewohnbar würde, von Ihnen, lieber Rudi

Dutschke, nicht zu reden. Das wäre für mich sehr schwer, denn ich bin ein mit der Geschichte des Landes tief verbundener Schriftsteller, und ich liebe es, wenn Sie den altmodischen Ausdruck gestatten, vielleicht durch lange Gewöhnung.

Wenn Strauß nicht gebraucht wird, wie ich meine, dann wird er auch wohl nicht Regierungschef werden, kann eingewandt werden, aber es geht in unserem dunklen Weltteil nicht oft rational zu, es gibt einen sehr schwer einzuschätzenden Faktor, die Frage nämlich, ob der nur weggeschobene deutsche Faschismus nicht tief in den gedanklichen und gefühlsmäßigen Schichten großer Teile der Bevölkerung noch wabert, und Strauß ist eine Identifikationsfigur dieses Teils der Bevölkerung. Ich trau mir da ein Urteil nicht zu.

Es wäre mir sehr lieb gewesen, einen Beitrag von Ihnen in dem Band zu haben. So mache ich einen neuen Vorschlag: Wenn Sie kurz (oder auch länger) beschreiben wollen, warum sie sich mit keinem satirischen Beitrag nur in Richtung Strauß beteiligen wollen, so werde ich das in den Band aufnehmen. Aber ich dränge Sie nicht, verstehe Ihr Unbehagen gut...

Der dunklen Tinten ungeachtet, in denen in Deutschland nun einmal gemalt wird, hoffe ich Sie guter Dinge, und ich würde mich sehr freuen, Sie zu sehen, wenn Sie etwa mal in diese Gegend kommen (um München herum).

Herzlich
Ihr Heinar Kipphardt

Aarhus, z. Z. in Frankfurt, 5. 11. 79

Lieber Heinar Kipphardt,
haben Sie einen herzlichen Dank für Ihren Brief vom 20. 9. zuerst und entschuldigen Sie bitte meine späte Antwort, hoffentlich nicht zu spät. Mir fiel es aus verschiedenen Gründen nicht leicht, einige Seiten in der Sache Strauß-Schmidt satirisch darzulegen. Politisch oder soziologisch usw. von einem bestimmten sozialistischen Standpunkt aus Probleme zu analysieren, habe ich seit einiger Zeit versucht; eine Satire zu schreiben, mußte mir darum besonders schwer (?) fallen. Ob Sie mit meiner Kombination von Satire und analytischen Bemerkungen einverstanden sind, weiß ich nicht, je-

denfalls stelle ich Ihnen die beiliegenden Seiten für Ihr Projekt zur Verfügung...

Mit herzlichen Grüßen
Rudi Dutschke

P.S.: Durch Ihren Brief überzeugten Sie mich jedenfalls, mit «einzusteigen» in die Sache. Wenn es falsch ist, Ihrer Meinung nach, steige ich halt mit meinem kleinen Beitrag wieder aus – ohne jede Säuerlichkeit.

Aus der Anthologie «Aus Liebe zu Deutschland», hg. von Heinar Kipphardt, München 1980. – 1981 gab Kipphardt eine zweite Anthologie heraus: «Vom deutschen Herbst zum bleichen deutschen Winter. Eine Lesebuch zum Modell Deutschland». Beide Bücher erschienen in der AutorenEdition.

Über das Strauß-Buch äußerte sich Kipphardt auch in Briefen an Ingeborg Drewitz, vgl. S. 222–223 in diesem Band.

Wer schützt uns vor unseren Beschützern?

Mit der Reagan-Haig-Weinberger-Administration kommt uns der Krieg quasi wöchentlich näher. Man muß nicht sehr scharfsinnig sein, um die Verschleierungen zu durchdringen. Die Schwelle des atomaren Krieges soll herabgesetzt, der begrenzte Atomkrieg möglich werden. Mit neuen Atomraketen und neuerdings Neutronenbomben (die neue Artillerie!) soll das Risiko eines begrenzten Atomschlags auf Mitteleuropa verlagert werden, auf die Bundesrepublik Deutschland insbesondere. Die atomare Erpressung soll aus der Position der Stärke möglich werden, und wenn das nicht funktioniert, der Stellvertreterkrieg, den wenigstens die deutsche Bevölkerung nicht überleben würde, auch wenn die Eskalation gegen die Erwartung begrenzbar bliebe. Dabei muß die deutsche Regierung nicht einmal gefragt werden, ob der Atomkrieg von ihrem Territorium ausgelöst wird. Das regelt nach Vertrag die Schutzmacht, deren militärische Anstrengungen wir bezahlen. Ich denke, wir haben in den letzten Monaten ein paar Nachhilfestunden in Sachen unserer nationalen Souveränität bekommen.

Wenn die Regierung sich den kriegerischen Umarmungen der Schutzmacht nicht entziehen kann oder will, muß ihr klargemacht werden, daß sich die Bevölkerung nicht für die Schutzmacht versaften lassen will.

Die Supermächte, die zusammen nicht zehn Prozent der Weltbevölkerung ausmachen, müssen das Risiko eines atomaren Krieges schon selber tragen, wenn sie nicht den gefährlichen Wahnsinn ihres Wettrüstens durch Abrüstungsverträge beenden können.

Wenn es nach uns eine Geschichtsschreibung noch gibt, soll sie unsere Zeit als den verfolgswahnsinnigen Massenmord von Ameisenhorden beschreiben, die nichts Wichtigeres als die Vergrößerung ihrer Tötungswerkzeuge kennen? Ein Atom-U-Boot Poseidon hat z. B. die Explosionskraft des ganzen zweiten Weltkrieges an Bord, wie ihr russisches Pendant natürlich auch. 7000 auf bundesdeutschem Boden versammelte Atomsprengköpfe genügen durchaus, den alten Kontinent unbewohnbar zu machen.

Was die jeweils Nachrüstung genannten Rüstungseskalationen angeht: es gibt keine Waffe, die nur in der Hand von einer Seite bleibt, und wenn Neutronenwaffen so gut gegen russische Panzer sein sollen, dann können sie wohl auch von russischen Panzern abgeschossen werden. Auch die Größe und Reichweite dieser besonders makabren Waffe ist technisch wohl nicht festgeschrieben.

Den nationalen Notstand abzuwenden, ist die Regierung ihrer Bevölkerung die Erklärung schuldig, daß sie die Stationierung von Neutronenwaffen auf ihrem Territorium nicht zulassen wird. Wenn die Verträge mit der Schutzmacht das nicht zulassen, so muß sie diese Verträge ergänzen oder kündigen.

Ich sah einen Ausschnitt aus einer Pressekonferenz Reagans nach dem Abschuß der libyschen Kampfflugzeuge vor deren Küste. Da wurde Reagan gefragt, warum er so spät, nämlich erst am nächsten Morgen, darüber informiert worden sei, und er antwortete gutgelaunt, daß man ihn doch nicht wecken müsse, wenn die anderen abgeschossen worden seien. Er würde sich wohl auch wegen uns nicht wecken lassen.

Das Kunststück, das gegenwärtig erlernt werden muß, scheint darin zu bestehen: Wie können sich die Beschützten vor ihren Schutzmächten schützen?

Es gibt in der Geschichte keine vergleichbare Situation. Die allgemeine, die ganze Bevölkerung bedrohende Gefahr macht eine allgemeine Gegenwehr erforderlich, die an bestimmte politische Überzeugungen nicht gebunden ist.

Der internationale Appell der Schriftsteller, der sich an beide Supermächte wendet, ist ein Teil dieser Gegenwehr. Er soll helfen, daß sich die Bevölkerung der verschiedenen Länder nicht zum hilflosen Objekt militärischer Spekulationen machen läßt. Nach unserer wenig beachteten Verfassung ist der Souverän das Volk.

Stellungnahme Kipphardts zu einem von ihm mit unterzeichneten Friedens-Appell europäischer Schriftsteller, August 1981. Gedruckt nach einem Manuskript im Nachlaß.

[Ächtung des Krieges]

Es gab einen Psychiater, der hieß Kraepelin, und vor dem ersten Weltkrieg brachte er einen Begriff in die Psychiatrie, der höchst unbrauchbar war für die Psychiatrie, nämlich die Paranoia, den Verfolgungswahnsinn. Dieser Begriff ist höchst tauglich für unsere Betrachtung von politischen Bewegungen in unserer Zeit. Wenn ich mich umsehe in unserer Geschichte oder überhaupt in der neueren Geschichte, ist, glaube ich, kein Krieg begonnen worden, außer daß der Kriegführende, Kriegauslösende gesagt hat: Er ist der eigentliche Friedensstifter. Also alle haben mit einem bestimmten Wahnsystem ihre Bevölkerung getäuscht; – meinetwegen, das absurdeste Beispiel ist Hitler, der es fertigbrachte, Verschwörung des Weltjudentums mit der Verschwörung der Kommunisten und der Plutokraten in Verbindung zu bringen. Wir haben diesen weiterwirkenden Verfolgungswahnsinn des Antikommunismus, nämlich auf amerikanischer Seite, in verschiedenen Schattierungen auch in vielen anderen westeuropäischen entwickelten kapitalistischen Staaten. Aber man muß auch sagen: Es gibt auch das psychologische Problem des Verfolgungswahnsinns auf der Seite des sogenannten realen Sozialismus. Wir brauchen doch nur mal die Protokolle der

Moskauer Schauprozesse durchzulesen, oder Slansky oder Pauker oder Bucharin, da sehen wir doch ein bestimmtes paranoisches Verfolgungssystem, und ich glaube, daß es in der Gefahr eines heutigen Atomkrieges sehr wohl darauf ankommt, was der andere denkt, in seinem Verfolgungswahn denkt. Ich meine, in bestimmter Hinsicht kann man dieser schrecklichen amerikanischen Administration Reagan-Haig-Weinberger dankbar sein, daß sie, jede Woche mit neuen schrecklichen Parolen aufwartend, uns deutlich gemacht hat: Der Friede in der Welt ist nicht gut aufgehoben bei den Regierungen der Supermächte.

Er ist nicht gut aufgehoben bei ihnen. Wir können sehen, daß das sogenannte Gleichgewicht des Schreckens nicht funktioniert. Es war immer eine untaugliche Formel, jetzt sehen wir, daß dieses Gleichgewicht wie auf einer Nadelspitze tanzt und unsere ganze Zivilisation vernichten kann. Ich meinte, als die Leute in der Wüste von Alamogordo, so hieß die Wüste des ersten Atomtestes, aus diesen Sehschlitzen rausguckten, Oppenheimer, Fermi und viele andere, und als sie sich mit ihren Fettmasken und ihren schwarzen Brillen abwendeten, als diese erste Explosion gelang, man dieses ungeheure Licht sah, dieses nie gesehene, dieses Grollen des Gewitters hörte, viele Minuten lang, das nie gehört wurde, da trat ja tatsächlich zweierlei ein, Hermlin hat darauf aufmerksam gemacht, der Schrecken, die Vernichtungsmöglichkeit war übergroß geworden. Die Sowjetunion war ununterbrochen in der Zwangslage gleichzuziehen, und es entstand diese schlimme Konstellation, daß zwei Supermächte die ganze Welt dirigieren. Aber es entstand auch etwas ganz Neues, nämlich der Krieg wurde als Mittel disqualifiziert. Die Vernichtungskraft war so groß geworden – mit der Atombombe kann der Krieg nicht länger ein Mittel der Politik sein. Deswegen ist es unbedingt nötig, nicht nur die Atomwaffen zu ächten, sondern auch den Krieg als eine politische Maßnahme, ein politisches Instrument überhaupt zu ächten.

Ich komme jetzt auf unsere deutsche Sonderlage. Ich kenne, wie jeder weiß, beide Teile, beide Staaten, die aus dem ehemaligen Deutschen Reich hervorgegangen sind, ganz gut. Die Lage, in der wir uns befinden, ich spreche jetzt, da ich aus München komme, von der Bundesrepublik, ist doch, daß die Leute auf einmal mit Schrekken erfahren haben, die Militärs denken darüber nach, wie kommt man von der globalen Vernichtung herunter, welche Wege kann man finden, begrenzte Stellvertreterkriege mit taktischen oder wie immer genannten Atomwaffen zu führen. Und man hat, das ist ja eine praktische Sache, und ich kann das auch nachempfinden nach den Schrecknissen, die vom deutschen Territorium ausgegangen sind, man hat gefunden, daß dieses deutsche Gebiet eigentlich ein ganz praktisches Kriegstheater wäre. Und jetzt kommen wir zu der seltsamen Tatsache: Auf bundesdeutschem Territorium lagern, so wird gesagt, an die 5000 Atomsprengköpfe. Den Amerikanern genügt das nicht. Sie reden davon, Pershing II einzuführen, als eine Gegenmaßnahme, wie sie sagen. Sie sprechen von der Neutronenbombe, die ja die viel praktischere Waffe sei. Wir bundesdeutschen Bürger sind in der seltsamen Lage, daß wir überhaupt nicht beeinflussen können, ob diese Waffen installiert werden, ob sie gebraucht werden, weder Deutschland-Vertrag noch Truppen-Vertrag geben der bundesdeutschen Regierung eine Möglichkeit der Intervention. Das heißt, für uns entsteht die Frage: Wie schützen wir uns da vor unseren Schutzmächten? Das ist die Frage, die auch die Friedensbewegung in der Bundesrepublik bewegt. Das ist eine Bewegung, die nicht mehr den Parteien traut, die nicht mehr den Politikern traut.

Der einzige Weg ist die Verweigerung, der einzige Weg ist, den Politikern deutlich zu machen: Wir gehen euren Weg nicht! Dann wird man diese Waffen nicht einführen können. Ich nehme an – ich weiß das nicht, will auch nicht darüber sprechen, das ist Ihre Sache –, aber ich glaube, daß sich die DDR ihrer Schutzmacht gegenüber auch in einer etwas merkwürdigen Lage befindet. Ich kenne Ihre Truppenverträge nicht, aber ich könnte mir denken, daß die Bewegungsmöglichkeiten auch des Staates DDR klein sind gegenüber seiner Schutzmacht. Wir in der Bundesrepublik haben erfahren, daß dieser Spielraum sehr klein ist.

Wir Schriftsteller sind ja nicht Bittgänger, wir sind ja nicht Nachvollzieher von Regierungsmeinungen, so entstehen nur schlechte Bücher. Und es entstehen auch keine Gedanken, wenn wir nur nachvollziehen wollten und verteidigen, was die Politiker beschließen. Ich denke, jedenfalls ist das meine Haltung, man muß auffordern zum zivilen Ungehorsam gegenüber Regierungen, wenn sie Friedensfeindliches beschließen.

Man muß der Friedensbewegung in der Bundesrepublik weitergehende Zielsetzungen geben, sie muß sich die geben. Und ich glaube, diese Zielsetzungen liegen sehr nahe. Man muß sagen: Wenn wir uns vor den Schutzmächten fürchten müssen, dann müssen wir entweder als ersten Schritt unsere Verträge dahingehend abändern, daß wir tatsächliche Vollmachten bekommen, oder wir müssen sie kündigen.

Es würde, glaube ich, der Bevölkerung dieser beiden deutschen Staaten gut anstehen, wenn sie eine Anstrengung machte, tatsächlich die Abrüstung auf diesem Territorium dieser beiden Staaten von innen ausgehen zu lassen, mit der Zielsetzung zu einem atomwaffenfreien Europa, zu einer Ächtung aller Atomwaffen und zur Ächtung des Krieges.

Beitrag Kipphardts bei der «Berliner Begegnung zur Friedensförderung», 13./14. Dezember 1981. Gedruckt nach dem Protokollband, Luchterhand Verlag, Darmstadt und Neuwied 1982.

[Gegen die Kulturvernichtung]

An die Mitglieder des Dortmunder Schauspielensembles zu Händen von Roland Gall, Kuhstr. 12, 4600 Dortmund

Ich solidarisiere mich mit Ihrem Kampf gegen den kulturfeindlichen und sehr banausischen Plan, in der alten Ruhrgebietsstadt Dortmund ausgerechnet das Schauspiel als Sparmaßnahme in der Wirtschaftskrise schließen zu wollen.

Wenn dieser Plan Wirklichkeit würde, dann wäre nicht nur die Theaterstadt Dortmund betroffen, es könnten Überlegungen in anderen Stadtverwaltungen in Gang gesetzt werden, deren Ende die Zerstörung unseres Theatersystems wäre. Es sitzen in vielen Städten Beamte, denen das Theater, die Bibliotheken, die Volkshochschulen und die Museen gleichgültig sind, denn sie brauchen kein Theater, und sie lesen keine Bücher. Der Dortmunder Weg kann denen leicht einleuchten.

Ich hoffe, der Dortmunder Stadtrat empfindet sensibler als der vorschlagende Oberstadtdirektor, wie folgenreich die Schließung des Dortmunder Schauspiels für die Theaterkunst in der Bundesrepublik Deutschland wäre.

Ich bedaure sehr, nicht selbst an Ihrer Manifestation teilnehmen zu können.

Ich ermuntere Sie zu phantasievollem Widerstand gegen die Kulturvernichtung auf dem Felde des Theaters.

Herzlich
Ihr Heinar Kipphardt

Brief-Kopie im Nachlaß Kipphardts, Angelsbruck. Datiert: 23. September 1982.

«Eine Büchersammlung …

… ist der Gegenwert eines großen Kapitals, das geräuschlos unberechenbar Zinsen spendet.»

Dieses Goethe-Wort könnte beinahe auch für Pfandbriefe gelten, allein: dafür bedarf es keines *großen* Kapitals, und die Zinsen sind berechenbar.

26.
Über Weggefährten, über Fragen der Ästhetik

1976 erschien Heinar Kipphardts erster (und einziger) Roman: «März», die Geschichte eines schizophrenen Dichters, mit der die herrschende Normalität grundlegend infragegestellt wird. Das Buch erwies sich als einer der radikalsten zeitkritischen Romane der Nachkriegsliteratur. «März» wurde ein sensationeller Erfolg. Kritiker sprachen von einem erneuten literarischen Durchbruch Kipphardts. 1977 erhielt er für den Roman den Literaturpreis der Freien und Hansestadt Bremen. Danach war er mehrere Jahre lang Jurymitglied für diese Auszeichnung.

Aus dem Kontext dieser Jury-Arbeit stammen einige Äußerungen Kipphardts über ästhetische Fragen. Er war ein vielbelesener Mann mit entschiedenen Urteilen, die er gern im Gespräch entwickelte; aber er tat sich zunehmend schwer, in essayistischer Form über Literatur zu schreiben. «...ich bin, wie Sie wohl wissen, zu literarischen Aufsätzen nur unter der Drohung schwerster Körperstrafen zu bringen», bekannte er Anfang 1979 in einem Brief an Jürgen Manthey. Daher gibt es nur sehr wenige Aufsätze Kipphardts aus den siebziger und achtziger Jahren über Literatur und Ästhetik; hinzu kommen einige Gedanken und Maximen aus seinen Notatheften und Vortragsmappen.

Der «März»-Roman war das erste Buch Kipphardts, das in der AutorenEdition erschien, einem von Schriftstellern selbstverwalteten literarischen Verlag. Dieses Verlagsmodell gefiel Kipphardt, «das sind nachdenkliche Leute, die sich von den Warenneurosen ziemlich frei halten», schrieb er einem befreundeten Autor. Kipphardt wurde 1977 Mitherausgeber der AutorenEdition. Gemeinsam mit den anderen Herausgebern, Gerd Fuchs und Uwe Timm, förderte er eine kritisch-aufklärerische Gegenwartsliteratur, die einem weit gefaßten Realismus-Begriff verpflichtet war.

Ernst Busch zu rühmen

Ernst Busch zu rühmen ist überflüssig. Diesseits der Barrikade wird er von jedem gekannt. Die Stimme des deutschen Proletariats, seines nicht zum Haustier gewordenen politisch kämpfenden Teiles. Die Nazis nannten ihn den Barrikaden-Tauber, bürgerten ihn aus, verjagten ihn. Antwerpen, Hilversum, Moskau, Madrid bis zum Ende des Spanischen Bürgerkrieges, Internierungslager in Südfrankreich. Als er nach dreijährigem Aufenthalt in der Schweiz zu fliehen versucht, wird er von Vichy-Gendarmen aufgegriffen und der Gestapo ausgeliefert. Er wartet im Gefängnis Berlin-Moabit auf seine Anklage. Sie lautet: «Hat durch Gesangsvorträge den Kommunismus in Europa verbreitet.» Ein Bombenangriff auf Berlin zerstört einen Teil des Moabiter Gefängnisses. Unter den verletzten Häftlingen ist Ernst Busch mit einem Schädelbruch und einer linksseitigen Gesichtslähmung. Er wird wegen Hochverrats verurteilt. Die Strafe wird herabgesetzt, «da der Angeklagte seinen Beruf als Sänger und Schauspieler nicht mehr ausüben kann». Im April 1945 befreit ihn die Rote Armee aus dem Zuchthaus Brandenburg. Im November 1945 spielt er im Berliner Hebbel-Theater. Das ist nicht das Leben eines gefeierten Sängers. Ein Barrikaden-Tauber? Ernst Busch ist die Widerlegung des Bürgeridols Richard Tauber eher als seine Entsprechung.

Busch widerlegt den Mythos der schönen Stimme, die es gleichgültig scheinen läßt, was da gesungen wird und für wen. Durch die Arbeit von Busch sind ganze Bereiche der Vokal-Musik anachronistisch geworden. Die Schönheit seines Vortrags kommt auf unnachahmlich einfache Art aus der Sprache, aus dem Sinn eines Textes, aus dessen Bedeutung für die Klassenkämpfe der eigenen Zeit. Die Lieder von Ernst Busch haben den Rang von revolutionären Dokumenten. Sie beschreiben Geschichte aus der Sicht der Geschichte Erleidenden. Sie geben ihnen historische Gründe. Sie erlauben eingreifendes Denken. Sie machen Lust auf Veränderungen und Lust auf Solidarität.

Wenn späteren Zeiten nur seine Lieder überliefert wären, erführen sie über die Kämpfe der ersten Hälfte dieses Jahrhunderts einiges. Man kennt das italienische Arbeiterlied Bandiera rossa oder die Internationale oder das Einheitsfrontlied nicht ganz, wenn man sie nicht von Busch kennt. Seine Spanienlieder, zwanzig Jahre nur in historischen Aufnahmen von Tonband zu Tonband überspielt, sind vielleicht die eindrucksvollsten Zeugnisse dieser folgenreichsten Niederlage der Revolution im Europa unserer Zeit. Als Busch die Lieder endlich gesammelt neu herausgeben konnte, widmete er sie zwei befreundeten Mitkämpfern aus dem spanischen Bürgerkrieg, Maria Osten und Michael Kuslow, die in Stalins Säuberungsmaschinerien umgekommen waren. Er wollte diesen Punkt nicht verschleiern. Er gehört zur Wahrheit über diese Periode. Weil Busch als Sänger extrem bedürftig ist, sich mit dem Inhalt seiner Lieder zu identifizieren, brauchte er diese Ergänzung. Das erklärt, warum er im Unterschied zu anderen revolutionären Künstlern vom Stalinismus nicht korrumpiert wurde. Der Stalinismus begünstigte in der Kunst bekanntlich die bürgerlich-humanistischen Strömungen des 19. Jahrhunderts und bekämpfte die revolutionäre Kunst. Stanislawskij und nicht Meyerhold, Alexei Tolstoi und nicht Babel oder Majakowskij, den Bolschoi-Sänger und nicht die unfeinen Agitka-Lieder. Wenig erwünscht, trat Busch nahezu zehn Jahre als Sänger nicht auf und machte keine Schallplatten. Er spielte im Deutschen Theater und im Berliner Ensemble. Wer ihn singen hören wollte, mußte ins Theater gehen. Er sah den wichtigsten deutschen Schauspieler dieser Periode.

Als Bertolt Brecht 1951 anläßlich des damaligen Deutschlandtreffens von fürsorglichen Funktionären gebeten wurde, aus seinem «Herrnburger Bericht» den Namen von Ernst Busch zu streichen und durch den des Opernsängers Heinrich Pflanzl zu ersetzen, schrieb er höflich zurück, daß er auf seinen Busch in diesem Gedicht so wenig verzichten könne wie Goethe mutmaßlich auf den seinen in der berühmten Zeile «Füllest wieder Busch und Tal».

Typoskript im Nachlaß. Geschrieben 1970 für eine Busch-Schallplatte des Dortmunder pläne-Verlags. Der pläne-Verlag bat Kipphardt, die Passage über den Stalinismus zu streichen (von «Es gehört...» bis «...Agitka-Lieder»), um nicht antikommunistische Vorurteile in der BRD zu stärken. Als Kipphardt dies ablehnte, unterblieb die Veröffentlichung des Textes.

Therese Giehse

In seinen letzten Arbeitsjahren verlangte Brecht von seinem Theater ausdrücklich die Qualität, daß es «lebendig» sei. Dieses Wort war in seinen theoretischen Schriften selten vorgekommen. Natürlich verstand er darunter nicht im mindesten die Zurücknahme seiner analytischen Theorie und Praxis, die das Theater in der Welt verändert hat, sondern er verlangte vom Schauspieler, daß dessen analytische Arbeit, das vorgeführte Untersuchungsmaterial in die neue Qualität des Lebendigen eingebracht werde. Die Anstrengung in Leichtigkeit überführt, sollte dem Zuschauer die Produktion von kritischem Bewußtsein, das heißt von eingreifendem Denken erleichtern. Es ist diese Sorte von Lebendigkeit, die Therese Giehses Arbeit auszeichnet. Der Tod der Wassa Schelesnowa, die sich anbahnende Herzattacke im Augenblick, wo nur noch die Schwiegertochter bei der Polizei denunziert werden muß, um den Weg frei zu haben, es scheint, daß man die Szene nicht direkter, nicht lebendiger als die Giehse spielen kann, aber es ist eine Lebendigkeit, die ununterbrochen Einsichten produziert, gewonnen aus höchst artistisch dargebotenen Beobachtungen, nahezu choreographisch den Raum auszirkelnd, den langen vorsichtigen Weg vom Schreibtisch zum Kassenschrank, vom Kassenschrank zum Telefon an der Wand, vom Telefon zum Lehnstuhl mit immer kleineren Schritten, immer leichter den immer schwereren Körper transportierend, die gierige Fleischansammlung, das einzige Ziel noch der Lehnstuhl, sehr schwer zu erreichen, in den man sich setzt und stirbt.

Wenn die Giehse ein Gedicht liest, wenn sie ein Lied singt, bequem im Sitzen, scheint ihre Absicht einfach, daß der Zuschauer den Sinn des Gedichtes, des Liedes ganz versteht. Sie verwendet die bescheidensten Mittel auf die raffinierteste Weise. Obwohl zitierend, erweckt sie den Eindruck, es wären Gedichte eines Freundes, vor längerer Zeit oder auch kürzlich erdacht, unveröffentlicht, deren Richtigkeit man überprüfe. Es ist schwer, sich vorzustellen, daß die Giehse ein Gedicht liest, das sie nach Prüfung nicht billigen könnte. Vor Zuhörern lesend, prüft sie, ob sie die Zuhörer billigen kann.

Wie erreicht sie die Mitdenken produzierende Lebendigkeit? Dadurch daß sie selber denkt, ihre plebejische Vernünftigkeit in Bewegung setzt. Ihre Stimme ist durchtränkt von Vernünftigkeit, von zweiflerischer. Sie nimmt zum Text kritische Haltungen ein. Ihre Kunst, Wörter zu denunzieren, ist unübertrefflich. Sie liest einen Text nicht im Strom, sondern in Widersprüchen. In den Teilen ist nicht das Ganze, sie baut oder demontiert einen Text, wie sie eine Rolle baut, obwohl sie niemals die Haltung des Lesens aufgibt. Sie liebt die überraschenden Wendungen, sie bereitet sie nicht vor. Sie ist nicht selber überrascht. Sie bringt die Wörter auf ihre Nebenbedeutungen, auf ihren Hintersinn. Sie läßt merken, was ihren Beifall findet. Sie kann vier Wörter auf vier Tellern servieren. Das Schöne ist für sie das Charakteristische. Sie versteht, daß falsche Haltungen eingenommen werden, sie macht verstehen, daß es schwer ist, falsche Haltungen zu vermeiden. Sie billigt das nicht. Wenn sie vermutet, daß ein richtiger Satz auf Widerspruch stößt, sagt sie ihn als einen unumstößlichen. Sie sagt das Krasse krass. Indem sie es Punkt für Punkt darlegt, regt sie Veränderungen an. Sie liebt die ungeklärten Fragen, deren Lösung man sich nähert. Ihr Spaß ladet zum Teilnehmen ein. Eine gute Gastgeberin. Sie ißt gern. Sie fährt zur Kur in ein Bad, ohne einen Schluck des Brunnens zu sich zu nehmen.

Wenn sie nach einem Gedicht ein Lied singt, geht sie zu einer exakter notierten Form von Lebendigkeit über. Peter Fischers Lieder sind funktional, für den Vortrag der Giehse geschrieben. Lieder im Sitzen zu singen. Der Musiker hat die Arbeitsweise der Giehse studiert, er nimmt ihre Haltungen ein, er treibt ihren Takt- und Rhythmuswechsel in durchsichtig notierte Musikformen. Er hat die nämliche Lust, in Widersprüchen vorzugehen. Seine Lieder sind eher Liedformeln, den Sinn eines Gedichtes mit den sparsamsten musikalischen Mitteln herauszuarbeiten, den Vortrag gleichzeitig zu erleichtern und zu steigern, den Text zitierbar zu machen. Es entstehen sehr lakonische, sehr dialektische Musikgebilde, die schwierige Einfachheit, von der Bertolt Brecht aus Augsburg so oft spricht.

Typoskript im Nachlaß. Entstanden Anfang 1971 aus Anlaß eines Programms mit Brecht-Gedichten an den Münchner Kammerspielen. Mit dem Theatermusiker und Eisler-Schüler Peter Fischer hatte Kipphardt schon in den fünfziger Jahren am Deutschen Theater zusammengearbeitet.

Laudatio auf Maria Erlenberger

Liebe Christa Wolf, liebe abwesende Maria Erlenberger,
verehrte Damen und Herren!
Im späten Sommer des vergangenen Jahres, da schickte mir ein Kulturmagazin – «TTT» – ein Buch und fragte, ob ich über dieses Buch und über die Autorin einen Film machen wolle; 15 Minuten. Und ich las das Buch und war ganz außerordentlich gefesselt von der Reinheit und der Schönheit dieses Berichtes, von der Würde des Faktischen, und war ganz frappiert, als man mir sagte, das sei eine Frau oder jemand, der noch nie etwas geschrieben habe. Ich sagte dem Magazin, daß ich diesen Film gerne machen wolle; wir machten ein Team und fuhren dorthin und dort kriegte ich für einen Film doch recht merkwürdige Bedingungen. Eine Bedingung war, man dürfe die Person, da das ein Pseudonym sei, nicht erkennbar zeigen – beim Film nicht schön, wenn man die Person nicht zeigen darf, über die man einen Film machen will. Zweitens war ihre Bedingung, sie wollte ihre Antworten, da sie nicht geübt sei, im Interviews-Machen und im Filmemachen, sie wolle ihre Antworten gerne bei freiem Klavierspiel geben; auch eine merkwürdig opernhafte Zumutung für jemanden, der gewohnt ist, einen Film zu machen – und auch mit der Gefahr: macht man die Person nicht vielleicht lächerlich, gibt man sie nicht preis und weiß sie das eigentlich? Gut, wir fuhren also dahin, und in dem Studio traf ich zu meiner Verwunderung, nach Kontakten mit Anwälten, eine außerordentlich frische, sehr unbedingte, ganz unkomplizierte junge Frau, und ich sprach mit ihr über die Bedingungen, konnte ihr abringen, daß ich am nächsten Tag außer Studio mit ihr noch ein bißchen da im Park spazieren ginge und wir so weit wegblieben, um ein bißchen Material zu haben. Das verstand sie auch, sagte sie zu, aber von den Bedingungen mit dem freien Klavierspiel konnte ich sie nicht abbringen; und merkwürdigerweise stellte sich raus, sie sagte mir das – sie hatte auch das Klavierspiel nicht erlernt, sondern das Klavierspiel hatte sie auch nur in der Klinik erfahren, und es hatte ihr Spaß gemacht, und sie betrieb das, – wir alle ziemlich in Sorge, ob denn da ein Material für uns zustandekommen könne. Und ich wollte doch jemanden, der mich so befriedigt hatte mit seinem Buch, nicht bloßstellen; jemanden, der immerhin da von sich sagte so schwere Sätze

wie: «Ich schreibe mit meinem Blut Buchstaben, Worte, Sätze.» Und ich kam auch in dem Gespräch ziemlich bald in eine schwierige Lage, denn mein Fragesystem und mein System nachzudenken und Fragen zu provozieren oder hervorzurufen oder in Gang zu setzen, das paßte nicht so richtig, denn die Autorin war schwach in der Untersuchung, schwach in der Analyse und ganz stark in der Anschauung und in der begrifflichen Anschauung, also wie man einen Schriftsteller wünscht – nicht, daß er schwach in der Analyse ist, aber stark in der begrifflichen Anschauung. Ja, und meine zweite Frage, es war ja ein Bericht eigentlich, «Hunger nach Wahnsinn», der Bericht aus einer psychiatrischen Landesklinik – war das eine kranke junge Frau? Sie war das überhaupt nicht. Sie war eine erstaunliche Abweichung von der Norm, und als Abweichung war sie in die Mühlen der institutionellen Psychiatrie geraten. Was hatte sich eigentlich mit ihr zugetragen? Sie hatte ein Kind, lebte mit einem Partner zusammen, kommt aus einer Arbeiterfamilie, wie sich herausstellte, und hatte, wie sie sagte, eigentlich nie etwas gehabt, was berichtenswert war über sich. Deswegen habe sie nie geschrieben oder was getan, und das hätte alles so funktioniert – ritualisiert – wie bei anderen; und eines Tages verläßt sie diese Alltäglichkeit der normativen Leistungsgesellschaft mit ihren fremden Zwängen, mit ihrer Anpassung an fremde Zwecke – und wie macht sie das? Sie beginnt zu fasten. Sie hungert, obwohl sie gerne ißt. Sie schreibt da: «Fasten war meine große Idee, Essen meine Liebe; Fasten mein Geist, Essen mein Körper. Für nichts – nur so. Fasten ist hart, ich gab dieser Arbeit einen Sinn. In dieser Zeit aß ich von meinem Körper.» Sie fastete recht unregelmäßig: eine Zeit lang fastete sie ganz stark, dann aß sie wieder einige Tage mit dem Wunsch, eine Bestimmung über sich wenigstens auf diesem Gebiete zu bekommen, sich zu kontrollieren, ihr Ich zu finden, eine Sinnfindung zu bekommen – eine, wie man zugeben wird, merkwürdige Sinnfindung –, und sie geriet über eine lange Zeit hin dieses Sich-so-Verhaltens in die Gefahr zu sterben. Sie war noch 32 Kilo schwer und war vital gefährdet, kam in eine normale innere Klinik und begann sogleich zu essen. Es schmeckte ihr wunderbar, und sie erholte sich gut; der Kreislauf war auch ganz gut, ganz wacker – er war für die Internisten da. Aber die Internisten, quasi Naturwissenschaftler, wollten natürlich gerne herausfinden: warum macht die Frau das? Und da sagte sie ihnen das, was ich Ihnen gerade gesagt habe. Daraufhin schlossen die Doktoren schnell und scharf, daß sie in der falschen Klinik ist, und schickten sie flugs in die psychiatrische Klinik. Die Frau Erlenberger leistete auch keinen großen Widerstand, war eingewiesen für ein Vierteljahr und blieb ein ganzes Vierteljahr im Wachsaal dieser Klinik; hatte, wie sie mir sagte, im ganzen zwei kurze Gespräche mit den Ärzten, die auch fanden, daß die Motive nicht einfühlbar sind und eine Karte zogen mit einer bösen Diagnose – Schizophrenie –, und sie blieb ein Vierteljahr dort und konnte das nicht ändern. Und jetzt beschrieb sie, sah sie zum erstenmal, wie sie sagt, einen Anlaß zu schreiben. Es war etwas Wichtiges über sie mitzuteilen, und das hatte zu tun mit der Sozietät, in der sie lebt – mit der kranken Klinik, die Zusammenhang hat mit der kranken Gesellschaft, und sie beschrieb diese ihre Erfahrungen mit der Klinik, eben das Irrenhaus und seine Insassen. Sie beschrieb den ganzen Strom der Entwürdigungen von der Einweisung bis zur Medikation, auf die der Patient keinen Einfluß hat – ich will das jetzt hier nicht nachvollziehen, weil ich auch versprochen habe, kurz zu sein. Sie schreibt: «Ich bin hier eingeliefert ausgeliefert. Der Arzt hat seinen Beruf an die Medikamente abgegeben.» Sie beschreibt außerordentlich genau und sehr anschaulich eine große Anzahl anderer Patienten, und ich will Ihnen diese Fülle von Beobachtungen an ein paar Zitaten von ihr geben, da ich das nicht nacherzählen mag. Sie spricht von sich, und da sagte sie: «Das Rosenbeet – wer kann durch das Beet gehen, ohne sich zu stechen? Jeder erfüllt hier seine Krankheit, die er sich ausgesucht hat, um einen Haltegriff im Leben zu haben... Ich spielte mit meinem Tod... Das Chaos besteht aus allen Ordnungen zugleich... Ich lebe hier in der Klinik mein Leben. Hier zählt Leistung nicht... Mein Hunger ist geblieben. Ich liebe ihn. Er ist ich. Ich spreche hier für alle Tiere, denn ich beherrsche die Sprache der Menschen... Das Wissen im Nacken, daß es draußen nicht schöner ist als hier. Der Unterschied zwischen den Irren und den Normalen liegt nur darin, daß einer eingeliefert ist und einer nicht. Sie erfüllen die Regeln der Gesellschaft nicht. Was sie reizt in der Klinik: ohne Angst unter Gleichgesinnten zu leben.» Von einer Patientin sagt sie: «Für einen Konkurrenzkampf ist sie nicht geschaffen. Ich habe zu meinem Nutzen und meiner Ruhe gelernt, das Spiel der Irrenanstalt mitzuspielen. Die Frau ist der Patient des Mannes, immer und überall.» Gleichzeitig aber auch: «Frauen fressen die Männer gern auf. Ich lebe noch, ich muß weiter, wie blind weiter auf dem Messer bergab.» Nur beschreibend, nur berichtend – die Tagesabläufe, Patienten, Zustände in der Klinik, Biographien – und vor allen Dingen immer wieder ihr eigenes Leben reflektierend, bringt sie diesen engen Zusammenhang zwischen der psychischen Erkrankung und dem Druck zur Anpassung an fremde Zwecke, der krank macht, aggressiv, süchtig, neurotisch und wahnsinnig. Die Abweichung kommt in die Klinik, die sie erst zuverlässig krank macht. Sie macht aufmerksam in diesem Buch auf diesen merkwürdigen Zustand, daß wir Institutionen haben, die institutionelle Psychiatrie, die in gar keiner Weise den Hauptzweck haben der Zuwendung zum Patienten, sondern die Ruhigstellung des Patienten und das Herausrücken, das Isolieren des Patienten, das Nicht-Sichtbar-Machen des Störfaktors in unserer Sozietät. Sie polemisiert mit diesem Buch gegen den abscheulichen Gedanken, daß eigentlich in diesem Irrenhaus – ich war kürzlich in einem, da war die älteste Patientin, die mir vorgestellt wurde, 60 Jahre in dieser Klinik, wurde gerade ins Altersheim verlegt und sagte der Schwester, daß sie doch gut auf das Jesuskind aufpassen möge, dem sie seit 60 Jahren beinahe Schokolade und manchmal auch Bier hinstelle – die Abscheulichkeit, wollte ich sagen, die manche Leute anrichten, wenn sie denken, es entsteht in dieser krankmachenden Klinik sowas wie die Lebensweise des Asylanten, der Asylkultur, die man bestenfalls, da das ja abweichende, merkwürdige, bei sich bleibende Menschen sind, dichten und malen lassen kann. Ich habe da, das mögen Sie mir gestatten, am Schluß, weil ich die März-Figur bei mir so fortgesetzt habe, zwei kurze Texte von mir, die ich verlese. Eins ist ein März-Gedicht – «Der Psychiater» heißt das:

Der Vorsteher der erkrankten Seele
ist der Psychiater
genannt auch
Graupenfänger, Klapsgreifer und Meisenwart.
Den neuen Geist des Patienten zu schmieden
ist er dem Gemeinwohl hauptverantwortlich.
Der Irrsinn ist die Hauptarbeit
der psychiatrischen Vaterschaft.
Pfleglinge, Pfleger und Ärzte üben sich
ein in babylonischen Pavillonen I–XII,
verstehen sich nicht in 10000 Sprachen.

Jetzt zieht der Arzt eine Nummer
daß der Patient im Geiste seiner Krankheit
sich vervollkommnen kann.
Er schützt die Worte des Patienten und
läßt ihn Gedichte schreiben.

März-Aufsätze – «école de Lohberg»:

In unserem Pav. XII werden die Künstler wie Semmeln gebacken. Maler kriegen Buntstifte, Dichter Kugelschreiber und Weißpapier. Thema genannt, jetzt schreibt los! DAS KAMEL HAT EINEN MUMSMUND. Sehr schön, sagt Droktor K. und sammelt die Blätter ein.
Vorname
Zuname
Datum
Was macht Ihnen Spaß? Was freut Sie?
Rauchen zum Beispiel.
So kriegen wir Zigaretten und es blüht die Sprachkunst:
LEKMIINOASCHUNDSPÜLDEMITERNUDEL, sagt der Pfleger.

Ich fragte die Maria Erlenberger, ob sie denn jetzt in das schwere und riskante Geschäft des Schriftstellers eintreten wolle, ob sie ein neues Buch plane, ob sie neue Pläne habe, und sie antwortete mir ganz einfach, daß sie das nicht wisse. Sie schreibe vielleicht wieder, wenn sie etwas Wichtiges zu schreiben habe. Gegenwärtig erzieht sie ihr Kind selbst, hat das gegen die Schulbehörden durchgesetzt, daß sie es allein erziehen kann, was nicht leicht ist. Ich fragte sie nach den Schwierigkeiten und auch Gründen, und in ihrer entschiedenen und eigensinnigen und abweichenden Art sagte sie – ja, sie macht das, denn die Schulen, das sind doch schon die ersten Irrenanstalten. –

Rede zur Verleihung des Förderpreises des Bremer Literaturpreises 1978, gehalten am 26. Januar 1978. Gedruckt nach einer Tonbandabschrift der Rudolf-Alexander-Schröder-Stiftung. Maria Erlenbergers Bericht «Der Hunger nach Wahnsinn» erschien 1977 als Buch im Rowohlt Verlag.

Laudatio auf Uwe Timm
(«Morenga»)

Meine sehr verehrten Damen und Herren,
das ist eine schwierige Sache, ich hab' die noch nicht so recht gelernt, sie liegt mir seit gestern abend im Magen wie ein Mühlstein, muß ich sagen: wie beschreibt man die Vorzüge von Uwe Timms «Morenga»? Es mag vielleicht erstaunen, daß wir ein so wichtiges Unternehmen, ein so gelungenes und reiches Buch mit dem Literatur-Förderpreis auszeichnen. Der Grund liegt einfach darin, daß eben ein noch weiter greifender Versuch – der von Alexander Kluge: «Unheimlichkeit der Zeit» – vorlag. Timm ist auch ein bißchen jünger, 1940 geboren, «Morenga» sein zweites Buch, die Gedichte mal beiseitegelassen. Ich will versuchen, über die Vorzüge dieses erstaunlichen Buches etwas zu sagen.

Zum einen etwas zur Stoffwahl; mir scheint, es wird oft verkannt, daß die Stoffwahl eine außerordentliche Kategorie im Ästhetischen ist. Es ist ein ästhetisches Mittel, den richtigen Stoff zur richtigen Zeit zu finden. Das kann man nicht am Schreibtisch tun, sondern das tun Autoren eigentlich mit ihrem Leben. Sie müssen in ihrem Leben, selbst lebend, auf die Fragen der Zeit stoßen (oftmals auf Fragen, die diese Zeit verdrängt), und sie müssen diese Fragen mit großer Radikalität, mit großer Rücksichtslosigkeit behandeln; und es ist schön, wenn sie diese Rücksichtslosigkeit auch sich selbst gegenüber anwenden, das heißt: wenn sie selber, subjektiv, in diesen Stoff geraten und das, was offen ist für sie, auch als offen beschreiben. Ich wußte eigentlich gleich, als mir Uwe Timm erzählte, daß er einen Roman über den Aufstand der Hottentotten (eigentlich: der Namas) im ehemaligen Deutsch-Südwestafrika schreiben wolle, einen deutschen Kolonialroman also, da wußte ich gleich, daß das ein großer Stoff ist, ein zeitgenössisch sehr trächtiger Stoff, obwohl er sich im Jahre 1904 ereignet hatte (die stoffliche Grundlage). So freute es mich, daß Uwe Timm an diesen Stoff geraten war und – ich sah aber gleichzeitig eine riesige Herausforderung für ihn. Denn die Germanisten waren ja eigentlich fast übereingekommen: der historische Roman ist nicht mehr zu schreiben – und Timm hat eigentlich dieses Vorurteil leicht widerlegt. Er hat sich eingelassen in einen neuen Typus von historischem Roman, der mit den Wahrnehmungsweisen der eigenen Zeit zu tun hat. Zu sprechen wäre umfangreich (anhand dieses Buches und anhand der Bücher von Kluge, namentlich des ausgezeichneten «Heft 1–18» von «Unheimlichkeit der Zeit») – zu reden wäre über das Verhältnis von Faktizität und Literatur. Da gibt es ja die gröbsten Fehlurteile, die gröbste Desinformation auch von der Seite der Literaturwissenschaft, auch von der Seite der Germanistik. Die Schriftsteller haben allezeit – arbeitend – es für vollkommen selbstverständlich gehalten, daß das Faktische in ihrem Werk erscheint, erscheinen muß – in vielen Ebenen: in ihrer eigenen Biographie; in dem, was sie lesen, was sie von Welt erfahren; und schließlich in den doch hoffentlich auch von Schriftstellern betriebenen Studien zum Stoffbereich, den sie wählen, und jeder Schriftsteller kommt ganz selbstverständlich nur mit dem Stoff in eine innige Berührung und zu guten Ergebnissen, wenn er sich in ihm beschreibt. Also diese Trennung zwischen Subjektivität und Objektivität ist eine äußerst künstliche und in der Literatur niemals stattfindende; und ich kann auch nicht zustimmen, wenn es Tendenzen augenblicklich in diesem Lande gibt, die diese beiden Bemühungen sehr trennen möchten.

Weitere Vorzüge der Timmschen Arbeit, des Timmschen «Morenga»: er hat sofort begriffen, daß dieser Stoff nicht etwa ein abseitiger Stoff aus unserer Kolonialgeschichte ist – Hottentottenaufstände im Jahr 1904, was gehen die uns an? –, er hat begriffen, wie sehr in unserem Land verdrängt ist das alte und das neue Kolonialbewußtsein. Viele von uns denken ja: wir sind zwar in schlimme Historie verstrickt, scheinen aber glücklicherweise mit dem Kolonialzeitalter wenig zu tun zu haben, da wir unsere Kolonien schon im Ersten Weltkrieg verloren und die Hitlerschen Kolonialgelüste auch scheiterten. Man muß aber nur mal nach Afrika fahren oder nach Lateinamerika, etwa nach Brasilien gehen und da mal so eine Stadt wie Sao Paulo sehen: 14 Millionen Einwohner, ein Drittel Obdachlose; diese riesige Mühle von Industrie, die sich da ansammelt und wo der goldene Staub so herausrieselt – diese leicht transportierbare Ware Geld, Profit. Und dann muß man sich einmal die Inschriften ansehen an den Wolkenkratzern, mal jemanden fragen über Investitionen; und dann sieht man sehr schnell, daß wir der zweitgrößte Exporteur – zumindest in Brasilien – der zweitgrößte Exporteur von Kapital in diesem neuen Geschäftskolonialismus sind; und es ist ein Verdienst des Buches von Timm, daß er Kolonisation in Deutsch-Südwestafrika zugleich auch beschreibt als einen Geschäftsvorgang. Als ich mich zu erinnern suchte: was ist denn eigentlich so in meinem Leben verbunden damit? – da dachte ich an so kleine schlesische Geschäfte, die merkwürdigerweise ja Kolonialwarenläden heißen; die da so Datteln und Zimt und Vanille und Muskat und Gewürznelken und Kaffee und Tabak – alle abenteuerlichen Genüsse – einem auf dem Geruchswege schon verschafften. Ich erinnerte mich auch eines Lehrers oder mehrerer, die ganz selbstverständlich uns Kinder und Schüler, wenn man besonders dumm sich angestellt hatte, immer beschimpften als «Kaffer» oder «Hottentotte». Ich erinnere mich an die Vorurteile, die wir alle haben etwa dem Neger gegenüber: unsere Sexualängste, unsere Sexualaggressionen zeigen sich auf diesem Felde; ganz deutlich, wie tief in unserem Emotionshaushalt koloniales Denken da ist – Rassismus, deutsche Sendung, unser Verhältnis zu Befreiungskriegen. Wenn ich das richtig sehe, waren wir bei den Befreiungskriegen, die nach dem Zweiten Weltkrieg stattgefunden haben in den kolonialen Bereichen, immer auf der Seite der Kolonialisten; und erst in allerletzter Zeit – wenn es schien, daß die Geschäfte zu retten wären – haben wir dann die andere Seite akzeptiert als ein Faktum. Die Problematik sitzt tief in unseren Köpfen – wir deutschen Aschenbrödel bei der Verteilung der Kolonien im früheren Kolonialzustande und wir Phoenixe des neuen Geschäftskapitalismus, der natürlich hygienischer vor sich geht, weil ja eben Geld handlicher und eine angenehmere Ware ist und auch ein angenehmeres Unterdrückungsinstrument als Kanonenboote etwa.

Wie ist Timm mit dem umfassenden Stoff umgegangen? Es ist ihm gelungen, die Subjektivität seiner eigenen Kindererfahrung festzuhalten, seines Werdens, seiner Leiden, seiner Gefühle, seiner Eßsitten, wie er mir erzählt hat, seiner Demütigungen in einem Kürschnerladen in Hamburg (also ein Konkurrenz-Hanseat), die er da beschrieben hat in seiner Hauptfigur Gottschalk – an dessen Leiden in einem Kolonialwarenladen, als Heringsbändiger, der seine private Emanzipation schafft, zum Veterinär wird, zum Heeresveterinär, und der jetzt eine große Projektion im Kolonialleben macht, nämlich ein ganz anderes Leben zu führen in diesem schönen Südwestafrika, wo man Rinder, Pferde züchtet, ein Farmhaus hat, eine Familie hat, Kinder hat, deutsche Kultur dort verbreiten wird, Hausmusik betreibt – und der, wenn ich nicht irre, auch immer spricht von einer Sonate, die er gern da spielen möchte, und das ist die Sonate «La Buscha» von Johann Heinrich Schmelzer. Er kommt mit allen Illusionen dahin, wird getragen von einem Neger an Land, sieht große Möglichkeiten und nimmt leidend und erfahrend, beobachtend teil, ändert sich mäßig und kommt aus dem Land, wartend auf die Auflösung seines Dienstvertrages, ein Abschiedsgesuch; sein Zustand geht bis zu einer Verstörung, nach den schmerzlichen Erfahrungen, wo er nur noch herumsitzt und seine Pfeife raucht: in speckigen Hosen auf der Terrasse sitzt, die nackten Füße auf einem ausgefransten Korbsessel, und für einen Hottentotten gehalten wird mit seinem blauen Damenhut auf dem Kopf und darauf wartet, daß dieses Gesuch bewilligt wird und er nach Glückstadt zurückkehren kann – ein anderer.

Weitere Vorzüge des Buches: es hat ein erstaunliches Quantum an Humor – und ich denke, es gibt keine Kunst einigen Ranges ohne Humor, ohne das Komische. Das Buch hat große Zärtlichkeit der Beschreibung. Er läßt sich in die andere Kultur ein, wie ein Liebhaber seine Geliebte beschreibt. Aber man muß zugeben, er läßt sich auch in unsere Kultur, die wilhelminisch-preußische, auch die hanseatische ein, die mit Verständnis kritisiert wird, mit bissigem Humor; und er kann das durch die Beweglichkeit, durch die Bewegung seiner Figur. Die Verbeugung vor einer anderen Kultur – der Wunsch, ihre Emanzipation, ihre Befreiung zu befördern – ist immer gegenwärtig, und sie läßt unseren Blick gehen auf die anstehenden, die zukünftigen Befreiungsbewegungen: die SWAPO im jetzigen Namibia etwa, die wir so gerne als Oberlehrer belehren möchten, der wir unsere Kulturvorstellung aufzwingen möchten, als wäre das eine so glückverheißende? Aus unseren Köpfen ist nicht heraus die Vorstellung, wir müßten die Welt nach unserem Bilde modeln, und wir wundern uns sehr, wenn unsere Belehrungen (technologischer Art oder geschäftlicher Art) nicht akzeptiert werden. Um das zu belegen, habe ich mir einige Zitate beschafft – und auch, um meine Reverenz meinem bayerischen Ministerpräsidenten Strauß zu erweisen. Aus einem Interview, das er zu Afrika gegeben hat, habe ich ein paar Kernsätze. So sagt er darin zu Namibia, Rhodesien, Südafrika: «Ich habe in Salisbury bei der schwarzen Bevölkerung Lebensfreude und Heiterkeit festgestellt.» Der Interviewer fragte ihn: «Aber Sie werden uns zustimmen, daß die Schwarzen nicht nur nach Wohlstand drängen?» Er antwortet: «Selbstverständlich nicht. Viele wollten unter anderem auch das Recht, sich gegenseitig umbringen zu dürfen.» Gefragt, was denn wohl zu tun sei, wenn in dem ehemaligen Deutsch-Südwestafrika etwa der Bürgerkrieg beginnt und die Weißen in Bedrängnis geraten, da gibt er folgendes Beispiel – er sagt: «Was notwendig ist, ist die Anwesenheit südafrikanischer Truppen in gewisser Dislozierung; sonst gibt es keine Ruhe. Wie würden Sie sich denn verhalten», fragt Strauß, «wenn Sie auf einer Straße eine Patrouille zu Fuß machen – Ihnen kommt eine Frau entgegen, auf dem Arm ein Baby, und in dem Moment, wo sie an Ihnen vorbeigeht, schmeißt sie Ihnen das Baby vor die Füße – in Wirklichkeit ein Sprengstoffpaket der SWAPO – und drei Ihrer Kameraden liegen tot da und die anderen zehn mit schweren Verletzungen. Da würden Sie hingehen, dieser Frau Schokolade anbieten, ihr im Namen der UNO für die große demokratische Leistung ein besonderes Wort der Anerkennung sagen – oder würden Sie nicht auch handgreiflich werden?»

Ich denke, nicht nur in diesem Interview, nicht nur im Kopf dieses Politikers, sondern in Teilen des Gehirns von uns allen sitzt die Betrachtungsweise, daß unsere Kultur das schließliche Ziel menschlicher Emanzipation wäre und daß wir dafür zu sorgen hätten, daß alle auf unseren höchst unglücklichen Stand kämen. Das Buch von Uwe Timm trägt dazu bei, dieses Vorurteil zu beseitigen.

Rede, gehalten zur Verleihung des Bremer Literaturpreises am 26. Januar 1979. Hier gedruckt nach einem Typoskript im Nachlaß, das offenbar die Transkription eines Tonbandmitschnitts enthält.

Meyer-Clason zum 70. Geburtstag

Mein lieber Herr Meyer-Clason,
Sie sind so jung, so vor allem Anfang, und ich möchte Sie, so gut ich es kann, bitten, lieber Herr, Geduld zu haben gegen alles Ungelöste in Ihrem Herzen und zu versuchen, die Fragen selbst liebzuhaben wie verschlossene Stuben und wie Bücher, die in einer sehr fremden

Sprache geschrieben sind. Forschen Sie jetzt nicht nach den Antworten, die Ihnen nicht gegeben werden können, weil Sie sie nicht leben könnten. Und es handelt sich darum, alles zu leben. Leben Sie jetzt die Fragen. Vielleicht leben Sie dann allmählich, ohne es zu merken, eines fernen Tages in die Antwort hinein. – Aber nehmen Sie das, was kommt, in großem Vertrauen hin, und wenn es nur aus Ihrem Willen kommt, aus irgendeiner Not Ihres Innern, so nehmen Sie es auf sich und hassen Sie nichts. Das Geschlecht ist schwer; ja. Aber es ist Schweres, was uns aufgetragen wurde, fast alles Ernste ist schwer, und alles ist ernst. – Alles ist austragen und dann gebären. Jeden Eindruck und jeden Keim eines Gefühls ganz in sich, im Dunkel, im Unsagbaren, Unbewußten, dem eigenen Verstande Unerreichbaren sich vollenden lassen und mit tiefer Demut und Geduld die Stunde der Niederkunft einer neuen Klarheit abwarten: das allein heißt künstlerisch leben: im Verstehen wie im Schaffen.

Weil mich, lieber Meyer-Clason, Ihre junge Begeisterungsfähigkeit oft beeindruckt hat, dachte ich, Ihnen zum Geburtstag eine zeitgenössische Variante der ‹Briefe an einen jungen Dichter› des Rainer Maria Rilke, aus denen ich oben zitiert habe, zu widmen. Ich sah aber bei neuer Lektüre, daß Sie das alles schon wissen und beherzigen: ‹In einem Schöpfergedanken leben tausend vergessene Liebesnächte auf und erfüllen ihn mit Hoheit und Höhe. Und die in den Nächten zusammenkommen und verflochten sind in wiegender Wollust, tun eine ernste Arbeit und sammeln Süßigkeiten an, Tiefe und Kraft für das Lied irgendeines kommenden Dichters, der aufstehn wird, um unsägliche Wonnen zu sagen.› Wie kann die Tiefe dieses Rates übertroffen werden? Und wer wird da nicht gern arbeiten?

Um wenigstens zu einem bescheidenen Glückwunsche zu kommen, mußte ich den März einspannen, den man kommandieren kann, wo die jungen Dichter austragen. Er brachte auch gleich ein geläufiges Glückssymbol, das Einhorn, und setzte das ziemlich in einem Zuge in die von ihm gekannten eigenwilligen Verse. Ohne im Geringsten in Frage und Antwort allmählich hinein zu leben, schrieb er ‹für Meyer-Clason› darüber und war in einer Stunde fertig.

Das Einhorn

Wenn man das Einhorn gesehen hat
in einer Schlucht oder Waldlichtung
(z. B. bei Kleutsch auf dem Kleutschberg
im Winter)
hatte man ausgesorgt
wurden die Wünsche erfüllt
Ballonfahrt und Kuß durch ein Mädchen
Maria, die Jungfrau, überreicht mir
in Bali die Ananasfrucht.
Leider ich sah bisher niemals ein Einhorn
stell es mir prächtig vor
mit rotem Schwanz
eine Feuerlohe.
Das Einhorn kommt gerne bei Nacht
trinkt gerne Stutenmilch.
Ich selbst bin ab an ein Einhorn
die Welt ein Ameisenhaufen.

Von Herzen
Ihr Heinar Kipphardt

Geschrieben zum 70. Geburtstag des Schriftstellers und Übersetzers Curt Meyer-Clason, 30. Juli 1980. Typoskript in Angelsbruck.

Aus den Notatheften
(1974–81)

Theater ist eine lustvolle gemeinsame Produktion
Besonderheit Zuschauer
modellhaft
Im naiven Vorgang erscheint der epochale.
Trainiert Genußfähigkeit, Denkfähigkeit
Vergnügen, Wirklichkeitszustände als instabil und veränderbar zu erfahren.

Zweck: die verändernde Haltung als die persönliche, menschliche Haltung zu etablieren.

[1974]

Poesie ist die Bildschärfe des Gedankens, meint Kipphardt.

[1974/75]

März fragt:

Ist der Wahnsinn vielleicht heute in der Kunst behausbar.

[1976]

Die Empörung der Massen gegen Pop-Kunst ist wohl der Schrekken, daß die Ware tatsächlich alles sein soll. Die Angst davor.

[1977]

Die Liebe bedarf der Poesie besonders, da sie in körperlicher Hinsicht ein rabiat tierischer Vorgang ist.

[1977]

Ist die Schönheit das Unmögliche? Der poetische Leib ist das sinnliche Abbild des Charakteristischen, der poetische Geist das entworfene Bild des Noch-nicht-da-Seienden, Erwünschten, dem Kommen Nähergebrachten. (Das noch nicht Mögliche ist das gegenwärtig Unmögliche auch.)

[1977]

«Die Sucht nach Perfektion läßt einen noch verabscheuen, was ihr nahe kommt.» (Flaubert)

Die Figur eines Mannes, dem es schwer fällt zu sprechen, weil er im Stil die Aussage sieht, Angst vor der banalen Bedeutung der Wörter hat.

«Der Stil ist das Schweigen der Rede.»

[1978]

«Es gibt niemals wirklich eine Originalität. Wir leben in einer Art großem Austausch, in einem großen Zwischen-Text. Die Ideen zirkulieren, die Sprache auch. Das einzige, was wir dabei tun und uns aneignen können, ist, sie zu kombinieren.» (Roland Barthes, Interview)

Forts. Barthes: «Eine Idee wird nicht geschaffen: sie ist da, sie ist wie eine Art großer Markt in einer großen Ökonomie. Die Ideen zirkulieren, und nur zu einem bestimmten Zeitpunkt werden sie angehalten, man ordnet sie an, und es kommt, etwa wie im Film, zu einer Montage, und das ergibt ein Werk.»

[1978]

Alles in meinem Körper arbeitet im vollständigen Dunkel. Es ist merkwürdig, daß der Körper für sein Funktionieren das Sehen nicht benötigt, keine Art der Kontrolle. Die Helligkeit der Gedanken aus dem vollständigen Dunkel des Gehirns.

[1980]

«Prometheus: Nie war wie heute ihrem Ende nah die Welt.» (Hacks, Pandora. Als Beispiel der vollendeten Plattheit durch Form als Tiefsinn gehandelt. Vorsichtshalber sagt Epimetheus einige Zeit vorher: «Nicht seicht sein, Bruder.»)

In den Szenen, wo sich die Brüder mit Sentenzen und Tiefsinn dreschen, geht H. den Weg dichtenden Do-it-yourself-Büchmanns. Schiller viel näher als Goethe und platt.

19. September 1981

Die Wut auf die Kunst oder nur die aggressive Verachtung: An einem Kanonenofen in einem plastischen Raum von Imre Vargas werden nachts von Vorübergehenden Bierflaschen zertrümmert. Die sonst gar nicht herausfordernde Plastik, ein Maler mit Pinseln vor einer weiß getünchten Holzwand und einem offenstehenden Fenster, ist im Freien aufgestellt. (Pavillon Friedrichstraße)

23. September 1981

In einer anderen Stadt sehe ich ein junges Paar, der Mann raucht, drückt seine Zigaretten im Auge einer Plastik von Hrdlicka aus, die dort aufgestellt ist.

24. September 1981

In Köln, Wallraf-Richartz-Museum, oberste Etage, agitierte mich der Wärter wütend, weil ich mir längere Zeit plastische Räume von Oldenburg ansah und andere Plastiken, die mit Materialien unseres Alltags arbeiteten. Er hätte wohl weggesehen, wenn ich die Museumsstücke beschmiert oder zerschlitzt hätte.

Welche Wurzeln hat diese schlummernde Wut?

[Das Tatsächliche und die Literatur]

Mir scheint, es gibt keine Literatur, die ohne das Tatsächliche, das Faktische auskäme, die nicht willentlich oder unwillentlich mit Tatsächlichem umgeht. Die Sprache gibt den Umgang mit dem Tatsächlichen auf sehr verschiedenen Ebenen wieder, und natürlich ist die Verwandlung des Tatsächlichen in Literatur gefordert, in die erzählte Geschichte, die Poesie, die Subjektivität des Dichters etc.

Die erste Ebene des Umgangs ist das eigene Leben, das Selbsterlebte, das im Leben an sich Erfahrene. Da sind die Räume der Erinnerung, die vollgestopften, die Keller, die Dachböden, die zugesperrten Kammern, die Brunnen der eigenen Vergangenheit, aber auch das tief in sich Begrabene: die Demütigungen, die Versagenspunkte, die Dunkelheiten und die Dschungel in sich.

Diesen Umgang mit sich, seiner Geschichte hat jeder Schriftsteller, und er muß diese Lagerhäuser pflegen, erweitern, sich erlebnisfähig halten. Eine Rücksichtslosigkeit gegen sich erlernen. In der erfahrenen Tatsächlichkeit die Züge, die Physiognomie der eigenen Epoche entdecken. In dem, was er verdrängt, die verdrängten, tief versperrten Fragen der eigenen Zeit entdecken. Dem tatsächlichen Erlebnis eine Bedeutung abgewinnen, eine Philosophie. Natürlich hat das mit dessen Philosophie, dessen Erkenntnisfähigkeit, dessen Sinnlichkeit zu tun, auch mit dessen Kenntnissen und mit der Güte seines Gehirns, seiner Erlebnis- und Leidensfähigkeit.

Es schreibt nur der, der an der Welt leidet, der einen Mangel empfindet, der die Welt, wie sie ist, nicht akzeptiert, der mit den Mitteln der Literatur zu Änderungen Lust macht.

Was mich angeht, so möchte ich meinen Zuschauer, meinen Leser gern in Fragen verwickeln.

Die zweite Ebene des Tatsächlichen: was man von anderen erfährt, was man liest, was man sich aus dem Strom der Ereignisse und Ideen anderer aneignet, wie man sich in sie hineinmischt.

Aus einer Mappe mit Vortragsnotizen, im Nachlaß in Angelsbruck. Entstanden ca. 1977.

27.
Heimat, das Vergangene und das Erträumte

Erinnerungen

An seine Mutter schrieb Heinar Kipphardt 1954: «Du weißt, daß ich wenig geneigt bin, in Vergangenheiten zu kramen, aber jeder Mensch muß einen Ort wissen, von dem er ausgegangen ist, sein Herz muß irgendwo zu Hause sein, seine Gedanken, seine Bilder; ein Schriftsteller muß sich zu einem Zeitpunkt seines Lebens dieses Zusammenhangs bewußt werden. Ich weiß heute, daß dieser Raum Schlesien ist, und das kleine Dorf ist für mich Schlesien. Die Maße sind daher, die Worte, die Bilder, die Menschen, die Melodie».

Dreiundzwanzig Jahre später fuhr Kipphardt mit seiner Frau Pia in die schlesische Heimat, besuchte zum ersten Mal nach dem Krieg die Orte seiner Kindheit und Jugend. Sie gehörten jetzt zu Polen. Vieles war kaum wiederzuerkennen; schon die Namen waren völlig verändert, Kipphardts Geburtsort Heidersdorf hieß nun Lagiewiki. In manchen Dörfern fand sich niemand, der noch deutsch sprach. Kipphardt notierte: «Die Zerstörung einer Erinnerung durch die Realität. Die Aufhebung der Erinnerung in der kränkenden Realität. Vielleicht eine umso stärkere Behauptung der Erinnerung.»

Die Reise im Jahr 1977 aktivierte seine literarische Spurensuche in der eigenen Vergangenheit. Schon in den «März»-Roman waren viele autobiographische Details einmontiert worden. Auch in seinen Gedichten, die in den folgenden Jahren entstanden, und in seinem Buch «Traumprotokolle» (1981) thematisierte Kipphardt häufig Erinnerungen aus frühen Lebensjahren. 1981 beschäftigte ihn der Plan, eine Liebesgeschichte zu schreiben, die unter Jugendlichen in den dreißiger Jahren in seiner Heimat spielen sollte; das Projekt wurde aber nicht ausgeführt.

Die folgenden Aufzeichnungen finden sich verstreut in Kipphardts Notatheften der Jahre 1977 bis 1982.

Heimat, das Vergangene und das Erträumte.

[1977]

Der erste philosophische Gedanke, den ich erinnere, war am Zaun der Kohlenhandlung Herzog entlang gehend, daß Gott unmöglich sein könne, da er so massenhaft Abscheulichkeiten zulasse, z. B. daß der Kutscher H. sein altersschwaches gestürztes Pferd hochprügele oder mein Großvater mit nur 56 Jahren gestorben sei, der Präsident Hindenburg schon über 80 Jahre sei. Diese Erkenntnis unterzog ich einem Experiment: wenn Gott dennoch existiere, müsse er mich doch unbedingt strafen, wenn ich z. B. in ein Weihwasserbecken pinkelte oder ihn einen Halunken nennen würde. Beides tat ich, und da meine Handlungen folgenlos blieben, sah ich meine Erkenntnis als erwiesen an. Damals war ich fünf Jahre.

[1978/79]

Als Junge von vielleicht acht Jahren fuhr ich mit meinem Vater auf dem Motorrad zu einer «Großboxveranstaltung» in der Jahrhunderthalle nach Breslau. Wir fuhren die 55 km von Gnadenfrei aus mit einer 500er BMW, verwegen anzusehen. Leider waren, kurz vor Beginn der Veranstaltung angekommen, keine Karten mehr zu haben. Ich war dem Weinen nahe, ich hatte schon Tage vorher die glänzende Technik von Gustav Eder, dem deutschen Weltergewichtsmeister, vor dem Schlafzimmerspiegel meiner Mutter demonstriert. (Ich kann übrigens nicht genau sagen, ob meine Mutter mit uns nach Breslau gefahren ist.) Mein Vater ließ sich nach der langen Fahrt aber nicht von der geschlossenen Kasse entmutigen, er ging um die Riesenhalle herum und suchte nach anderen Eingängen, geriet schließlich an den Eingang für die an der Veranstaltung beteiligten Boxer, der ganz von Anhängern verstellt war. Da kein Durchkommen war, erklärte er einem Portier, er wolle zu Gustav Eder, dessen Freund er sei und der ihn erwarte. Der Portier gab den Namen weiter, und unversehens wurde mein Vater für Gustav Eder gehalten, dem eine Gasse frei gehalten wurde, und viele applaudierten, als mein Vater an ihnen vorüberging, in seinem Gefolge ich. Ich war sehr stolz auf meinen Vater, der für Gustav Eder gehalten worden war. Auch mein Vater erzählte später oft, wie man ihn für Gustav Eder, den späteren Europameister im Weltergewicht, gehalten hatte.

13. Mai 1980

Die Schule lag auf einem kleinen Berg über der Kirche und dem Friedhof. Es gab zwei Schulklassen, eine für die 8.–5. Klasse, eine für die 4.–1. Klasse. Die 8. und 7. Klasse hatten nachmittags Unterricht, die 6. und 5. vormittags im gleichen Klassenraum. Im Schulhaus war die Lehrerwohnung, um das Haus der umzäunte Lehrergarten. Dem Schulhaus gegenüber die Schulklos, im Schulhof ein Turngerät mit Leitern und Turnstangen, eine Sprunggrube mit Sand ausgefüllt. Am Eingang war eine Pumpe zum Wassertrinken. Das Wasser spritzte mit enormem Druck, wenn man das Rohr lange genug zuhielt. Gelegentlich hielt der Lehrer den Kopf eines Kindes, das sich nicht gewaschen hatte, unter die Pumpe. Die Kinderklos hatten kleinere Löcher in den Sitzbrettern als die Klos der Erwachsenen. Die Mädchenklos waren von den Jungenklos getrennt, die Wände stanken nach Carbolineum. Wenn man an die Wände pißte, wurde das stumpfe Carbolineum tiefschwarz, man konnte Figuren an die Wand pissen, einen Gendarmen, eine Frau mit großen Titten. Wenn Schnee lag, warf man in den Pausen auf die braune Tür des Mädchenklos. Wenn die Schule aus war, riß jeder den Tornister aus der Bank und stürmte hinaus, rannte den kleinen Berg die Kirchhofmauer entlang auf die Straße hinunter. Jeder versuchte der erste zu sein, andere zur Seite zu drängen, Sieger zu werden in dieser sportlichen Konkurrenz. Ich gehörte meist zu den ersten, war gelegentlich der erste überhaupt, wollte aber immer der erste sein. Das zu erreichen, ordnete ich an, daß mich keiner überholen dürfe, denn ich war der stärkste Junge in der Klasse, von Schulze gelegentlich gefährdet, einem mehrfach sitzengebliebenen Landarbeiterjungen, der kein Interesse am schnellen Lauf zeigte. Meine Anweisung wurde einige Tage befolgt, mit Groll als ich die Demütigung verschärfte und den Berg nur noch im Dauerlauf hinunterrannte. Da beschwerte sich Irma Kern, ein unscheinbares, fleißiges Mädchen mit dicken Zöpfen, beim Lehrer Märsch, der mich vermahnte. Ich drohte Irma Kern mit Prügel, wenn sie mich noch einmal verpetzen würde, puffte probeweise auf ihren Arm. Am nächsten Tag meldete Irma Kern meine Androhung, die mir eine neuerliche Vermahnung einbrachte. Außer Sichtweite der Schule stellte ich Irma Kern, knuffte sie, zog an ihren Zöpfen, gab ihr Kopfnüsse und drohte mit wirklicher Prügel. Kommenden Tags, kaum daß der Lehrer eingetreten war, meldete mich wiederum die gerechtigkeitsgläubige Irma Kern. Ich wurde durch fünf Stockhiebe bestraft und mußte an diesem Tage eine halbe Stunde nachsitzen, damit die anderen Kinder von mir unbehelligt nach Hause kommen konnten. Natürlich rächte ich mich an Irma Kern, drohte mit schrecklichen Strafen, jedesmal wieder aber beschwerte sich Irma Kern, erlitt ich Stockhiebe und mußte nachsitzen, bis ich den Kampf mit Irma Kern aufgab. Wenn ich an ein Beispiel für stumme Hartnäckigkeit denke, denke ich noch heute an das blasse Mädchen I. K.

1980

Moritz ist mit Pia in den Schwarzwald zu Verwandten, wo Franz schon ist. Moritz hat heute seinen 12. Geburtstag. Luft kühler. Ostwind. Sommerwolken wie in der Kinderzeit in Schlesien. Ich sah mir gern ihre Bildungen an, sah Tiere, Gestalten und Gesichter hinein. Kaute auf dem Rücken liegend die süßen Enden der Grasstengel, die man mir vergeblich als mit gefährlichen Strahlenpilzen behaftet verteufelt hat.

21. August 1981

Das Licht. In vollkommener Stille das heller werdende über den weißen Mauern in Lindos. Später ein Esel, wie ein Seufzen, danach ein zweiter, der Hunger hat, wild und melancholisch ein dritter, drei Instrumente. Und Stille wieder. Das Licht von Schleiern aus Schaum umhüllt. Schlafend überlege ich, wie dieses Licht je zu beschreiben sei und diese Stille.

Die Käuzchen in der Nacht. Nahe und lange der Totenvogel, ich erinnere mich an die alten Frauen, die vor dem Ruf der Käuzchen Angst hatten. Als Jungen griffen wir Käuzchen in ihren Tageshöhlen und brachten sie auf dunkle Dachböden, damit sie nachts die Alten erschreckten, die uns geärgert hatten, z. B. wenn sie uns in ihren Obstgärten erwischt hatten, die Winkler Anna.

Lindos, 5. April 1982

An die Läden des Eingangs zu seiner Bäckerei hatte mein Großvater alles schreiben lassen, was er herzustellen in der Lage war, darunter ein rätselhaftes Produkt

Cöckse

das ich mir erkläre aus einer Sehnsucht nach fremden Produkten, nach feinen englischen, von denen ihm jemand erzählt hatte, das dort trockene Kuchen Cakes heißen, was wie Käks klang, er machte aber viele, nicht nur eine Sorte, und das ö ist vornehmer als das ä und so ließ er in goldener Schrift auf grünem Grund

CÖCKSE

schreiben,
und es verstand in Heidersdorf jeder, was er erwarten konnte.

Lindos, 16. April 1982

Vor meinem Fenster über dem Fluß üben die jungen Bachstelzen das Fliegen. In kurzen Flugfiguren trainierend Stunde um Stunde beschämen sie Ikarus und Ernst Udet, den ich in Peilau unter der Eisenbahnbrücke durchfliegen sah anläßlich des Kunstfliegertages. Das war die Zeit, wo wir Kinder noch «Flieger! Flieger!» riefen, wenn das tägliche Postflugzeug hoch oben Peilau passierte. Wir saßen am Feldweg und nahmen uns der scharfen Fotos aus Französisch-Nordafrika an, die uns Max Fiebig zeigte, der Fremdenlegionär. So weit war die Welt über Peilau. Wenn heute die Kinder «Flieger!» riefen, wäre das in einem anderen Zusammenhang.

Angelsbruck, 26. April 1982

28. Traumnotate (1977–82)

«Mich interessiert die Nähe von Kunst und Traum und Wahnsinn», schrieb Heinar Kipphardt in eines seiner Notathefte im Sommer 1981. Zu dieser Zeit arbeitete er bereits an seinem Buch «Traumprotokolle», das im Herbst 1981 in der AutorenEdition erschien. Darin sind zahlreiche Träume Kipphardts festgehalten, aus den Jahren 1978 bis 1981. Den Anstoß für das Aufschreiben der eigenen Träume hatte er in der Beschäftigung mit dem «März»-Stoff bekommen: ihn beeindruckte die Ähnlichkeit des Denkens, Empfindens und Phantasierens im Traum und im Psychotischen.

Die «Traumprotokolle» geben ganz ungeschminkt und doch verschlüsselt wie in Vexierbildern Auskunft über den Menschen Heinar Kipphardt, über seine Zeit und sein Leben, seine Ängste, Wünsche und Obsessionen. «Es trat eine Untergrundsperson von mir neben mich», bekannte Kipphardt im Vorwort zu dem Buch. Manche Träume schweifen weit zurück, bis in Kipphardts Kinderzeit in Schlesien (im Ort Gnadenfrei); andere spiegeln in oft grotesker Weise die unmittelbare Gegenwart des Träumenden, handeln von Freunden, Feinden, Kollegen. Besonders häufig kommen die eigenen Eltern in den Träumen vor, ebenso Kipphardts Frau Pia und seine Söhne Franz und Moritz.

Zugleich haben die Traumnotate einen eigentümlichen literarischen Reiz. Sie faszinieren durch ihre eindringliche Bildersprache, ihre gewagten Verknüpfungen, ihren surrealistisch anmutenden Umgang mit Raum und Zeit. Gerade solche Qualitäten haben Kipphardt bewogen, auch nach dem Erscheinen der «Traumprotokolle» die eigenen Träume festzuhalten. Aus seinen Notatheften stammen die folgenden Aufzeichnungen.

Portugal gegen 3^{00} nachmittags, ich will nach Hause, das heißt in das Hotel finden, Hotel garni, dort ist Pia, wir sollten schon gestern fliegen gegen 15^{00}, auch schon vorgestern. Ich gerate in betonuntertunnelte Gelände, erkenne im Spiegel, der sich dreht, es ist ein Gefängnis, im Spiegel die Abteilungen mit Gefangenen, das sind aber psychisch Kranke, Irre großenteils. Im Weitergehen Körperberührung; ein Taschendieb fummelt an meinen Taschen, leichte Berührung (zärtlich?). Frage nach Parkstraße, niemand weiß das, ein Taxi ist nicht zu kriegen, verliere mein Zeug unterwegs, Aktentasche vollgestopft, aber unnütze Bücher, Archivzeug, sehr arme Leute, die mir auch nicht helfen wollen. Suche den Bahnhof, weil ich hoffe, von dort aus die Parkstraße zu finden. Falscher Vorortbahnhof, sehe ich. Züge zum Bahnhof? Von jemandem erfahre ich, sie wolle um sechs eigentlich zu einer Lesung von mir (oder Vortrag), es ist eine junge Frau. Ein beleuchtetes Taxi kommt, das aber von einem anderen bestellt ist, es fährt ab. Herumsuchen in anderen Straßen, Betonschluchten, Eisenbrücken, schlüpfriges Gelände. (Kopflosigkeit, Hydragefühl, tausendköpfiges Geschlängel.) Auch andere erwarten mich um sechs. Weiterhin aber Ausland, Portugal, Fremdheit. Endlich kommt ein Auto. Man liegt aber in ihm, wie in dem anderen Taxi bereits, wie in einem Rennauto schwarz. Der Fahrer, Genosse?, weiß aber die Parkstraße auch nicht, ist kein Taxifahrer, fährt mich in eine Wohnung, wo schließlich mit der Partei telefoniert wird, die will sich zu dem Zusammenhang CIA – Chemiekonzern auch nicht äußern, vertröstet auf Anruf eines Chefs der Partei. Suche nach Notizbuch wegen Telefonnummer Parkstraße, es ist aber nicht in der Aktentasche. Politische Gespräche. Geschäftigkeit ohne Vorwärtskommen, ohne Kopf, ich bin wohl kopflos. Im Vorbeifahren sehe ich Kinoankündigungen. Die Stühle des Herrn Szmil, Szenen aus dem Film. Auch für andere Tage erfahre ich von

Vorträgen. Die Leute in der Wohnung sind sympathisch, warten aber auf Zustimmung der Partei, nur wenige würden auch ohne die handeln, selbst wenn klar ist, daß Verweigerung der Leitung objektiv falsch. (Prinz von Homburg in Hamburg gesehen). Endlich Entschluß, direkt zur Versammlung zu fahren, finde ein Leseexemplar von März, entschließe mich, erst daraus zu lesen. Das Buch erweist sich doch als was anderes. Also erst zur Parkstraße. Es ist mittlerweile später als 18^{00}. Anruf sollte gemacht werden, daß wir später kämen. Autos kommen, ich steige wieder in ein schwarzes (Tod), wo man darin liegt, es liegen schon andere dort, neben dem Fahrer eine Frau, die ich kenne (M. H.), sie fummelt im Dunkeln augenblicklich an meiner Hose, was ich nicht will, weil ich sie nicht mag, aber im Dunkeln dulde. Was soll werden, schrecklich, auf dem Wege zur Parkstraße (Pia) diese Situation, meine Genitale hilft sich durch eine Art von vorzeitiger Ejakulation, eine Vortäuschung, ich habe die Empfindung davon, die mich wach macht. Sie hat wirklich nicht stattgefunden. Das Gefühl einer Orgie der Destruktion, tausend Sachen, die ich erledigen muß, denen ich nicht nachkommen kann. Versuche den äußerst komplizierten, aber reich empfundenen Traum aufzuschreiben, nicht ganz wach, daher die simple, oft umständliche Schreibesprache. Denke beim Schreiben an die Geschichten von Kafka, die ahnende Verschlungenheit, Ausweglosigkeit, Orientierungslosigkeit, die sich an meiner Schwäche in der topographischen Orientierung festmacht.

[ca. Ende 1977]

In einer von Baumaterialien verdreckten Landschaft gehe ich mit der Mutter spazieren. Sie fällt plötzlich durch einbrechende Erde in eine Höhle, eine Art Mülldeponie, wo auch schon zwei andere Frauen herumirren. Von oben her gebe ich ihr gute Ratschläge, da wieder herauszukommen, springe aber nicht herunter, sie zu begleiten.

21. Juni 1981

Ein Haus stürzt ein, aus Glastrümmern kriecht mein Vater. Er hat einen Pincenez auf, ist in einem angebrannten Nachthemd, versucht mich zu bewegen, Wertgegenstände aus dem Haus zu retten, ein

«Gehirn aus Stein, das kein Schrecken heimsuchen kann». Das Haus scheint auch zu brennen, die Treppen sind schon eingestürzt, und mein Vater kommt um Atem ringend aus dem Rauch. Ich spritze ihm ein Asthma-Mittel, verweise darauf, daß «ein Hirn aus Stein» sich selber rette, ich bin aber das Hirn aus Stein, ein nierenförmiger, mit Binden zusammengebundener Stein, den mein Vater als Kissen unter seinen Kopf legt.

[Juni/Juli 1981]

Mein Vater hatte sich offenbar bei einer Militärbehörde eingeschlichen, um mir, der ich aus der Armee desertiert war, Papiere zu beschaffen.

In einem hohen Turm ging er hin und her, diktierte mit lauter Stimme Sonderausweisnummern auf meinen Namen. Untenstehend notierte ich die Buchstaben und Zahlen auf den Rand einer Zeitung, fand aber nicht gleich die Zeit, mir einen solchen Ausweis zu machen.

In einem sumpfigen Wald war ich mit Mutter und Vater verabredet, da tauchte ein Feldjäger auf und verlangte unsere Ausweise. Ich schwankte einen Moment, ob ich mich in mein Schicksal ergeben solle, riß ihn dann aber am Stahlhelm mit dem Kinnriemen nach hinten und drückte ihn mit dem Gesicht in den Schlamm, setzte mich auf den Stahlhelm, bis er gurgelnd zur Kenntnis gab, er wolle sich mir ergeben. Ich ließ ihn los und nahm von ihm tatsächlich die Feldjägerkette, den Stahlhelm und die Pistole entgegen, der Mann begleitete mich aber wenige Schritte hinter mir wie ein Hund.

12. Juli 1981

In schwarzer Jacke, schwarzer Hose und gestreifter Weste fahre ich im Zug nach X. Es gehen Beamte durch den Zug, die das Gepäck auf Waffen kontrollieren. Ein Beamter fragt danach: «Wer ist schwarz angezogen?» Ich erhebe mich, da nimmt er mit zwei Fingern eine ungesicherte Pistole aus der linken Innentasche meiner Jacke, legt den Sicherungsflügel um, drückt mehrfach ab und wirft die ungeladene Pistole auf den Boden. Ich überlege, wie ich den verbotenen Besitz erklären soll, ob ich bei dem Beamten eine Aussage machen soll oder lieber nicht.

Ich annonciere in der Zeitschrift «Konkret» eine Reihe von türkischen Namen, die sich ausdehnen, mir wird vorgeworfen, warum ich gerade türkische Namen annonciere, es gäbe doch Näherliegendes.

17. Juli 1981

Beim Zerlegen bzw. Teilen von genetischen Schleifen bzw. Ringen unter dem Mikroskop, dem sog. «Klonen», sind möglicherweise kleine Beschädigungen aufgetreten. In der Furche am Hintern kann es zu ekzemartigen Rötungen kommen, auch Schimmelbildungen. Es stellt sich bei den Neugeborenen heraus, daß die nicht zu beseitigen sind, durch die Wäsche, auch durch die Hosen gehen, wenn die Kinder herangewachsen sind. Fuchs ist eine Art von Sozialhelfer bei diesen Leuten, die offensichtlich eingesperrt sind. Es gibt Schwierigkeiten mit Wagenbach, der die Leute wohl auch betreut. Die Leute reden nicht mit Fuchs, und Wagenbach wirft ihm vor, daß er sie dazu drängt. Man solle die sichtbare Schimmelbildung in der «Halbierungslinie» nicht wegpudern.

31. Juli 1981

Im Traum frage ich die todkranke Mutter, ob das Sterben traurig sei. Sie sagt: «Nicht traurig. Trist.»

Ich weine wie ein Kind über ihren Tod.

Schreibe mit verschiedenfarbigen Buntstiften aber einen Brief an Pia. Nur meinen Namen bringe ich nicht ganz zu Ende.

9. August 1981

Mit Pia, Franz und Moritz plante ich ausführlich einen Einbruch in eine Museumsruine, die weit im Meer oder doch einem stürmischen See lag. Der Einbruch schien nötig, denn wir hatten in unserem Mietzimmer kaum noch Kohlen. Mein Plan war, mit dem Schiff dorthin zu fahren, das Museum zu besuchen und eins der Kinder, vielleicht auch mich selber, dort zu verstecken, um in der Nacht in Ruhe alte Schmuckstücke zu stehlen, diese zu verkaufen und von dem Geld Kohle zu kaufen. Wir erkundeten gemeinsam eine Stelle, wo man von dem Schiff trotz hoher Brandung an Land springen konnte. Meine Sorge war, daß wir doch Fußspuren hinterlassen würden, und ich schlug vor, die Schuhe mit Lappen zu umwickeln, natürlich auch Handschuhe anzuziehen, um keine Fingerabdrücke an den Schmuckstücken zu hinterlassen. Es schien mir unklug, so auffällig Erkundungen bei den Bewohnern in der Nähe einzuziehen, ich zweifelte auch, daß Franz und Moritz den Fangfragen der Polizei bei Vernehmungen gewachsen sein könnten. Im Auto lagen auch noch banderolierte Banknoten herum, die ich ja auch zum Kohlekauf verwenden könnte.

21. August 1981

Der alte Anatomiesaal in Uppsala ist schlecht, nur von oben beleuchtet. Zu den Galerien schieben sich Männer in schwarzen Pelerinen und Gummigaloschen, von denen Schneewasser auf Zinkblech tropft. Es scheint sich um Amtspersonen zu handeln, sogar wohl Gerichtspersonen. Atmendes Geschiebe nach oben, in dem ich mitgeschoben werde. Auf dem jetzt beleuchteten Demonstrationstisch der tätowierte Leib einer Frau, den ein Liliputaner im Cut erklärt. Er weist mit einem Stöckchen auf «Schuldflecke» und «Versündigungen im Fleisch». Gestützt auf Geländer schwitzen die Richter der Anatomie. «Alle Atlanten falsch! Alle Modelle zur Irreführung modelliert!» hören sie aus den Lautsprechern. Es werden Fotografien verteilt, es ist das Gesicht von Tschiang Tsching. Sie ziehen die Schwänze heraus, sie pissen in Meßzylinder.

1. September 1981
(nach Notizen von Januar 1981)

Es ist Krieg, ich bin zum Militär eingezogen, auf einem Flugplatz. Mit deutlich sichtbaren Kennzeichen tauchen englische, französische und amerikanische Maschinen auf, ich erwarte, daß sie das Feuer eröffnen oder Bomben werfen, sie landen aber, eines der Flugzeuge in einer Notlandung, es kommt aber niemand dabei zu Tode. Ich halte es für möglich, daß die Landung eine List sei, um anzugreifen, wenn all die Soldaten über die Flugfelder strömen wie jetzt nach der Landung. Es passiert aber nichts. Der Flugplatz scheint Erding zu sein, in unserer Nähe, ich überlege unsere gefährdete Lage. Ich öffne das Fenster, es strömt kalte Nachtluft ein. Ein

Wagen ist zur Koloniestraße 16 in Gnadenfrei gefahren, wo eine Geliebte wohnt, die ich vergessen habe, Inge Gessner. Der Fahrer des Möbelwagens hat laut gerufen, wo ist Koloniestr. 16, hat dann eine Skizze mit seiner Fahrspur hinterlassen. Ich sehe den Wagen auch stehen, äußere Pia gegenüber, er sei zu anderen Leuten gefahren, will die vergessene Inge Gessner aber heimlich besuchen. Ein Cunnilingus mit L., die Clitoris wächst wie eine violette Blume aus dem erleuchteten Vestibulum, daneben gelbliche Blütenköpfe. Ich bereite andere Koitusmöglichkeiten vor, das sind kleine Hügel, vulvaähnlich und verschlossen. Eine Serie hier, eine in einer anderen Stadt, Depots quasi. Die Depots sind aber gleichzeitig A-Bomben, finde ich heraus, die Orgasmen Explosionen.

Bernhard taucht auf, der wie ich aus der Armee desertiert ist. Inge Gessner ist wohl der Name des Mädchens, den ich zu erinnern suche wegen der Kindergeschichte, die ich schreiben will. Im Flugzeug viele Leute, die sich wie im Zug gegenübersitzen. Ein Verleger (P.) kennt keine Stücke (ich glaube gar nicht, wieviel Stücke es gäbe), ein Architekt kann eine Deckenkonstruktion nicht errechnen. Alles redet, keiner will arbeiten.

2. September 1981

Die Polizei hatte die Häuser umstellt. Moritz rief uns als Lockvogel an, wir sollten aus unserem Haus ins Gürtlerhaus gegenüber zu Verhandlungen mit der Polizei kommen. Es gab aber bei uns gegenüber gar kein Gürtlerhaus, sondern dieses Haus lag in Gnadenfrei entfernt von dem unseren. So konnte ich meine Mutter, die schon zu Verhandlungen gehen wollte, überzeugen, daß Moritz uns mit dieser List klarmachen wollte, daß wir nicht auf die Polizei hereinfallen sollten, die uns sofort erschießen würde, wenn wir ungedeckt herauskämen. Ich (Moritz) hatte mir diese List ausgedacht, um die Mutter oder auch uns in Angelsbruck zu retten.

Kathmandu, 5. November 1981

Langhoff hatte mir angeboten, doch wieder im Deutschen Theater zu arbeiten. Ich zögerte bis zum letzten Tag, entschloß mich dann hinzufahren, aber eigentlich geneigt abzusagen. Ich kam zu spät, ein langer Zug von Leuten, Mitarbeitern, offiziellen Leuten und Zuschauern, zog über Treppen und Theatereinrichtungen durch ein großes Haus, das eher der großväterlichen Bäckerei glich, dabei redete Langhoff, erklärte die ganz neuen Pläne, die mir bekannt schienen. Ich kam im Zug in die Nähe von Kilger, der mich nicht zu erkennen schien. Die Ausführungen Langhoffs wurden für eine große Rede gehalten, mir schien das Neue daran nicht neu.

Peter Hacks überraschte mit einem neuen Stück, das stark symbolisch war und nahe bei Beckett. Ein «Es», ein weißlicher, behaarter, rechteckiger Körper, drehte sich auf einen Mann zu. Dem Mann wurde eine Art Reckstange in den Hintern gerammt, auf der stand das Wort «Kommunismus». Es war eine Qual, die man bestehen konnte wie eine Bewährung oder auch nicht. Das Stück war erbärmlich mager und vieldeutig. Ich mochte es so wenig wie H. Müller und Volker Braun. Wir verständigten uns durch Blicke. Der Beifall war dünn, aber es war nicht entschieden, wie das Stück offiziell aufgenommen wurde. Ungeachtet meines ästhetischen Unbehagens fuhr ich mit Hacks und Anna in deren Wohnung in der Nähe Prenzlauer Berg, die alte Wohnung von Hacks, aber komfortabler. Meine Kritik am Symbolismus wies Hacks ab, er könne z. B. das Wort Kommunismus ohne weiteres durch ein anderes ersetzen, so bliebe die Substanz. Ich ließ das Stückthema, wir sprachen über persönliche Dinge, informierten uns über Lebensumstände, machten uns ein bißchen über redliche und dumme Dritte lustig, und fanden zu einer freundschaftlichen Atmosphäre. Ich war aber entschlossen, die direkte Theaterarbeit und auch Berlin zu meiden, freute mich, zu einer klaren Entscheidung gekommen zu sein.

Kathmandu, 9. November 1981

Ich schicke Alexander Kluge eine Papierschwalbe mit der Anmerkung, das Buch sei ein zu schwerfälliges Verkehrsmittel, und deshalb sollten wir die Literatur versuchsweise in der Form von Papierschwalben verbreiten. Die könnten leicht in die Köpfe schweben, und es mache auch Spaß, so luftig mit der Literatur umzugehen. Dies sei das erste Blatt, und jeder von uns möge seiner Papierschwalbenantwort eine Fotokopie des zuletzt erhaltenen Blattes jeweils anfügen, damit jeder über ein vollständiges Manuskript verfüge, wie überraschend die Wendungen in diesem Papierschwalbenbuch auch sein mögen. Es solle übrigens blattweise genossen werden können so gut wie als Ganzes, vor allem aber als Prozeß.

Kathmandu, 12. November 1981

Oskar Negt war mit anderen in mein Haus eingeladen. Das Dumme war, ich kannte das Haus nur ganz ungenügend, es war auch nirgends aufgeräumt. Je höher wir stiegen, desto unaufgeräumter. Die Räume wurden zwar noch gelobt, aber ich fand sie in jeder Hinsicht unbefriedigend. Ohne Grund zog Negt eine Schuhbürste heraus und fuhr mir mit schwarzer Stiefelwichse ins Gesicht. Als er das nicht lassen wollte, nahm ich ihm die Stiefelwichse weg und schwärzte sein ganzes Gesicht. Ich teilte ihm auch ernstlich mit, daß ich ihn meines Hauses verweise. Ich fürchtete jetzt doch Nachteile für mich und wollte ihn in seiner Wohnung aufsuchen, wußte aber nicht, wo die war. Da zeigte mir jemand die Buchhandlung, die Negt gehöre.

Kathmandu, 15. November 1981

Eine Gruppe von Frauen steht in einem Wald beisammen, man kann sie für eine feministische Gruppe halten. Ein Mann fährt im Rollstuhl aggressiv auf eine der Frauen zu, vor sich einen großen Mopp, der mit Schmieröl schwarz durchtränkt ist. Er fährt der Frau, die am weitesten außen steht, mit dem Mopp ins Gesicht. Die Frau weicht aber nicht aus, erträgt den Mopp, der ihr Gesicht schwarz macht, packt dabei den Mopp und stößt ihn jetzt dem Mann im Rollstuhl ins Gesicht.

Ein großes Netz, zwischen Bäumen ausgespannt, ein Mann, der an die Zwerge in Swifts Gulliver erinnert, rollt (kullert) das Netz herunter.

23. November 1981

Ein Stück des Kontinents Europa schwimmt auf Amerika zu, darauf ein Mann im Profil, zur «Neuen Welt» hinblickend, Schmitthenner – oder ist das Speer? – bringt das Hörspiel nach Amerika. Es werden zwei Schriftsteller für den PEN vorgeschlagen. Ich denke, es sollten nicht nur Leute, sondern auch die Luft und das Wasser aufgenommen werden.

Leute tragen Kleider aus Teilen von Plakatwänden. Sie sind so arm, daß sie alles verwenden, und es sieht interessant aus. Ich sage einer Frau die Wahrheit, so wirft sie mit großen Tintenfischen (Polypen). Ein Pfeil fliegt in schlammiges Gelände, steckt umgeben von Hundescheiße.

Lindos, 5. April 1982

29.
Ruckediguh – Blut ist im Schuh

Schreiben, um sich in die verdrängten Fragen zu verwickeln
Ein Gespräch

Halstenberg Herr Kipphardt, Sie waren Arzt und sind Schriftsteller. Warum haben Sie als Arzt aufgehört, warum als Schriftsteller angefangen?

Kipphardt Ich bin in der Nazi-Zeit aufgewachsen. Mein Vater saß in Buchenwald, in einem KZ, und meine Frage war, einen Beruf zu finden, der mich instandsetzte, vielleicht auch das Land zu verlassen. Mit 18 Jahren kann noch niemand sagen: Ich werde ein Schriftsteller. Also wurde etwas studiert, und das nächste war mir die Medizin. Ich hielt es für unsinnig, gerade in der Nazi-Zeit Geisteswissenschaften zu studieren. Ich saß dann in Hitlers Panzern und machte die Rückzüge aus Rußland mit, kam glücklicherweise zurück und machte nach dem Krieg mein Examen und danach noch eine Fachausbildung – weil mich halt die Psychiatrie am meisten interessierte.

Halstenberg Haben Sie nie daran gedacht, weiter als Arzt zu arbeiten und das Schreiben nebenbei zu betreiben?

Kipphardt Da mich die Psychiatrie von ihrer wissenschaftlichen Seite interessierte, mehr als die praktische Ausübung, kam ich schnell zu der Frage, mich zu entscheiden: schriftstellerische Arbeit oder wissenschaftliche Arbeit. Ich halte beides wirklich nicht für vereinbar, einfach vom Zeitaufwand nicht.

Halstenberg Sie haben sich dann für den Schriftsteller entschieden. Waren Sie gerne Arzt?

Kipphardt Ich war ganz gerne Psychiater. Mich hat die Abweichung sehr angezogen, und ich spürte auch als ganz junger Mensch, daß da in mancher Psychose ein menschlicher Entwurf anderer Art steckt. Mich interessierten die Leute, die mit dieser Realität nicht fertig wurden, sehr. Ich empfand auch eine ziemliche Nähe zu ihnen.

Halstenberg Sind Sie gerne Schriftsteller?

Kipphardt Sonst wäre ich es nicht. Ich habe mein Leben lang vorzugsweise getan, was ich wollte, wozu ich Lust hatte. Das heißt aber natürlich, ich bin ein Schriftsteller mit der Qual des Schriftstellers, ich z. B. kann mir kaum jemanden vorstellen – aber es gibt solche Leute – der gern schreibt. Vor dem Schreiben dasitzen, vor dem weißen Blatt mit der Übererwartung, die man an sich stellt, das ist eine Zumutung, eine wirkliche Qual für mich, aber ich muß sagen: ich empfinde so etwas wie Glück, wenn ich geschrieben habe.

Halstenberg Sie haben nach 1945, nach dem Krieg, in Düsseldorf promoviert und sind 1949 als Neurologe und Psychiater an die Universitätsklinik nach Ostberlin gegangen. Warum Ostberlin?

Kipphardt Ich kam aus dem Krieg mit dem Grundgefühl, daß sich am Hitlerfaschismus die Unhaltbarkeit dieses Wirtschaftssystems, genannt Kapitalismus, gezeigt hat. Das ehemalige Deutsche Reich war in zwei Teile geteilt, die jeweilige Besatzungsmacht behielt sich die Entscheidungsbefugnis vor, den jeweiligen Teil nach ihrem Gusto einzurichten. Die restaurativen Tendenzen im westlichen Teil, die gefielen mir nicht, und ich dachte – obwohl ich nicht riesige Illusionen hatte gegenüber der damaligen russischen Besatzungszone, der späteren DDR –, daß dort eher ein gründliches Umdenken möglich wäre. Und ich dachte, es ist richtig, dorthin zu gehen.

Halstenberg 1951 wurden Sie Dramaturg am Deutschen Theater in Ostberlin. 1953 hatte Ihr Stück *Shakespeare dringend gesucht* Premiere in Ostberlin: eine Satire gegen Theaterbürokratismus, Parteichinesisch und Traktoristenlyrik. Waren Sie kein Anhänger des sozialistischen Realismus?

Kipphardt Ich denke, wenn ich dieses Stück betrachte, daß da schon so was drinsteckt wie die damals mögliche Satire auf stalinistische Kulturpolitik, diese ganz gelenkte und von oben geleitete Kulturpolitik, wo Kunst eigentlich die jeweilige Regierungs- oder Parteipolitik nur so noch mal bebildert. Diese Haltung, diese Erniedrigung von Kunst, die teilte ich natürlich nicht und die kann ja niemand teilen, der schriftstellerisch arbeiten will, der Entdekkungen machen will. Aber ich meine, meine Kritik am Stalinismus war immer eine Kritik von einer linken Position.

Halstenberg Hatten Sie damals Kontakt zu Bert Brecht?

Kipphardt Ja, ich kannte Brecht gut. Ich bin nie in sein Theater eingetreten, obwohl ich das hätte tun können. Das hatte wohl zu tun mit einer gewissen Angst vor dieser übergroßen Figur, die Brecht für mich damals war. Er hatte für mich eine große Bedeutung, aber ich hielt es für richtiger, nicht in sein Theater einzutreten und ein Schüler zu werden.

Halstenberg Sie bekamen den DDR-Nationalpreis, wurden aber bald sogenannter revisionistischer Tendenzen verdächtigt. 1959 kamen Sie dann in die Bundesrepublik und blieben, warum?

Kipphardt Ich wehrte mich stark mit vielen anderen Künstlern und Theaterleuten gegen die erneute Preisgabe des von uns erkämpften Freiraums. Weil ich das Gefühl hatte: man kann nicht arbeiten unter so blödsinniger Bevormundung. Wie jedermann wäre es mir natürlich möglich gewesen, aus taktischen Gründen nachzugeben. Aber ich wollte und konnte zu diesem Zeitpunkt nicht mehr taktisch sein. Ich hatte das Gefühl, wenn ich das nicht durchstehen kann, ohne zu kuschen, dann muß ich dieses Land verlassen. Ich war aber willens, das zu tun, ohne meine Gedanken aufzugeben, meine Philosophie und ohne mich als Person zu ändern. Es war damals für einen jungen und unbekannten Schriftsteller gar nicht so leicht, sich dem Kalten Krieg zu entziehen.

Halstenberg Sie waren einmal Marxist, sind Sie auch heute noch Marxist?

Kipphardt Wenn Sie Marxismus verstehen, so wie ich das tue, als eine kritische und offene Wissenschaft, die ihre Praxis sucht, dann bin ich Marxist.

Halstenberg Sind Sie vielleicht auch deshalb Marxist, weil Sie als Dramatiker eine Art Dramaturgie für die Weltgeschichte annehmen müssen?

Kipphardt Nein, ich glaube, wir befinden uns in einem relativ frühen Stadium von Menschenentwicklung, und soweit ich sehe, hat der Marxismus die einzig schlüssige, leidlich stimmende Gesamtanalyse für Menschheitsgeschichte angeboten. Es ist ein Irrtum anzunehmen, er hätte Fragen für die Zukunft oder auch für unsere Zukunft etwa gelöst, aber ich denke, der Ansatz, der sich da findet, ist produktiv.

Halstenberg Fürchten Sie nicht, daß der Marxismus moralisch verspielt hat?

Kipphardt Sie meinen durch den Stalinismus? Das wird die Sache der Marxisten sein, und es wird die Sache der revolutionären Bewegung in der ganzen Welt sein, zu belegen, daß die Verkommenheit der revolutionären Bewegung im Stalinismus, daß die überwindbar ist, wiewohl nicht überwunden.

Halstenberg Neben Rolf Hochhuth und Peter Weiss wurden Sie zum bekanntesten Autor des deutschen Dokumentartheaters. 1964 inszenierte Erwin Piscator Ihr berühmtes Stück *In der Sache J. Robert Oppenheimer*, Ihr erstes Dokumentarstück: keine fabulierte Geschichte mehr, sondern Tatsachen und Dokumente. Warum? Hatten Sie kein Vertrauen mehr in die fingierte, erfundene Wahrheit?

Kipphardt Ich meine, jede Zeit bringt neue Fragen ans Licht, die behandelt werden müssen. Aber sie bringt auch das Handwerkszeug hervor, mit dem man diese Fragen behandeln kann. Es ist nicht zu bestreiten, daß unsere Informationsweisen anders sind als die unserer Väter und Großväter. Nehmen Sie nur mal das Fernsehen. Oberflächlich nehmen wir heute an fernöstlichen Kriegen teil, am Vietnamkrieg, wir nehmen an Erschießungen teil. Dieses Bewußtsein, diese genaue Foto-Information kann ich bei bedeutenden Vorgängen beim Zuschauer voraussetzen. Ich kann infolgedessen den Krieg, wenn ich ihn z. B. auf der Bühne beschreiben möchte, den kann ich nicht so beschreiben wie der Shakespeare. Ich will sagen, an oberflächlichen Informationen fehlt es uns nicht, und dennoch sind die Leute in unserer Zeit möglicherweise – was die Ursächlichkeit angeht – schlechter informiert als unsere Großväter. Sie haben gar keinen Apparat, ihre Oberflächeninformationen zu sortieren und – man muß dazusagen: die jeweiligen Herrschenden sind äußerst interessiert daran, daß sie auf Ursächlichkeiten nicht stoßen. Es kommt also darauf an, Formen zu finden, die unsere Informationsweisen berücksichtigen, aber darüber hinaus zu Kausalitäten vorstoßen, ohne die fragende Haltung aufzugeben und ohne dem anderen etwas zu oktroyieren.

Halstenberg Aber oktroyiert nicht gerade das Dokument, weil es eben überprüfbar, kontrollierbar, belegbar ist? Erdrückt das nicht den Zuschauer und seine möglichen Fragen?

Kipphardt Das ist eine Frage der Machart. Es gibt im Umgang mit Dokumenten soviel subjektive Temperamente wie in anderen Kunstgattungen auch. Meine Technik war immer, den Leser oder den Zuschauer mit einzubeziehen in den Prozeß, der in mir abläuft, denn ich wollte ihn immer relativ frei haben. Einen Zuschauer und Leser, der fragt, wie kommt das zu dem, der sagt das, der das, wieso? Also, wenn mir gelingen würde, Leser und Zuschauer ein bißchen in meine Fragen zu verwickeln, einen Prozeß in ihm anzustiften, bin ich zufrieden. Was Oppenheimer betrifft, so schien mir die Methode des dokumentarischen Belegs die richtige zu sein, weil soviel Ideologie, soviel falsches Bewußtsein, so viele Vorurteile, Ängste, Verdrängungen im Spiele sind. Deshalb arbeitete ich mit Materialien, die für den Zuschauer unabweisbar sind. Er konnte das Gefühl haben, der das schreibt, dem darf ich trauen, er lädt mich ein zur Überprüfung, der kann das belegen. Diesen Belegcharakter, diese Würde des Dokumentes wollte ich herstellen.

Halstenberg Das Material für das Stück lieferten die 3000 Protokollseiten aus dem Hearing gegen Oppenheimer zur Zeit McCarthys in den USA. Warum haben Sie aus diesem Material keine szenische Lesung gemacht, sondern ein Stück, und was macht das Material zu einem Stück?

Kipphardt Ich glaube nicht, daß die Qualität eines Theaterstücks aus den Schaueffekten kommen muß, ein Stück, das kann auch eine große Strenge haben.

Halstenberg Ist es vielleicht sogar schwieriger, aus 3000 Protokollseiten ein Stück zu schreiben, zu montieren, als eine Fabel, eine Geschichte, eine Story zu erfinden?

Kipphardt Es braucht sicherlich eine viel längere Zeit und ist mühsamer, denn Sie müssen – also ich mache es jedenfalls so – eine Zeit vorschalten, indem sie quasi als ein Journalist mit unglaublich viel Zeit arbeiten. Sie können das auch anspruchsvoller «wissenschaftlich» nennen. Danach müssen Sie aber in den Stand kommen – sonst würde ich den Stoff trotz großer Vorarbeiten wieder aufgeben –, wo Sie sehen, das ist in einer bestimmten sinnlichen, von mir aus subjektiven Weise zu erzählen: Ich kann mich – unter Respektierung der Fakten – im Stoff frei bewegen. Es ist ein Irrtum, anzunehmen, das Stück wäre mit der Schere gemacht, ich hätte Teilchen aneinandergesetzt. Es enthält natürlich – auf der Basis der Fakten – meine Betrachtungsweise, meine Schreibweise, meine Szenenführung, auch meine Person. Ich stecke im Material, ich entreiße ihm die mich interessierenden Bedeutungen.

Halstenberg Anders als der Historiker und Journalist will der Dramatiker ja nicht nur von historischen Vorgängen berichten, sondern die Informationen hinter den Informationen anschaulich machen und für die Gegenwart interpretieren. Muß er deshalb nicht notwendig sein Material manipulieren?

Kipphardt Ich würde es nicht manipulieren nennen. Ich meine, er macht ja ganz klar, wie sein freier Umgang mit den Fakten ist. Ich sage ja niemandem: so und so und nicht anders hat Oppenheimer gesprochen, es ist ein Theaterstück, das allerdings in den verwendeten Fakten, den beschriebenen Tatsachen genau ist und die auch belegen kann.

Halstenberg Oppenheimer hat gegen Einzelheiten, Details in Ihrem Stück protestiert. Muß alles stimmen, d. h. dokumentarisch belegbar und nachprüfbar sein, was Sie auf die Bühne bringen? Ist Authentizität ein Qualitätsmaßstab für Literatur?

Kipphardt Das Authentische in der Literatur ist eine höhere Sorte von Wahrheit. Das Charakteristische zu finden ist für mich eine ästhetische Kategorie. Die Würde des Authentischen in einem Text zu haben, das ist für mich erstrebenswert. In der Literatur entsteht aus dem Tatsächlichen eine neue Qualität. Oppenheimer war außerordentlich erschrocken, daß auf einmal da ein Kamel, also ich, daherkommt und das Gras abfrißt, das über eine Sache gewachsen schien. Viele Fragen hatte er nicht gelöst, auch bis zu seinem Tode nicht. Er schrieb mir erst ziemlich ärgerlich, daß die ganze Sache in Amerika wieder in Gang käme, und als wir dann miteinander korrespondierten und ich um Details bat, waren die Details, die er monierte, ganz kleine. Eine Anzahl von Jahren später, das Stück war mittlerweile ziemlich um die Welt gegangen, bekam ich von ihm einen neuen Brief, in dem er mich bat, ihm doch nachzusehen, daß er damals in einer Art von Überreaktion sich etwas kleinlich verhalten habe, denn er hätte doch gespürt, daß das Stück wichtigen Fragen nachgeht und auch sein Verhalten verstehen will. Das war eine Art Entschuldigungsbrief, der mag vielleicht ein halbes Jahr vor seinem Tod gewesen sein. Ich selber habe Oppenheimer nie getroffen.

Halstenberg Mit Oppenheimer personalisieren Sie noch einmal den alten Bühnenkonflikt zwischen Pflicht und Moral. Ist das ein dramaturgischer Trick? Oder steckt dahinter tatsächlich die

Hoffnung, daß die Weigerung Oppenheimers, an der ferneren Kriegsarbeit teilzunehmen, Wirkung haben könnte?

Kipphardt Ich bin überzeugt, daß diese Entscheidung keine Reinigung der Menschheit bewirkt. Aber Sie müssen es auch nicht so lesen, Sie können ja auch sagen, der Autor beschreibt einen Mann, der äußerst glänzend im Anfang kämpft und denkt: das ist ein Duell, das man hier ausfechten muß, wieso bringt man mich vor diese Kommission, diese Dummköpfe, wieso muß ich solche Fragen beantworten? Ich, das beste Gehirn, das Amerika hervorgebracht hat! Merkwürdigerweise widerfährt ihm, daß er auf einmal hört, daß das ein Leben mit außerordentlichen Korruptionspunkten war. Gerade die Sachen, die ihm von der Kommission als Pluspunkte angerechnet werden, die scheinen ihm in der eigenen Betrachtung fragwürdig. So kommt es zu einer merkwürdigen Verstörung. Aber er teilt sie mit an einem vollkommen ungeeigneten Ort: nämlich in einer geheimen Sitzung, vor Leuten, die sich das alles mit gewissem Verdruß nur anhören. Man kann natürlich auch fragen, wie kommt der Mann eigentlich auf dieses hohe Roß? Nachdem er alles getan hat, der Regierung der Vereinigten Staaten in dieser heiklen, folgenschweren Sache zu dienen? Weniger fragend als viele seiner Kollegen.

Halstenberg Tatsächlich aber wurde die Bombe gebaut und gezündet. Beweist also Ihr Stück nicht doch die Ohnmacht des einzelnen bzw. die Unversöhnbarkeit zwischen Moral und Politik?

Kipphardt Es weist, wenn Sie so wollen, auf den tiefen Widerspruch hin zwischen der Entwicklung von Naturwissenschaft und ihrer Technologie, die erstmalig bewerkstelligt hat, daß die Bevölkerung dieser Erde frei von Mangel leben könnte. Das hat das 19. Jahrhundert hervorgebracht, und das ist auch eines der großen Verdienste von Kapitalismus – Entwicklung von Wissenschaft und ihrer Technologie. Gleichzeitig aber hält unser Wissen um das Zusammenleben der Menschen, also der Gesellschaft, an Formationen von Feudalismus und an solchen des 19. Jahrhunderts fest. Dieser Widerspruch, der braucht eine Lösung, an der alle Menschen aufgefordert sind zu arbeiten. Wie kann man herausfinden, wie Menschen miteinander leben können, möglichst zwanglos. Also wie könnte eine freiere, befreite Gesellschaft aussehen? Denn das kann doch nicht das letztliche Ziel von Menschheitsentwicklung sein, daß alle den Zwecken von Wirtschaft als

Rädchen unterworfen sind und psychisch wie mental verkrüppeln.

Halstenberg Nur gilt für Oppenheimer nicht doch die Einsicht der Physiker von Dürrenmatt, daß nämlich jeder Versuch eines einzelnen, das zu lösen, was alle angeht, notwendig scheitern muß?

Kipphardt Kein Widerspruch.

Halstenberg Sie haben einmal gesagt, ein Schriftsteller muß der Gesellschaft Fragen stellen, die sie zu verdrängen wünscht, ein Schriftsteller muß unbequem sein. Ist es auch heute noch Ihr Credo als Schriftsteller, sind Sie ein engagierter Schriftsteller?

Kipphardt Mich quält natürlich der Zustand, daß Leute zu der Verwirklichung ihrer Selbstentwürfe nicht kommen. Daß ihre Möglichkeiten, ihr schöpferischen Möglichkeiten so zerstört werden. Natürlich ist da im Kopf so was wie die Utopie von einer brüderlichen Gemeinschaft schöpferischer Wesen. Eine Gemeinschaft der Gleichen ohne Zwänge. So eine Utopie von menschlicher Sozietät, die mag im Hintergrund bei mir sein. Aber ich weiß, wie unglaublich schwer und mühsam sie zu erzeugen ist. Ich habe in einem langen Schriftstellerleben begriffen, daß Literatur nur im Zusammenhang mit anderen Lebenserfahrungen, die der Leser macht, auf ihn wirkt, daß der Einfluß von Literatur klein ist. Damaskus-Erlebnisse sind selten.

Halstenberg Nach Sartre stehen Intellektuelle notwendig links, weil die Radikalität des Intellektuellen der Radikalität der Wahrheit entspricht. Stehen Sie links?

Kipphardt Ich bin der Meinung, daß es schriftstellerische Arbeit – künstlerische Arbeit überhaupt – nicht gibt ohne Radikalität. Man muß willens sein, einer Sache auf den Knochen zu gehen. Auch eine gewisse Rücksichtslosigkeit gegen sich selber wird gebraucht. Schriftsteller stören auf lustvolle Weise.

Halstenberg Aber vermarktet nicht diese Gesellschaft sogar den Protest und die Radikalität?

Kipphardt Natürlich wird die Tendenz der Gesellschaft immer sein zu sagen, was da so laut herausgesagt wird, was da so entschieden kritisiert wird, na ja, das leisten wir uns bei unseren lieben Künstler-Kindern. Die sollen das ruhig tun, wir sind pluralistisch, und da gibt es auch eine linke Ecke, in der sie sich äußern können. Dabei wird verschleiert, daß natürlich die Herrschaft sehr strikt ist, daß sie alle Handlungen, die wirklich das Herrschaftssystem in Frage stellen oder bekämpfen, daß sie die sehr wohl kupieren kann. Gerade jetzt im Augenblick sind wir an einem Punkt, wo man tatsächlich mit Sorge fragen kann: sind wir nicht im Begriff, eine große Umdrehung in Richtung Reformfaschismus zu machen? Der Überwachungsstaat im Computerzeitalter kann rationaler und weniger dramatisch aussehen als der Nazismus mit Gestapo, KZ und Parteitagen. Also ich bin von der Entwicklung sehr beunruhigt, ich sehe, daß ein Regierungschef sagt, das ist schön und gut und richtig, daß Justizminister und Innenminister und die Geheimdienste die Gesetze brechen und die Innenminister und Justizminister sagen, wir stehen dazu und wir wollen das auch zukünftig so tun. Wenn die gesetzliche Grundlage fehlt, dann machen wir eben neue Gesetze. In diesem deutschen Herbst geht es schlimm zu. Ruckediguh – Blut ist im Schuh, gurren die Tauben im deutschen Märchen. Das ist eine Entwicklung, die den Rechtsstaat ganz und gar in Frage stellt. Und wenn jetzt radikale Demokraten nicht kämpfen, haben sie eine wichtige Schlacht verloren.

Halstenberg Berufsverbot, Radikalenerlaß, Streit um die Kernkraftwerke. Haben Sie schon irgendwann einmal daran gedacht zu emigrieren?

Kipphardt Ich begreife mich selbst als einen sehr von deutscher Geschichte und Deutschland geprägten Menschen. Mein Bedürfnis, an dem Geschehen selbst, auch an dem widerspruchsvollen und widrigen Geschehen teilzunehmen, ist groß. Ich bin ein Schriftsteller, der äußerst ungern den Platz der Auseinandersetzungen verlassen würde. Nichtsdestoweniger muß ich Ihnen gestehen, daß die Entwicklung der jüngeren Zeit mich darüber nachdenken läßt.

Halstenberg Wie entgehen Sie denn dem Dilemma, in die linke Ecke gedrängt zu werden?

Kipphardt Ich versuche, mir keine Scheuklappen anlegen zu lassen. Versuche also, daß der Leser und der Zuschauer mir zubilligt, dem kann man trauen, der lügt nicht absichtlich, der gibt sich Mühe, die gewöhnlichen Lügen durchschaubar zu machen, der geht wichtigen Sachen nach, der macht nur, was ihm gefällt. Natürlich betrete ich einen Markt mit Marktgesetzen. Zur Arbeit des Schriftstellers gehört in dieser Gesellschaft die Fähigkeit, den Markt zu überlisten, ihn für sich zu benutzen, ohne sich zu korrumpieren, zu schreiben, was der Markt gerade verheimlichen will, und dennoch zu essen. Die riesige Korruptionsgefahr besteht darin, daß jemand sagt, na ja, da muß ich nachgeben und da muß ich nachgeben und da, und am Ende ist er durch die Selbstzensur vollkommen korrumpiert und merkt es nicht einmal.

Halstenberg Darf, muß Literatur Partei ergreifen?

Kipphardt Ich begünstige mit meiner Art zu schreiben alle menschlichen Befreiungsprozesse, also eine weniger Zwängen unterworfene Gesellschaft.

Halstenberg Sind Sie Mitglied einer Partei?

Kipphardt Nein.

Halstenberg Ist Engagement Pflichtfach für Schriftsteller? Heinrich Böll zum Beispiel ist es satt, weiter das Gewissen der Nation zu spielen. Was sagen Sie?

Kipphardt Das ist mir ein etwas zu großes Wort. Der Schriftsteller sollte nach meiner Überzeugung immer den Versuch unternehmen, die schwierigen und die verdrängten Fragen der eigenen Zeit zu behandeln.

Halstenberg Was legitimiert den Schriftsteller dazu? Ist das nicht eher eine Aufgabe der Parteien, der Kirchen, der Gewerkschaften?

Kipphardt Für mein Gefühl legitimiert ihn dazu einzig seine Absicht, nicht zu lügen. Seine Absicht, sich nicht zu unterwerfen, seine Absicht, sich nicht zum Objekt machen zu lassen. Seine Behauptung, Menschen haben große und andere Möglichkeiten als diese armseligen Wesen, zu denen sie im Augenblick geworden sind. Die Beschwörung des kindlichen Entwurfs, was möchte man mal mit sich machen – also das, glaube ich, ist das Herausfordernde auch in der erbärmlichsten Kunst.

Halstenberg Inzwischen waren Sie Chefdramaturg der Münchener Kammerspiele. Sie plädierten gegen das Abonnententheater und für Mitbestimmung und Teamarbeit im Theater und machten sich auch sonst ziemlich unbeliebt. Zum Eklat kam es dann 1971 bei der Premiere des Wolf-Biermann-Stücks *Der Dra-Dra*. Anlaß war das Programmheft: auf zwei Seiten sollten 24 Köpfe westdeutscher Machthaber aus Politik und Wirtschaft als Drachenbrut-Illustration für Biermanns Anti-Kapitalismus-Parabel abgebildet werden. Darunter Hans-Joachim Vogel, damals Oberbürgermeister in München, heute Bundesjustizminister. Tatsächlich blieben die beiden Seiten weiß, weil Intendant Everding juristische Bedenken anmeldete. Trotzdem sorgte OB Vogel dafür, daß Ihr Vertrag nicht verlängert wurde…

Kipphardt Der Hintergrund der Sache war wohl ein funktionierendes Theater, die Kammerspiele, das sich stark politisiert und viele Leute angezogen hatte, die mit mir da arbeiteten. Es war eine Arbeit, die mir und anderen Spaß machte. Der Hintergrund war wohl, daß man so eine Sorte von Theater in den Auseinandersetzungen der SPD in München und vielleicht in der ganzen Bundesrepublik nicht wollte, denke ich. Die beiden Seiten, die ich den jungen Leuten ausgeredet hatte, waren ja tatsächlich gar nicht veröffentlicht.

Halstenberg Vergeblich protestierten damals Verleger und Autoren, Schauspieler und Regisseure. Heinar Kipphardt mußte gehen. Wie haben Sie die nächsten Jahre überstanden?

Kipphardt Indem ich gearbeitet habe.

Halstenberg Fünf Jahre lang haben Sie allerdings nichts veröffentlicht. Wollten oder konnten Sie nicht mehr schreiben? Hatte Sie die Gallistl'sche Krankheit gepackt? Oder war das vielleicht eine Reaktion auf die APO-Rebellion von 1968, als auch die Literaten auf die Straße gingen und die Literatur für tot erklärten?

Kipphardt Ja, ganz sicherlich. Wenn ich das zurücküberlege: Wir Schriftsteller der Generation, die als Kinder und junge Leute von Faschismus und Krieg geprägt waren, waren in dem antikommunistischen Kosmos der Adenauerzeit die merkwürdigen und verbohrten Rufer in der Wüste – ohne eine wirkliche Verbindung zu größeren Schichten der Bevölkerung und auch zur Arbeiterklasse. Wir gerieten natürlich in eine Euphorie, als im Zeitraum der sogenannten Außerparlamentarischen Opposition sich auf einmal größere Teile der Bevölkerung stark politisierten, als viel in Gang kam – nicht nur in der Bundesrepublik, sondern in allen vergleichbaren Ländern. So war ich auch mit anderen der Meinung: Es ist jetzt die Zeit, unsere Ideen in eine politische Praxis umzusetzen, die direkter einwirkt als das Theater oder ein literarisches Werk. Wir gingen, so auch ich, in die politische Arbeit hinein und stellten unsere bisherige Arbeit in Frage und zweifelten an dem Sinn von Literatur-Machen. So kam in der ganzen Linken diese gewisse Kulturfeindlichkeit auf, und das verbreitetste literarische Produkt war das politische Papier, das es in unendlicher Vielfalt gab, und die Dichter nannten sich eigentlich nur noch beschämt Dichter. Von dieser tiefen Krise und den Zweifeln an den literarischen Möglichkeiten und der Wirkung von Literatur – davon war ich erfaßt, und da brauchte ich Zeit, herauszukommen.

Halstenberg Sie sind zur Literatur zurückgekehrt, sind Sie ein bürgerlicher Schriftsteller?

Kipphardt Was verstehen Sie darunter, Herr Halstenberg?

Halstenberg Jemand, der zu Haus sitzt, in dem berühmten Elfenbeinturm, von der Barrikade zurückgeht, über sein weißes Papier gebeugt und Worte schreibt. In der vagen Hoffnung, daß andere Leute sie lesen.

Kipphardt Ist das, vom nicht vorhandenen Elfenbeinturm mal abgesehen, nicht die Lage jedes Schriftstellers, unabhängig von seiner Klassenlage? Wenn ich was anderes wüßte, was ich besser machen kann, wozu ich begabt bin, dann würde sich die Frage vielleicht anders stellen? So kam ich auf den simplen Gedanken zurück, die politische Praxis des Schriftstellers sei sein Buch, sein Film, sein Theaterstück. Aber ich würde mich dennoch nicht als von den Zeitströmungen isoliert begreifen, denn wenn ich nicht mehr informiert wäre, würde ich die objektive Bewegung nicht erfassen können, auch nicht auf diese enorm subjektive sinnliche Art, die Schreiben heißt.

Halstenberg Manche Kritiker, aber auch manche Theoretiker der Revolution behaupten, daß längst nicht mehr die Arbeiterklasse, sondern nur noch die Intellektuellen von der Revolution träumen. Glauben Sie das auch?

Kipphardt Das muß man, glaube ich, in jedem Land verschieden sehen. Wenn Sie deutsche Geschichte ansehen und was mit der Arbeiterklasse dieses Landes passiert ist, etwa vom I. Weltkrieg an, dann wundert man sich eigentlich nicht über ihren desolaten Zustand und den desolaten Zustand ihrer Organisationen. Aber dieses Land ist nicht – und ich füge hinzu: glücklicherweise nicht – ein wirklich wichtiger Punkt in den Bewegungen, die in der Welt stattfinden. Dieses Land ist ein Verbündeter Amerikas, sein treuester Verbündeter, und hat seine Direktionsgewalt nicht wirklich zurückbekommen, wie die DDR die ihre nicht zurückbekommen hat. Die Vorgänge in diesem Land sind sehr spezielle.

In anderen Ländern, meinetwegen Frankreich oder Italien, oder Afrika, oder Asien, scheint mir, daß die Arbeiterklasse das revolutionäre Subjekt geblieben ist. Dort finden, glaube ich, grundlegende Entwicklungen statt, die auch dieses Land positiv oder negativ betreffen könnten; es wäre ja eigentlich der erste Versuch in einem entwickelten, industriell und kapitalistisch vollentwickelten Land, Formen von Sozialismus zu probieren – die liegen ja bisher in der Welt nicht vor.

Halstenberg Nach Ihrem Rausschmiß in München habe ich gelesen, daß Sie ein Stück schreiben wollten, mit dem Arbeitstitel *Warten auf den Guerillero*. Was ist daraus geworden?

Kipphardt Was dieses Stück betraf, so habe ich einen Filmentwurf entwickelt, aber auf dem Theater schien mir diese Thematik in der Zeit, als ich das schrieb, nicht mehr behandelbar.

Halstenberg Warum nicht?

Kipphardt Es ist mittlerweile gelungen, daß das Theater nicht von den wirklich Produzierenden bestimmt ist, sondern von den Abwieglern, den Intendanten. Überall ist das Rollback zum bürgerlichen Repräsentationstheater in vollem Gang. Es kann auch sein, ich verlor ein bißchen die Lust am Theater, weil ich keine richtigen Adressaten mehr sah.

Halstenberg Die Theater schreien nach aktuellen Stücken. Sagen zumindest die Intendanten. Aber es gibt keine neuen Stücke von Frisch oder Dürrenmatt, von Peter Weiss oder Peter Handke, nicht von Martin Walser und nicht von Heinar Kipphardt. Arbeiten Sie überhaupt nicht mehr für das Theater?

Kipphardt Ich habe mir nie vorstellen können, daß ich, mit dem Theater so tief verbunden, mich so weit von ihm entfernen könnte. Aber es ist mir sehr fremd geworden und reizt mich eigentlich als ein Tätigkeitsfeld im Moment sehr wenig. Und es scheint vielen anderen auch so zu gehen. Mehr und mehr scheinen die Dramatiker und Schriftsteller das Gefühl zu haben, das Theater, das ist kein interessantes Kampffeld mehr. Mich interessieren im Augenblick mehr der Film und die Prosa.

Halstenberg Trotzdem arbeiten Sie doch gerade an der Bühnenfassung Ihres *Alexander März*.

Kipphardt Das ist mein Versuch einer neuen Annäherung an das Theater.

Halstenberg Sie haben *Alexander März* zunächst als Drehbuch geschrieben für einen Fernsehfilm, dann als Roman, und jetzt arbeiten Sie an einer Bühnenfassung. Gibt es da keine Schwierigkeiten bei diesem Transport von einem Medium in das andere? Wenn z. B. jemand über die Bühne geht, bekommt das immer irgendeine tiefere Bedeutung. Wenn im Film jemand über die Straße geht, wirkt das völlig normal. Umgekehrt spielt der Film manchmal breit aus, was ein Akteur nur andeutet, oder er verkürzt die Romanhandlung auf Aktion. Gibt es da keine Schwierigkeiten für Sie, ein und denselben Stoff durch die verschiedenen Medien zu bringen?

Kipphardt Ja, wissen Sie, es ist ja nicht ein und derselbe Stoff. Es würde mich nicht reizen, einen Stoff nur in verschiedene Fassungen zu bringen. Das habe ich auch hier nicht getan, sondern ich beschäftigte mich viele Jahre mit diesem Problemkreis und fand dann heraus, eigentlich könnte ich das im Film erzählen. Ich schrieb also einen Film, und bei den Vorarbeiten oder Arbeiten merkte ich, daß alles, was ich über den Stoff mitzuteilen hatte, mitteilen wollte, daß das in einem zweistündigen Film leider nicht behandelbar ist. Ich wollte ihm ja auch nicht unangemessene Reflexionen aufhalsen und konnte auch nicht einen Vier-Stunden-Film machen. So entschloß ich mich zu der definitiven Ausprägung des Stoffes in einem Prosatext, eben in diesem Roman *März*. Auch das Stück wird ein ganz neuer Umgang mit dem Stoff und der Figur sein.

Halstenberg Hat für Sie die Literatur auch die Aufgabe, Erkenntnisse über den Kreis der Fachleute hinaus zugänglich, einsichtig und in ihren Folgen erfahrbar zu machen? Also Literatur, wie Adorno definierte, als «Aufklärung ohne Begriffe», Literatur als Lernprozeß?

Kipphardt Ja, aber sie muß die Sinnlichkeit eines Gedankens bekommen, die Bildschärfe, in Vorgängen, in Geschichten erzählt. Ich würde nicht gerne so kurz greifen und sagen, die Geschichte muß so und so aussehen, um den und den Mißstand zu beheben, da würde ich meine Möglichkeiten zu sehr einengen, da würde ich mich zu sehr fremden Zwecken unterwerfen. Aber daß jeder wirklich gute literarische Text auch gleichzeitig auf Mißstände der eigenen Zeit zielt und über sie nachzudenken und sie wegzuräumen empfiehlt, das scheint mir ebenso selbstverständlich.

Halstenberg Der Roman März ist in der AutorenEdition erschienen. Sie sind Mitherausgeber der AutorenEdition. Das Programm der AutorenEdition heißt «zeitgemäßer literarischer Realismus». Nun ist der Realismusstreit vermutlich so alt wie die Literatur selbst, wobei meist Methoden, Inhalt und Wirkung durcheinandergewirbelt werden. Was verstehen Sie unter Realismus in der Literatur?

Kipphardt Das möchte ich nicht formulieren, und zwar weil ich es nicht kann.

Halstenberg Kann denn Literatur heute überhaupt noch Realität total dingfest machen? Diese Realität, die immer abstrakter, komplexer und komplizierter wird. Jene Realität zwischen Watergate und Bonner Lauschaktion, zwischen Relativitätstheorie und Mondlandung, zwischen Krieg im Nahen Osten und Aufbruch der Dritten Welt. Meine Frage: Kann Literatur heute tatsächlich noch Geschichten schreiben, die die Welt bedeuten, d. h. ein umfassendes Bild der heutigen Welt geben? Muß sich Literatur heute nicht auf Ausschnitte beschränken in der vagen Hoffnung, daß diese Ausschnitte exemplarisch sind?

Kipphardt Nicht in der vagen Hoffnung. Ein Mensch, der eine Anstrengung macht, die eigene Zeit durch Erleben und Information in sich hineinzubekommen, gibt die Bildschärfe seiner Gedanken faßlich für andere wieder. Zweifellos steckt im Realismus eine gewisse Bemühung zur Erfassung von Wirklichkeit, auf subjektive und sinnliche und behaltbare Art – also eine Bemühung, entgegenzuwirken dem dauernden Prozeß der Mystifizierung durch Oberflächen-Überinformation. Das ist doch das Gefühl vieler Leute, daß man eigentlich so viel über Welt erfährt, daß man gar nicht zusammenbringen kann, wie das zusammenhängt. Daß man gar keinen kausalen Bezug hat, und wenn man den nicht hat, dann hat man natürlich auch keine ändernde Haltung. Also da würde ich mit dem Brecht schon übereinstimmen, daß Realismus eine gewisse Bemühung, eine Bewegung zur Wirklichkeit hin in ihrer Veränderbarkeit ist: das Erfassen von Widersprüchlichkeiten, Beschreibung, um Änderungen zu begünstigen, um Verhältnisse durchschaubar zu machen. Aber in unserer Zeit muß man gleichzeitig entgegenwirken der verbreiteten – meiner Meinung nach – ganz falschen

Ansicht, als wäre Realismus eine ganz bestimmte lehrbare Methode, die eigentlich von allen gleichermaßen angewandt werden könnte. Das sind Dummheiten, kulturpolitische Dummheiten des Stalinismus, die zu einer Disqualifizierung des Begriffs zeitweise geführt haben.

Halstenberg Schon Brecht hat ja notiert, daß die einfache Wiedergabe von Realität über Realität kaum etwas aussagt. Also ein Foto der Krupp-Werke sagt über die Krupp-Werke nichts aus.

Kipphardt Ja, ich hatte einen guten Freund, viel älter als ich, und ich liebte ihn sehr. Das war John Heartfield, ein Fotomonteur. Zu meiner Überraschung waren Johnnys Qualitäten zu zeichnen eigentlich gering. Und merkwürdigerweise konnte er auch nicht fotografieren, sondern er ging mit den Leuten und ließ fotografieren. Und Johnny sagte mir mal etwas, was sehr bezeichnend ist. Er sagte: Wir – damit meinte er auch den George Grosz, mit dem er ja zusammengearbeitet hat – wir haben die ganze Fotomontage eigentlich entwickelt, weil das Foto so lügt. Er wollte sagen, nur indem ich Zusammenhänge herstelle auf Montageweise, komme ich der Wahrheit näher. Montieren heißt, die Sachen in die richtigen Zusammenhänge bringen, die Tatsachen zu ihrer Bedeutung bringen. Ich würde schon sagen, daß das bei meiner Arbeit eine große Rolle spielt: der Leser, der Zuschauer soll an der Herstellung von Zusammenhängen in einem freien Zustande mitarbeiten.

Halstenberg Freiheit ist also für Sie, die Freiheit zu wählen?

Kipphardt Ja, indem ich ihn in meine Fragen verwickle, sieht er die Schwierigkeit, kann zweifeln, kann fragen, wie kommt das zu dem. Er wird also nicht von einem Abraham Vaterautor belehrt, sondern er sieht einen Autor, der sich selbst Fragen aussetzt.

Halstenberg Sie wollen also Realität befragen, Realität ins Kreuzverhör nehmen: durch Ermittlungen, Recherchen, Untersuchungen, durch Fragen an die Realität. Realität also nicht als vorgegebenes Schicksal, sondern als Objekt, das erst protokolliert und analysiert wird – ähnlich wie in der Wissenschaft. Literatur als Bloßlegen, wie Sartre die Aufgabe von Literatur definiert hat. Oder Adorno, der meinte, daß die Qualität eines Kunstwerks darin besteht, daß ein Kunstwerk das ausdrückt, was die Ideologien verschweigen. Ist das auch Ihre Position?

Kipphardt Ja, und ich möchte auch darlegen, was für den Autor selbst noch offen ist. Es gibt z. B. in *März* einen Haufen Fragen, die ich nicht beantworten kann und die ich als mir im Augenblick noch nicht beantwortbar darstellen muß. Die Untersuchung kommt bei mir in aller Regel zu schrecklichen Befunden, wie Sie wissen, weil die Welt bei näherer Betrachtung abscheulich und schrecklich ist. Aber sie ist änderbar. Also: indem ich ihren schlimmen Zustand darlege und als geworden beschreibe, rege ich auch an, darüber nachzudenken, sie zu verändern, den Menschen aus diesen unendlich engen Verkrustungen zu befreien und ihn eben zu diesem offenen Geschichtswesen zu machen, das seinem eigenen Entwurf folgen kann, wiewohl auch die Geschichte auf ihn einwirkt. Denn das ist ja die merkwürdige Antithese beim Menschen: er ist einerseits ein Wesen, das von Geschichte und Umständen stark bestimmt ist, andererseits aber Geschichte und diese Umstände selber macht.

Halstenberg Das heißt, Sie setzen den Menschen und die Welt in den Konjunktiv. Aber Literatur, die mit dieser Methode und diesem Ziel arbeitet, glaubt an den Fortschritt. Glauben Sie an den Fortschritt?

Kipphardt Unsere Geschichte betrachtend, können wir sehen, daß sie sich beständig ändert, und zwar trotz aller Fürchterlichkeiten in Richtung auf mehr Emanzipation. Ich glaube, daß die menschliche Lust zur Selbstäußerung, zur Freiheit, zum freien brüderlichen Handeln groß ist, und daß es trotz aller schrecklichen Katastrophen eine Bewegung zu dieser Utopie hin gibt in der Menschheitsgeschichte.

Halstenberg Sie sprechen von der Lust an der Veränderung. Aber haben nicht die meisten Leute Angst vor Veränderungen?

Kipphardt Angst gehört zur Lust. Das weiß jeder aus seiner Kindheit, wie groß die Lust beim Verlieren der Angst ist. Und ein sehr ängstlicher Mensch, wenn ihm die Gründe für seine Angst genommen werden, für den ist das Befreitsein, das Zusichkommen, das Gelöstsein eine Vergnüglichkeit. Das von der Fessel befreite, das aufgelöste Haar ist schöner als das abrasierte oder streng gebundene.

Halstenberg Noch mal nachgefragt: kann, soll Literatur die Welt verändern? Oder anders gefragt: kann die richtige Literatur eine andere Politik, eine andere Gesellschaft wenigstens vorbereiten?

Kipphardt Sie kann da behilflich sein, wenn die richtigen, anderen Prozesse zusammenkommen. Es gibt natürlich auch Zeiten, wo sogar ganz schnelle Veränderungen vor sich gehen. Wir alle waren erstaunt, wie schnell Veränderungen in den End-60er-Jahren in Europa vor sich gingen. Ich meine, in diesem Land scheint das jetzt zwar, auch als Schreckreaktion, gänzlich niedergebügelt, aber ich halte das für den wichtigsten Vorgang unserer Nachkriegsgeschichte, vielleicht den folgenreichsten sogar.

Halstenberg Warum fürchten eigentlich die Mächtigen die Literatur? Vielleicht weil diesen Dialog zwischen Autor, Buch und Leser keine Lauschaktion kontrollieren kann?

Kipphardt Ich glaube, sie fürchten den unabhängigen Geist. Sie müssen mit Recht fürchten, daß der Mensch, der sich aussetzt den Lüsten und Erkenntnissen von Literatur, als Unterwerfungsobjekt nicht mehr so gut funktioniert. Das ist das ansteckende an Literatur: wer seiner Lust nachgeht, ist natürlich in einem Büro oder in einer Fabrik oder beim Militär weniger brauchbar.

Halstenberg Dokumentartheater oder Bücher, die aktuelle Probleme und Fragen aufgreifen, wollen die aktuelle Wirklichkeit korrigieren. Was rettet diese Stücke, diese Bücher davor, von der Zeit, von der Entwicklung überholt zu werden?

Kipphardt Das ist, glaube ich, nicht vorausberechenbar. Niemand kann sagen, wie ein Buch, ein Stück in späterer Zeit gelesen wird, ob es die Interessen der dann Lebenden befriedigt. Vieles versinkt, manches zu Unrecht, vielleicht ganz, und auf einmal – unter anderen Bedürftigkeiten der Bevölkerung – tauchen alte Dichtungen, Geschichten, Stücke auf, und sie kriegen einen Bezug zu uns. Aber voraussehen kann man das nicht, und ich finde, da kann man auch nicht spekulieren. Also diejenigen, die – weil Literatur eine in der Zeit so verderbliche Ware ist – deshalb mit Ingredienzien hantieren, die angeblich nicht so leicht verderben, also mit sogenannt Ewig-Menschlichem, da bin ich ganz sicher, daß die weder in ihrer eigenen Zeit noch in einer späteren Wirkung haben.

Halstenberg Trifft nicht doch der Einwand von Adorno zu, daß eine Politisierung der Kunst ohne Politisierung der Gesellschaft pure Selbsttäuschung ist?

Kipphardt In so stehenbleibenden, unbewegten Zeiträumen an einem bestimmten Platz – wie jetzt zum Beispiel Bundesrepublik, wo man eher denkt, die Geschichte ist ein Krebs, der zurückkriecht in irgendwelche schon verlassen geglaubten Löcher –, da kommt der Literatur die Aufgabe zu, daß sie die einzelnen, sehr subjektiven Emanzipationsprozesse ermuntert und ermutigt. Sie leistet aber natürlich nicht die politischen Emanzipationsprozesse, das kann sie nicht stellvertretend leisten. Aber ich bin doch der Meinung, daß sie bei späteren politischen Erfahrungen und politischen Veränderungen ein gewisses bescheidenes Gewicht behält.

Halstenberg Einige Ihrer Kollegen aus der AutorenEdition polemisierten heftig gegen die sogenannte Neue Innerlichkeit. Sie werfen Karin Struck, Nicolas Born oder Peter Handke vor, nur die Innenwelt, nur private Geschichten zu erzählen. Auch *Alexander März* notiert einmal: «Die Person von mir ist allein, sehr allein, sie hat keine Verwandten und hat niemals solche gehabt, sie wird nicht mehr Ich sagen, sie wird es nie wieder sagen, es ist ihr zu blöde, denn niemand weiß, was das ist.» Zugegeben, das sagen nicht Sie als Autor, sondern das sagt Ihre Romanfigur, der ihr Ich ausgetrieben wird. Aber sind vielleicht auch Sie der Meinung, daß keine privaten Geschichten mehr erzählt werden dürfen? Gilt die Wahrheit des einzelnen, durch den Autor beglaubigt, nichts mehr, die doch auch ein exemplarischer Lebenslauf werden kann?

Kipphardt Ich halte das für einen reinen Scheinkonflikt: Subjektivität und Objektivität. Der Begriff der Innerlichkeit ist ein diffamierender, darunter versteht man doch einen Rückzug auf sich, unter Nichtberücksichtigung der umgebenden Wirklichkeit. Soweit ich sehe, findet das bei den genannten Autoren ja auch nicht statt...

Halstenberg Im Gegenteil, hier wird radikale Subjektivität gegen die ständige Vereinnahmung durch Institutionen, durch Gesellschaft, durch Parteien, durch Ideologien gesetzt...

Kipphardt Ja, also wie gesagt, ich halte das für einen Scheinkonflikt. Ich glaube, daß zu jedem Produkt der Literatur eine enorme Subjektivität gehört, aus der sie sich speist, und der Griff nach Wirklichkeit. Ich glaube, die Kollegen von der AutorenEdition wollten eher sagen, es besteht im Augenblick bei der meinungsmachenden Kritik die Lust, die Politik aus der Literatur zu eskamotieren. Ich glaube, das ist eine berechtigte Polemik.

Halstenberg Eine letzte Frage, Herr Kipphardt: sind Sie ein guter Mensch?
Kipphardt Ein guter was?
Halstenberg Ein guter Mensch?
Kipphardt Das bin ich ganz sicher nicht. Sie erschrecken mich.

Dieses Gespräch wurde zuerst vom Hörfunk des NDR am 4. September 1977 gesendet. Hier gedruckt nach einer von Heinar Kipphardt eigenhändig redigierten Fassung, die er in den Anhang seines Buches «Theaterstücke Bd. 1», Köln 1978, aufnahm.

Danksagung

Das Entstehen der zwei vorliegenden Bände mit Heinar Kipphardts Essays, Briefen und Entwürfen wäre ohne die freundliche Unterstützung vieler Institutionen und Menschen nicht möglich gewesen. Für Auskünfte, Materialien oder Abdruckgenehmigungen sei besonders Dank gesagt an die Akademie der Künste (West-Berlin) und die Erbengemeinschaft nach Erwin Piscator sowie an Wolfgang Emmerich (Bremen), Gerd Fuchs (Hamburg), Günter Grass (Berlin), Peter Hacks (Berlin, DDR), Armin Halstenberg (Hannover), Stephan Hermlin (Berlin, DDR), Walter Karbach (Buenos Aires), Urs Kilger (Berlin, DDR), Lore Kipphardt (Tutzing), Heinrich Peters (Hamburg), Linde Schleinkofer-Kipphardt (Ebersberg), Thomas Thieringer (München), Uwe Timm (Herrsching), Michael Töteberg (Hamburg), Martin Walser (Überlingen) und Gerhard Zwerenz (Schmitten).

Hamburg, im April 1989 Uwe Naumann

Namenregister

Aufgenommen wurden auch Namen von Figuren aus Kipphardts Werken (z. B. dem «Guerillero-Fragment»), soweit sie nachweisbar Personen der Realität nachgebildet sind.

Heinar Kipphardt
Werkausgabe
Herausgegeben von Uwe Naumann

Die gesammelten Werke Heinar Kipphardts erscheinen, kommentiert und um Nachlaßmaterial ergänzt, in Einzelausgaben als rororo-Taschenbücher

Bruder Eichmann
Schauspiel und Materialien
(5716)

Traumprotokolle
(5818)

März
Roman und Materialien
(5877)

In der Sache J. Robert Oppenheimer
Ein Stück und seine Geschichte (12111)

Shakespeare dringend gesucht
und andere Theaterstücke
(12193)

Joel Brand
und andere Theaterstücke
(12194)

Schreibt die Wahrheit
Essays, Briefe, Entwürfe
Band 1
1949–1964 (12571)

Ruckediguh, Blut ist im Schuh
Essays, Briefe, Entwürfe
Band 2
1964–1982 (12572)

Die Tugend der Kannibalen
Gesammelte Prosa
(12702 / April 1990)

Außerdem lieferbar:

Der Mann des Tages
und andere Erzählungen
(4803)

Angelsbrucker Notizen
Gedichte (5605)

Heinar Kipphardt
mit Selbstzeugnissen und Bilddokumenten
dargestellt von Adolf Stock
(rowohlts monographien 364)

Rolf Hochhuth

Ärztinnen
Fünf Akte.
200 Seiten. Broschiert und als
rororo 5703

Schwarze Segel
Essays und Gedichte
Mit einem Vorwort von Karl Krolow.
rororo 5776

Judith
Trauerspiel
272 Seiten. Broschiert und als
rororo 5866

Alan Turing
Erzählung
192 Seiten. Gebunden

Spitze des Eisbergs
Ein Reader.
Herausgegeben von Dietrich Simon
336 Seiten. Broschiert

Tell 38
Dankrede für den Basler Kunstpreis 1976
Anmerkungen und Dokumente
160 Seiten. Broschiert

Atlantik-Novelle
Erzählungen
256 Seiten. Gebunden

C 967/11 a

Nicolas Born

Die Fälschung
Roman
420 Seiten. Gebunden und als rororo 5291

Die Welt der Maschine
Aufsätze und Reden
224 Seiten. Broschiert

Gedichte
Sonderausgabe.
240 Seiten. Gebunden und als rororo 4780 unter dem Titel
Gedichte 1967-1978

Täterskizzen
Erzählungen
256 Seiten. Gebunden und als rororo 5971

Die erdabgewandte Seite der Geschichte
Roman
rororo 4370

C 961/20